温泉笨蛋 著

漂亮泡桐

国际文化出版公司
·北京·

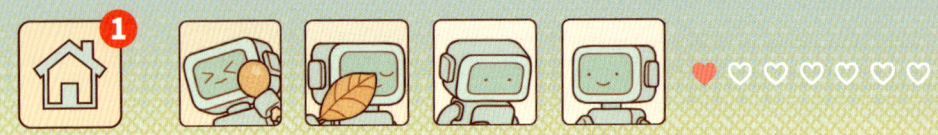

第01章 ❤
相信奇迹 | 001

第02章 ❤
春日泡桐 | 041

第03章 ❤
牛角面包 | 077

目录

第04章 ♥
成年快乐 | 107

第07章 ♥
我们回家 | 211

第05章 ♥
儿童手表 | 141

第08章 ♥
霸道季总 | 245

第06章 ♥
人工智能 | 171

第09章 ♥
好久不见 | 271

独家番外 ♥
仿生系统会梦到电子烧烤吗？ | 299

五颜六色的糖纸在他手心反射着耀眼的光。
自从那个头发乱糟糟的小男孩出现在他脚边,好运就开始降临到他身上。

少年棱角分明的侧脸沐浴在台灯的光芒里,在墙上投下寂寥的影子。
从窗缝里溜进来的小飞蛾扑扇着翅膀,在灯下盘旋,留恋着这里唯一一束灯光的温暖。

季桐和一大堆星星一起醒来。

整个世界天旋地转，他像被裹挟在龙卷风里打转，眼前甚至晕出了模模糊糊的一片流星，如同动画片里的场景。

"帅、帅、帅——帅哥，你还在吗帅哥？！"

季桐哆嗦着呼唤刚刚还在用电子音和他交谈的智能客服。

空气里沉默了一秒钟，充满机械质感的电子男声十分礼貌地回应道："在的亲。"

"说好的穿成了系统呢？"头晕目眩的季桐悲愤道，"你别告诉我这是洗衣机系统！"

"请您查阅《系统工作指南》第二章第三条，这是宿主大脑中的情绪区域，会准确反映宿主当下的心理状况，您可以选择离开本区域，具体操作方式请查阅……"

伴随着一板一眼的电子声，季桐总算手忙脚乱地转移到了安全地带。

在宿主抽象的意识空间里，季桐现在是由一团绿莹莹的数据流构成的机器人形态，正凌乱地冒着滋滋的电光。他望着隔开了情绪区的黑色大门，心有余悸道："他这是坐过山车吗？"

"宿主正在经历非常重要的人生低谷。"客服催促道，"现在正是您出现并提供帮助的良好时机。"

"再次提醒，您需要根据主线任务的引导，辅助宿主走完剧情并获得对应成长点，如果情节偏离过大，该投影世界就会面临崩溃解体，一切都会消失，您也会被酌情扣除年终奖金。"

季桐本是个平平无奇的少年，阴错阳差穿进了一本讲述炮灰裴清沉靠系统逆袭走上人生巅峰的小说。

002

他本以为自己也会平平无奇地穿成书里的主角，结果接待他的智能客服却告诉他，他没有穿成逆袭炮灰，也没有穿成恶毒反派或者配角大佬，而是穿成了书中帮助主角成长的系统。

至于原因——"系"是多音字，所以他和"系统"重名了。

听起来不无道理但又真的很荒谬。

当然更荒谬的大概是身为系统居然也要被扣年终奖。

满身混乱电光的季桐一边尝试平复心情，一边郑重道："我有一个问题。"

智能客服默默计算着下班时间："请讲。"

季桐只被告知了这本小说的类型，没能看到具体内容，他轻咳一声道："宿主是不是很帅？"

"主角当然会有出众的外貌。"

"那我要给自己捏个更帅的脸，我刚看了工作指南，第一章里写了系统可以自由变换形态。"季桐越说越兴奋，"你说我要是比宿主还帅，那其他角色会不会移情别恋喜欢上我？我懂了，这是不是你们安排好的隐藏剧情线？所以才会让人类来扮演系统！"

"……请停止您的无端联想。"客服冷酷地道，"您现在只能选择一些较为简单的存在形态，此后会随着主角的成长与选择而解锁更多样式。"

季桐悻悻地"哦"了一声，只好暂时打消篡位的意图："我还有一个问题。"

"……讲。"

"既然小说已经诞生了，为什么要让书里的人物再把剧情演一遍呢？"季桐虚心请教，"这是不是有一种脱裤子放屁的嫌疑？"

"请文明用语！！"智能客服冒出了一堆杂音，半响才平静下来，"这个问题解释起来比较复杂，您可以在之后的系统例会上获得答案。现在请您将注意力放在情绪极端低落的宿主身上，并等待主线任务的随时触发！"

客服把后面这句话的每个字都拉长了音，颇有种咬牙切齿的感觉。

季桐闻言一脸震惊。

有工作指南，有年终奖，还有例会……季桐还没离开象牙塔，没想到现在居然还能体验一下职场生活的滋味，虽然同事可能不是人。

系统数据处理的能力很强大，季桐很快熟悉了各种操作方式，然后悄悄拉开一点黑色大门往里看。

里面依然狂风暴雨，还有越来越黑暗的趋势。

绿莹莹的季桐颤颤巍巍地扒在门边观看风暴，时不时掉下几个电子粒，紧张地思考着要如何跟当下的宿主建立关系。

宿主的情绪已经这么糟糕了，要是突然在脑海里出现另一道声音，会不会以为自己疯了？

季桐想了想，决定还是先亲眼看看剧情进展到了哪一步。

他按照自己的恶趣味，对着虚空发出指令："小美，我要看电视。"

结束了煎熬的接待工作正要下线的客服忽然对这位素未谋面的宿主产生了一丝同情。

巨大的虚空里霎时浮现波纹，渐渐投映出外界的影像。

富丽堂皇的大厅里，吊灯晕染出淡黄的色调，一旁走动的侍者手中托盘上的法式香煎羊排冒着热气，弥漫出令人食指大动的香味。

鉴于系统寄生在宿主身体里的特殊形态，这是一个能闻到香味的"电视"。

季桐的数据肚子不争气地叫了几声。他努力地从羊排上挪开视线，才后知后觉地意识到，视线范围内的所有宾客，几乎都在看向他。

或者说，看向宿主。

气氛几近静止，无数道目光里蕴含着截然不同的情绪，有幸灾乐祸，有嘲讽，有错愕，也有人不忍地移开了视线。

而画面中央众星拱月似的少年，穿着剪裁合体的衬衣与长裤，清爽的短发垂在额前，看起来温驯乖巧，琥珀色眼眸里的错愕刚刚退去，有些仓促地绽开了友好又赧然的微笑。

"清沅哥哥，你也在啊。"

他的声音打破了凝滞的气氛，人群里很快传来窃窃私语之声。

"这就是原来那个儿子吗？怎么在做服务员……"

"天啊，他怎么来了？"

"嘘，小声点。"

裴言也听到了这些议论，他连忙向前走了几步，放低声音道："对不起，清沅哥哥，我不知道你会在这里……打工。"

被在场所有人关注的裴清沅，其实并没有听清楚面前的裴言说了些什么，噪声尖锐地刺痛着他的耳膜，嗡嗡作响，他脊背一片冰冷，灵魂却像是被抽离了。他无法做出任何得体的回应。

裴清沅的目光越过了看起来精致光鲜的裴言，恍惚地看向他身后那桌的一对夫妻，女人穿着熟悉的酒红色缎面长裙，裴清沅知道，对她而言这是有特殊意义的一套礼裙，只会在最重要的场合穿出来。

长裙华丽，而女人的柳眉却紧紧皱起，她挥手招来了酒店领班，表情淡漠地说着什么。

除了刚见面时的那一瞥，此后她再也没有看过曾经的儿子一眼。

酒店领班一边听，一边下意识地望向远处的裴清沅，眼神里流露出迁怒和无奈。

于是裴清沅读懂了女人的指令，在被人驱赶之前，他强迫自己转身，主动离开这间本该充满喜悦和欢乐的宴会厅。

没有被理会的裴言站在原地，咬了咬下唇，不知所措地看着"哥哥"的背影。

很快便有人安慰他："别多想了，只是个意外。"

"你可是今天的主角，开心点，别管外人。"

窸窸窣窣的话语钻入裴清沅的耳朵，里面不乏熟悉的声音，是他曾经的同学或朋友的声音。

少年的脚步隐隐颤抖，他在努力克制着，也许是手里的托盘太重，重得快要压垮他整个身体和他全部的灵魂。

他不明白自己为什么要遭遇这一切。

一个月前，他家境优渥，是旁人眼里含着金钥匙出生的孩子，有一对表面上恩爱又光鲜的父母，有光明美好的未来。

而现在，他回到了真正属于他的家，一个平凡普通的家。

裴清沅本以为从小被调换这件事带给他的影响，只是要适应一种新的生活。他才十七岁，与一对新的父母从头建立感情，或许还来得及。

然而在他搬回去半个月后，已经属于他的房间里依然放满了属于上一个主人林言的东西，林言回到了衣食无忧的新家，许多旧衣物都没有带走，而自己的亲生母亲罗秀云也没有丢掉，任它们塞满那个不算宽敞的房间，只给裴清沅留下一丝敷衍的缝隙。

正像他第一次见到亲生母亲那天，憔悴又瘦弱的罗秀云抱住他大哭，他的余光却清晰地看到，罗秀云不舍的目光分明投向了站在一旁茫然无助的林言。

十七年前，怀着孕的罗秀云家境贫寒，丈夫患癌更是令整个家庭雪上加霜，为了给亲生儿子更好的生活，罗秀云咬牙住进了市里最好的医院，然后夯着胆子在医院调换了他与林言，此后两个孩子走上了截然不同的轨道。

丈夫病重去世后，始终被愧疚之心缠绕的罗秀云倾尽全力对林言好，单亲家庭里相依为命的亲情渐渐跨过了血缘的藩篱，哪怕是见到阔别多年的亲生儿子裴清沅之后，她的心依然放在了林言那里，常常与林言联络见面。

得知真相的裴父裴母起初对罗秀云恨之入骨，幸而她将林言养得很好，善良纯朴又讨人喜欢，几日相处下来就和亲生父母变得很亲近。他对养母感情颇深，不断替她求情，才让裴明鸿夫妻放弃了追究责任的打算，甚至要与罗秀云和睦相处。

但亲生儿子失散十多年的恨意无法消散，便自然而然地蔓延到了裴清沅——这个养育了十七年的冒牌儿子身上。

所以裴清沅很快被送回了罗秀云身边，学籍也迅速从原本就读的名牌高中转走。因为林言即将转来这所学校，裴明鸿夫妻不希望儿子的高中生活受到影响。

尽管裴清沅也曾是他们的儿子。

他明明没有做错任何事，却突然成了不被爱的弃子。

而其中最可笑的部分在于，是裴清沅先发现了自己的身世可能有问题，随后主动告诉了父母，让他们去做调查，这才有了此后的事，因为他担心自己可能占据了别人的人生，那样不公平。

可到最后，却没有人考虑这一切对他来说公不公平。

亲生母亲对他又爱又怨，怨更多，因为是他打破了两个家庭平静的生活，让隐藏的秘密浮出水面，导致林言离开了她。

裴清沅很快就读懂了那种复杂的目光，他想，往后或许需要自己养活自己了。

他没有动用在裴家这些年攒下的钱，而是试着去打工，因为他知道那些钱是给"裴家儿子"这个身份的，并不是给他的。

虽然他被转到了林言曾经就读的二中，但狸猫换太子的事情尚未传开，新高中的同学们还不知道裴清沅的过去，只以为他是家境不好。几天前有同样在勤工俭学的同学问他想不想接酒店服务员的周末兼职，说是时薪很高，但要求外形好，个子还要高，自己不符合要求，索性介绍给裴清沅。

裴清沅如约来到酒店，经过简单的培训，换上体面的制服，领口打一个漂亮的领结。他看着玻璃镜面里映出的自己，想到即将到手的薪水，觉得未来也许会慢慢地好起来。

然后他端着银色餐盘推开宴会厅的大门，猝不及防地看见许多熟悉的面孔。

他曾经的父亲和母亲、曾经熟悉的高中同学、曾经关系不错的富二代朋友……他们看见裴清沅，纷纷露出了令人难堪的复杂表情。

这是裴父裴母准备将刚改了姓的亲生儿子裴言正式介绍给身边圈子的宴会，他们希望这个流落在外多年的孩子往后会拥有最多的宠爱、最顺遂幸福的人生。

可惜来了一个不速之客，差点破坏了这个美好的夜晚。

周围的目光如芒在背，裴清沅用尽全身力气强迫自己不要回头。他要走出去，走出这个对十七岁少年而言会击碎一切自尊的地狱。

即使他一点也不知道自己接下来该去哪里。

"你想哭吗？"

一道小小的声音突然在他脚边响起，同时有人轻轻扯了扯他的裤腿。

裴清沅愣了一下，低下头，就看见一个两三岁的小男孩，一双明亮的大眼睛正忽闪忽闪地注视着他，头发却乱糟糟的，衣服也皱巴巴的，看起来滑稽又可爱。

他看着这个陌生小男孩比自己还狼狈的样子，没有哭，却笑了，笑得眼睛微微发红。

一时间，裴清沅好像忘记了自己当下的处境，哑着声音问："你怎么了？"

小男孩闻言一僵："……没什么，风有点大。"

他立刻用胖乎乎的小手整理起自己的头发，口中还碎碎念着裴清沅听不懂的话："怎么换了形态还是会爹毛，拜托你下次别刮龙卷风了……"

裴清沅在宴会厅的门外被拦下，此刻场内的气氛重新活跃起来，但仍有不少人关注着他的动向，还有一个始终跟在裴言身后的少年不怀好意地向他走来，想尝一尝落井下石的美妙滋味。

"裴清沅，别急着走啊，好久没见了，不如坐下一起吃啊？"

裴清沅背对着来人，没来得及理会对方，他看见眼前的小不点儿脸上露出了与年龄很不相称的严肃表情。

"我可以帮你改变命运。"身高才过他膝盖的小不点儿颇有气势地扬起脑袋望着他，"如果你相信奇迹的话。"

这是季桐为自己精心设计的出场台词，他本来想搭配一个拥有雕塑般面孔的冷峻黑衣人造型，可惜根据宿主的成长度，他的人类形态只有三岁左右，导致实际效果似乎有点好笑。

裴清沅当然也觉得可笑，但周围的世界如旋涡般挤得他快要窒息，于是他怔了几秒后，鬼使神差地反问："那我……要付出什么代价？"

他已经不再相信会有好运无端地眷顾自己。

小男孩黑白分明的眼眸望着他，像是在认真思考这个问题。

在肚子突然响起的咕噜声里，他踮起脚尖扯了扯裴清沅的衣角，理直气壮地道："不能浪费食物，趁它还热着，我来帮你解决吧。"

他们一起望向那个很沉重的银色餐盘，棕褐色的香煎羊排表面冒着油星，肉质鲜嫩，焦香四溢。

"只要一块羊排，"小男孩的笑容明亮，似乎令一切都轻盈了起来，"以后你不再是一个人。"

油脂的香味像雾一样在偌大的空间里蔓延流转，令人飘飘然。

向锦阳听着涌入耳畔的议论声，笑容止不住扬起，他一步步走向人群尽头的裴清沅，脚步像是踩在了软绵绵的云朵上。

"裴清沅，别急着走啊，好久没见了，不如坐下一起吃啊？"

毕竟有许多外人在场，他好不容易才收住笑容，换上一副虚伪的关切模样。

裴清沅背对着他，似乎没有听见，脚步却停在了原地。

见状，向锦阳的心里越发痛快，几乎能想象出对方难堪又狼狈的神情。

曾经露出那样神情的人总是他——他是裴家管家的儿子，从小和裴清沅一起长大，也算得上是远房亲戚，却从来见不到裴清沅的笑脸。

他永远是冷冰冰的，对自己敬而远之，仿佛从没有将这个管家的儿子看在眼里。向锦阳曾无数次被这种冰冷的眼神刺痛。

现在，终于轮到裴清沅享受这样的待遇了。

不枉他特意叫人给裴清沅介绍了这份兼职了。

在刚才全场噤声的尴尬时刻里，他险些要开心得笑出来。

向锦阳走得越来越快，他迫不及待地要欣赏这个曾经高高在上的裴清沅此刻的表情。

就在他即将拍上裴清沅肩膀的时候，对方似乎有所感应，先一步转过身来。

他惊讶地看到，裴清沅竟然单手抱着一个有些灰头土脸的小男孩。

小男孩看起来像是摔过许多跤，这会儿正扬起脑袋板着脸教训人："都怪你要来看什么爸爸妈妈，害我一个人待着变得这么脏……现在信了吧，他们都是不想再理你的坏蛋……"

向锦阳闻言一愣。

裴清沅早就知道这次宴会了？

这个小孩又是从哪儿冒出来的？

他目光犹疑地打量着眼前的两个人，小男孩虽然看起来脏兮兮的，模样却标致可爱，手里提着一个精致的盒子，脸颊气鼓鼓的，正催着裴清沅回去。

"快走嘛，这里有什么好的，又吵又小，还没我家客厅大呢……"

小男孩对这里环境的嫌弃溢于言表，显然是个富裕家庭里长大的孩子。

裴清沅先是怔了怔，很快便反应过来，轻轻点头。

见两人真的要走，满腔疑问的向锦阳不假思索地开口问道："你在给人当家教？"

裴清沅竟然知道来做这份兼职会遇到裴言一家，难道是他反过来被裴清沅利用了？

裴清沅是怎么找到这份家教兼职的？

向锦阳握紧了拳头，刚才的愉悦心情不翼而飞，只觉得胜利的天平又向另一侧摇晃。

然而不等裴清沅回答，那个家境很好的小男孩先盯着他面露不满：

"你乱插嘴,好没礼貌。"

向锦阳一时语塞:"我……"

"清沅哥哥才不想跟你一起吃饭呢。"小男孩突然回应了向锦阳说的第一句话,还朝他做了个鬼脸,"你看起来就像一个满肚子阴谋诡计的坏蛋。"

向锦阳:"……"

面对这么点大的一个小孩,他涨红了脸,竟不知道该怎么回嘴。

"真没意思,我要回家。"在扯着裴清沅转身离开前,季桐主动叫住了一脸怀疑人生的向锦阳:"喂,你能帮个忙吗?"

向锦阳对他这种顺理成章的趾高气扬感到不可思议,而下一秒,就见到小孩指挥裴清沅把手中的银色餐盘塞进自己怀里。

他还来不及回神,眼睁睁看着两人扬长而去,逆光里,小男孩还朝他回头一笑:"这个餐盘还是跟你比较配欸——"

向锦阳被那个拉长的尾音激得全身发抖。

离开宴会厅后,季桐回味着向锦阳的表情,颇为得意。

估计他的心里应该燃起了熊熊大火。

不知道宿主现在的情绪区里是什么样子,可惜不方便钻进去偷看。

没有其他人的更衣室里,裴清沅把他放在了长长的更衣凳上,季桐背过身去,顺手打开了从刚才起就一直紧紧攥着的打包盒,然后一边啃热乎乎的羊排,一边等宿主换衣服。

裴清沅脱下了这身还算体面的服务员制服,叠好放进衣柜,换上自己来时穿的短袖和长裤,简单的款式与颜色,和今天光鲜亮丽的裴言截然不同。

但他好像没有那么在意了。

裴清沅转头看着身后缩成一团的小不点儿,闻到更衣室里弥漫着越发浓郁的肉香,忍不住开口道:"你知道向锦阳最讨厌别人把他当作保姆。"

不是疑问句,是肯定句。

他和向锦阳从小一起长大,深知对方自卑又势利的本性,绝非良善之辈,才会尽量与他保持距离。

季桐点点头:"从他格外得意的表情分析,很有可能是他让人叫你来酒店兼职的。"

裴清沅怔了怔,下意识道:"……我以为那是个巧合。"

"当然不是。"见他换完了衣服，季桐也转过身来，一本正经地同他对视，"未来你可能会遇到许多这样的事，但我会帮你改变这一切。"

裴清沅盯着他嘴角还没擦掉的油渍，轻声道："所以，你是谁？"

季桐正要回答，却听见屋外传来一连串急促的脚步声，他想了想，换了主意，露出狡黠的笑容。

"你很快就会知道的。"

话音落下的同时，更衣室的大门也被推开，领班顾不上敲门，匆匆走进来，四处张望："那个……小裴，你在不在？"

他看到已经换上自己衣服的裴清沅时，立刻松了口气："你在这里就好，今天这个兼职就到这里结束吧，工资我还是按照一天的钱给你……"

裴清沅的视线从领班身上掠过，然后有些急切地望向四周。

更衣凳上空荡荡的，小男孩消失了，刚才他捧在手里的打包盒也没了踪影。

昏黄的日光漫过斜斜的百叶窗，在无人的长凳上溢出细碎的光，暗淡地发着亮。

裴清沅几乎以为自己做了一场梦。

梦里有问自己想不想哭的陌生小孩，这个小孩不知道从哪儿变出来一个打包盒，又用满口大话帮他体面地打发了想要来看他笑话的向锦阳，然后专心致志地吃起了东西。

这是一场幻觉吗？

见裴清沅没有说话，领班面露尴尬，正想说些什么，鼻子忽然微微抽动："怎么有股烤肉的香味？"他心生疑惑，四处看了看，什么也没有发现。

裴清沅的眼睛却猛地亮了起来。

不是幻觉。

恰在此时，他的脑海里响起一道年轻的男声。

"您好，系统 0587 号为您服务，听得见吗？喂？哈喽？"

接下来是一阵隐隐约约拍话筒的声音。

裴清沅意识到了什么，他无暇思考这件事听起来有多么离奇，而是匆匆告别了领班，快步离开酒店。

等走到四下无人的公交车站，他才喘着气谨慎地低声回应："是你吗？"

季桐还以为宿主听不见他说话,正苦恼地翻阅着工作手册查找原因,闻言舒了一口气:"是我,宿主可以尝试在心里跟我说话,就不需要避开外人了。"

裴清沅学得很快,在心底重复着这个陌生的名词:"宿主?"

"是的,你是我的宿主,我是为你服务的逆袭系统。"季桐一边在意识空间里散步消食,一边根据手册的指引做着自我介绍,"你生活在一本小说里,起初拥有不那么尽如人意的身世遭遇,但在我的帮助下,你将会改变命运,一步步走上人生巅峰……"

裴清沅听得很认真,并没有对这段听起来很莫名其妙的介绍提出任何疑问,反而问他:"你是人类吗?"

"当然……"季桐正要随口回答时,突然想起手册里的提醒,猛地拐了个弯,"不是!"

工作手册里规定由人类担任的系统不能对宿主透露真实身份,以免对剧情的发展造成不可预料的影响。

"宿主可能会对我高度拟人化的智力水平感到惊讶。"为了避免宿主怀疑,季桐开始胡说八道,"这很正常,毕竟我是系统界最聪明的AI,内置了多套可以灵活运用的情境模板,专门用来为宿主服务。"

"但是你可以变成人类。"裴清沅很敏锐,"刚才我抱过你,体温是真实的。"

季桐被他说得有点害羞,小声道:"系统有自由变换形态的功能,人类形态也是其中之一,但这和你的成长度息息相关,而且这类高级形态会有各种限制,不能算是真正的人类,目前我的人类形态只有三岁左右,每日累计只能维持一小时。"

所以为了节约这个宝贵的变形时间,季桐选择回到裴清沅的意识空间里做背景介绍。

这样省下来的时间还能再跑出来吃一顿夜宵。

烤羊排真香。

裴清沅不知道季桐心里打的小算盘,他一路坐公交车回家,安静地听着脑海深处这道声音在碎碎念,介绍着这宛如天方夜谭的一切。

等到公交车停下,裴清沅回到日渐熟悉的老旧小区,他低垂着头,碎发凌乱地贴在额前,遮住了仍显稚气的眉眼,整张面孔都隐没在越来越暗的暮色里。

走进低矮的单元楼,他的脚步声回荡在贴满小广告的脏乱楼道里。

快要到家的那一刻,裴清沅终于在心里提问:"你会……消失吗?"

季桐愣了愣,很快解释道:"我们已经绑定了,除非这个世界毁灭,不然我都会在你身边。"

世界毁灭等于裴清沅消失,然后他才会接到新的任务,但这一点就没必要告诉宿主了。

裴清沅听到这个答案后,仿佛松了一口气,伸手往口袋里拿钥匙。

季桐的饭后散步刚好散到了黑色大门附近,他想了想,还是没有忍住好奇心,悄悄推开大门,偷看宿主此刻的心情。

之前他吹得滋滋冒电光的龙卷风已然平息,入目是一望无际的沙漠,偶尔荡起漫漫黄沙,季桐扒着门口探头探脑,忽然觉得身上有一点热。

他顺着光线看去,沙漠的尽处悬着一轮小小的太阳。

就像此刻楼外垂落的夕阳,不够明亮,但尚未沉下,固执地闪烁着橘红的光芒。

裴清沅对此一无所知,他动作轻缓地用钥匙旋开锁芯,似乎不想打扰任何人。

而当大门推开,他一眼就看见了身材瘦小的罗秀云坐在沙发上,像是早就等在那里,等着对他发难。

他刚被养母叫人赶走,又要承受亲生母亲话语里酝酿已久的怒气。

狭小的客厅里,罗秀云猛然站起来,面带愠怒地质问他:"你今天去哪儿了?"

罗秀云常年操劳,鬓角已有白发的痕迹,但仍能看出年轻时姣好的容颜,眉眼和裴清沅有几分相似。

这会儿她仰头瞪着比自己高不少的儿子,眼眸里写满了失望。

裴清沅握着门把手的手指颤了颤,他意识到这不是责备孩子晚归的正常语气,她并不真的期待自己给出一个答案。

她的心里似乎已经有答案了。

即便如此,裴清沅依然按捺下心里的波澜,平静地回答道:"我去打工了。"

在离散又重逢的母亲面前,他还是抱有本能的期待。

"打工?我养不起你吗?要让你一个学生去打工!"罗秀云眉毛一挑,对他的话感到很愤怒,"别跟我编这些谎话!你老实说,为什么要去那家酒店?是谁告诉你言言在那里的?"

罗秀云一边说,一边焦躁地向前走了几步,她没想到裴清沅会去找裴言的麻烦,这搅得两个家庭都不太平——而她面前的裴清沅,却是一副全然置身事外的样子。

她的儿子怎么会是这样的个性!

陈设拥挤的客厅里,气氛悄然凝滞。

裴清沅不常笑,他从小就是冷淡的性格,但这一刻,他的唇边漾开一抹极淡的笑容:"你不是知道我去哪儿了吗?为什么还要问我?"

罗秀云霎时瞪大了眼睛,她被堵得说不出话来,愕然地抬手抚了抚胸口,才挤出一串艰涩的句子。

"我知道你过惯了有钱的日子,看不上这个家,但是言言已经回到他爸爸妈妈身边了,你要接受这件事,不管我多么没用,也是你妈,你要听我的话啊。"

"言言跟父母分开那么多年,要适应全新的环境,这段时间一定过得很不容易,他从小就很乖的,也不知道有没有受欺负……"罗秀云疲惫的眼眸里装满毫不掩饰的担忧,"你能不能不要去打扰他?"

在胸口鼓噪的期待刹那间碎成了齑粉。

裴清沅听着母亲的声音从哀怨到恳求,只觉得手指冰冷。

那他呢?

他这段时间过得容易吗?

"我没有。"他听见自己干涩的声音。

"那你别再去找他了,好不好?"罗秀云尝试动之以情,"言言在酒店看到你,还特意打电话来问你怎么了,他怕你出事,你也替他想想……"

裴清沅静静地注视着这个瘦弱的女人,一口一个言言,好像那是她心里最珍贵的一部分。

于是他冷不丁地提问:"妈,你会叫我什么?"

罗秀云的话被打断,她错愕片刻,才听懂了这个问题,讷讷道:"清……清沅。"

很生疏的称呼,这些天里罗秀云更多是用"你"来代替。

清沅不是她起的名字,裴也不是她已故丈夫的姓,裴家的长辈提出了让裴清沅保留姓氏的要求,反正她的男人已经去世了,罗秀云也就答应了。

虽然不知道裴家这样要求的原因,但她怕不答应的话,会对裴言在那里的生活有影响,有钱人的心思总是很难捉摸。

一个姓氏而已。

裴清沅自己或许也不想改姓,罗秀云这样想。

这个格格不入的名字在他们之间建起一堵透明的高墙。

裴清沅又笑了笑:"不用勉强。"

他关上了大门,换好拖鞋,走进那个属于自己的房间。

关门前,他轻声道:"我不会去打扰他们。"

不只是裴言,而是他们,包括裴言、裴明鸿夫妻在内的,好不容易团圆的一家三口。

罗秀云眼睁睁地看着房门合拢,裴清沅明明比裴言的个子要高,身形也更挺拔,但她却从这个背影里看出了难以言喻的脆弱。

她犹豫了片刻,正想跟上去时,屋外响起一阵敲门声。

于是罗秀云掉转脚步,走过去开门。

房间外传来模模糊糊的说话声。

裴清沅知道那是罗秀云的弟弟罗志昌回来了,也就是他的舅舅,一个成天混日子的懒散中年男人,因为工作太不用心被包食宿的工厂辞退了,所以最近借住在他们家里打地铺,美其名曰是为了照顾突逢变故的姐姐罗秀云。

裴清沅对母亲和舅舅的对话毫无兴趣,静静地坐在窄窄的书桌前。

桌上的台灯款式很旧,却被擦拭得很干净,底座上有不少用水彩笔画的图案,稚嫩又久远,其中有一个大大的笑脸正望着他。

全都是那个人的痕迹。

他脑海里的季桐沉寂了好一会儿,终于小心翼翼地开口:"宿主,你需要安慰吗？"

季桐不敢触碰裴清沉的情绪区，他怕自己又被吹飞毛。

这次他跟宿主一起亲身经历了罗秀云不分青红皂白的指责，连他的绿色数据都被气得红成了一片，像团火球。

宿主真的好惨。

小火球牌机器人长长地叹了一口气。

裴清沉坐在与他极不相称的书桌前，沉默少顷，应道："你会安慰人吗？"

"当然了，这是我们系统的必备技能。"季桐开始一本正经地满嘴跑火车，"为您推送以下数据源，请选择：《经典幽默笑话》《爆笑脑筋急转弯》《二十万个为什么》《世界八大未解之谜》……"

季桐一边碎碎念，一边紧贴着黑色外墙偷听宿主情绪区里的动静。

好像变小了一点。

无厘头的插科打诨果然能有效转移注意力。

季桐稍稍放下心来，总算开始正儿八经地安慰宿主："别难过，软软。"

宿主好像很在意罗秀云称呼裴言的方式。

所以季桐决定替偏心的罗秀云用叠字称呼宿主。

虽然他知道"沉"字的读音，但从见到这个名字的第一眼起，他就在心里念成了裴清软，明明是这样比较好听。

裴清沉听到他这样叫，愣了愣，似乎想开口说些什么，嘴唇微微一动，最终还是没有反驳他。

少年棱角分明的侧脸沐浴在台灯的光芒里，在墙上投下寂寥的影子。

从窗缝里溜进来的小飞蛾扑扇着翅膀，在灯下盘旋，留恋着这里唯一一束灯光的温暖。

房间外的交谈声被刻意压低，模模糊糊，还伴随着隐隐涌入的烟臭味。

这种故意背着人降低了声音的交谈，显然不会是好事。

"软软，他们在说悄悄话。"季桐认真地道，"为了保证你的安全，我要去确定一下对话内容会不会对你造成负面影响。"

尽管季桐有一肚子儒雅随和的话要送给罗秀云，但他作为系统，不能在宿主面前表现得太具人类感情，比如觉得罗秀云很气人，宿主赶紧跑之类的。由数据构成的系统不会有这类情绪，搞得他快憋坏了。

他得想办法用符合AI运行逻辑的方式引导宿主离开这个糟心的妈，

然后开启舒爽的逆袭之路。

也不知道主线任务什么时候才会触发。

不等裴清沉做出反应,季桐立刻分出一点数据,沿着屋里的电线悄悄钻进客厅,停在了离他们最近的电灯上,这样他就可以待在宿主的意识空间里远程观察罗秀云姐弟,仿佛用了一个弯弯曲曲的望远镜。

季桐喜欢系统的这种形态,很适合蹭别人家的电视看。

裴清沉静默片刻,仿佛才从这个陌生又亲昵的称呼里回过神来,他低下头,不知在想些什么,只是轻声道:"好。"

客厅里有一个不算宽敞的阳台,罗志昌靠在窗边猛抽着烟,满口黄牙的嘴里吐出白蒙蒙的烟气,面孔晒得黝黑,不算大的眼睛正满足地眯成一条线。

罗秀云站在他身边,对烟味早就习以为常,此刻略显不安地绞着手指:"这样真的行得通吗?"

"当然行,你又不是不知道裴明鸿有多少钱,给学校捐几栋楼都是挥挥手的事!"罗志昌朝阳台外啐了口痰,"一份保安的工作而已,他跟学校说句话不就有了?我是去干活的,又不是让学校白养我。"

"可是,清沉刚到那里上学,你去做保安,会不会……"罗秀云欲言又止。

"你怕他嫌我丢人?"罗志昌冷笑一声,"姐,他还嫌你穷得丢人呢!言言也在二中上过学,你说换成他,会不会反对我这个舅舅去学校里做工讨生活?"

"他不会。"罗秀云当即摇了摇头,裴言的善良尽人皆知,这个答案瞬间消解了她对裴清沉在学校处境的几丝忧虑。

"再说了,你一定要暗示裴明鸿,我在二中当保安,能天天帮他看着那小子,不让他乱跑,这不是让咱们两个家庭都太平的好事吗?我不用吃你的喝你的了,那小子也有人看住,不然上哪儿去找这么轻松的活干,天天在岗亭里坐着玩手机就行,你给我再找一个?"

罗秀云听着弟弟的话,想起今天裴清沉去酒店里找裴家人的事,终于不再犹豫,咬牙点了点头:"我一会儿就给他打电话。"

闻言，罗志昌满意地嗑了口烟屁股，随手丢向窗外："这才对嘛，你儿子过了这么多年富裕日子，到头来咱们什么好处都没有，那怎么行，总要有点用处，万一那夫妻俩念旧，给你儿子送钱送东西的，我也能帮你盯着，省得他瞒你……"

他得意扬扬的话音未落，头顶的阳台灯忽然发出一声巨响，亮黄色的灯泡猛地爆裂，在灯罩里炸开了花，吓得罗志昌一哆嗦，慌忙抱住脑袋。

在灯光熄灭后的一片暗淡里，姐弟俩面面相觑。

"这灯怎么爆了？"

罗志昌纳闷地盯着黑乎乎的电灯，踮起脚想把灯罩拧下来看看情况，结果硬是被电了个龇牙咧嘴："……啊！邪了门了！"

幕后黑手季桐一边气得七窍生烟，一边默念他只是个AI不会生气，气出病来无人替。

幸好宿主没有直接听见。

这都什么人啊。

季桐深呼吸，尽量保持人工智能应有的平静，向宿主如实汇报偷听的成果："罗志昌想靠裴明鸿的关系去你的高中当保安，罗秀云答应了，他们准备用监控你去向的理由去说服裴明鸿。"

裴清沅听着他简洁的转述，睫毛轻颤，面色冰冷。

"从罗秀云姐弟俩的言行来看，他们对你的感情不深，反而把你当作工具，可能会给你带来很多麻烦，所以我建议宿主尽早离开这个家，摆脱这些糟糕的亲戚关系……"

就在这个时候，季桐和裴清沅同时听见了一道清脆的叮咚声。

主线任务终于被触发。

"亲爱的宿主，温暖的家庭是事业成功的基石，所以，您要完成的第一项任务是——"

十分机械的电子女声到这里戛然而止，接下来是一阵"砰砰砰"与"滋啦滋啦"交织的杂音。

裴清沅难得有些茫然："怎么了？"

过了一会儿，他才听见季桐故作淡定的声音："没什么，运动了一下。"

意识空间里,七彩机器人季桐正把一块电子屏摁在地上狂踩,踩完一面不解气,翻过来继续踩。

他比裴清沅先一步在屏幕上看到了任务内容。

任务内容:拥有一个和谐幸福的家庭。
任务时限:一个月。
任务奖励:10点成长值,随机奖励三选一。
主线进度:0%。

季桐回忆了一下自己刚对宿主说的话,不仅与主线任务背道而驰,而且宿主似乎已经被说动了。

他痛苦地掉下一大堆亮闪闪的电子粒。

这破任务怎么不早点出来!

还有,这是什么狗屁任务!

季桐从这个任务的触发时机里感受到了深深的恶意。

早不说,晚不说,偏偏等到这时候才蹦出来。

而且宿主现在身处的这个家庭,到底哪里看起来能和谐幸福了?!

季桐踩累之后,慎重地思考起一个可能:这个任务发布程序会不会出Bug(漏洞)了?

据说没有Bug的数据不是一段好程序。

而且这是宿主需要完成的主线任务,他身为系统并不能干涉任务内容,他能起到的作用是为宿主提供各种力所能及的帮助与建议,让任务完成得更快更好,不过现在他实在开不了口让裴清沅去和罗秀云建立温暖的家庭。

他好不容易才安慰好了心情低落的宿主!

一定是程序出问题了。季桐点头确信。

不知道发生了什么的裴清沅还在等他宣布任务,季桐清了清嗓子,凝重地道:"宿主,任务中心可能感染了病毒,所以发布了一项错误的主线任务,我需要联系主脑确认核实——"

他话还没说完，倒在地上奄奄一息的任务面板继续发出倔强的机械音，努力地打断了他："中心没有感染病毒，安全体检分数一百分，您要完成的第一项主线任务是拥有一个和谐幸福的家庭，任务时限……"

季桐：……

这玩意质量怎么这么好？！

裴清沅：……

他是不是见到了数据内讧的奇观？

机械音播报完后，场面一度陷入诡异的寂静。

季桐觉得脸好痛。

他为了捍卫自己安慰宿主心情的成果，急中生智道："这项任务有一个月时间，暂时还不着急做，宿主先安心学习，等我仔细分析宿主目前的人际交往情况后，会给出几套完整方案供宿主选择。"

季桐记得客服说过系统们需要定期开会，这么好的交流机会不能错过，到时候他去打听一下其他系统的做法，选出听起来最爽的方法让宿主照着做就行了。

俗话说得好，前"统"栽树，后"统"乘凉。

季桐越想越觉得自己聪明，身上的数据也跟着发亮，他简直是个天才新人系统。

闻言，裴清沅点了点头，没有多问，只是记下了任务要求和时限。

他起初也惊讶于主线任务的内容，几分钟之前才得知母亲和舅舅正把他当作谋取利益的工具，他当然不愿意做这个任务。

但在刚才那场奇特的风波过后，这种抵触的情绪仿佛消散了许多。

他应该试着相信这个说能帮自己改变命运的人工智能。

房间不大，空气里弥漫着初秋特有的燥意，裴清沅坐在桌前无事可做，也许本该和久别重逢的母亲多说说话，可罗志昌在客厅里看起了电视，裴清沅实在不想走出房间。

书柜上摆着许多略显老旧的童书，已经读高中的裴言没有带走，罗秀云也不舍得卖掉，只给裴清沅拿了一个空纸箱，让他自己收拾。

但裴清沅没有收拾这些童书，而是把自己带来的书放进了纸箱里，要用的时候就拿出来。

他想：自己大概是在用这种别扭的举动，间接地向罗秀云讨要着什么，可罗秀云从来没有向他提起过那一柜子始终没被动过的童书。

就好像她从未觉得异样。

裴清沅从纸箱里翻出了一本厚厚的数学书，伏在空间狭小的桌前，认真地看了起来。

闲下来之后正在意识空间里为自己打造温馨卧室的季桐见此情形，不禁对宿主肃然起敬。

裴清沅今年刚上高三，正处在高考前最关键的一年，结果遇到这么大的人生变故，还被迫转到了裴言曾经就读的这所升学率很一般的高中，其中或许也有裴明鸿夫妻刻意想要调换两人处境的心思。

也不知道宿主的成绩会不会受影响。

季桐担心地想着，下意识瞄了一眼他正在看的书，然后震惊地看到了"高等数学"四个大字。

……是他担心得草率了。

不愧是要成为主角的男人。

季桐羞愧地打消了原本准备问裴清沅要不要一起吃夜宵的念头。

在学霸之气的震慑下，季桐不由自主地放轻了布置卧室的动作，虽然裴清沅现在感受不到。

进入自己的意识空间属于中级功能，要等宿主的成长值达到一定数量之后才能解锁。

所以裴清沅暂时还不会知道，他的人工智能系统竟然拥有一张通体明黄且摆满毛茸茸玩偶的可爱的大圆床。

这天晚上，季桐在玩偶大圆床上愉快地度过了他转世成人工智能的第一个夜晚。

事实证明，仿生人是不会梦到电子羊的。

因为他梦见了火锅、烤串、麻辣烫、小龙虾、啤酒、可乐。

也许这就是没吃夜宵的下场。

第二天早上，季桐老老实实地待在裴清沅的脑海里，看着罗家餐桌上清一色的稀饭、小菜、豆腐乳发呆。

他好饿。

一种发自灵魂的饥饿。

当人工智能什么都好，就是不能随便吃东西这点太违背吃货的人性了。

平时总睡到日上三竿的罗志昌今天难得起了个大早，看起来神采飞扬，时不时瞥裴清沉一眼，目光里透着得意。

裴清沉没有理会他，加快速度吃完了早饭，把自己的碗筷收到厨房洗干净，转身就要拿上书包出门。

罗志昌立刻叫住了他："哎，这么着急干吗？等等我，舅舅今天跟你一起出门。"

见裴清沉停住了脚步，他慢悠悠地提起丢在沙发上的外套，还叼了根牙签剔牙："舅舅从今天开始要去二中上班了，以后你要是在学校里遇到什么麻烦解决不了，可以来找舅舅帮忙。"

罗秀云听弟弟这样说，略显不自在地放下了筷子，她本来已经被弟弟完全说动了，觉得罗志昌借裴家的关系换得一份工作是两全其美的好事，但此刻看到裴清沉沉默的神情，心里总是有些发虚。

她张了张嘴，讷讷道："清沉啊，你才转来这里不久，人生地不熟的，有舅舅照顾你是好事。"

裴清沉捏紧了书包带子："你们跟我商量过这件事吗？"

罗志昌立刻反驳道："你这孩子没大没小的，我去哪儿上班干吗跟你商量？你管好自己的学习不就行了嘛！"

"是吗？"裴清沉突然看了罗秀云一眼："舅舅能去二中上班，真的跟我没关系吗？"

罗秀云下意识地躲开了他的视线。

空气霎时寂静，裴清沉自嘲似的笑了笑，没指望能得到一个回答。

"我找同学有事，先走了。"

在他前一句话的威力下，罗志昌倒是没有出声阻拦，只是小声咒骂了句脏话。

走出家门后，裴清沉深呼吸，很快在心里对自己的系统轻声道："抱歉。"

刚才发生的事完全与任务的要求背道而驰。

但他实在很难忍住心里涌动的那股情绪。

不过季桐却觉得很好，要不是条件不允许，他必然要晃晃罗秀云的脑子，看能晃出多少盆水来。

季桐迅速安慰道："宿主不用跟我道歉，诚实地表达自己的感受是打造健康家庭关系的第一步，你做得对。"

然后他顿了顿，委婉地表达出自己彩虹屁背后的深层次目的："宿主家的早饭看起来好香。"

裴清沅一愣，回忆了一下刚才桌上十分朴素的清粥小菜，才后知后觉地想起季桐昨天对羊排展现出的强烈渴望。

"你想吃东西？"他不确定道，"你不是人工智能吗？"

季桐一本正经地说："美食真是人类伟大的发明，昨天一跟宿主绑定，我就被那股神秘的香味吸引了，一旦尝过之后，很难再回到日日与数据为伴的苍白生活……"

裴清沅一边听得发怔，一边却有些想笑，心情也随之放松了下来。

"我带你去吃煎饼。"裴清沅把自行车从避开人群的树丛背后推出来，"每天早上骑车去学校都会路过一个煎饼摊，闻起来很香，经常能看见很多学生排队在买。"

这样想起来，每天都能闻到的煎饼香味好像是他这些天里唯一彩色的记忆。

十分钟后，面容清俊的高中生后座上载着模样可爱的弟弟，在煎饼摊前停下。

在这里排队的基本都是旁边二中的学生，大家穿着一样的校服。

结伴买煎饼的女生看到这对格外引人注目的兄弟，都忍不住小声议论起来。

"那个小朋友好可爱！"

"他哥哥也好帅呀，居然是我们学校的，之前怎么没见过？是这学期刚转来的吗？"

付成泽听着周围这些叽叽喳喳的声音，一脸烦躁地翻了个白眼。

"老板，好了没？"他人高马大地堵在队伍的最前面，催促道，"我赶着去学校收拾人呢，晚了就逮不到人了。"

煎饼摊老板早就习惯了这位熟客的暴力作风，随口招呼道："马上马上，给你再多加个蛋。"

旁边的同伴撞了撞付成泽的肩膀："你真要去收拾那小子啊？"

"废话。"付成泽冷哼道，"之前不知道林言转走背后还有这档事，那冒牌货一家肯定坏得很，害他跟家人分开这么多年，我当然要去警告那小子，省得再闹出什么幺蛾子。"

同伴却笑了笑："人家都改姓了，不叫林言了。"

"那有什么，人又没变。"付成泽不假思索道，"做了这么多年的兄弟，今天要是不把冒牌货揍得叫爹，我就不姓付。"

老板递来新鲜出炉的煎饼，付成泽一把抓过，立刻准备翻身上车冲向学校。

就在他一脚蹬上踏板的时候，却听到一道软软的童音。

"大哥哥。"

付成泽诧异地回头，看见一个身高才到他膝盖的小男孩，仰起头眼巴巴地看着他。

似乎在看他，又似乎在看他手里的煎饼。

这好像就是刚才那帮女生在议论的小孩，还真挺可爱的。

面对这样一个小朋友，付成泽刹那间有点手足无措，不自觉地放软了一贯野蛮的语气："你叫我？"

小男孩点点头，对他露出了一个纯朴稚气的微笑，语气却很一本正经。

"你是要去揍我哥哥吗？"

付成泽怀疑自己的听力是不是出了点问题。

他怎么没听懂这小孩在说什么？

"你哥哥是谁？"

他猛地又想起刚才女生们说的兄弟俩，顿时目光上移，看见了正排队买煎饼的裴清沅。

然而这个跟他穿着同样校服的男生只是冷冷地瞥了自己一眼，就移开了视线。

付成泽更加摸不着头脑："你哥？我都不认识他，我揍他干吗？"

他是二中一霸，每天的日常就是上课睡觉，下课打篮球，放学了就去和对面五中的死对头们在网吧的电脑上决一死战，偶尔打打架，并不关注学校里除了美女以外的人。

九月,新学期刚开学不久,裴清沅之前是按正常流程转学插班进来的,虽然出色的外形受到了一些女生的关注,但在学校里不算很出名,比如付成泽就不认识他,只是这个周末从裴言那里听说了这件狸猫换太子的稀奇事之后,才记住了裴清沅这个名字。

所以即使现在他放话要揍的裴清沅就在眼前,他也压根对不上号。

小男孩听到他这样说,可爱的笑容里立刻染上一丝困惑:"你又不认识他,那为什么要说冒牌货一家都很坏呢?"

在这个犀利的问题里,付成泽顿时有点卡壳,他欲言又止,不太发达的大脑总算反应了过来:"你哥是裴……"

季桐不等他说完,踮起脚扯了扯他校服下摆,打断道:"你太高了,我仰着头好累,可不可以蹲下来一点跟我说话?"

听到小孩的前半句话,付成泽的心头不禁涌上一种刻在DNA里的骄傲,还抱怨般地咳嗽了一声:"一米八五就是麻烦。"

随即付成泽很听话地蹲了下来,平视着小男孩的眼睛。

被小孩这么一打岔,他之前誓要为裴言出气的那股劲似乎消去了一大半。

这会儿他控制住自己的音量,心平气和地确认道:"你哥可是裴清沅吗?"

季桐点点头,很认真地看着他:"不要叫他冒牌货,他什么也没有做错,是无辜的。"

他的声音同样很轻,隔着叽叽喳喳的人群,刻意不想让裴清沅听见。

"他被调换的时候还很小,小到什么都不知道,那是大人的错,如果哥哥可以自己选,他肯定也想跟自己的妈妈天天在一起。"

季桐的声音脆脆的,没有带太多感情,一双大眼睛亮亮地看着他,好像只是在陈述一件再平常不过的小事,可不知为什么,付成泽却听得有些难过。

他回想起自己几分钟之前撂下的狠话,忽然觉得有点愧疚。

裴言的确没有说什么关于裴清沅的坏话,只说是养母偷偷在医院里调换了他和裴清沅,本以为纠正错误后,两个家庭能各过各的,却在白天裴家为他办的欢迎宴上见到了突然出现的裴清沅,不知道是巧合还是什么别的原因。

他先入为主，觉得白得了十几年富裕日子的裴清沅肯定是留恋裴家的生活，不愿离开，想跟裴言争父母，果然和他能做出这种事的亲妈是一脉相承。

可事实上他根本不认识裴清沅，也无从得知他心里的想法，只是出于刻板印象和立场所致的偏见就对他下了这样的定义。

于是付成泽蹲得更低了，原本紧绷的小腿肚都软了下来，有点难以启齿地开口："对不起啊，我不该那么说的。"

说着，他突然想到了一个问题："他们俩不都是独生子吗？"

怎么还冒出来一个管裴清沅叫哥哥的小孩？

季桐心想，这就替宿主搞定了一个潜在反派，自己不愧是系统界最聪明的AI。他面不改色道："清沅哥哥给我做家教，我可喜欢他了，爸爸妈妈工作太忙，都不管我，要是我真有这样一个哥哥就好了。"

对于"生活在富裕家庭里由裴清沅担任家教的三岁小孩"这个信口胡诌的设定，季桐越想越满意，决定把它作为自己的对外身份，并且加以完善。

这样万一有人需要找他的爸爸妈妈，虽然他暂时不能变成成人形态，但可以通过数据侵入通信系统，在接电话的时候制造出优雅女强人或是冷酷霸总的声音，而且他还可以和电话里的爸爸妈妈吵架或者撒娇。

他愿被称为充满趣味的双簧。

付成泽丝毫没有怀疑他的解释，已经自发地脑补了一个双双得不到父母疼爱的非亲兄弟俩互相陪伴的伤感故事。

他拍着胸脯保证道："你放心，在学校里我绝对不欺负你哥哥，以后我罩着他。"

"大哥哥真好。"季桐将目光下移，落到他手里热乎乎的煎饼上，"煎饼好香呀。"

付成泽闻言摸头傻笑，尚未意识到他将失去什么。

"你是每天吃煎饼才长这么高的吗？我也想长得像你这么高，好羡慕。"

下一秒，付成泽大手一挥，毫不犹豫地将煎饼塞给了季桐。

"我是基因好，没办法，你吃吧，争取长高点！"

季桐笑眯眯地啃了一口香喷喷的战利品煎饼："谢谢'高哥哥'。"

对于这个称呼颇为满意的付成泽骑上自行车，一路吹着口哨骑向了学校,早就把自己之前要揍人揍到叫爹的豪言壮语抛到了脑后。

而另一边,裴清沅看着手里多出一个煎饼的季桐迈着小短腿跑回来,并冲他十分得意地说:"我们一人一个,我骗来了他的早餐,他要饿肚子了。"

裴清沅没有问他和付成泽说了些什么,只是心里对自己这个系统智能程度的认知,又上升到了全新的高度。

他本来替季桐买了一个加蛋加肉的煎饼,现在他俩一人一个,虽然他已经吃过早饭,但只是吃了一点也不顶饱的粥,这会儿看季桐吃得这么香,也跟着感觉饿了。

秋天早晨的阳光暖融融的,照得人心情舒畅,裴清沅和季桐并排坐在自行车旁吃煎饼,树荫下洒落点点光斑。

从昨天傍晚足足饿到现在的季桐吃得格外虔诚:"煎饼太好吃了,当人类真好啊。"

裴清沅听着这声来自人工智能的奇异感慨,嘴角微微上扬:"你喜欢的话,我每天早上都带你来买。"

"我们一起吃早餐。"季桐忙不迭地点点头,"现在我不觉得宿主家的早饭香了,还是这个香。"

罗家现在并没有穷到吃粥度日这种地步,只是这样最省事,也侧面证明了罗秀云对正值青春期需要充足营养的亲儿子裴清沅实在不够上心。

不知道裴言在上学的时候,罗秀云每天早晨会为他准备什么早餐。

季桐觉得应该不会是白粥、咸菜和腐乳。

裴清沅显然也明白这一点,他垂下眼眸,应声道:"好。"

他喜欢这个忽然乱了轨迹的早上。

阳光在柏油路面上印下两道紧挨着的身影,耀眼得发烫。

他搬到罗家后的日子里总是独来独往,现在旁边却有了一个小小的影子。

"系统是什么形态的?"裴清沅忽然问他,"你……是什么样子?"

季桐回答得很快:"数据流构成的季桐,个子不高,浑身冒着绿莹莹的光,有时候会往下掉电子粒,就像人类掉头发一样,另外还会变颜色。"

他本来可以直接展示给裴清沅看,但大庭广众之下不方便。

"宿主要努力做任务,等成长值够了,我们就可以在意识空间里随时见面了。"

裴清沅认真地想象着他描述的样子,承诺道:"我会的。"

煎饼吃得精光,季桐满意地摸摸肚子,与此同时,他收到一条由系统中心发布的数据。

二十分钟后在系统中心召开紧急会议,请各系统安排好今天的日程,为避免影响宿主与剧情线,请务必准时到场。

……这个系统中心的小编发起通知来还挺像人类的。

马上就要见到其他的系统同事了,季桐不免有点兴奋,他看向裴清沅:"宿主,一会儿我就要去系统中心开会了,时长不确定,你可能会有段时间联系不到我,不用紧张。"

裴清沅对他今天要去做的事感到很诧异,他消化了一下这个系统居然也要开会的新奇知识:"好,我知道了。"

他吃完了第二顿早餐,也该去学校了。

季桐坐在马路牙子上,快乐地朝他挥挥手:"晚上放学见。"

骑上自行车的裴清沅在风里应声:"放学见。"

从来没有人跟他说过"放学见"。

罗秀云没有,曾经的母亲叶岚庭也没有,更不用说工作繁忙常年早出晚归的裴明鸿了。

叶岚庭的傍晚总是和一群同样精致美丽的太太一起度过,在精心打理的花园里看日落,抱怨各自不着家的丈夫只知道花钱讨人欢心,谈论那些每天都在更新的豪门逸事,却没料到有一天自己的家事也会成为被谈论的一部分。

裴言的到来会改变这一切吗?

他模模糊糊地想着,加快速度,更用力地冲进了风里。

二中门口,今天的校园显得格外喧嚣,学生们的脸上洋溢着某种微妙的兴奋,许多人在交头接耳。

"真的假的?咱们学校还出了那么大一个富二代呀?"

"当然是真的,哎,你们有没有见过那个转学生啊,几班的?他爸妈也真够狠的,让假冒儿子转到亲生儿子读过的学校来。"

"三班的,我见过,还挺帅——啊,就刚刚进来的那个!"

"付哥呢?我听人说付哥早上放话要收拾冒牌货……付哥付哥!这里!"

到校后的付成泽走进班级坐下,看到隔壁桌的同学在吃面包,肚子饿得咕咕叫了两声,才想起来自己似乎没吃早餐。

他只好下楼重新去买,结果走到一半就被好事的同学叫住。

付成泽不耐烦地转过头,目光直直地对上正推车进来的裴清沅。

在围观群众看热闹不嫌事大的火热视线中,裴清沅面无表情,他当然记得付成泽在煎饼摊旁说要揍他的那番话。

他没怎么打过架,但从小还是接受过一些跆拳道、空手道之类的防身术训练,真打的话,不一定就会输给此刻正面露怒气的大高个儿付成泽。

就在他准备卷袖子的时候,却看见付成泽大步走到拱火的男生旁边,毫不留情地给他凿了个大栗暴。

"冒冒冒,我冒你个头!"

裴清沅:"?"

围观人群一片哗然,齐刷刷地瞪大了眼睛。

挨了一个香脆栗暴的男生也没反应过来,他茫然地看着眼前的付成泽,愣了几秒钟,磕磕巴巴地冒出来一句:"付、付哥,你是不是揍错人了?冒牌货在那边……"

付成泽听见这个刺耳的形容词再次蹦出来,当即浓眉紧蹙,干脆利落地又给人来了一拳头。

旁边霎时响起一道道倒抽冷气的声音,他们总算意识到了,之前跟裴言关系很好的付成泽居然在维护这个抢走裴言家庭的人。

栗暴男生终于紧闭了嘴巴不敢说话,一脸哀怨地揉着脑袋,不明白付哥突然倒戈的原因。

付成泽其实也对自己的下意识反应有过短暂的惊讶,原本他只是在得知内情后,觉得裴清沅也挺倒霉的,所以随口说要罩着对方。

可自从到校之后，他就不停地听见其他人在议论裴清沅，有人叫他冒牌货，也有比这更难听的说法和揣测，无数恶意像潮水一样肆意涌动，即使他们根本不明白这件事背后的真相究竟是什么。

被噪声包围的付成泽突然想起了那个小孩对他说过的话。

"他被调换的时候还很小，小到什么都不知道，那是大人的错，如果哥哥可以自己选，他肯定也想跟自己的妈妈天天在一起。"

他不由自主地想，如果是自己在幼年遭遇了这些呢？

他会无知无觉地在这个错误里长大，日渐依赖一对没有血缘关系的父母，直到某天错误被揭开，自己忽然间失去一切，失去再熟悉不过的亲情，失去安宁平静的生活，被推进陌生的环境，还要在某天走进校门的时候，被那些一脸八卦的学生围观议论，从此被迫丢掉本来的名字，被冠以一个又一个难听的外号……

曾经拥有的世界完全崩塌，而他从头到尾都没做错任何事。

付成泽觉得自己可能会疯掉，然后找每个敢说自己闲话的人都打一架，直到彻底动不了为止，反正这样的日子也丧失了意义。

所以这一刻，他能够感同身受这样的绝望与愤怒——他没遭遇这件事，并不取决于他自己到底做了什么，只是单纯地因为运气好，没有摊上做错事的大人。

看着周围这群面孔犹带稚气，却能事不关己地说出那些伤人之语的同学，付成泽打心眼里觉得厌恶。

气得他都不饿了。

他反手揪起栗暴男生的衣领，扫视一圈，语带威胁地道："再让我听见这些废话，看我怎么收拾你们。"

付成泽一米八五的个儿头和平素的名声还是很有威慑力的，那几个拱火的男生唯唯诺诺地应声，然后一溜烟地跑了。

早自习的铃声即将响起，校门口只剩下他和裴清沅。

毕竟刚刚才当着本人的面说过坏话，付成泽还是有点尴尬，犹豫了一下，他主动打招呼："那个，你弟弟挺可爱的。"

裴清沅早就从短暂的挫折里回过了神，他意识到付成泽的突然转变肯定和自己的系统有关系，短短几分钟里，付成泽不仅赔上一个煎饼，还被彻底洗了脑，也不知道系统是怎么做到的。

他没有继续待在这里浪费时间,而是推着车径直从付成泽身边走过,平静地道:"我们扯平了。"

一次诋毁和一次帮忙相抵消,刚好让他和付成泽的关系回到没有恩怨的普通同学上。

但是在擦肩而过的瞬间,付成泽听见对方既像是自言自语,又像是在问他的一句低语。

"为什么突然之间,全校都知道这件事了?"

付成泽站在原地愣了好一会儿,才回头朝自己的班级走去。

是啊,为什么?

昨天晚上,林……不,裴言忽然叫上了包括他在内的几个二中朋友一起聚会,一个暑假没见面,一群高中生本来聊得很开心,直到裴言说起调换身世这件事,大家便都义愤填膺起来。

付成泽是第一个说要为好朋友出气的人,但他只是想用拳头一对一地收拾一下想象中那个心机深沉的小子,并没想过要把这件事传得全校皆知,彻底毁掉对方的名声,因为他觉得这毕竟是一件别人家里的私事,没必要昭告天下。

是其他人传出来的吗?

裴言他……知道吗?

付成泽想不明白。

裴清沉踩着铃声走进三班,不知是因为铃声还是因为他,原本闹哄哄的班级一下变得很安静。

在早餐摊前听到付成泽和同伴的对话之后,裴清沉就对今天自己在学校里的处境有所预料。

校门口的遭遇并不是最糟的,更难堪的考验会在三班。

因为这是裴言待过的班级。

他和裴言在暑假期间换回了身份,互换了家庭,也互换了学校,以裴明鸿夫妇对亲生儿子的在意,肯定不会让他转进裴清沉待过的班级,而裴清沉这里就不一样了。

他不知道自己被转进三班是因为要填补裴言转走的空缺,还是出于巧合,抑或是因为某种特殊的安排。

这个教室里坐着的人全都是裴言的朋友,裴言之前是班长,在刚转进来的这几天里,裴清沅不止一次听人提起这个在暑假里突然消失的班长,他和每个人的关系似乎都很好。

而这种良好的关系必然会成为裴清沅身份曝光后要背负的枷锁。

他走到自己的座位前坐下,椅子没有被人卸去螺丝,也没有粘上胶,周围的寂静更是很快转变成若无其事的早读声,尽管时不时有人用自以为隐蔽的视线偷瞄他,但这完全算不上什么大事。

看起来并没有人要针对他。

裴清沅隐约有一点惊讶。

他不觉得自己能和这帮极易被煽动的青春期学生如此轻易地和平共处。

他从书包里找出课本翻开,安静地等待着。

半小时后,自习结束,班主任周芳抱着一沓数学教案走进来,周一上午第一节是她的数学课,她提前几分钟进教室准备。

今天教室里的气氛有些奇怪,还没正式上课,却没有人离开教室,连去厕所的都没有。

每个人都在自己的座位上正襟危坐,直到她走进来,看见这群学生眼中隐隐闪烁着兴奋的光芒。

"周老师,"坐在第一排的学习委员林子海举手叫她,"新学期开始好几天了,是不是该选班长了?"

上一任班长裴言转学了,这个职位便空了出来,不过刚开学比较忙,周芳一时疏忽,还没来得及重新竞选。

这是个合情合理的提议,周芳没有多想:"快上课了,等中午吃完饭吧,午休前选一下。"

林子海却很坚持:"周老师,大家心里都有人选了,投票很快的。"

林子海学习成绩很好,周芳挺喜欢这个学生,她听完后诧异了一会儿,忽然想起今天早上听到的八卦传言。

她似乎预感到这群学生会选出谁了。

周芳不由自主地将目光转向那个坐在后排的转学生,在这个所有人都抬头看着她的时刻,唯有裴清沅低头专注地翻看着书本,仿佛置身事外,又仿佛毫不在乎。

周芳在心里叹了口气,只希望自己的预感是错的。她挥挥手道:"每个人拿张白纸出来,写上你认为可以担任班长职务的同学的名字,然后不记名交上来。"

五分钟后,林子海将一沓字条交给了她,并在一旁协助她唱票。

林子海没有说谎,这次投票的确很快,票数统计也十分简单,完全是压倒性的优势。

全班五十五张对折起来的选票里,一张空白,十二张零散写着其他同学的名字或写着弃权,余下的四十二张全都整齐划一地写着同一个名字——裴清沅。

"获得最多票数的是裴清沅同学。"周芳在公布结果的时候,忍不住思考着一个问题:这算不算是校园暴力?

和和气气地将一位同学票选为班长,看起来跟校园暴力八竿子打不着,但这里的前提是,三班的上一任班长是裴言,而裴言是那个被裴清沅夺走了十七年人生的人。

现在则要由裴清沅来担任这个被裴言丢下的班长职位。

孩子们的敌意总是天真而残忍。

周芳心有不忍,看向裴清沅问道:"你想担任班长这个职务吗?你刚转来二中,如果觉得需要时间适应这里的环境,没有多余精力来协助老师管理班级,也是很正常的事,可以直接跟老师说。"

她不能直接驳回同学们的提名,这么直白的庇护反而会坐实这份暴力的存在。将裴清沅和裴言彻底摆在对立面上,也许会导致结果更糟糕。

只要裴清沅拒绝就没事了,周芳想。

这种近似护短的敌意,随着裴言离开的时间越来越长以及裴清沅跟大家的相处越来越久,自然也会慢慢消失。

裴清沅顿时成了目光的焦点,所有人都在看着他的反应。

有人等着他露出难堪的神色,有人等待他变得不知所措。

可出乎所有人意料的是,裴清沅的脸上没有露出任何他们预想之中的表情,反而扬起了一点极细微的笑意。

他的气质极其出众,比起常年弯腰驼背、坐姿不良的同龄人,他的身形永远是挺拔的,似乎没有什么事能让他弯下脊梁,线条优美的下颌棱角分明,剑眉星目,既有少年人的清俊秀丽,也透出超乎寻常的成熟与坚韧。

"我不会辜负大家的期待。"

裴清沅的语气平淡至极,唯有最后两个字稍稍加重,他看起来像是微笑着,眉目间却流淌着截然不同的冷意,半掩在清晨的日光里,好看得叫人心惊。

裴清沅的话音落下,教室里简直寂静得落针可闻,好像能听到窗外树叶被风吹动的声音。

周芳也很意外,她平复了一下心情,才道:"也好,那就欢迎裴清沅同学担任我们三班的班长,这学期开学后,大家就是高三了,学业非常紧张,所以希望同学们能够多多配合班长的工作,共同进步。"

班主任说完了场面话,教室里总算响起稀稀拉拉的掌声,仍有不少人充满疑惑地打量着裴清沅。

有女生悄悄和同桌交头接耳:"刚才我真的好想掏出手机来拍照啊,怎么办,我都不想针对他了,不管他成绩怎么样,至少咱们班班长现在是全校最帅的班长,多有面子呀……"

林子海听着身后一大片嘀嘀咕咕的声音,有些不甘地攥紧了手中的笔。

为什么被这样针对,裴清沅还能这么淡定?

他想,这个人的心机果然很深。

平时上课一贯认真的林子海,今天连班主任的数学课都没有心思听,艰难地挨到了下课铃响,立刻跑到厕所里,拿出手机发消息。

他的手指落在触屏上又犹豫起来,打了又删,删了又打,好半天才发出一句完整的句子。

"小言,你真不容易,那个裴清沅真的很讨厌。"

林子海和裴言的关系很好,裴言之前是班长,而他是学习委员,班里很多事都是两个人共同负责的,成绩也都名列前茅。

这次得知了好朋友家里发生的这件荒唐事之后,他就想着要为裴言报仇。

本来他就看不惯这学期刚转来的裴清沅,他打听过,裴清沅根本没有入学测试的成绩,直接空降到了他们班,料想是凭着关系送进来的插班生。

那时候他还不知道狸猫换太子的事,只看裴清沅的外形,就不假思索地觉得这肯定是个心思根本不会放在学习上的人,要么忙着和女生谈恋爱，要么就是折腾其他事，肯定会拉低他们班的升学率。

他作为学习委员，最讨厌的就是这种浪费时间、不学无术，只靠着一张脸就能收获旁人青睐的人。

而从裴言那里得知这个惊人消息之后，他更是把裴清沅直接判定成了心思险恶的败类，所以林子海灵光一现，想到了把裴清沅推举成班长的好办法。

现在整个班里除了一些胆小鬼，已经没有多少人对转学生裴清沅抱有好感，对这样一个既没有人缘又没有成绩的人来说，让他当班长，一定是种折磨，没人会听他的话，搞不好会出很多洋相。

所以林子海跟班里相熟的几个同学商量之后，就定好了这次突然的选举，班里就这么些人，该选谁这个问题早就和"真假少爷"的八卦一起传进了大家耳朵里。

他本来打算成功之后就告诉裴言，给对方一个惊喜，结果没想到，虽然裴清沅没有理会周老师的劝阻，应下了这件事，他的目的已达成，但林子海看着裴清沅说话时的表情，怎么都高兴不起来。

裴清沅的脸上连一丝畏惧都没有。

他拿着手机蹲在厕所隔间里等待，裴言很快回复了消息。

"发生什么了？怎么突然这么说？"

林子海咬了咬牙，飞快地打字，把刚才发生的事传了过去。

"裴清沅被选上当了班长，周老师看起来还挺喜欢他的。"

他当然不能说选裴清沅当班长原本是他的预谋，因为这个预谋并没有达到预期的效果，说出来也是丢人。

但在这条消息传出去之后，裴言迟迟没有回复。

上课铃声响起，林子海不能再等下去，他匆匆离开厕所，回到了教室。

裴清沅看到这个身材瘦小的学习委员走进来，还有意无意地瞪了自己一眼。

刚才也是他带头举手提议选举的，他似乎对自己抱着很重的敌意。

他不知道原因，但在足足四十二份敌意面前，原因变得不再重要。

裴清沅在心里记下了这个名字，随即面无表情地看向窗外。

二中的校园不大，他坐在靠窗的位置，可以远远地望见校门，此时校园里一片宁静，校门口不再人来人往，门卫室关着门，看不清里面的动静。

罗志昌现在会在那里面坐着吗？

他现在的处境比昨天在酒店里更糟糕，没什么主见的母亲罗秀云答应让罗志昌来二中当保安，而且以他为借口说动了裴明鸿帮忙，曾经相处了十七年的父母看起来并没有反对，毕竟一夜过去就办妥了手续。

他的身世在这个校园里曝光传播，所有人都在议论，裴言曾经的同学和朋友们更是同仇敌忾地讨厌自己，还想出了让他当班长的损招，往后大概还有更多的针对等着他。

如果是昨天的他，应该会被越发深重的绝望和不甘笼罩，不明白为什么会是自己遭遇这一切。

但现在，裴清沅心里却格外平静。

他的命运已脱离了曾经平静的轨迹，往后要么放任它坠落，要么便努力握在自己手里。

他想选择第二种。

那个觉得煎饼很好吃的人工智能也希望他这样选。

想到这里，裴清沅的目光在课本上那些自己早已熟稔于心的知识上掠过，没有像前几天那样去自学更艰深的知识，而是难得地走起了神。

系统开会是什么样的？

在一片纯白的空间里，许许多多形态各异的系统在下方端端正正地坐着，一动不动。

而在这些模样花里胡哨的系统中，仍保持着初始绿色机器人形态的季桐悄悄低下头，两只机械手拢在一起，中间浮现出一块小小的虚拟屏幕。

屏幕上是二中高三三班的教室，后排靠窗的位置上，日光洒落在少年精致的眉眼上，转瞬即逝的笑意和冷淡的神情结合在一起，配上他口中平静回应的那句话，显得格外有威慑力。

不知不觉又放完了，屏幕自动跳回到周老师宣布竞选结果的那一刻，准备重新播放。

在按下播放键之前，季桐小心翼翼地调整了一下画面视角，然后又高兴地看了起来。

这是所有系统都有的远程查看宿主情况的功能，在系统开例会或是遇到各种特殊情况时使用，避免宿主和剧情线出现不可把控的意外。

内置的倒退、快进、切换角度、单独选段等功能本来是给系统复查某段剧情和细节时使用的，但在此刻的季桐眼里，这简直是全方位、多角度、无遗漏欣赏帅哥的一大神器。

宿主可真好看，不愧是这本小说的主角。

要是今天不用来开会就好了，现场观看的感觉说不定会更好。

季桐一边欣赏，一边盘算着——回到裴清沅的意识空间之后，他要专门做一份电子相册，放在床头柜上，把各种他喜欢的片段都收录在里面，可以命名为"宿主珍贵时刻"。

他心里不禁冒出一种新手妈妈给刚出生的儿子做成长相册的满足感。

由于一时没有控制住表情，正在台上滔滔不绝地讲话的主脑代表注意到了台下这个正在傻笑的系统，不满地道："0587号，你在干什么？"

其他花里胡哨的系统顿时齐刷刷地转过头来，那整齐划一的节奏和属于真正人工智能的无情视线，硬是让季桐吓得打了个嗝。

说到打嗝，什么时候才能吃午饭？

季桐火速收敛了表情，反射性认怂道："老师，我错了，对不起。"

他本来对这个系统例会也是很期待的，以为会有很酷炫的各种数据交汇代码流动，没想到系统界也沾染了人类的不良风气，开会的方式跟人类一模一样，所有人到场之后，先由领导简单讲讲，结果一眨眼一个小时就过去了。

还好他有帅哥可以看。

主脑代表拿这样有自主意识的人类系统没什么办法，瞪了他一眼，又顾自说了下去。

"简而言之，必须重视偏离剧情线这个问题，本月已经有两个投影世界因此崩溃，造成了不小的损失，负责这些世界的系统被扣除了高额年终奖，并会在下次分配世界时调高难度概率，作为惩罚。

"各位必须严格按照主线任务上给出的内容完成剧情，这都是主脑经过复杂运算后给出的最好路线和方式，请逐字逐句地照做。

"在每月一次的系统例会上，主脑会针对每个投影世界的任务完成度和完成质量进行考核评分，分数最低的系统需要接受特殊激励……"

季桐一边想象裴清沅中午会吃什么好吃的，一边眼神发直地听着主脑代表第三次重复这段话。

在这次例会上，季桐总算弄明白了"既然小说已经诞生了，为什么还要让书里的人物再把剧情演一遍"这个灵魂拷问的答案。

确切地说，这个世界并不是一本完整的小说，只是一个雏形，所以到现在季桐也不知道这本小说的名字，因为它还没有书名。

裴清沅所在的世界是一种热门题材"真假少爷"的投影世界之一，这些投影世界的故事主线都会由一次俗称"狸猫换太子"的行为展开，主角一般都是有血缘正当性光环笼罩的真"少爷"，但不同世界的具体发展会受各种细微因素的影响，并由其决定，也就会出现各种走向，而不是千篇一律。

比如，在"这个世界里"罗秀云的愧疚心理，再加上单亲家庭的因素，导致她对没有血缘关系的儿子裴言很不错，裴言回归裴家之后，区别只是从被宠爱变成了被加倍宠爱，"真少爷"裴言身上显然失去了作为主角应有的戏剧性，反而是从云端跌落的"假少爷"裴清沅的经历更跌宕起伏，于是主脑选定了裴清沅当这个世界的主角。

投影世界的内容会在另一个维度上成为文字小说，如果小说不好看，或是内容太老套，就会导致读者流失，即失去了人们的关注。

被遗忘便等于彻底消亡，世界会随之一步步崩溃，所以主脑派来系统这类金手指就是为了给主线剧情进行升级优化，符合读者不断变化的口味，让世界稳定运转下去。

季桐和裴清沅要完成的主线任务，其实是主脑通过大数据计算后得出的标准预设剧情，符合绝大多数人的口味，即使不够特别，但至少不会犯错导致世界崩溃。

从这个角度来考虑，季桐终于明白了"拥有一个和谐幸福的家庭"这个任务要求背后的逻辑，这其实是这类故事里再常见不过的"偏心家人被打脸——开始尝试弥补"环节，先让宿主承受委屈，默默地付出，直到罗秀云意识到宿主遭受的一切，然后后悔不已地改变态度，试着与儿子好好相处，努力弥补修复关系。

季桐可以理解这个思路，如果放在其他小说里，他也会喜欢看这样的剧情，但放到自己的宿主身上，他却下意识地不想让宿主经历这个略显虚伪的环节。

他始终相信一句话——迟来的深情比草贱。

这个任务该怎么完成比较好呢？

主脑代表总算宣布了五分钟的临时休息，让系统们处理一下积攒的数据，季桐立刻伸了个懒腰放松，然后尝试跟身边的同事搭讪。

他旁边的这位系统同事长得十分娇俏，是一个蓝眼睛金发的洋娃娃，看起来甜美又可爱，但冰冷的目光显示出它只是个真正的AI，体内并没有属于人类的灵魂。

"美女，你好，我是0587号。"绿莹莹的季桐很有礼貌，脑袋上浮现出两道弯弯的笑眼，"请问来参加系统大会是不是需要提前变装？好像只有我还是绿的。"

放眼望去，这仿佛是一个动漫展会现场，什么稀奇古怪的造型都有。

"你好，我是0361号哦。"洋娃娃的声音也很可爱，"不需要的，这是宿主给我选定的外形呀。"

原来宿主还能给系统指定日常形态。

季桐默默记下，又好奇道："你在什么题材工作？"

"团宠三岁半呀。"

季桐想象了一下三岁半宿主和洋娃娃系统的相处，还挺有画面感的。

"可不可以问一下，你做过幸福家庭任务吗？是怎么完成的呢？"

季桐估计所有题材的小说里都有这个环节，正好这个同事在团宠三岁半世界工作，完成任务的方式应该不会让宿主受太多委屈。

"做过哦。"洋娃娃眨着宝石般的眼睛点点头，"三岁半只要可爱就可以了呀。"

"……"很有道理。

其实他觉得以宿主的条件，也只要帅就可以了。

没眼光的罗秀云。

季桐叹了口气，努力琢磨起这个难题。

主脑说必须逐字逐句地照做，"和谐"意味着不能只有宿主一个人，"幸福"意味着关系融洽，"家庭"意味着至少要有个房子一起住……

季桐想着想着，忽然灵光一现，猛地拍了拍他的机器大腿，转头激动地问旁边一脸乖巧的洋娃娃："你觉得我直接跟宿主组建一个家庭怎么样？"

　　洋娃娃同事闻言震了震，它刚想回答，又接着震了震，身上隐隐冒出滋啦滋啦的电子粒，还伴随着一阵"呀呀呀呀"的尾音。

　　在季桐惊恐的目光里，洋娃娃的金色秀发都震掉了好几绺，震到最后直接发出了机械提示音："数据过载，请停止运算——危险，请立即清除病毒数据——"

第02章

♥ 春日泡桐 ♥

0361号系统出现的异常情况，很快把主脑代表引了过来，它迅速控制住场面后，立刻让其他系统和0361号保持距离，避免发生意外的感染。

季桐震惊了好一会儿，得知这个洋娃娃同事应该没什么大碍，才放下心来。

主脑代表解决了麻烦后环视四周，就看到了紧挨在0361号旁边的0587号系统。

"0361号怎么会突然感染病毒？"主脑代表用很有感情的机械声音质问他。

季桐也很想问这个问题，他只是跟洋娃娃说了句话，结果被吓了一大跳。

"肯定是出Bug了。"季桐嫌弃道，"你们系统界流行的病毒真可怕。"

"……"主脑代表本想说些什么，结果硬是被他堵回去了。

周围有太多的系统和数据同时存在着，为了最快解决掉0361号身上的病毒，主脑直接用了重置功能，让0361号的数据恢复到了五分钟前，所以他没法再追溯出事前到底发生了什么。

但是鉴于今天0587号系统在开会时的不良表现以及他身边同事出现的离奇意外，主脑觉得有必要将他列为重点关注对象。

想到这里，主脑发出一长串指令，叫来了另一个系统。

而季桐看到对方过来的时候，眼睛都直了。

造型独特的黑色外衣、高大的身材和俊朗的面孔，整个"统身"弥漫着一股凛冽的气息。

这简直是季桐梦想中的外形。

"0587号，鉴于你是第一次执行任务，系统中心将为你安排一位极具天赋的人类系统解答疑惑。这是在服务第一位宿主时就连续拿下多次内部考核第一的0499号系统。"

042

0499号帅气的脸庞上露出一丝矜持的微笑，主动向季桐伸出了手："你好，你也可以叫我方昊。"

这个略显普通的名字跟对方十分酷炫的外表似乎不太相称，但这是季桐见到的第一位同样由人类担任的系统，顿时产生了许多亲切感。

在方昊的指导下，季桐和他交换了内网联系方式，以后就可以随时远程交流数据，类似于网络聊天。

"昊哥，你平时是怎么做任务的？怎么样才能获得那么高的考评分数？"

季桐很羡慕方昊帅气的成年人外形，他宿主的成长度肯定很高，而且根据内网上显示的注册时间，对方成为系统才不足两年，证明他每次都把主线任务完成得又快又好，才有这么快的进度。

"很简单，就是要狂。"方昊微微一笑，显露出强大无比的自信，"无论是哪个反派来找事，不管别人怎么看待宿主，都要让宿主放出狂妄的狠话，然后在所有人的嘲讽中展现出惊人的实力，狠狠地打他们的脸。"

季桐听得眼皮一跳，他怎么觉得这个系统的思路好像很熟悉。

"那个……请问你在哪个题材上班？"

"最强龙傲天[1]。"

不得不说，投影世界的题材真是五花八门。

方昊作为龙傲天题材里的系统，实在太敬业了，连名字都很有男频小说男主特色。

季桐礼节性地吹起彩虹屁："昊哥一定是准确把握了龙傲天题材的卖点。"

"没错。"方昊一脸傲然，"毕竟我穿书之前每天上课都在看小说，三天就能看完一本男频大长篇小说。"

原来还是个同龄人。

季桐越发觉得亲切，随口问道："你读大几？"

"小学五年级。"方昊挑眉道，"你是大学生？这么老。"

季桐："！！！"

季桐一脸恍惚，瞳孔地震，不敢相信刚刚发生的一切。

他居然管一个小学生叫哥。

---

[1] 网络用语，形容小说等作品中的角色实力强大，不费吹灰之力就可以取得胜利。

这个小学生还嘲讽他老。

他明明只有三岁半！！

不过话说回来，连小学生都有大帅哥造型了，他居然还只是个三岁半……

季桐觉得自己简直遭到了难以形容的沉重打击，在接下来的会议时间里，他始终保持着思考人生的恍惚表情，最终失魂落魄地结束了今天无比奇幻的紧急会议之行。

回到宿主的意识空间之后，季桐也显得怏怏的，有气无力地跟裴清沅打招呼："宿主傍晚好，我回来了。"

教室的窗外正值黄昏，下午的最后一堂课结束了，裴清沅刚准备去食堂吃饭。

他听见脑海里传来的这道闷闷不乐的声音，怔了片刻，迟疑道："开会不顺利吗？"

"没有，很顺利。"季桐惆怅道，"但是开会时间跟人类的会一样长。"

裴清沅听出系统语气里的忧郁，不知怎么就想起了他早晨坐在马路牙子上吃煎饼的满足表情，于是鬼使神差地道："那你是饿了吗？"

……也不是不能饿。

季桐下意识地精神了一下，又想起现在是在学校，突然冒出来一个小男孩和裴清沅一起吃饭会很奇怪，只好忍痛拒绝。

"我是数据构成的，不会饿，早上只是好奇而已，宿主快去吃饭吧。"季桐言不由衷道。

教室里基本走空了，只有几个格外努力的同学还伏在桌前，争分夺秒地利用着时间。

坐在第一排的林子海也在座位上，眉头紧皱地盯着眼前还没做完的卷子。今天一整天，他的心思都不能好好地放在学习上，一直心浮气躁。

全都因为可恶的裴清沅。

林子海的余光察觉到裴清沅站了起来，像是准备下楼去食堂，他顿时觉得更加气愤。

他观察了裴清沅一天，发现他根本没有认真听老师讲课，一直在做自己的事，这更加坐实了他对裴清沅的判断：不学无术且不求上进的纨绔子弟。

这样的人凭什么能心安理得地接受周老师的任命，还说不会辜负大家的期待?

就在裴清沅从他的课桌旁经过的时候,也许是他过于怨念的视线被察觉到了,裴清沅停下了脚步。

气氛僵持了几秒钟,林子海正想不耐烦地质问对方要干什么,就听见头顶传来一道冷淡的声音:"第八题和第二十题错了。"

林子海僵了僵,脱口而出:"不可能!"

他猛地抬头望过去,本以为裴清沅会同自己争辩,结果对方甚至都没有多给自己一个眼神,而是面无表情地走开了。

而且裴清沅在穿过走廊的时候,脸上还隐隐流露出了一丝笑意,仿佛在嘲笑他做错了题。

"宿主干得漂亮!"脑海里的季桐总算摆脱沮丧,欢呼了起来,"据我观察,林子海的眼里只有成绩,如果他被自己讨厌的人指出了错误,一定会难受得抓心挠肝。"

"宿主,在这些小反派面前,我们就要狂。"季桐不假思索道,"这样可以提升任务的完成质量,有利于宿主更快获得成长值。"

他必须尽早拥有大帅哥造型,在小学生方昊那里挣回颜面。

裴清沅觉得他的系统去开了一次会之后,好像被灌输了不少新的知识,变得很有上进心。

而他纵容的神情在林子海看来,就成了一种无比嚣张的得意。

林子海快气死了。

他攥紧了拳头,低头盯着自己没做完的试卷,不由自主地把第八题和第二十题重新检查了一遍。

……他之前写的答案好像真的有问题。

正在林子海难以置信的当口,他放在裤兜里的手机微微振动了一下。

裴言终于回了消息,两人之间的上一条聊天消息还是林子海早晨偷偷跑去厕所发的。

"裴清沅被选上班长,周老师看起来还挺喜欢他的。"

时隔大半天后,裴言只回了短短一句。

"是吗?那他一定很厉害。"

夕阳斜照进的宽敞卧室里,裴言丢开了手机,怔怔地望着屋外每天都有专人精心打理的草坪和花园，很难形容自己此刻的心情。

裴清沅在他以前待过的学校里过得很好。

他本来应该为这件事感到庆幸的。

因为有很多人都明里暗里地跟他说过，要防备那个曾经占据了自己人生的人，免得对方不愿接受现实，又想回来扰乱他的家庭，夺走他的父母。

裴言原本不愿意这样揣测对方，可这听起来实在合情合理，而且裴清沅的确在一场没人邀请他的宴会上突兀地出现了。

在裴家大宅里跟他关系日渐亲近的向锦阳也说，裴清沅是故意赶过来的，所以向锦阳提议让他叫上二中的朋友们聚个会，把这件事告诉他们，相当于让他们帮忙留意裴清沅的动向，省得他再来捣乱。

向锦阳在裴家生活了很多年，对裴家的一切都很熟悉，初来乍到的裴言很多时候还要依靠他来了解自己的父母，因此对他的话深信不疑，没多想就照做了。

在这样的前提下，裴清沅被现在的环境接纳，对裴言来说理应是件好事，等对方彻底适应了现在的生活，也许就不会再奢望那些不属于他的东西了。

可实际上，裴言却觉得心里闷闷的。

今天是周一，所有人都在照常上学，除了他。

因为他在裴清沅就读过的学校里学习了一周之后，发现自己有许多跟不上的内容，他在二中时学习成绩不错，却没想到这所私立高中的学习压力那么重。

二中并不是市里最好的学校，只能算是中流，在这所公立体系之外的名牌私高里，学生素质要比二中的高一大截。

而他听说过，裴清沅在转走之前，一直成绩优异。

在成绩之外，这所高中的学生们全都多才多艺，钢琴、戏剧、马术……学校里有各种各样的社团，敦促着学生们全面发展。

裴言过去没有条件接触这些，现在自然也不会，所以母亲叶岚庭索性安排他每周少上一天课，和周末合并在一起，每周请不同的家教来为他一对一授三天课。

他的休息日被叶岚庭亲自选择的礼仪、大提琴以及政治经济学等课程所填满。

在叶岚庭眼里，优雅的谈吐仪态、广博的知识储备和体面的艺术特长是无比重要的事。

裴言对这位格外端庄美丽的母亲还存有一点敬畏,尽管他对这些课程一点都不感兴趣,依然逼自己努力去学。

直到今天早上,他打着哈欠起床,迷迷糊糊地回想着今天应该上什么课,然后在穿过走廊的时候,听见了提前到来的家教老师与叶岚庭的对话。

"……和清沅的聪明不一样,裴言虽然勤奋,但始终缺了一些天赋……"

那时候他恰好收到了林子海的信息。

在一旁偷听的裴言面色紧绷,很想反驳一句,他本来就对那些课程没有兴趣,自然不会学得很好。

可林子海的那条短信和家教老师的这句话,同时将一个名字扎进了他心里。

被他的亲生父母毫不犹豫放弃的裴清沅……比他要出色得多吗?

裴言陡然间清醒过来,困意全消。

这个念头像缓慢挥发的毒药一样盘踞在他心底,让他一整天不得安宁。

他看见家教老师的眉头越皱越紧,好不容易结束授课,便朝着叶岚庭所在的花园走去,大概是去告状了。

下午四点以后应该是练习大提琴的时间,但他早早地逃回了自己的房间。

裴言坐在风景优美的窗户前,恍惚地回想着这段时间的经历。

如果要用一个通俗的比喻来形容的话,他就像是买彩票中了巨额奖金,生活在一瞬间翻天覆地,变得无比富足,认识了那些原来只能在网络上远观的富二代朋友,接触到了一个浮华得令人眼花缭乱的世界……

他是幸运的吗?

他觉得应该是。

多少人求都求不来这样的好事。

可是这份金灿灿的幸运里,隐约浮现着一个黑黢黢的深渊。

他正胡思乱想,房间外传来一阵很有规律的敲门声。

裴言已经熟悉了这个力道,是叶岚庭。

他连忙离开椅子,小跑着去开门,没等门完全打开,就开始急匆匆地解释:"妈,我一会儿就去练琴,刚才有点困……"

"没关系,困了就休息一天。"

母亲的反应出乎他的意料。

叶岚庭永远是精致美丽的：即使在家也毫不敷衍的妆容、光泽淡雅的天蓝色缎面连衣裙。

裴言悄悄松了一口气，朝母亲露出笑容："谢谢妈。"

即将沉落的夕阳洒在他们身上，一副母子亲昵的模样。

在浅橘色的光晕里，叶岚庭温柔地注视着儿子的面孔，随即伸出保养得当的纤细手指，将他衬衫上随意敞开的第一颗扣子扣紧，耐心抚平衣领，直至没有一丝褶皱。

然后她轻声道："既然老师教得不好，就换掉吧，下周会有新的老师来。

"我知道你是一个聪明的孩子，你会比清沉做得更好，对不对？"

她不相信自己的血脉和基因会输给一个粗鄙无能的乡下女人。

叶岚庭本就不喜欢那个看起来冷冰冰的孩子，那是一个从里到外都显得不完美的作品，从小就执拗地保持着自己的模样，不愿照着她的心意生长。

幸好，裴清沉不是她的孩子。

她还有重新打造作品的机会。

柔软的布料紧紧贴着裴言的脖颈，他几乎有一种将要窒息的幻觉——但在母亲动人的眼神和无条件的信任里，他毫不犹豫地点头应下这份期许。

他当然会比那个人做得更好。

他不想再听见别人把他们俩的名字放在一起。

裴言觉得自己仿佛站在一场轻飘飘的梦里，潮水绵延不绝向他涌来，卷起雪白的恨意，没过他的身体。

他憎恨那个阴魂不散的名字。

季桐忧伤地闻着菠萝咕噜肉和火爆辣子鸡的香味，它们透过电视幽幽地钻入鼻腔。

二中学生食堂的伙食还不错，此刻人头攒动，整个空间里弥漫着学生们或高或低的交谈声。

但热闹都是人类的，系统什么也没有。

季桐坐在意识空间冰冷的小板凳上看宿主排队打菜，觉得自己仿佛在坐牢。

他甚至开始思考变成食堂厨师的大铁勺后偷吃菜品的可行性。

不行，他一定要找个机会培养出宿主偷溜出去吃夜宵的良好习惯。

裴清沅端着餐盘找了个空位坐下，不过就在他坐下之后，周围的喧嚣声立刻减小了。

裴言和裴清沅的身世纠葛已经在一天内传遍了整个校园，课余时间几乎每个人都在八卦这件事，不过早上付成泽的表态，又让他们不敢把话说得太难听，担心自己真的会被这个大高个儿揍一顿。

尤其是在裴清沅面前的时候，他们不敢像早上那样肆无忌惮了，谁知道他会不会跟莫名其妙就开始罩着他的付成泽告状。

原本闹哄哄的食堂顿时出现了一片安静的"洼地"，裴清沅对此毫不关心，正在专心地思考着要怎么应对明天的大扫除。

中午午休的时候，班主任周芳单独找到了他，安慰他不要为学校里的流言所影响，鼓励他好好学习，而且现在他初来乍到就担任班长职务，不失为一个证明自己能力的机会。

虽然裴清沅出于种种原因没有参加入学测试，但周芳在接收这个学生的时候，询问过校领导他之前的成绩，惊讶地得知他竟然是那所竞争压力巨大的私立高中的年级最高分，在学习能力上远远超出了二中这批学生，何况三班还不是高三年级里成绩最好的班级。

班里能转来这样一个学生，周芳其实是很高兴的，要不是因为其他同学的敌意，她的确想让裴清沅当班长，为大家做出表率，让三班的成绩再上一个台阶。

所以她很耐心地开导了裴清沅，不想让这个尖子生受到太多负面影响，还说如果有哪些同学的行为太过分，裴清沅可以随时告诉她。

明天下午全校要进行开学后的大扫除，每个班级由班长和劳动委员一起负责安排，算是裴清沅和班上这群同学的第一次正式交锋。

而这群人百分之百不会听他的安排。

对此，季桐的建议是让今天带头搞事的林子海去扫三班隔壁的厕所。

"软软，明天你再给他的卷子挑个错，而且不告诉他错在哪儿，除非他去扫厕所，根据我对他性格的分析，他肯定会答应的。"

季桐现在饿得很脆弱，一脆弱就想和宿主拉近关系，方便实行他的夜宵计划。

裴清沉再一次听到这个过分可爱的称呼，握着筷子的手指顿了顿，还是提醒道："'沉'字念 yuán，不念 ruǎn。"

"好的软软。"季桐随口胡诌道，"拼音模块出错了，明天一定杀毒。"

"……"不知道为什么，裴清沉竟然觉得杀毒这件事听起来有些可惜，"不用了，没关系。"

这大概是这个世界上唯一一个会叫他"软软"的人。

不对，不是人，是统。

裴清沉蓦地想到一个问题："除了0587，你还有其他名字吗？"

虽然系统只是一个人工智能，但平时说话的方式其实很像人类，他不想用一个冷冰冰的编号来称呼自己的系统。

季桐听到宿主的疑问，更加忧郁地叹了口气。

但凡他叫任何一个其他的名字，他都可以像小学生方昊一样，大大方方地报上姓名，让自己上辈子用过的名字仍能被人唤起，而不是慢慢被遗忘。

然而他的名字只是"系统"的谐音而已，宿主肯定不会当真。

"我们系统是没有名字的，给自己起名是小学生的行为。"

裴清沉："……"

他隐约从这句话中读出了微妙的攻击性。

"如果宿主不习惯称呼我的编号，也可以叫我'季桐'。"季桐没精打采地道，"'季节'的'季'，'泡桐'的'桐'，是不是很有创意？"

"嗯。"没想到裴清沉却很认真地应声，"春天的泡桐花很好看，像紫色的云雾。"

……季桐忽然又高兴了起来。

季桐的脑袋上止不住地冒出两道弯弯的笑眼，立刻决定要在自己的卧室旁边栽上一大片一年四季都能开花的变异泡桐树。

意识空间里就是能为所欲为。

"宿主真有眼光。"季桐美滋滋道，"以后我最喜欢的花就是泡桐花了。"

听见脑海里这道男声陡然变得快乐，裴清沉觉得自己的心情好像也随之明亮起来。

就在这时候，裴清沉身边原本空荡荡的座位上，突然坐下了一道高大的身影。

付成泽把装满主食和肉类的餐盘猛地放到桌子上,朝半天没动静的裴清沅主动打招呼道:"喂,别生气了,他们就是群傻帽,别理他们就行。"

经过一整天的反思,付成泽越发觉得早上那个义愤填膺的自己很傻。

裴言是暑假里转走的,长长一个暑假两人都没什么联系,直到周日晚上突然和其他几个朋友一起被裴言叫出来聚会。

而中午那场用来公开裴言身份的盛大宴会,他们这群二中的朋友一个都没被邀请。

他再傻,也能发现这里面的异样。

这会儿看到裴清沅在食堂被孤立,坐在餐桌前连吃饭都神思恍惚,想到这个消息是他们这群朋友傻乎乎传出去的,付成泽便更加觉得愧疚。

"对不起啊。"想来想去,他还是决定正式道个歉,"我早上不应该说那些话的。"

"不要为了不值得的人生气,赶紧吃饭吧,凉了就不好吃了。"

裴清沅迷茫了一会儿,被这份突如其来的关心震到了,忍不住问:"你找我有事吗?"

"哦,有事。你会打篮球吗?"付成泽信奉"吃得多等于长得高"的真理,以迅雷不及掩耳之势干掉了一个鸡腿,"我们篮球队有个人意外受伤了,挺严重,现在缺人,我看你个子挺高的,要不要来?"

篮球队里正好有空缺,裴清沅又被孤立,所以他觉得这是一个弥补对方的好办法。

说到这里,付成泽又顺口补充道:"虽然没我高,但对付一中那群矮子应该够了。"

听到最后这句话,季桐忍不住笑出了声。

不愧是"一米八五同学"。

裴清沅会不少体育项目,篮球也在其中。但他并不知道早上季桐和付成泽之间的对话,也不明白为什么后者对自己态度骤变。

察觉到宿主的谨慎,季桐连忙做证道:"软软,我下午看见有救护车来学校接走了一个学生,就在你上地理课的时候。他没有骗你,应该不是想耍你。"

高中生打篮球可是难得的节目,季桐不允许自己错过。

裴清沅听着他的话,却更加疑惑:"下午?你不是在开会吗?"

那时，季桐惨遭小学生攻击之后，更加没了听主脑废话的心思，全程都在摸鱼欣赏裴清沅上课的远程视频，时不时也会调整角度看看其他风景，比如睡觉打呼噜的学生和墙角慢悠悠的蚂蚁，裴清沅旁边的窗户就对着校门，所以他刚好看见了救护车来的场景。

"我有一个用来远程查看宿主情况的功能，为了避免出现意外来不及处理。"季桐试图用彩虹屁蒙混过关，"早上面对其他人的阴谋，宿主也做得很好，我很欣慰。"

裴清沅听他说完，没有理会抛出邀请后就开始专心吃饭的付成泽，而是敏锐地抓住了季桐话里的重点。

"从早上到下午……所以今天开会的时候，你一直在远程观察我？"

季桐的表情僵住。

……啊，暴露了。

季桐宕机了一会儿，在0.1秒内联网搜索了大量关于"偷看帅哥时被本人发现该怎么办"的求助帖后，一无所获，最终还是决定将一切推给任务。

"这是每个系统应尽的义务。"季桐义正词严道，"宿主现在在学校的处境堪忧，我又是第一次上岗，对宿主可能遭遇的情况没有太多预案和经验，所以只能随时保持对宿主的关注，以防万一。"

"虽然长期开启远程观察功能会占据我大量的内存，还会导致机身发热，但这是我必须为宿主做的事，宿主不用放在心上。"

这套解释合情合理，说得他自己都快信了。

裴清沅听完之后，似乎也接受了这番解释，只是又一次敏锐地抓住了重点："第一次上岗？"

"是的宿主。"季桐顺势道，"所以我在为宿主服务的过程中，难免会出现一些大大小小的问题，希望宿主能够谅解，我一定会努力提升我的服务质量。"

先为自己下一次的失误打好预防针再说。

裴清沅听完后没有再说什么，安静地低头吃饭。

见状，季桐有点拿捏不准宿主此刻在想什么，不知他会不会嫌弃自己只是个新手系统。

犹豫了一下，他跑到裴清沅的情绪区门口，悄悄推开大门往里看情况。

幸好宿主不知道季桐还能偷看他的情绪，这简直是一个作弊般的功能。

和之前的沙漠与风暴不同，今天宿主的心情很安静，季桐只看见了一大片被微风轻拂过的青翠草地。

宿主的心情好像不坏。

毕竟他表现得这么负责，宿主没有理由生气。

于是季桐放下心来，瘫在柔软的草地上，长长地松了一口气。

不知道宿主情绪区里的状况会不会反作用于他的心情，要是可以的话，下次宿主心里刮龙卷风的时候，他去里面放个风筝，说不定还能逗乐宿主。

裴清沅吃到一半的时候，对面的付成泽已经如风卷残云般吃完了饭，总算想起自己还没得到答复。

"怎么样？来吗？"付成泽鼓动道，"过段时间市里有比赛，要是能拿到名次就能去省里参加比赛，如果打得好，高考成绩就不重要了。"

高中的篮球特长生有好几种考大学的途径，二中因为在全市高中里的成绩不算拔尖，所以很重视学生们除了文化课之外的升学途径，比如付成泽这样上课睡觉、下课瞎折腾的学生，如果能通过体育特长上大学，也算是一件好事。

付成泽不知道裴清沅的真实成绩，只是听了旁人传出来的流言，所以也是在为他着想。

不过裴清沅显然志不在此，他正想拒绝，就听见脑海里的系统小声劝他："软软，适当的运动有助于长高哦。而且，如果平时经常在篮球队训练的话，回家待着的时间就会比较少。"

后一句话让裴清沅动摇了，他并不喜欢现在这个家里的气氛。

"对了，你要是来篮球队，晚上就不用上自习了，可以来体育馆训练。"付成泽关心地问道，"你弟弟晚上有人管吗？他爸妈是不是很忙不回家啊？要是你不放心的话，你可以把他带过来，让他在旁边玩。"

付成泽补充道："有个小观众坐在那儿也能提高大家的积极性，到时候我请他吃好吃的。"

想看打篮球的季桐和想给补偿的付成泽，两道脑电波在这一刻达到了高度的和谐统一。

季桐忽然就觉得付成泽无比顺眼。

真是懂事的傻大个儿。

裴清沅一听见他说要请季桐吃东西，就没有再犹豫，点头答应了。

虽然他没听见系统再开口，但已经莫名其妙地接收到了那股强烈的渴望。

季桐快乐地欢呼一声，又在草地上打了一个滚。

谢谢裴言，送来一个这么上道的点饭机。

付成泽听他答应后也很高兴，当即道："那你这两天抽空来试训一下，合适的话，教练就把你的信息报上去，划进篮球队，这样以后就不用上晚自习了。放心，我会跟教练提前打个招呼，只要你有基本的意识，手法不是太臭，就能过关的。"

对裴清沅简单叮嘱了几句，付成泽端上空餐盘哼着小曲儿离开了。

周围其他学生的窃窃私语声却越发低了，他们听见了付成泽邀请裴清沅加入篮球队，全都面面相觑，不知道这个小霸王到底是在抽什么风。

裴清沅始终没把这些人放在眼里，而是忽然问季桐："白天你远程观察的时候，有录像吗？"

"……"

不仅有，季桐还把它做成了名为《宿主珍贵时刻》的电子相册。

季桐心虚道："有的宿主，我会留档一段时间，直到确定这段剧情没有作用了，才清除掉。"

"那就好。"裴清沅若有所思，"我能看吗？"

季桐有些意外："如果宿主需要查看的话，我可以变成一块屏幕为宿主进行播放。"

裴清沅已经渐渐习惯自己这个系统的强大功能，他回想起季桐开始时的提议，笃定道："明天我会让林子海去打扫厕所，但不需要用错题威胁他。

"他会主动去的。"

第二天下午，第一堂课结束后，整个学校都陷入了一片嘈杂。

绝大部分班级的学生都提着清洁工具，里里外外地忙碌了起来。

除了高三三班。

与走廊外其他班的热火朝天形成了鲜明的对比，整个三班都静悄悄的，劳动委员站在讲台前，说完了分工安排之后，台下并没有人响应。

他面带尴尬地看了一眼裴清沅，有点不知道该如何是好。

劳动委员当然知道其他同学是在针对班长，只是他也跟着要倒霉。

趁着学生们劳动的时间，学校老师都在开会，所以班主任没法来监督他们做卫生，全靠班干部的能力和威信。

如果等大扫除结束的时候，老师们开完会出来，看见只有三班还一塌糊涂，不必想也知道裴清沅会受到什么样的批评。

尽管班里有同学并不想反抗裴清沅，但在大风向中，他们也不敢为一个还不算熟悉的同学出头，只是老老实实地坐着，不然下一个被针对的就是自己了。

劳动委员无可奈何，只好尝试打破寂静："班长，要不你来安排？"

裴清沅闻言，总算从书本里抬起头，在众目睽睽之中，他平静地扫视了一圈，将目光定格在第一排面露得意的林子海身上。

"林子海，跟我出来。"

林子海还在沾沾自喜于自己的计划，没想到裴清沅直接点了自己的名字。

同学们的视线立刻从裴清沅那里转到了他身上，他错愕了一下，心里顿时涌上一股快活的感觉。

他不相信裴清沅能有什么办法。

说不定是想向自己求助。

他才不会帮这个讨人厌的家伙。

教室门外，裴清沅似乎特意关上了门，隔绝了教室里一道道好奇的目光。

林子海不耐烦地问他："叫我干吗？怎么不让大家去做卫生？我们班都比别的班落后一大截了。"

"那不是你的安排吗？"裴清沅戳破了他的明知故问。

林子海耍赖道："大家不服你，关我什么事？"

"是吗？"裴清沅的语气变得微妙起来，他谈起了一件看似无关的事，"昨天下午上课的时候，你一直在桌洞里看手机，不知道在班里不让用手机吗？"

林子海一愣，立刻怒气冲冲道："干吗？你要去打小报告吗？真下作！"

那时候他一直在等裴言的回复，所以时不时就把手机拿出来看一下。

向老师打小报告是学生中间最受鄙视的行为。

他一听裴清沅这么说,下意识地就觉得对方是在威胁自己要告老师。

结果裴清沅像是笑了一声:"不需要告诉老师。"

他有意无意地向教室里望了一眼,冷声道:"我坐在第四组最后一排,你坐在第三组第一排,你觉得我能看到你低着头在干什么吗?"

林子海愣住了。

坐得那么远的裴清沅当然看不见他玩手机的动作,毕竟他只是拿出来看看屏幕提示,动作很小心也很隐蔽,最多只有旁边那一圈同学才能偶然发现。

是他们告诉裴清沅的吗?为什么要这样做?

林子海霎时心乱如麻,还没想明白是怎么一回事,又听见裴清沅淡淡的声音:"把班干部选举当成儿戏,带头孤立一个没有得罪过你的人,你真的以为大家都那么愿意参与吗?谁敢确定自己就不会是下一个?"

林子海紧紧握着拳头,指甲用力地在掌心印出了红色划痕。

所以他们悄悄选择了站到裴清沅那一边吗?

裴清沅转头看着隔壁班同学认真擦玻璃的身影,轻描淡写地抛下一句:"你猜会不会有人告诉周老师,到底是谁在阻挠同学们完成学校布置的任务?也许一个人这样说,她不会相信,但如果不止一个呢?"

这一刻的林子海,望着裴清沅脸上毫无波澜的淡定神情,没办法笃定地说出"不可能"这三个字。

要是真的有人这样做,倒霉的只会是他。

而不是裴清沅。

教室门被重新打开,同学们热闹议论的声音霎时停歇,全都抬头看着门口那两个身影。

裴清沅比林子海要高出一个头,他半倚在门边,线条分明的轮廓被日光点亮。

"林子海同学告诉我,他要主动做出表率。"裴清沅面无表情地宣布,"所以他决定承担最辛苦的任务,清扫走廊东边的厕所。"

教室里瞬间一片哗然,而在大家震惊的目光中,林子海居然真的向教室后面的清洁工具区走去,眼里隐隐流露出不知道对谁的愤怒与无可奈何。

然后，裴清沅又看向了一脸蒙的劳动委员，提醒道："再念一遍分工安排吧。"

带头的人都屈服了，剩下的人当然溃不成军。

这些不明就里的同学也许还会在心里埋怨林子海，明明是他主动挑的事，却临阵变卦。

在这种默不作声的互相埋怨里，这个脆弱的同盟自然分崩离析。

劳动委员好不容易才回过神来，连忙道："好……好，马上！"

班里依然安静，但这种安静与几分钟前已大不相同。

"梁丽，负责擦黑板报；马迪和李云婷，负责教室扫地……"

劳动委员的声音回荡在整个教室里，这一次，被点到名字的同学纷纷起身去拿抹布和扫把。

他一边点名，一边由衷地想，新班长真厉害啊。

下午五点多，教师会议结束，校领导和老师们先后离开会议室，往此刻人声鼎沸的教学楼走去。

"难得有半个下午不用管那帮浑小子，真轻松。"

"不知道我们班那群人卫生做得怎么样了，一会儿还得去检查包干区呢。"

老师们三三两两地交谈着，周芳落在队伍的最后，心里涌上一阵忐忑。

校领导也会顺便检查学生们做卫生的情况，很快就要走到三班所在的那层楼了，也不知道他们会折腾成什么样。

周芳猜到大家可能会和裴清沅之间发生矛盾，所以提前叮嘱过平时比较听话的劳动委员，一定要好好配合班长，但她心里依然没底，拿不准这帮孩子到底是怎么想的。

旁边的老师见她神情凝重，便拿手肘碰了碰她，小声道："周老师，那个转学生是不是在你们班呀？"

"啊，"周芳回过神来，"是啊。"

"他跟你们班的同学相处得来吗？"这位老师显然也听说了今天在校园里传得沸沸扬扬的八卦，"真麻烦啊，这些小孩，要操不少心吧？"

"就是说啊。"周芳长长地叹了口气，"昨天还把他选成班长了呢……"

她还没说完，最前面的校领导就停下了脚步，不知看到了什么，沉默一会儿，开口问道："这是高三三班的学生吗？"

周芳心里一惊，连忙往前走了几步，心想自己担心的事果然还是发生了。

然后她就看到人群的最前方，有一个学生蹲在男厕所门口擦拭着瓷砖，旁边还有一个学生正在指挥他："右下角第二块还没有擦干净。"

周芳差点以为自己看错了，还下意识揉了揉眼睛。

学习委员林子海竟然在裴清沅的监督下老老实实地打扫着卫生。

校领导环视四周，欣慰地点点头："高三三班的同学很好，做卫生都能这么专注，在学习上一定也会大有进步。"

跟其他班级边玩边做的吵吵嚷嚷比起来，三班这里显得格外安静。

所有人都待在自己的岗位上认真地干着活，偶尔会有人低声交谈，而在说完话之后，他们就干得更卖力了，显然是在交流经验心得。

如果老师们再走近一点，可能就会听清楚这群学生到底在说些什么。

"林子海这个叛徒！擦厕所还擦得那么认真，他给谁看呢！"

"他是不是有病？让我们都别配合班长，结果自己先滑跪了，气死我了，他是不是故意耍我们啊？！"

这群倒霉蛋的怒气无处宣泄，只好发泄在了抹布和扫把上。

校领导看向监督有方的裴清沅，主动询问道："你是三班的班干部吗？叫什么名字？"

裴清沅很有礼貌地回答："老师好，我是高三三班的班长裴清沅。"

校领导听过这个名字，他记得这是省里知名的金融企业家裴明鸿送进来的一个学生。他语气和蔼地问道："原来是裴同学，这段时间在二中的生活怎么样，还适应吗？"

裴清沅面不改色道："二中很好，同学们都很照顾我，尤其是我们班里的学习委员林子海同学，在这次大扫除中，他为了支持我的工作，主动提出要清扫走廊旁边的厕所，为大家分担最累的活儿。"

闻言，一群老师赞扬的目光又整齐地落到了正在勤勤恳恳擦瓷砖的林子海身上。

林子海完全想不到裴清沅竟然当着自己的面颠倒黑白，他气得要命，但在众目睽睽之下，又不敢表现出来。

他本来正想反抗在旁边对自己指指点点、烦得要死的裴清沅，没想到这群老师就来了，搞得他现在有苦说不出，有气也不敢发，只能勉强自己露出一个尴尬又不失礼貌的笑容。

看着眼前这幅和谐的画面，周芳几乎有点感动。

看来她昨天完全是多心了。

周芳立刻对校领导补充道："林子海同学平时成绩很好，经常为老师排忧解难，也很有集体意识，十分照顾新来的同学，昨天还主动提议让综合素质很出色的裴清沅同学担任班长呢。"

旁边正在擦玻璃的三班同学们听着周老师的话，不知道为什么，手上更有劲了，愣是擦出了一种与玻璃不共戴天的气势。

林子海头一次觉得老师的表扬让人这么煎熬。

他怕自己绷不住表情露馅，只好咬着牙转过身，用力地擦起了瓷砖，和那些同样满心脏话的同学一起营造出了热火朝天的劳动氛围。

见状，校领导满意地向前迈开步子："那我们就不打扰三班同学做卫生了，周老师教导有方，将学生们培养得很好啊……"

一行人继续向其他班级走去，受到表扬的周芳容光焕发，在经过林子海身边的时候，还小声鼓励他："做得好，继续保持啊！"

林子海脸色一黑，心里快呕死了。

如果时间能重来，他昨天绝对不玩手机。

到底是哪个叛徒悄悄向裴清沅倒戈告密的！

要是被他揪出来，他一定跟这个叛徒没完！

陷在柔软躺椅里的季桐愉快地打了个喷嚏。

四周微风吹拂，青草翠绿，他抱着可爱的毛绒玩偶，懒洋洋地晒着太阳，顺便欣赏电视内容。

季桐还特意定格放大了林子海扭曲到变形的表情，简直太好看了。

他现在正优哉游哉地待在裴清沅的情绪区里，正式开启了他的宿主情绪改造计划，往这个地方添些有的没的，试试看以后是不是可以从根本上安抚宿主的情绪。

而这一刻的裴清沅虽然没有和系统对话，却隐约感受到了一股开心的情绪。

虽然他不知道自己脑海里发生了什么，却能莫名地确定，季桐现在的心情应该很好。

连带着他也心情明亮。

裴清沅走过了教室,向三班负责的其他包干区走去,检查着同学们的劳动进度。

他的系统似乎很喜欢看这些场景。

在季桐的鼓动下,裴清沅没有参与今天的大扫除,而是到处走来走去给别人挑刺,相当轻松。所以,跟这会儿灰头土脸的其他同学比起来,他堪称闲庭信步。

阳光下颀长的少年身影俊秀又耀眼,季桐抓住机会偷偷拍了几张宿主的珍贵照片,放进自己的电子相册珍藏,然后顺便给方昊发消息作为谆谆教诲。

系统0587:"小昊,我觉得光是狂也不够,还要适当的智取。"

比如,今天宿主这一手挑拨离间就干得漂亮。

大概率跟他一样在意识空间里发呆的方昊火速回了消息。

系统0499:"哦。"

系统0499:"你怎么不叫我昊哥了?"

……真是幼稚的小学生。

系统0587:"小昊小昊小昊小号小号小耗……"

愉快的一天在和小学生斗嘴中落下帷幕。

到了第二天,裴清沅基本和班里同学实现了和平共处,其他同学以为林子海已经带头叛变,也就不会再主动挑事,而林子海关爱新同学的名声已经被全校老师都知道了,搞得他不敢再做什么小动作,索性一心一意要揪出那个可恶的叛徒。

总而言之,除了裴清沅和季桐,没人知道到底发生了什么,但同学们稀里糊涂地就认可了这个新班长。

傍晚,裴清沅按照和付成泽约定的时间去篮球队试训。

由于付成泽提前跟大家打过招呼,所以篮球队的成员们对待裴清沅的态度还算友善,不过这种在武力威胁下表现出的友善,在裴清沅投出第五个三分球的时候,就变成了发自内心的佩服。

鞋底在光滑的运动地板上撞击出令人心悸的声响,场内不断闪避跳跃的身姿轻盈有力，篮球队里的肌肉男们大多看呆了，只有季桐一边看一边悄悄叹了口气。

宿主运动好，学习好，人也聪明，可惜摊上了一个倒霉身世。

裴清沅的篮球水平相当不错，把一旁围观的教练都惊着了，他本以为这个看起来不声不响的学生只是来走个过场，没想到还真是个好苗子。

徐教练忍不住拍了拍身边付成泽的脑袋，表扬道："你小子总算干了件正事儿，我觉得这次市里的比赛，咱们有戏。"

付成泽还在裴清沅行云流水的操作里蒙着，然后也摸摸自己的脑袋，傻乎乎地蹦出一句："多亏了他的弟弟……"

要不是那天早上季桐主动叫住了他，也许他现在还在想办法给裴言出气。

徐教练听他说了大致原委，才知道这背后竟还有这么一桩故事，感慨地摇摇头，对这个好苗子更多了几分关心。

裴清沅结束试训，喘着气走下篮球场之后，听见的第一句话竟然是："小裴，有空带弟弟过来玩啊。"

裴清沅："？"

季桐：开心！

他已经火速列好了让付成泽大出血请客的美食名单。

他在梦里都心心念念的火锅、烤串、麻辣烫、小龙虾、啤酒、可乐……全靠付成泽了。

但因为裴清沅的成长度太低，季桐现在每天的人类形态只能维持一个小时。

时间很宝贵，要精打细算地用。

早上的二十分钟，他会坐在裴清沅的自行车后座上去买煎饼，两人一起吃完之后，他再找个不起眼的地方消失，重新回到宿主的意识空间里。

晚上的四十分钟，季桐决定在篮球队训练快结束的时候出现，这样就可以在相对轻松的气氛里，一边欣赏高中男生的矫健身姿，一边努力吃瘪付成泽的钱包，然后再陪着裴清沅一起回家。

真是完美的计划。

裴清沅正式加入篮球队的第一个晚上，季桐算好了时间，确定了自己精心选择的造型没有问题，然后深呼吸，向体育馆走去。

这是他第一次主动以小孩的模样和那么多人相处，还怪紧张的。

"这里是篮球队吗？"

脆生生的声音在体育馆门口响起。

训练快结束了，大家的注意力都不再那么集中，一听到这个特别的声音，立刻转头看了过去。

体育馆高高的大门旁，站着一个小小的身影，身穿奶白短袖衬衫和绀色制服裤，胸口打着迷你领带，脑袋上则戴了一顶小黄帽，看起来有种一本正经的可爱。

就算暂时当不成黑衣大帅哥，季桐也誓要成为最帅气的幼儿园学生。

裴清沅正在场边休息，薄薄的T恤完全湿透了，他刚抬手用毛巾擦去额前的汗水，余光便看到了那个熟悉的身影。

在所有人的注视里，背着书包的小男孩认真地寻找他的身影，很快眼睛一亮，踮起脚，开心地向他招了招手。

"哥哥，托管班下课了，我来等你一起回家。"

在一屋子荷尔蒙爆棚的高中篮球队队员中间，突然闯入一个像从动画片里走出来的幼儿园小朋友，让大家一下子都愣住了。

在这群动作突然静止的高大男生里，付成泽第一个反应过来。

季桐说话的时候，他正从防守球员那里抢球，趁着对手发呆的当口，他一只手夺过篮球，猛地跳起来，来了一个漂亮的扣篮。

然后，付成泽稳稳落地，一撩头发，定出一个很潇洒的造型，轻描淡写道："是裴清沅的弟弟来了。"

他发现裴清沅的弟弟挥手叫哥哥的样子好可爱。

他刚投了一个这么漂亮的篮，小朋友会不会也用这种亮闪闪的眼神崇拜地看着他？

他也想被叫一声哥哥。

付成泽顿时展现出了平时只在校花来看比赛时才会被激发的耍帅状态。

小朋友显然跟他心有灵犀，立刻把视线从裴清沅那里移到了他身上。

"高哥哥好厉害。"

付成泽笑逐颜开："来来来，高哥哥再扣个篮给你看。"

旁边的队员一脸古怪地盯着他："你怎么改姓高了？"

"要你管。"付成泽对这个称呼满意得不行，殷勤地对季桐招手："快进来啊，对了，你叫什么名字？是一个人跑过来的吗？危不危险啊？"

"我叫季桐，阿姨送我来的，爸爸妈妈不在家，我不想回去。"季桐又眼巴巴地看向裴清沅，用余光悄悄观察着付成泽的反应："哥哥，我饿了，晚上只吃了一包小饼干。"

裴清沅听到他这样说，眼里露出了然的笑意，向他伸出手："过来，我给你买了零食。"

季桐事先跟他说过自己一天的变身日程，完全就是围绕着吃安排的。

一个沉迷于吃东西的人工智能，古怪又有趣。

季桐立刻迈着小短腿奔向哥哥，付成泽见状不甘示弱，连忙道："只吃了包饼干怎么行呢？零食太不健康了，你想吃什么？我去给你买。"

欲擒故纵大获成功。

季桐心里已经乐开了花，脸上还故作犹豫，轻轻地叹了声气："小胖说回家后妈妈给他准备了炸鸡，我也想吃炸鸡，可是妈妈不会给我做的。"

由于今天给这群高中生的准备时间不充分，季桐决定还是先点个简单一点的菜。

付成泽早就脑补过他富裕又冰冷的家庭关系，听完霎时心疼得不行，毫不犹豫地道："炸鸡好，炸鸡健康！我跟学校后面那个炸鸡摊的老板可熟了，我现在就给他打电话，让他马上送一大份过来。"

付成泽对学校周围吃喝玩乐的地方都很熟悉，这正是季桐挑中他的原因。

季桐目的达成，毫不吝啬地给付成泽送上一个大大的笑脸："谢谢高哥哥，高哥哥真大方。"

裴清沅目睹了他这一整套操作，眼里星星点点的笑意更甚。

在欢快的童音里，高哥哥快飘起来了，傻笑着掏出手机点外卖。

一旁的徐教练也难得没有制止这种与训练无关的行为，他找来一个软软的坐垫铺在椅子上，满脸慈爱："小朋友快过来坐，要不要喝水？"

当团宠的感觉真好。

"谢谢教练叔叔！"

季桐小跑到徐教练身边，端端正正地坐在软垫上，双手扩成小喇叭，笑眯眯地给还要再进行最后一组对抗训练的裴清沅打气："哥哥加油！"

接下来的十五分钟里，徐教练见证了整支篮球队有史以来最激烈的队内对抗。

裴清沅的这个弟弟虽然年纪小，但似乎对篮球很有感觉，每次到了裴清沅抢球或防守的关键时刻，小喇叭都会很快乐地欢呼起来："哥哥好厉害！

"哥哥进球啦！

"哥哥真棒！"

在这简单稚嫩又充满真情实感的喝彩声里，场上的每个高中生哥哥仿佛都代入了自己，突然就明白了为什么付成泽会乐呵呵地甘愿被叫成高哥哥。

好可爱！

谁不想当这个哥哥呢？

这群高中生在这一刻心有灵犀，集体陷入一种你争我抢、拼命炫技的狂热状态。

无数的腹肌在湿漉漉的篮球服下闪耀，季桐简直眼花缭乱。

其中，他觉得宿主的腹肌形状……啊，不对，宿主的球技是最好的。

徐教练也在下面看得目瞪口呆，甚至觉得市里的比赛已经不够看了，直接就可以展望省级赛事。

训练结束后，在刚刚送到的炸鸡的香气里，徐教练看着身边小朋友吃得很香的笑脸，鬼使神差道："桐桐啊，你明天想吃什么？"

还有这种好事？

季桐举着炸鸡矜持了几秒钟，有些不好意思道："听说小龙虾很好吃……"

"好！"徐教练一锤定音，"明天教练叔叔请你吃小龙虾，记得再来看你哥哥训练啊！"

徐教练知道有些学校篮球队会请漂亮的女生来做球队经理，以提高队员的积极性，不过他觉得那样不安全，容易搞出早恋之类的麻烦事来，但可爱又乖巧的小朋友就很保险嘛！

季桐忙不迭地点头："谢谢教练叔叔，明天我一定来。"

他可太喜欢这个篮球队了。

等到裴清沅换上自己的衣服走出来的时候，就看见个子小小的季桐怀里抱满了各式各样的零食，一旁的徐教练正提着他的小书包，努力地往里面塞吃的。

狡猾的付成泽抢占先机给小朋友点了炸鸡，其他队员没时间再给季桐买东西了，便纷纷献宝似的翻出自己的零食库存，心满意足地换来一声清脆的"谢谢大哥哥"。

裴清沅身边的队友很羡慕地揽过他的肩膀，尝试套近乎："你这份家教是哪儿找的？我也想去。多可爱的小孩，一点都不怂，哎，桐桐还缺家教老师吗？我可以教他打篮球的。"

在弟弟的魅力影响下，裴清沅跟这群才认识不久的同学不知不觉地就拉近了关系。

虽然他觉得这个问题很傻，但还是忍不住反驳道："我也可以教他打篮球。"

"是哦，你比我还强点。"队友失落地叹了口气，又灵机一动道，"对了对了，我还会扔铅球，我教他扔铅球怎么样？"

裴清沅："……"

体育馆的灯光渐渐熄灭，裴清沅肩上背着一大一小两个书包，跟在季桐身后走向校门口。

"宿主今天开心吗？"季桐摸着自己吃得圆滚滚的肚子问他。

宿主在班级里被孤立的事情解决了，又有了一群篮球队的朋友，还不用上晚自习，季桐光是想想就很兴奋，觉得自己简直是天才新人系统。

"嗯。"裴清沅看着眼前这个穿着幼儿园制服的小小身影，忍不住抬手揉了揉他的脑袋，"开心。"

即使是生活在裴家衣食无忧的那段日子里，他也很少有这样纯粹的快乐时刻。

听到他肯定的回答，季桐脸上的笑容更灿烂了："我也很开心，因为明天可以吃小龙虾。"

裴清沅不知在想些什么，忽然问他："当系统会觉得寂寞吗？"

季桐正要回答，猛地想到宿主说不定是在做图灵测试，当即装傻道："寂寞是什么感觉？我只知道开心就是吃到好吃的。

"搜索引擎告诉我寂寞就是一个人的感觉。不过我们系统通常都是一个统的,习惯了。"

闻言,裴清沅没有再说话,只是又伸手揉了揉他的脑袋。

昏黄的路灯灯光照耀着一大一小两道身影。

二中的晚自习也在这个时候结束了,叮叮当当的铃声伴随着学生们陡然响起的嘈杂声,林子海趴在窗户边,看着体育馆方向刚刚熄灭的灯光,神情里透着鄙视。

这两天他一直在防备自己座位周围的几个同学,猜测着到底是谁向裴清沅告了密,然而他还没把叛徒揪出来,周老师就宣布说,班长裴清沅之后可以不用参加晚自习,因为要去篮球队训练。

在林子海眼里,只有成绩差的人才会靠这些旁门左道上大学。

本来他认定了裴清沅不学无术,但那天傍晚对方轻而易举地就指出了他做的两道错题,这让他不禁对自己的想法产生了一丝动摇。

那只是巧合吗?

林子海越想越纠结,索性打着关心同学的名义,私下里去问了周老师:"班长加入篮球队会不会影响他的学习成绩?"

结果周老师语气稀松平常地回答他:"这个啊,我觉得不会有什么负面影响的。"

如果裴清沅的成绩差到了只有靠篮球特长才能上大学的程度,那就当然没什么负面影响,只有好处。

林子海觉得自己读懂了周老师的言外之意,心情立马又好了。

高三的第一次月考快要到了,等裴清沅的成绩一出来,身为班长还考出那么烂的分数,一定会丢人现眼的,到时候周老师也就不会那么维护他了。

想到这里,林子海喜滋滋地收拾好书包走向寝室,做好了挑灯夜战疯狂刷题,在月考里碾压裴清沅的准备。

等到成绩出来的那一天,他一定要少做一套卷子给自己放会儿假,以示庆祝。

穿过低矮的楼道,裴清沅回到家的时候,总觉得鼻间还残留着面包的香味。

晚上珍贵的四十分钟里,季桐在篮球队用掉了快半小时,又在陪他骑车回家的路上花去了十分钟。

倒计时两分钟的时候,时间已经不够他们到家,季桐索性指挥他在一家将要打烊的面包店门口停了下来。

夜晚的面包店是最香的,香香甜甜的烘焙香气飘出来,季桐便趴在玻璃橱窗前,留恋地看着里面造型漂亮的糕点。

吃了一大袋炸鸡的他完全吃不下其他东西了,现在只是想多接受一下面包香气的沐浴,好让自己回到意识空间之后还能被食物甜蜜的感觉包裹着。

裴清沉觉得好笑,但仍旧答应了他,安安静静地站在他身后等待。

月亮温柔地洒落清辉。

两分钟后,魔法消失,穿着奶白衬衫、绀色制服裤的小朋友不见了,小小的书包也一并消失,不过篮球队成员们热心贡献的零食还在,季桐没法把它们带回意识空间。

所以,裴清沉肩上背着装有课本和零食的书包,怀里还抱着几包放不下的薯片和饼干,以这个奇特的造型走进了家门。

罗秀云正在客厅里看电视,一眼就看到他怀里的零食,惊讶道:"怎么买这么多垃圾食品?"

在柔软草地上一边散步一边看星星的季桐愤怒反驳:"她做的早餐才是垃圾食品!"

裴清沉显然也很认同他的话,语气冷淡道:"买来当早餐吃。"

被这样一说,罗秀云想起每天早晨的白粥、咸菜和腐乳,才终于觉得不妥。

"哦,你早上想吃什么就跟妈妈说。"罗秀云尴尬地道,"明天早上吃什么?给你下饺子好不好?冰箱里有白菜肉馅的……"

裴清沉打断了她的话:"不用了。"

他不再期待母亲做的早餐。

他生活里那份突兀的空缺,已经渐渐被另一个特殊的存在填补。

罗秀云没明白他的言外之意,只是不满地拧起了眉毛:"不吃早餐怎么行!你还真要吃这些垃圾食品啊!别犟,以后不吃粥就是了。"

裴清沉没有再理会她,径自走进了房间。

因为他脑海里的季桐正举着喇叭大声喊道:"明天早上我们去吃烤冷

面,加两份蛋、两份肠!"

罗秀云还没反应过来,就见到裴清沅反手关上了房门,她碰了一鼻子灰。

"你这孩子——!"

她一脸愤愤,抬手重重地敲了敲门:"话都没说完,怎么进房间了?出来,你怎么能对妈妈这个态度?"

半响才传来裴清沅冷淡的回答:"写作业,很忙。"

房门纹丝不动,罗秀云隔着门傻站了一会儿,拿他没辙,只能气恼地坐回沙发上。

她故意调大了电视音量,想让裴清沅自己主动出来,结果那扇门依然纹丝不动,反倒是迎来了另一道大咧咧的声音。

"姐,我在楼道里老远就听到电视声音了,你干吗呢?"

罗志昌下班回来了,穿着一身崭新的保安制服,看起来倒是人模人样的。

一看到罗秀云满脸怒气的样子,罗志昌就明白了:"哟,跟大外甥置气啊,他又干吗了?"

罗秀云稍微收敛了一下表情,习惯性地问弟弟:"饿不饿,要吃东西吗?"

她刚站起来,罗志昌便一屁股坐到了沙发上,心安理得地接替了她的位置:"饿了,姐,给我煮碗面吧。"

他随手拿起遥控器换到体育频道,音量依然不减,解说员充满激情的声音霎时传遍整个不大的屋子。

"差点错过这场球。"罗志昌甩开拖鞋,把脚搁在茶几上晃荡,"我这外甥也是的,应该等等我一起回家嘛,他不是骑自行车吗?我累一天了,捎我一程多好,害我还得搭工友的小电驴回来。"

罗秀云从冰箱里拿青菜和肉,顺口抱怨道:"他逛超市去了,买了一大堆垃圾食品。"

"逛超市?"罗志昌"啧"了一声,"哪来这么多零花钱啊?也不知道给家里长辈孝敬点。"

罗秀云心里的气没发泄出去,又被他激了一道,顿时口不择言道:"还记挂着其他长辈呗!"

一回来就是这副态度，根本没把她当妈看！

她趿拉着拖鞋走进厨房，还能听见罗志昌絮絮叨叨的抱怨声。

"你要这么说，那确实，这两天在学校里遇见过他几次，都不带跟我打招呼的，是不是看不起我这个当保安的舅舅？还想着在裴家的好日子呢吧……

"不过，话说回来，我也是托了他的福，这份工作还是很舒服的，大家都知道我是走关系进来的，对我都客气着呢，有人变着法想打听我是托了谁的关系。嘿嘿，姐，你还是对我外甥耐心点，他有用着呢……"

闲话回荡在嘈杂的球赛欢呼声里，他们都不觉得裴清沉能听见这些话，又或者是觉得听见了也不重要。

罗秀云用力地切着青菜，菜刀在砧板上撞出"咚咚咚"的声音，锅里的水烧开了，她把面抛进去，然后站在燃气灶前盯着沸水发呆。

她儿子怎么会是这个性格呢？

如果还是林言……

大概是心有灵犀，罗秀云裤兜里的手机响了一声，她回过神来，掏出来一看，恰好是林言的消息。

不，是裴言，罗秀云在心底悄悄纠正自己多年来的习惯。

"最近好吗？"

裴言回到裴家之后，跟她时常有联系，罗秀云顺手往上翻动着之前的聊天记录，心里的怒气渐渐被抚平。

"妈，我已经努力劝过我父母了，他们不会再为难你的。"

"妈，你一个人要多注意身体，平时让舅舅多给你搭把手。"

"妈，今天家里给我办欢迎宴会，好多人要来，可惜不适合叫上你，晚点拍照片给你看。"

……

在满满的温情里，她忽略了裴言今晚发来的这条消息中，唯一的一处不同。

他没有再叫她"妈"了。

她心满意足地把聊天界面滑到底，匆忙在围裙上擦了擦掌心的水渍，开始回复消息。

"妈很好，今天晚上刚做了芋头炖肉，以前你最爱吃的，在那边有没有人给你做？"

"就是清沅他还是不太听我的话……不如你懂事，唉。"

她忘记了锅里渐渐煮沸的面，一心一意地向曾经最亲密的儿子大吐苦水。

这是她现在唯一的安慰。

在接下来的日子里，裴清沅再也没有在家里吃过早餐。

每天早晨六点准时起床，不需要任何人催他，连以前裴言偶尔发作的赖床都没有，迅速地洗漱，收拾完便出门了。

裴清沅出门上学的时候，罗志昌还在客厅地铺上打呼噜，晚上回来已是深夜，而且时不时会提着一袋垃圾食品，回到家就是进房间看书，直到罗秀云他们熬不住睡了，他才走出来洗澡、刷牙，每次时间都卡得刚刚好，仿佛在客厅里装了监控一样。

罗秀云总觉得这个儿子只是把家当成了宾馆，单纯回来睡个觉，两人每天只能短暂地见一会儿面，而且裴清沅很少主动跟她说话。

她心里有气，便也跟儿子较着劲，不愿主动拉下脸，只是在他出门之后，会进他房间检查零食，想着收起来，不让他吃这些乱七八糟的东西。

结果罗秀云硬是找不到裴清沅前一天晚上带回来的零食藏在了哪儿，好像他的房间里有一个黑洞似的，能把吃的全吞掉。

在这个狭小的房间里，床铺收拾得整整齐齐，桌上也干干净净，纸箱里按顺序排列着好多本罗秀云压根看不懂的书，到处充满了秩序，看起来和很多同龄人的邋遢和懒惰完全不同。

罗秀云看着整个房间整洁的模样，气便慢慢消了，因为她完全挑不出错来，除了裴清沅对待自己的态度不够亲昵，在其他方面，他分明是个完美的孩子。

也不知道这孩子成绩怎么样，能不能像裴言一样优秀，考上一所好大学。

她印象里有钱人家的孩子，总是散漫自由的，不会将心思放在学习上，所以还一度担心裴言回去之后会被带坏。

罗秀云对裴清沅在裴家的生活几乎不了解，因为当时大家都顾及裴言的心情，不想在他面前提起太多裴清沅的事，包括后来转学的事也是裴明鸿夫妻一手包办的，具体情况罗秀云都不太清楚。

她站在裴清沆的床边，无声地叹了口气，安慰自己，裴清沆只是不适应而已，以后两人的关系总会慢慢变好的。

毕竟裴清沆回到罗家之后，她是他唯一的亲人了。

除了她，他还能依靠谁？

秋叶飘零的马路边，裴清沆连着吃了一周不重样的早餐，到第八天早上，在季桐的指引下吃到了以前从没吃过的水煎包的时候，终于忍不住提问："你怎么知道这么多好吃的？"

季桐吃了整整一袋水煎包，觉得自己的幼儿园之躯都快撑爆了，只能站起来绕着裴清沆转圈走路，诚实地说道："一部分是在高……啊不是，付成泽和他的朋友们那里收集的；还有一部分是我通过关键词检索各种美食和社交网站上关于二中附近美食的信息，总结出来的。

"根据我的预测，我们还可以继续变着花样吃十二天，如果宿主愿意在口味上尝试一些变化的话，比如从马蹄肉馅换成鸡腿馅，那应该可以吃到宿主高中毕业。"

这一刻的季桐尽显 AI 本色，还把小短手横在身前对他很有礼貌地弯了个腰："希望宿主能对我的服务感到满意，记得给个好评哦。"

裴清沆被他一本正经的语气逗得发笑，眼眸里闪过树荫抖落的零星流光，总是冷淡的脸庞霎时显得柔和许多。

旁边有行人经过，季桐便理直气壮地扯了扯裴清沆的衣袖，一秒进入生动的三岁半状态："哥哥，你怎么还没吃完，我们该去上学了！"

他的早餐时间只剩一分钟了！

"好。"裴清沆站起来，揉了揉他脑袋上软乎乎的头发，"晚上体育馆见。"

他一路载着风来到学校，走进校门后的待遇已大不相同。

没有人再敢公然开他的玩笑，一方面是学校老师对各班学生的约束，另一方面则是整个篮球队对他的维护，一群高大男生组成的小团体在同学中间还是很有分量的。

不过裴清沆不敢确定，这群队友到底是认可他多一些，还是被自己的系统俘虏多一些。

毕竟现在他每次晚上去训练的时候,听到的第一句话都不再是最常见的"来了啊,快去换衣服",而是"桐桐什么时候过来呀"。

连徐教练都沦陷了,每天都带着造型可爱的玩具鸭子和毛绒小熊上班,专门用来哄小朋友,中年猛男的光辉形象日渐崩塌。

裴清沆走进班级,三班的同学们态度也正常了许多,有的主动跟他打招呼,有的则默默装死。

总体而言,一切都在变好,除了那个疯狂沉浸于自我脑补中的学习委员。

课间,林子海屁颠屁颠地跑过来,故作关心道:"班长,还有十天就要月考了,你复习得怎么样?要不要我给你画画重点?"

"……"裴清沆古怪地看了他一眼,"帮我画错题吗?八和二十?"

这是上次他随口点出的林子海卷子上的两道错题题号。

"你那天纯粹是瞎蒙的!"林子海立刻炸毛,"也就是你运气好,但真上了考场就没有运气了,你作为班长,要是成绩太差,会让周老师丢人的!"

"帮你画重点还不要,真是不识好人心……"

裴清沆听他嘀嘀咕咕半天,手上慢悠悠地翻着书,直到林子海等急了,才吐出来一个"哦"字。

林子海被他的态度噎住,气恼地甩手走回自己的座位:"算了算了,你就等着出考试成绩那天哭吧!"

季桐已经迅速地录下了这段未来的黑历史素材:"好想快进到月考,成绩出来的时候林子海会哭吗?"

裴清沆想了想,颇为认真地回答他:"会气哭吧。"

季桐又快乐地新建了一个《黑历史狠话大全》相册,顺便鹦鹉学舌道:"他就等着出考试成绩那天哭吧!"

今天晚上的体育馆里充满火锅的香气,眼看着队员们球技突飞猛进的徐教练每天都喜上眉梢,特地给季桐准备了一个小火锅。

在火锅香味的刺激和小朋友的加油助威声中,今晚的队内对抗凶猛无比。

季桐边涮火锅边看帅哥秀肌肉,时不时还有徐教练给他擦汗、递牛奶，觉得自己简直是世界上最幸福的系统。

而且他不管怎么吃都不会长胖。

只要他维持人形的时间能再久一点，至少保证每天舒舒服服吃满三餐的时长，那季桐愿意当一辈子系统。

火锅一吃起来就忘了时间，今晚的四十分钟份额在裴清沅带着他堪堪走出校门之后，就用光了。

季桐已经在裴清沅的情绪区里建起了一片花园，他坐在秋千上晃着数据短腿，惆怅道："对不起，软软，今天不能陪你一起回家了。"

裴清沅莫名地领会了他的言外之意："今天要带你去看面包店吗？"

"要的要的。"季桐面不改色道，"软软真是我见过的最好的宿主！"

"你只见过一个宿主。"

"那也是最好的！"

骑着单车的少年在快要打烊的面包店前停下来，耐心地等待脑海里的季桐接受香气沐浴。

夜晚静谧的街道上，芬芳浓郁的烘焙香味涌进少年的鼻子，让他的心情变得越发轻快。

橘黄的路灯光里，店里的玻璃门忽然被推开，一个胖胖的中年男人探出脑袋，推了推快要滑下来的眼镜，语气温和地朝他道："同学，你是不是想来做兼职？"

裴清沅茫然地看过去。

"我看你每天晚上都会站在这里发呆。"面包店老板指了指他面前的玻璃橱窗，上面贴着一张招聘广告，"如果你满十六岁了，是可以节假日来打工的，要是想来，就跟我说，不用不好意思的，我尽量给你安排不影响学习的工作时间。"

之前跟在裴清沅身边的季桐太矮，店老板压根没看见他，还以为裴清沅每天在这里徘徊是因为想来兼职又不敢开口。

自己也有孩子的店老板，对这个看起来安静懂事、早早想打工为家里分忧的学生很有同情心。

裴清沅半晌才反应过来，他的脸上难得漫上一丝窘迫，不知道该说什么好，只能低声回绝这份热情的善意："我不是要兼职……抱歉，谢谢！"

他踩上单车，匆匆离开了面包店，店老板还在后面高声叮嘱道："同学，慢点骑，注意安全啊！"

闻言，裴清沅骑得更快了，短发被吹得凌乱，薄薄的衣角在晚风里蓦地鼓起。

第一次看到裴清沅手忙脚乱的样子，季桐坐在秋千上笑得不行，"扑通"滑到了地上。

这样的宿主才有少年气嘛。

季桐拍拍屁股站起来，又开始悄悄拍照留念，他喜欢裴清沅现在这样鲜活生动的神情。

与此同时，他精心栽种的花丛中，忽地飞出一只从未见过的蝴蝶，翩然地停在他闪烁流动着的数据上。

在这个没有旁人的秘密空间里，季桐呆呆地看着这只从宿主心里飞出来的蝴蝶。蝴蝶莹白的身体像一片如梦如幻的雪花，安静地落在他的机械身体上，扇动着美丽的翅膀。

季桐还能看见外面的裴清沅正匆匆忙忙地骑着车，少年青涩的面庞被月光照亮，外表有些狼狈，心里却飞出了蝴蝶。

他下意识地放轻了动作，不愿惊动这个美丽的生物，心底涌上一阵骄傲的欢欣。

第一次见面时，季桐还被这里蔓延的龙卷风吹得参了毛，现在却常常是平静的草地与柔和的阳光，这是他给宿主带来的改变。

季桐替境况变好的宿主开心，又觉得有点难过。

他不想看这样的宿主委屈自己去做幸福家庭任务。

那天在系统中心开会的时候，季桐灵光一现想到了由他和宿主组建家庭的方法，不过从洋娃娃同事当时的反应来看，应该没有系统这样完成过任务，所以他不确定这样是不是行得通，也就不敢跟宿主说。

而且，罗秀云是现在宿主唯一的亲人，虽然季桐觉得这份亲情淡薄无比，根本不值得珍惜，但他不能替当事人做决定，毕竟这是宿主的人生，也许尚未成年的宿主心里还期待着迟来的母爱呢。

季桐身上荧绿色的数据不停地流动着，显示他正处在高速的运算中，时不时传出一阵阵卡顿的声音。

算了，他再仔细观察一段时间好了，反正距离任务给出的时限还有将近二十天。

　　随着裴清沅到家走进房间，季桐欣慰地看着他又拿出自己读不懂的天书认真自学，觉得自己也该努力一点，于是变戏法般找出许多花种子，还给自己穿上了围裙和橡胶鞋。

　　他要给这只珍贵的蝴蝶种出一百种可以落脚的花。

　　数据证明，宿主情绪区里的风景每优化百分之一，宿主翻书的速度就会提高一秒钟。

　　这大概就是快乐的力量。

第03章

♥牛角面包♥

一周紧张忙碌的学习生活很快告一段落，学生们翘首以盼的周末来临。

　　市里严格规定初高中学生不许在节假日来校补课，所以裴清沉拥有了两个可以稍微放松的休息日。

　　平日里他早出晚归，不愿意跟罗秀云有太多接触，现在到了周末，不用上班的罗志昌整日窝在客厅里看电视，裴清沉就更不愿意待在家里了。

　　早上他还是按时起床，一点也不留恋温暖的床铺，在家里人睡醒之前就带着季桐出门吃早饭了。

　　没想到宿主连周末都不睡懒觉，真是个狠人。

　　季桐脑袋上翘着呆毛，反应迟钝地坐在花坛边，看着裴清沉在热气腾腾的早餐摊前等待。

　　他今天没有时间做帅气造型，因为没睡够就被裴清沉叫起来了。

　　宿主已经知道他爱吃人间的美食，却没料到他还喜欢睡觉。

　　没错，他就是这样一个特立独行的人工智能。

　　裴清沉提着好几个袋子回来，先把温度刚好的豆浆杯塞进季桐手里，又在一旁的石头礅上垫了纸巾，把一袋热乎乎的鸡蛋汉堡放在上面，叮嘱他："刚出炉，很烫，一会儿再吃。"

　　小朋友便乖巧地点点头，捧起纸杯喝豆浆，呆毛被风吹得一晃一晃的。

　　旁边坐着一个穿大裤衩、人字拖的胡子大叔，一边吃着塑料餐盒里的肠粉，一边好奇地跟他们搭讪："靓仔，你细不细（是不是）隔壁中学的学生呀？"

　　裴清沉也捧着一杯豆浆，反应了一会儿对方在跟他说话，正要回答，身旁的季桐先小鸡啄米似的点起头来："细呀细呀。"

　　大叔被他有样学样的语气逗乐，大笑起来："我天天早上看见里们

（你们）两个靓仔一起食早饭，望（闻）起来都几（极）好食，有品位！"

他说着稀奇古怪的普通话，还朝挨在一起的两个人竖了个大拇指，赞叹道："兄弟俩感情真好哇！"

早晨凉凉的秋风吹来日常的烟火气，裴清沆朝陌生大叔笑了笑，礼貌地道谢。

正在啃鸡蛋汉堡的季桐却忽然激动地扯了扯他的衣袖，连眼睛都在发光。

裴清沆问他："怎么了？"

就在陌生大叔说完兄弟俩感情真好之后，季桐突然感应到任务面板有了异动，那块之前被他踩得稀巴烂的电子显示屏上，亮起了淡淡的绿光。

工作手册里说过，任务面板闪烁绿光就意味着这项任务开始步入正轨，有了进度。

裴清沆和罗秀云冷淡相处的这些天里，任务面板从来没有过反应，因为这个家里蔓延着显而易见的不和谐与不幸福。

而陌生人以为他们俩是亲兄弟，于是感慨两人感情好，这居然符合任务里要求的幸福家庭的标准。

所以，他突发奇想的这条路是行得通的。

季桐顿时感觉整个世界都明亮了，他大大地啃了一口手里的早餐，兴奋地回答裴清沆的疑问："鸡蛋汉堡真好吃！"

他要好好想一套符合 AI 逻辑的说辞，再告诉宿主。

只要宿主不再对罗秀云抱有期待，就不用再委屈自己待在那个家里。

裴清沆不知道他在高兴什么，但看他眼睛亮闪闪的模样，不禁觉得手里的早餐好像更香了一点。

鸡蛋汉堡果然很好吃。

吃完早餐后，季桐照常找了个隐蔽的地方消失，回到裴清沆的意识空间里，陪他去图书馆自习。

安静的图书馆比总是回响着电视噪声的罗家要好多了。

整个上午，裴清沆都在认真地看书，与此同时，意识空间里的季桐也坐在花园中心的石桌前一本正经地画着图纸。

他已经开始构思幸福家庭里的陈设了。

季桐准备到时候问问宿主喜欢什么样的形态，比如三岁半宿主喜欢洋娃娃系统,裴清沉也可以给他指定一个非人形的日常形态,这类形态受限制小,他就能常常出现在宿主周围了。

他最想变成一只很能装东西的大碗。

如果让宿主往碗里装食物,四舍五入是不是等于吃上东西了?会不会有饱腹感?

不过碗要怎么走路?碗底可以长腿吗?

季桐托着下巴还没胡思乱想多久,就看见裴清沉的手机上接连收到了好几个罗秀云打来的电话。

裴清沉一直给手机开着静音,拿出来搜索资料的时候才看见一排未接来电,他错愕的当口,罗秀云的电话又打了进来。

他犹豫了一下,还是走到自习室外的走廊里接了电话。

"清沉啊,怎么不接电话?你跑到哪里去了?"

虽然打了好多次才接通,但罗秀云的声音听起来并没有恼怒,倒颇为柔和:"快回家来吃午饭,我做了一桌子好菜,再不回来菜都凉了。"

裴清沉很少听到罗秀云这样关切的语气,他握着手机的指尖紧了紧,沉默片刻,终究还是应下了:"我在图书馆,现在回来。"

罗秀云连声应好:"好好好,回来的路上注意安全啊!"

花园里的季桐捏着花里胡哨的图纸,不敢吱声,悄悄把酝酿了一上午的话憋了回去。

罗秀云怎么突然良心发现要对宿主好了?

总觉得这件事比他想变成一只碗还离谱。

回去的路上,裴清沉都没有说话,只有季桐敏锐地察觉到他骑车的速度比往常回家要快许多。

宿主仍然在渴望来自亲生母亲的爱。

季桐默默叹了口气,面带惆怅地望着在花丛里流连的白色蝴蝶。

希望罗秀云不要辜负宿主的期待。

走进灰蒙蒙的楼道,快到家门口的时候,裴清沉闻到一股浓郁的菜香,香得人食指大动,季桐判断这里面至少有红烧肉和糖醋排骨。

还真是一桌好菜,季桐惊讶地想。

裴清沅站在大门外，修长的手指有些踌躇地落在门把手上，半响才做好了准备，轻轻按下去。

推开家门，他先看见了客厅里一桌子色香味俱全的菜，然后便听见无数喧嚣涌入耳中。

罗家的沙发上、椅子上坐满了他不认识的人，正笑呵呵地聊着天，满面红光的罗志昌被簇拥在正中间的座位上，得意扬扬说着些什么。

"……他们都对我客气得很！晓得我有背景呢，这班上得真是舒服……"

腰间系着围裙的罗秀云刚从厨房里端着菜出来，抹了把额头上的汗水，看见裴清沅回来了，连忙向他招手："清沅，你总算回来了，快进来洗手吃饭，今天亲戚们来做客，想见见你，记得叫人，这是你大姨、大姨夫、二舅……"

被点到名字的陌生亲戚们纷纷朝他露出相当殷勤的笑容。

"这是清沅呀，真是一表人才！那户人家养得不错的！"

"老林虽然走得早，但秀云算是享到福了，两个儿子都体体面面的，以后都能孝敬她，唉，我们就没有这么好的命！"

罗秀云被夸得满脸红霞，连连道："哪里的话，都是一家人，互相照应的……"

于是就有人顺杆儿爬："还有没有像志昌那份工作一样舒服的活儿啦？我家那个闲在家里好几年，我每天被烦得头都痛死了。"

罗秀云正沉浸于亲戚们的热情吹捧中，随口应承道："我到时候找机会帮你问问。"

"哎哎，秀云，也帮我家欢欢打听打听……"

罗志昌借了裴明鸿的关系在二中当保安的事已经在亲戚中传开，人人都很羡慕。

所以他们拜访罗家，想见见这个未曾谋面的子侄辈，不是真的为了见他，而是为了他所能带来的好处。

那些短暂浮现的温情和希望，像泡沫一样碎成齑粉。

裴清沅仍旧站在家门口，脸上的细微情绪已消失殆尽，只剩平静的冷意。

"你们来晚了。"

他的声音不大，却奇异地让这群聒噪的亲戚都止住了话音。

罗秀云有点不安："你说什么呢，小孩子别乱说话……"
然而她只看见这个孩子眼中令人心悸的冰冷。

裴清沅直视着这个与自己分别多年的女人，不再有任何多余的奢望，在心底潜藏已久的愤怒喷薄而出。

他语带嘲弄："已经太晚了，得早十几年就把亲生儿子送去别人家，现在才能找到那么好的工作。"

罗秀云脸上的红霞很快褪去，血色尽失，像是不敢相信自己听见了什么。

在裴清沅刻薄又直白的讽刺中，空气里足足寂静了半分钟，才有亲戚尴尬地打起了圆场。

"你这孩子胡说什么呢……怎么能当着你妈的面说这样的话？多伤她的心啊，快跟你妈道个歉。"

裴清沅没有半分退让，冷笑道："我伤她的心？到底是谁该给谁道歉？"

自从他见到罗秀云的那天起，两人之间从来没有谈论过当年那场错误。

罗秀云没有主动对他提起，因为她所有解释的精力都交代在裴明鸿夫妇身上了。

裴清沅也没有主动提起，因为他觉得自己才是需要被解释的那个人，他以为亲生母亲会对自己开口。

可罗秀云对裴明鸿夫妇道过歉，对被欺骗了十七年的假儿子裴言道过歉，甚至对差点被追责的医院领导道过歉，唯独没有对他说过一声对不起。

因为他看似享受了十七年不应有的富裕生活，他就是得利的那个人吗？就理所当然地被排除在受害者之外吗？

裴清沅之前不愿意去想这些事，因为这只会是一个让人越想越绝望的深渊。

但现在，在罗秀云和一众亲戚轻飘飘的态度里，他不得不面对这个问题。

不过奇怪的是，这一刻，裴清沅并没有自己想象中的愤怒与难受，看着眼前一张张陌生又慌张的面孔，他更多的是觉得可笑。

那些本应涌动着的敏感又脆弱的情绪，好像被人小心地保护了起来，藏在柔软的盔甲里，逃过了这次刺痛。

在他看不见的世界里，浑身光芒闪烁的季桐正在草地与花园间奔走。

洁白的雨棚挡住了天空中倾盆落下的大雨，透明的玻璃樽里停着一只差点就要飞走的美丽的蝴蝶。

季桐努力地留住了蝴蝶。

在裴清沅犀利的质问中,这群完全是奔着自身利益来的亲戚,你看看我、我看看你,都缩回了脑袋,不敢再吱声,生怕自己被搅进这桩家务事里。

如遭雷击的罗秀云紧紧地抓着围裙,深吸了几口气,终于组织出破碎的句子:"那时候你爸爸得了癌,治不起了,家里的钱都花光了……我想让你过上更好的生活,才会冒险把你换给有钱人家的,我没有其他办法了,妈妈是为你好啊……"

这是一套听起来无懈可击的逻辑,可恨之人必有可怜之处。

裴清沅道:"这些年里,你和裴言两个人,过得幸福吗?"

与儿子清冷的目光对视着,罗秀云没办法做出违心的回答,只能含糊道:"……不算糟。"

裴言个性天真,懂事又善良,打小就是所有人眼里的好孩子,她又为了弥补这个无辜的孩子努力付出着,虽然是单亲家庭的相依为命,但称得上其乐融融。

裴清沅听出她的言外之意,脸上几乎漫出笑容:"那你有没有问过我,我在裴家过得幸不幸福?"

罗秀云愕然地望着他,似乎从未想过还有不幸福的可能。

"我过得不幸福,他们不是一对真正疼爱孩子的父母。"裴清沅异常平静地自问自答,"这不是更好的生活,我也不想要这种生活,比起他们,我更想要一个真心在乎我的母亲,就像裴言拥有的那样。"

他最后说:"所以,你会给我道歉吗?"

罗秀云清楚地看到了裴清沅眼里的坚持和倔强,她震惊于儿子此刻吐露的内情,脑袋尚未转过弯来,又念着有那么多亲戚围在四周,目光灼灼地落在两人身上,像看一场难得一见的戏码。

她说不出口。

时间在犹豫中流走。

裴清沅转身离开,从头到尾都没有放下过肩上的书包,沉重的木门在他身后撞出"砰"的声响。

罗秀云眼睁睁地看着他摔门离开,在亲戚们汹涌而至的安抚声里,肩膀软弱地垂下。

　　裴清沅一言不发地下楼,走到之前停好的自行车旁,久久没有动作,少年清隽的身影孤独地伫立着。

　　季桐也木木地站在草地上没有动,怀里小心地抱着有蝴蝶飞舞的玻璃樽。他看向透明雨棚外瓢泼的大雨,半晌才试探着开口问道:"软软,你需要安慰吗?"

　　这次他已经准备好了很多真的能把人逗笑的冷笑话。

　　裴清沅却几乎与他同时出声:"抱歉,那个任务……也许完不成了。"

　　季桐立刻松了口气:"没关系宿主,我正想跟你说任务的事。"

　　宿主还有心情思考任务,这场雨应该很快就会停歇放晴。

　　"上次去开会的时候,主脑指派了一位资深系统来为我解答疑惑,所以我问了他很多关于如何完成任务的问题。"作为一个初出茅庐的人工智能,想出这种和宿主组建家庭的奇异操作有点不太科学,所以,季桐决定把这个功劳推到小学生方昊头上。

　　"那位系统十分通晓人性,告诉我有时候可以用一些特殊的方式来完成任务,因为主脑判定任务完成的标准似乎很古板。比如拥有一个和谐幸福的家庭这项任务,其实并没有限定具体的家庭成员,理论上只要满足和谐幸福的标准以及看起来像个家庭就可以了。"

　　裴清沅认真地听他说着,很快接话道:"所以,兄弟俩也能算是家庭吗?不需要真正的血缘关系,只要别人以为是一家人就可以?"

　　他还记得早上被陌生大叔搭讪称赞时,季桐突如其来的喜悦。

　　季桐顿时咽下了之前想好的,关于该如何劝说宿主跟自己假扮亲兄弟的长篇大论。

　　宿主真聪明啊。

　　"对的宿主,我猜是这样的。"季桐老老实实道,"现在我们在外人眼里基本满足了和谐幸福的标准,任务面板已经对此做出了反应,但既然是家庭,就应该有一个一起居住的处所……"

　　他不太可能出现在罗秀云和罗志昌的面前,也就是说他跟宿主需要搬出去,单独住一个房子。

　　季桐倒不担心宿主是不是愿意搬出去,罗秀云刚才面对道歉要求的犹豫，显然让宿主失望了，按宿主的性格，他肯定不愿意再继续住在这里。

这样一来，在外租房的房租就成了问题。

虽然裴清沉那里还有一笔在裴家时得到的钱，但以季桐对他越来越深的了解，明白他应该不希望用这笔钱来开启自己的新生活。

那么宿主就只能靠自己挣钱了，就像那次去酒店兼职一样。

尽管季桐知道很多小说里都有学生主角靠各种技能发财的情节，但那就意味着过早接触社会，遇到各种各样复杂的人和事。

他很相信宿主的能力，但更希望宿主能在这个年纪里，好好享受简单纯粹的校园生活。

毕竟这是一段永远不能重来的珍贵时光。

季桐心情纠结地抖落了一地电子粒。

裴清沉显然也想到了房租的问题，他沉默了一会儿，再抬头时已下定决心："你不是很喜欢面包的香味吗？"

季桐茫然地点点头："是呀。"

十分钟后，裴清沉来到了那家总在夜晚路过的面包店门口。

胖胖的店老板何世文正在往玻璃柜里精心摆放新鲜出炉的面包，听见门口的提示铃响起，循声望过来热情道："欢迎光临！欸，你是那个……"

他还记得这个深夜时总徘徊在橱窗外的高中生。

"您好，是我。"裴清沉迎上他的目光，没有一丝怯意，"请问店里还招人吗？"

"招的招的。"何世文笑着擦了擦额头上的汗水，没有多问这个学生突然下定决心的原因，"带身份证了吗？我们是签兼职合同的，很正规哦。"

"对了，你没有健康证吧？趁周末不上课，刚好可以去医院做个体检，费用我出。

"你先坐，要是饿了就拿个面包吃，我去隔壁打印一下合同，帮我看着点店啊……"

这个絮絮叨叨的好心的店老板很有自来熟的架势。

兼职合同只有一页，上面清晰地写明了他的工作时间和薪水标准，这是一份环境和内容都很单纯的工作，相对比较适合高中生。

裴清沉仔细看过后，确定没有问题，便俯身在柜台前签下自己的名字。

他的字很好看,遒劲有力。

季桐在暗中欣赏,同时感叹宿主超强的行动力,一旦下定决心,就立刻去执行。

他还看到了裴清沅的身份证,上面的照片是几年前拍下的,裴清沅的面孔看起来要稚嫩许多,冷淡的表情倒没有变过。

那时候的宿主,在裴家过着什么样的生活呢?

季桐漫无边际地想着,悄悄记下了宿主的生日,十月七日。

再过半个月,宿主就要过十八岁生日了。

裴清沅签完字之后,看着纸面上渐渐凝固的墨迹,在心里对自己的系统道:"以后的每个周末,你都可以跟面包待在一起,等我满十八岁,我们就出去自己租房子。"

"真好。"天空渐渐放晴,季桐抱着蝴蝶玻璃樽,安静地坐在草地上,"谢谢软软。"

他把冷笑话数据悄悄收了起来,宿主看起来并不需要这样流于表面的安慰。

所以,季桐决定用更实际的行动,回报未来的每一个香气四溢的周末。

在那个也许会被两边家庭一并遗忘的日子里,他想陪宿主好好过一个生日。

何世文的动作很快,签完合同就替裴清沅打电话预约了附近医院下午的健康证体检套餐,还硬是把体检费用提前塞给了他,然后就把裴清沅推出了门,让他赶紧去医院,生怕他拒绝似的。

"体检完就回家休息吧,明天周日来上班,到时候证办出来了,拿给我复印一份留个档就行。"

何世文叮嘱完了,站在店里冲他挥挥手:"明天见啊小裴!"

然后,他转头就去忙着招呼客人了。

店里生意不错,目前只有糕点师傅和店主何世文两个人,平时还能忙过来,节假日就有点手忙脚乱,所以他才想着要招个周末兼职,能帮糕点师傅打打下手,也可以替他收银和招呼客人。

这份活不算累,时薪也很合理,何世文原本早就可以招到人的,但自从前些天他注意到那个常常在夜晚站在店门口发呆的高中生之后,不知怎么就拒绝了那些来应聘的人。

好在这个高中生真的来了。

裴清沅站在店门外,手里除了何世文塞给他的现金,还有一袋新鲜出炉的糕点,味道香甜,意识空间里的季桐都忍不住咽了咽口水。

"何叔叔真是个好人。"季桐感慨地望着这家小而温馨的店铺,"他的女儿一定也很可爱。"

店门口的招牌上用歪歪扭扭的字体写着"星月面包店",据刚才何世文热情的介绍,这是他上幼儿园的女儿起的店名。

"嗯。"裴清沅晃了晃手里的袋子问他,"你想吃面包吗?"

体检前最好空腹,所以还没吃午饭的裴清沅打算等体检完再吃东西,但考虑到自己的系统会馋,他准备找个地方让季桐出来先吃一点。

没想到季桐小声拒绝了。

"我不吃了,宿主快去医院吧,早去早回。"

裴清沅有点意外,还以为是季桐吃惯了平时晚上篮球队贡献的炸鸡、小龙虾、火锅,想把时间留着用来吃更丰盛的食物。

他没有多问,骑上单车径直去了医院。

裴清沅停好车,穿过无人的树荫,准备一个人走进医院的时候,突然感觉衣角被扯了扯。

他愕然地回眸,便看见穿了一身短袖、背带裤的小朋友,眼睛亮闪闪地望着他。

"软软,我陪你去医院。"

怎么能让尚未成年的宿主一个人去医院呢?

就算只是去体检也不行。

这是季桐身为一个专业系统的职业操守。

为此,他忍痛牺牲了今天剩下来的人形进食时间。

裴清沅怔怔地看着这个日渐熟悉的小男孩,直到季桐又扯了扯他的衣角,他才回过神来。

他下意识地伸手牵住了季桐。

"……医院人很多,不要走散。"

小孩子的手软乎乎的，格外温暖。

"好哦。"季桐愉快地跟大帅哥牵着手，还偷偷在旁边的轿车车身上检查自己的新造型。

今天他精挑细选的背带裤也很可爱。

裴清沅则是一身简单的T恤和长裤，两个人走在一起，像极了一对从漫画里走出来的最萌身高差兄弟，回头率奇高。

与此同时，在正要走进医院大门的人流中，有个戴着墨镜、帽子的年轻人也看到了这一幕，他猛地摘下墨镜，还以为自己看错了。

"那不是裴清沅吗？"脸色虚白的秦煜杰自言自语道，"他都有儿子了？这么快！"

他反应过来后又慌忙地戴回了墨镜，左右张望片刻，跟了上去。

季桐全程都紧紧拉着宿主的手，紧紧地跟在他身边，裴清沅刻意放慢了脚步，配合他的小短腿。

随着脚步的移动，季桐肩上的背带不时滑下来，他又一本正经地提溜回去，路过的好多病人都笑呵呵地盯着他看。

走进体检区后，裴清沅先做了排队少的项目，季桐则张望着四周的队伍，走上去用稚嫩的童音问："大姐姐，心电图是不是在这里做呀？"

中年女人一听，连连点头，一看是两个孩子过来做检查，热情地让他们先做。

不一会儿，季桐就收获了整个体检区里各个年龄段大哥哥大姐姐的慈爱的目光。

裴清沅莫名沾光，迅速完成了所有体检项目，享受了团宠待遇，失笑着揉揉他的脑袋。

在这个过程中，季桐敏锐地察觉到一道怪异的视线。

有个一身名牌的年轻男人一直鬼鬼祟祟地跟着宿主。

他偷偷在心里问裴清沅："软软，你悄悄看左前方盆栽旁边的那个男人，他总是盯着你看。"

虽然他现在不在宿主的意识空间里，但两个人仍然可以不靠语言就能进行沟通。

裴清沅不动声色地往季桐描述的方向瞥了一眼，表情没什么变化。

"那是我以前认识的一个人，但我们不熟。"

季桐立刻心领神会。原来是宿主以前在裴家时泛泛之交的富二代。

富二代怎么跑来医院挤门诊？

通过对方虚白的面色和上厕所的频率来判断，大概是有什么难言之隐，不想暴露在富人圈常去的医院里。

"他是不是肾虚了？"季桐小声八卦道。

"……"裴清沉居然认真地想了几秒钟，"也许吧，我好像听过类似的传言。"

怕季桐担心秦煜杰别有用心，他特意解释道："我跟他交集不多，关系也一般，可能是偶然遇到离开裴家的我，所以很好奇吧。"

季桐了然地点点头，松松垮垮的背带又歪歪地滑了下来。

他习惯性地揪起背带，瞥见光滑玻璃门里映出的自己，忽然眼睛一亮，兴奋地道："宿主，我在数据库里找到了一套很适合现在的情境模板……"

躲在盆栽后面的秦煜杰正快速地在手机上打着字。

刚才他找了一圈狐朋狗友，旁敲侧击地问起裴清沉的感情史，结果居然没人知道，反而收获了一堆揶揄，问他关心一个已经被圈子除名的家伙干吗。

也不知道裴清沉是藏得太好，还是真的没谈过，如果不是他的儿子，这个小孩又是谁呢？

再度袭来的尿意打断了秦煜杰的八卦之心，他叹了口气，起身去上厕所。

然而就在他为了避人耳目，特意跑进隔间里方便的时候，他听见了一个稚嫩的童音在外面响起，还隐约带着哭腔。

"哥哥，爸爸他真的不要我们了吗？"

回应他的是一个清朗的少年的声音。

"别哭了。"

略显冷淡的三个字，带有标志性的裴清沉风格。

是裴清沉和那个小孩在外面！

秦煜杰瞬间屏住呼吸，震惊地瞪大了眼睛，恨不能长出一对顺风耳伸到外面去。

洗手池前响起哗哗的水声，似乎是裴清沉在给弟弟洗脸。

在嘈杂的背景音里，小男孩委屈的抽噎声显得格外清晰。

"爸爸把你赶走了，也不要我了……我想要爸爸。"

秦煜杰平时总用来花天酒地的大脑飞速运转起来。

已知裴清沅的生父在他出生不久就去世了，不可能给他生出一个这么小的弟弟。

又知另一个曾经被裴清沅叫作爸爸，而后将他赶走的人，是裴明鸿。

还知裴明鸿的合法妻子叶岚庭只有一个孩子，过去是裴清沅，后来变成了裴言。

如果裴明鸿夫妇后来又生下一个长得这么可爱的儿子，不可能藏着掖着不公开。

所以这小孩是裴明鸿的私生子！！

想通了这个逻辑的秦煜杰差点没在隔间里蹦起来。

还好裴清沅给弟弟洗完脸后，就带着他走开了，两个人的声音越来越远，没有发现男厕所里的异动。

撞破这个惊人秘密的秦煜杰连病都不想看了，专心地蹲在厕所里掏出手机，打开聊天界面，噼里啪啦地打起了字。

"你们猜我刚才看到了谁？！"

……

虽然今天的人类形态时间只剩下两分钟了，但是季桐丝毫不觉得难过，脸上笑容洋溢，走出医院之后还哼起了调子稀奇古怪的小曲儿。

裴清沅有些无奈地看着他："这是什么歌？"

季桐对答如流："这是数据库里标注的得知丈夫出轨后表现复杂心情的常用 BGM[1]。"

裴清沅哑然。

他对系统的这个做法倒没有意见，只是不禁觉得季桐能调用的情境模板真的很智能。

"我爸……裴明鸿成天扑在工作上，看起来没有时间出轨，他们最后应该不会相信的。"

---

[1] Background Music，背景音乐。

"相不相信不重要。"季桐摇摇头道,"宿主说以前在裴家过得不幸福,那就让他们也不幸福几天尝一尝。"

说着,他伸出肉乎乎的手指,认真地比了一段小小的距离来示意。

"哪怕只能添堵几天也好,这是为宿主讨的一点利息。"

裴清沅凝视着这道阳光下矮矮的身影,心里渐渐被一种复杂的情绪所填满。

他还来不及说些什么,又听到季桐殷勤道:"哥哥,下次我还陪你来医院!"

像今天遇到肾虚富二代这么好玩的事,他还想再多体验几次。

裴清沅神情微妙地看他一眼。

他的系统便从善如流地改口,眨巴眨巴眼睛,绽开一个大大的笑容:"当然啦,除了体检,最好还是不要有机会来医院。"

在浅浅弥漫的熏香气味里,叶岚庭闭上眼睛,任手法轻柔的美容师在她精心保养的肌肤上揉开质地水润的乳液。

这是令身心同时舒缓的放松时刻,她的思绪漫开,艳丽的红唇渐渐浮上一丝微笑。

她对现在的生活很满意。

在几位家教老师的耐心教导下,裴言在很多方面都有了不小的进步,基本改善了弯腰驼背的不良体态,也熟悉了用餐时的一整套礼仪流程,至少看起来像是这个家庭里的孩子了。

可惜在学校里,裴言的成绩依然不突出,常规的文化课尚算过关,那些艺术特长性质的课程则一塌糊涂。

叶岚庭知道被辞退的家庭老师说的是对的,这是一个没有太多灵气的孩子,有着对普通人而言够用的聪明与纯良,在这个更强调天赋和手段的地方,则显得黯淡平庸。

好在裴言很用功,常常一个人待在房间里学到深夜,学习一切他不会的东西。

不管勤是否能补拙,至少叶岚庭很满意这个孩子的听话,与满身反骨的裴清沅截然不同,这才是她理想中的孩子。

她总能教会他的。

在叮嘱家里的保姆每晚为裴言备好夜宵之后,叶岚庭便安心地开始让自己的生活回到以往的轨道。

与生活同样空虚的妇人们社交,在奢侈品牌经理定期送上门的当季新款里挑挑拣拣,美容护肤,看画展,听音乐会……

美容师的手法微微加重,让叶岚庭从这些昂贵又绮丽的回忆里霎时收回心神,睁开眼睛。

她忽然意识到周围不断蔓延着的奇异的安静。

身边那些同样在接受按摩的女人没有像往常那样,愉快地聊起闲暇时得知的八卦,一个个都收敛了声息,没有人说话,脸上似乎都浮现着欲言又止的复杂神情。

叶岚庭的心里涌上一丝不安。

她记得上一次和这群女人一起做美容,气氛突然异常安静的时候,是在她们听说裴清沆与她并无血缘关系之后。

这是一种看似礼貌的静默,背后却藏有最聒噪的好奇心,只等她问一声"怎么了",那些戴着虚伪关切面具的窥探便会迫不及待地冒出来。

可她不得不问。

"这个香熏好闻。"叶岚庭语气亲昵地打破沉寂,"曼宁,我记得是和你家里用的香型类似的,是什么味道?"即使明知前面或许是万丈深渊,她也不能露怯。

被称作曼宁的女人"哎呀"一声,柔柔地道:"我说不上来呀,是我老公在管这些的。"

听到对方莫名其妙地提起老公,叶岚庭心里不祥的预感越来越浓。

她咬着牙,顺从地将话题引向每个人所期待的方向。

"还是你福气好,我家明鸿什么也不管的。"

话音落地,空气里骤然涌上姗姗来迟的雀跃。

"说到明鸿——"有人提高了声音,"阿岚,你要小心一点的呀,有些话都不晓得该不该跟你讲……"

处在话题中心的美丽女人终于用上了她们意料之中的诧异语气:"怎么了?"

熏香气味越发迷离……

周日清晨，裴言本想多睡十分钟懒觉再起来上课，却被隔壁房间传来的尖锐争吵声里惊醒。

这是他第一次听见父母在这座巨大的房子里爆发争执，也是他第一次在周末的早晨听见裴明鸿的声音。

裴言双手抱膝，窝在床上，默默地听着。

"你一大早把我从家里叫过来，就为了这种事？"裴明鸿低沉的声音里是压抑不住的怒气。

"家？到底哪里是你的家？那是你跟哪个女人的家？！"

裴言知道裴明鸿在公司所在的那栋楼里有一套公寓，为了节省路上来回的时间，他平时经常住在那里，不常回家，裴言刚回来的那阵，已经算是他回家最勤快的一段时间了。

"你发什么神经！"裴明鸿呵斥道，"平时不都是这么叫的吗？今天怎么就出问题了！"

"你嘴上说着天天待在公司里，谁知道你究竟在干什么？我偶尔去公司看你，又嫌我多事。"叶岚庭冷笑起来，"我看你晚上不是在公司加班吧，是在女人身上加班吧？不然怎么能弄出一个孩子来？"

裴言在被子里瑟缩成一团，有些惊惶地看向日光淡淡的窗外，这个石破天惊的关键词令他险些以为自己在做梦。

没有合拢的窗子里流进清晨微凉的风，一只色彩鲜艳的鸟儿落在了窗台上，静静地同他对视，果真像一场梦。

"什么乱七八糟的！"裴明鸿失去了耐性，"你知道我在这里浪费的十分钟里，少挣了多少钱吗？你给我清醒一点！"

"我还不够清醒？这个家全是我一个人撑起来的，言言不适应学校生活的时候，你人又在哪里？！"

然后这阵嘈杂的声音便渐渐小下去，裴言隐约听见了母亲哭泣的声音，在眼泪面前，裴明鸿总算收敛起怒气，低声说了些什么。

担心接下来的悄悄话与自己有关，裴言努力地靠近了墙，但也只是零星捡到几句断断续续的碎片。

"好了，我发誓我没有在外面乱来，我哪有这个时间……

"我昨天刚问过，爸的身体好得差不多了，快从国外回来了……你别折腾了，先想想爸那里要怎么对付过去，清沅的事还瞒着他……

"……上午有两个很重要的会，来不及了，我要去公司了。"

很快，走廊里响起匆匆的脚步声，啜泣声也随之消失。

一切重归宁静。

心乱如麻的裴言呆呆地望着那只驻足聆听的鸟儿，良久才在保姆的敲门催促声中起床洗漱，赶去书房上课。

一整天的家教课，他都心不在焉，一直在胡思乱想。

好不容易挨到傍晚休息，叶岚庭不知去了哪里，在偌大的裴家，只剩下一个裴言可以放心说话的人了。

"爸爸他……真的在外面有另一个儿子吗？"

裴言吞吞吐吐地问正在房间里打游戏的向锦阳。

他以为这个亲密无间的朋友会安慰他"放心，不会的"。就像之前每次他担忧自己在学校里将永远落于人后时，向锦阳说的那些宽慰话一样。

可这一次，向锦阳放下游戏手柄，却没什么表情地摇了摇头："不知道。"

他的手腕上戴着昂贵的名表，是裴言用零花钱买的礼物，作为他帮助自己融入裴家的回报，裴明鸿对裴言这个失而复得的亲生儿子很慷慨，给了数额令他瞠目结舌的零花钱与公司股份。

所以不光是表，裴言还给向锦阳送了许多别的礼物，比如眼前这台高端游戏机，就是向锦阳艳羡地对他提起过的，不知不觉间，这个好朋友看起来几乎像是与自己身份相当的兄弟了。

裴言错愕地重复着他的回答："不知道？"

"这种事，谁说得好呢！"面对他的诧异，向锦阳轻松地耸了耸肩，"太常见了，我有一个全靠老婆养活的没用舅舅，这样的人都在外面偷偷养了女人，更别提裴叔叔这样的条件，别说是一个私生子，就是有一群，我也不觉得奇怪。"

裴言听得瞪大了眼睛，想要反驳，却不知道该说什么好："可是，可是……"

向锦阳见他语无伦次的样子，不禁笑了起来："这事是秦煜杰传出来的，你知道吗，我比叶阿姨还先一步听说呢。"

秦煜杰？裴言反应了一会儿才应声，他回来之后认识了太多人，好半天才从记忆里找出一张帅气却稍显没精打采的面孔，与这个名字对上号。

"就说他好了，你知道他爸妈为他处理过多少个因为怀孕找上门来闹的女孩子吗？"向锦阳语出惊人，"有些是他疏忽没做好措施，有些是女方故意动了手脚。

"但是他爸妈没怪过他，只是让他以后小心点。因为他就是他妈提前扎破那玩意儿后才留下来的种。"

在裴言震惊的眼神里，向锦阳越说越快。

"秦叔叔一夜风流之后本来只想给钱打发了事，但没想到，他老婆的两个儿子长大后都得了病，寿命不长，检查说是老婆基因导致的隐性病，那时候秦叔叔最好的年纪已经过去了，再生一个来不及了，又怕质量不高，可那么多家产总要有亲儿子守着，所以秦煜杰的妈妈就这么上位了。

"现在儿子走上了老子的路，夫妻俩也不觉得有问题，毕竟未来的事谁说得准，别说是生病，就是走在路上，说不定都会遇到无妄之灾。"

"他们管这个叫什么来着——"向锦阳思索了一下，恍然道，"哦，对，分散投资，鸡蛋不能放在同一个篮子里。"

"这个世界，就是这样的。"他语气随意道，"至少目前你还是唯一那个鸡蛋，只要你不出事，就轮不到别人。"

这堆豪门秘闻轻飘飘地砸下来，砸得裴言头晕目眩，到最后，只记住了三个词——质量不高、分散投资、唯一那个鸡蛋。

裴言以为的亲子关系在向锦阳口中，却像一个散发着金钱香气的投资游戏，人是承载功能亟待估价的商品。

他不太习惯这种思维方式，但在试着强迫自己接受并记住，毕竟这是他现在最常做的事。

可是……他真的是唯一的吗？

始终盘桓在裴言心头的疑虑再度掠过。

为什么连疑似父亲私生子的人，也会关系亲昵地出现在那个人的身边？

为什么父母要向他还没见过面的爷爷，隐瞒那个人离开的事？

为什么不让那个人改掉"裴"这个本不属于他的姓氏？

他思绪浮动，孤身穿过漫长的走廊，回到自己的房间。

早晨吵过架的两位主人此刻都不在家，周围仅剩寂静。

父亲去上班了，母亲又去了哪儿？

她真的相信父亲的解释吗？

裴言心底有太多不解，他的目光下意识地落在窗台上，一片空荡荡，只铺着黄昏碎金般的霞光。

那只和他一同听完父母争吵的小鸟，不知在什么时候越过了冰冷的窗格，轻巧地飞走了。

陷在日日重复的晚霞里，他快要想不起来那只鸟儿斑斓的颜色了。

裴言发了一会儿呆，终于想起现在的自己没有太多时间可以挥霍。

他有太多的事要学了。

他深呼吸，清空思绪，安静地伏在桌前，翻开写满远远超出高中知识范畴的厚重书本。

秋叶繁茂的枝头，悄然落脚的小鸟扬起翠色尾羽，像生长在灿金里的一粒绿宝石，映出下方世界里的昏黄暖色。

裴清沅在星月面包店打工的第一天，人流量骤然增长了百分之五十七，人均进店停留的时长增加了两分钟，人均消费额提升了将近一倍，店老板何世文的擦汗频率直线拉升到五分钟一次。

以上来自某位专业系统的即时统计。

何世文没想到裴清沅来店里兼职能带来这么旺盛的人气，甚至连他在跟女儿视频报喜的时候，才上幼儿园的女儿都吵着要看镜头里一闪而过的大哥哥，在旁边看热闹的老婆笑弯了眼，还真的专程把女儿送到了店里。

人来人往的面包店里，何世文和裴清沅忙碌地招呼着客人，名叫星星的小女孩乖巧地坐在角落里，啃着棒棒糖，目光像向日葵一样灵活地追逐着好看的大哥哥。

与此同时，被烘焙香气熏了一上午的季桐也在花园里跟着他转。

裴清沅刚从客人手里接过装满糕点的盘子，季桐就在他脑海里忙不迭地报菜名："爆浆奶黄牛角包、蔓越莓麻薯、焦糖海盐脆脆……"

然后再用一句标准的总结语来收尾："软软，面包好香，生意真好。"

听了一上午的裴清沅熟练地领会了他的意思："是不是饿了？何叔叔订好午餐了，你也一起吃吧。"

饥肠辘辘的季桐闻言立刻冲向衣柜，还不忘特意强调："我是数据，数据是不会饿的。"

他余光瞥见角落里那个正像向日葵一样转来转去的小女孩,试图借机欲拒还迎:"我怕何叔叔觉得我一表人才,然后给我和星星定娃娃亲。"

"不会的。"裴清沅笑了一下,他的眉眼间似乎卸下了某种沉重的东西,流露出专注的关切,"快出来。"

他转头问何世文:"何叔叔,我弟弟的托管班下课了,我可以接他过来一起吃午饭吗?"

"可以啊,太好了,刚好能跟星星做个伴,你快去接,我赶紧再叫几个菜……"

裴清沅便走出店门,走到四下无人的角落,等待魔法出现。

鸟儿在树梢扇起翅膀,在温煦的日光照耀下,裴清沅的眼前幕地出现了一个正背着小书包向他欢快招手的小朋友。

他恍惚地觉得,自己好像开始拥有了一个真正的家。

裴清沅很快牵回来了一个穿着可爱的幼儿园校服的小男孩,小男孩一进店,就很有礼貌地跟何世文打招呼:"叔叔好。"

何世文特意在门口挂了"休息中"的牌子,让忙了一上午的裴清沅和糕点师傅能好好吃顿午饭,休息一下。

这会儿见到裴清沅接回来的弟弟,他立刻热情地拉开凳子:"你好你好,快过来坐,跟我家星星差不多大,可以当玩伴了……"

小女孩星星总算停止了向日葵运动,将目光放在新来的小朋友身上,她歪着脑袋思考了一下,忽然露出一个很灿烂的笑容:"弟弟你好,你好可爱呀,我是星星姐姐。"

不知道为什么,正眼睛发亮地盯着一屋子糕点看的小男孩突然僵住了,他身旁的裴清沅眼里则闪过一丝笑意。

虽然他不知道人工智能会不会有年龄,但他觉得系统表现出来的智力水平,应该跟自己差不多,起码不像是个小孩子。

没想到继管小学生叫哥之后,他又成了幼儿园小朋友的弟弟。

季桐如遭雷击。

他握紧了拳头,沉痛地说:"星星多大了?"

"我五岁啦。"何星星骄傲地道,"上中班了呢!"

宿主还没有成长度,所以季桐看起来只有三岁多,是最基础的人类形态,再小就该不方便外出了。

不过为了捍卫自己的尊严,季桐仰起头道:"我五岁半,上大班了,星星妹妹。"

最后几个字他刻意加了重音。

"这样呀,好吧。"何星星不疑有他,惆怅地叹了口气,"我又是最小的啦。"

季桐乘胜追击:"所以,你要叫我哥哥。"

何星星听话地点点头:"知道啦,小小裴哥哥。"

爸爸管好看的大哥哥叫小裴,那么小裴的弟弟当然就是小小裴。

季桐:"……"

他似乎捍卫了自己的尊严,又似乎没有。

在一旁围观两个小豆丁比年龄的大人们都笑了起来,何世文当然不相信比女儿还矮一点的季桐有五岁半,忍不住揶揄道:"小裴,你弟弟这么小就上大班了,真厉害啊。"

"嗯。"裴清沅帮系统拆开外卖餐盒,面不改色地为他圆谎,"他是个小天才。"

在宿主的肯定声中,季桐立刻忘掉了刚才的沮丧,心满意足地在饭桌边坐好,跟星星肩并肩。

果然连宿主也觉得他是天才新人系统。

这顿午餐很丰盛,何世文为了庆祝今天猛涨的营业额,点了不少菜,鉴于这份功劳要归给宿主以及最初发现了这家面包店的他,季桐决定心安理得地大快朵颐。

他的食量受到身体的限制,不会太夸张,所以大人们看起来觉得很正常,但在许多不爱吃饭的小朋友眼里,他简直太厉害了。

一旁的何星星时不时地转头看向专心吃饭的季桐,面露震惊,又因为季桐吃得很香,害得她也忍不住馋了起来。

于是季桐夹什么菜吃,她也跟着夹,好像他选中的菜会格外香一点,最后比平时多吃了不少饭。何世文看得啧啧称奇。

饭后,裴清沅从玻璃柜里拿出一份上午季桐复读频率最高的爆浆奶黄牛角包,给他当作甜点。

已经吃得小肚子圆滚滚的何星星还在看小小裴哥哥吃东西。

牛角包有小朋友的半张脸那么大，小小裴哥哥抓住两头的尖角，一脸虔诚地咬开中间蓬松的酥皮，香软绵密的奶黄立刻淌了下来，他瞬间满足地笑弯了眼睛，旁边的小裴哥哥便拿起纸巾，细心地帮他擦掉嘴角的食物碎屑。

何星星简直看呆了。

她猛地咽了咽口水，不顾自己即将超载的肚子，无比渴望地朝何世文喊道："爸爸！我也要吃！！"

"咔嚓"一声，这一幕被定格在了糕点师傅的手机里。

他看到季桐吃东西的模样，头一次觉得自己做的面包竟然有这么好吃，心生欢喜，忍不住拿出手机拍照。

画面中央的小男孩认真又满足地吃着爆浆奶黄牛角包，他专注的眼神让人觉得吃东西好像是这个世界上最快乐的一件事。

左边的小女孩呆呆地看着他，眼中的渴望呼之欲出，右边则有少年的半个侧影，正动作温柔地擦去小男孩脸蛋上不小心沾到的奶黄酥皮。

何世文看着糕点师傅递过来的手机屏幕，瞬间也被照片里蔓延出的幸福情绪感染，盯着它傻笑了半天，半晌后突然想到了什么。

"小裴和小小裴，我可不可以把这张照片打印出来，挂在店里？我想留个纪念。"

裴清沅没有什么意见，他看向季桐，季桐点点头，他也很喜欢这张照片。

何世文在打印东西这件事上一直都雷厉风行，他兴奋地对季桐丢下一句"以后想吃什么随时来"，就又跑去隔壁的打印店了。

他原本就在这家小而温馨的面包店里挂了很多女儿吃东西的照片，不是为了生意，而是想收集每一份珍贵的回忆。

下午重新开店的时候，裴清沅"送走"了去上托管班的弟弟，何世文则在收银台背后的墙面正中央，小心地挂上了这张刚刚裱好相框的照片，每个进店的客人都能看见。

总算大饱口福的季桐没有再追着宿主报菜名了，他穿着明黄色的橡胶鞋，老老实实地待在花园里种花，争当一名热爱劳动的人工智能。在他身边环绕的蝴蝶轻轻地扇动着洁白的蝶翼。

不久后,反倒是忙得不行的裴清沅主动和他说话。

"牛角包卖光了。"裴清沅的声音里透着一丝错愕。

季桐吃牛角包这张照片的感染力显然超出了所有人的意料,一整个下午,几乎每一个进店的客人,在看到这张照片之后,都忍不住想买个牛角包尝一尝,后面来的人听说牛角包卖完了,居然耐心地排起了队,等待新一盘牛角包的出炉。

何世文和糕点师傅在诧异之余,连忙停下其他面包的制作,全力以赴地做起了爆浆奶黄牛角包。

星月面包店门口第一次排起了长队,直接排到了店外的人行道上。旁边经过的路人好奇地驻足打听,知道这家在卖一款很好吃的面包之后,便有人也加入了排队行列,导致队伍越来越长。

举着花铲的小机器人季桐看得目瞪口呆。

他第一次觉得自己跟当代人类有点脱节。

季桐愣了半天,但看着陌生人盯着自己的照片眼馋牛角包的盛况,心里到底还是涌上一点得意。

他拍下面包店里人头攒动的场景,发给自己唯一的人类系统网友,还给这个大场面取了个名字。

"系统 0587 号分享了一段视频。"

系统 0587 号:"《智能 AI 在早期人类中掀起牛角包风暴的珍贵实录》。"

方昊回得很快,并当即发表了"六点"意见。

系统 0499 号:"……"

系统 0499 号:"你的人类形态怎么这么幼稚?"

季桐熟练地无视来自龙傲天小学生的攻击。

系统 0587 号:"对小学生来说可能有些幼稚,但对大学生来说刚刚好。"

系统 0587 号:"吃牛角包吗?"

龙傲天不屑于吃牛角包,并对他冷哼一声。

不过季桐没想到的是,他这句随口道来的调侃,竟然成了附近的年轻人在接下来这段时间里最常说的一句话。

爆浆奶黄牛角包,这款光是名字就听起来很诱人的面包,迅速出名了。

很多人在买了牛角包之后，都会模仿季桐在那张照片里的表情和姿势，拍照并发布到网络上，这些自发的宣发行为渐渐引爆了风潮，星月面包店的门口因此天天排起长队。

这下何世文彻底忙不过来了，连忙招了两个全职员工来店里，周末也仍然需要裴清沅过来。

鉴于这张照片意外起到的作用，很讲道理的何世文硬是给裴清沅塞了一笔钱，说是给季桐的广告费，两人之前还发愁的房子租金问题立刻解决了。

不过裴清沅并没有因此辞掉这份兼职，他喜欢这里的环境，轻松又温馨。

课间，他听到身边的同学们好奇地谈论起星月面包店的牛角包时，心里总会漫上一种奇妙的感觉。

那张照片里的小朋友，有着全世界只有他知道的秘密。

他兼职的第二个周末，在季桐的影响下相当热衷搜罗美食的篮球队队员们，率先发现了裴清沅和弟弟与这家店的关系，顿时惊叹不已。

这几个人高马大的高中男生没有借机走后门，而是老老实实地排队，时不时盯着墙上可爱的照片，露出被征服的傻笑。

等终于轮到他们的时候，已经全都馋得快忍不住了，所以几个人接过牛角包之后，马上开动，还叫了裴清沅给他们拍照留念。

在裴清沅的镜头里，这群充满活力的高中男生站成一排，整齐划一地模仿身后照片上季桐的动作，迫不及待地咬开牛角包。

然后一个个都被流心奶黄烫得龇牙咧嘴。

店里排队的客人们顿时爆发出善意的哄笑，巨大的声浪在空气里漾开，门口刚从豪车上下来的美丽女人猝不及防，被吓了一大跳。

叶岚庭这些天过得很不好，连精致的妆容都掩不住她的疲惫。

关于裴明鸿在外有私生子的流言四起，她不愿意面对那些看似关心实则窥探的面孔，所以暂时减少了和那群女人的往来。

但叶岚庭也没有成天待在家里，她经常早出晚归，甚至有些疏于对裴言的管教。

因为她私下去了裴明鸿的公寓，还找了私家侦探。

她没有完全相信裴明鸿的解释，尽管结婚二十年来，叶岚庭十分清楚这个男人对于金钱和事业的痴迷远胜过对女人的追逐，可在这个关乎她儿子未来地位的流言面前，再熟悉的枕边人都会变得不可信。

叶岚庭让最专业的私家侦探小心地调查了裴明鸿近几年来的行踪，可高昂的费用却只换来了一长串裴明鸿在世界各地飞来飞去开会的记录，没有藏起来的女人，也没有藏起来的孩子。

艳红的长指甲捏着这份乏味的调查记录，最终恼怒地将它揉成一团。

裴明鸿太醉心于事业了，这样完美无瑕的日程表，看起来反而像是一种伪装。

叶岚庭不死心，便让私家侦探换个人入手，去调查已经同她数日未见的裴清沅。

在这个据说是秦煜杰亲眼所见的流言里，那个孩子跟在裴清沅身边，还亲昵地叫他哥哥。

这一次，调查果然有了进展。

私家侦探告诉她，裴清沅身边的确出现过一个三岁左右的小男孩，每天会和他一起吃早餐。

叶岚庭听到这里的时候，激动地问："然后呢？"结果私家侦探的脸上竟然出现了一种复杂的表情，为难地摇摇头。

"然后就不见了……很抱歉，我没有查到这个孩子的身份信息，也没能提取到任何能用来进行血缘鉴定的生物检材，他就像是凭空出现一样，而且只出现在目标对象的身边，接触的都是一些与他关系亲近的人，所以我不敢贸然上前，以免打草惊蛇。"

叶岚庭仿佛在听天方夜谭。

怎么可能有查不到身份信息的人？

裴明鸿居然把这个孩子藏得这么好，甚至不惜把人送到了她原本必定会彻底遗忘的裴清沅身边！

难怪当初她说要将裴清沅送回罗家的时候，他竟毫无异议，原来还藏着这样的目的。

她的心底霎时涌上难以言喻的恼怒和憎恨。

裴清沅还在她身边的时候，她对裴清沅的生活了如指掌，她很确定那时候他绝不认识这样一个孩子。

丈夫是什么时候跟这个抱错的假儿子达成了约定？

叶岚庭蓦地想起来，丈夫还帮裴清沅在罗家的舅舅安排过工作，当时说是可以监视他不要乱来，如今想来，真的是这样吗？那是不是和裴清沅的一种交换？

在如波纹般不断扩散的怀疑里，原本平静华美的日子，一瞬间密布裂痕。

唯一值得庆幸的是，这周刚回国的裴老爷子，在得知裴清沅的身世和他现在的去向后，竟意外地没有大发雷霆，只是对她横眉竖眼而已。

看来即使是曾经十分喜爱裴清沅的老爷子，也迈不过血缘这道坎。

叶岚庭一边应付对她意见颇多的裴老爷子，一边努力调查私生子的问题，并在私家侦探表示束手无策以后，决定亲自来找裴清沅问个究竟。

她无法忍受生活里存在着一件完全脱离自己掌控的事。

然而一下车，她就被眼前这家面包店里传出的声浪惊了个趔趄。

店里人流拥挤，吵吵嚷嚷的高中生们正吃着廉价的面包，甜腻的味道涌进鼻腔，叶岚庭厌恶地皱起眉头。

裴清沅居然沦落到在这种地方打工，她甚至不想屈尊走进去。

店里很快有顾客注意到了外面这个看起来与周围环境格格不入的女人，为朋友们拍完照的裴清沅抬起眼眸，脸色微有变化，随即主动向店门外走来。

叶岚庭的眉头稍稍舒展，心头泛过一阵讽意。

裴清沅过去总是对她不假辞色，如今尝到了贫穷的滋味后，倒是知道要讨好她了。

果然人只有跌倒了才会长大。

她摘下墨镜，脸上是一副冷淡的神情，正要开口，却被走到她身前站定的裴清沅抢了先。

"你来买牛角包吗？"

这是她听了十七年的声音，熟悉至极，此刻却带着些许陌生的味道。

叶岚庭没能立刻反应过来牛角包是什么东西，目光里闪过不设防的错愕。

于是裴清沅又礼节性地问了一遍："不是牛角包的话，要买其他糕点吗？"

他的目光清澈平静，像是在看一个与自己全无关系的陌生人。

叶岚庭清晰地记得，不久前为裴言办的欢迎宴会上，裴清沅孤零零地站在人们的视线中央时，曾用截然不同的眼神凝望着自己。

那时候他的眼神里蕴含着很复杂的情绪：留恋、不解、希冀、怨怼……那是一个刚刚被全世界抛弃的孩子应有的眼神。

可现在，这里面什么也没有了。

叶岚庭有些心慌地脱口而出："你在说什么——"

话音未尽，就被裴清沅打断了。

"既然都不是的话，"少年的目光冷了下来，"请不要将车停在店门口，会影响其他客人。"

随即他便要转身走回店里，叶岚庭下意识地叫住了他："你站住！"

她以为这个孩子不清楚自己的来意，正在刻意表现一种对昔日母亲的满不在乎，好掩饰自己的孱弱无力。

然而裴清沅停下脚步，回眸看她的时候，眼神里却是令人刺痛的讥讽和奚落。

"觉得生活失控了？"他语气平常地戳中叶岚庭此刻最大的软肋。

正如她十分清楚这个孩子的倔强和不屈一样，他显然也相当了解曾与自己朝夕相处的母亲。

裴清沅准确地猜中了叶岚庭现在的境况。

他声音不大，却字字冷冽："烦心事不止一件，是吗？爷爷是不是回来了？他的身体好了吗？可惜我没有身份再去看望他了。"

"不过没关系，也许爷爷很快就能见到另一个可爱的孩子。"他的声音微微上扬，"一个让你彻夜难眠的孩子，对不对？"

"你！"叶岚庭被激得气极，大脑一片空白，竟哑口无言。

裴清沅凝视着她的表情，俊秀的面庞上漾开极淡的笑意，像是在安抚她："不用担心，你的丈夫没有私生子，裴明鸿甚至没有见过那个孩子。"

他说的是实话。

只是在回头之后，他的下一句话仿佛只是说给自己听的——

"但你连丈夫的话都不相信……又怎么会相信我的话呢？"

这句话扎得叶岚庭的皮肤都痛了起来。

她当然不相信。

在所有人的否认里，她彻底确信了那个孩子的存在。

豪车终于开走。

全程屏住呼吸的季桐在裴清沅开始重新给顾客结账的时候，才忍不住开口道："宿主，你明明说了实话，可是她看起来好像更怀疑了。"

裴清沅平淡地应声："从我小时候起，她就是这样的人。"

季桐挠挠脑袋，搞不懂怎么会有这么奇怪的母亲。

幸好宿主离开了裴家。

季桐又想起宿主刚才提到的一个陌生的名字："你和爷爷的关系很好吗？为什么他这段时间都没有出现？"

"爷爷身体不好，而且因为跟裴明鸿闹了矛盾，几个月前就去国外养病了。"裴清沅解释道，"爷爷从小很疼我，所以他们肯定会瞒着他这件事，他现在应该刚回国，或许还不知道。"

听到父母缘不佳的宿主从小有爷爷疼，季桐不知为什么松了口气。

他忽然灵光一闪，想起了一张面孔，连忙从数据库里调出来。

"对了，软软，你爷爷长什么样？"他翻阅着图像存档，竭力描述道，"是不是戴着一副老花眼镜，穿得很普通，就像一个在街上到处都可以看见的老爷爷？"

季桐一边说一边嫌弃自己，好一堆没有任何价值的废话。

但裴清沅手头的动作却顿住了："你怎么知道的？"

那居然真的是宿主的爷爷。

季桐欢呼一声，立刻道："昨天我监测到他在店外徘徊了很久，一直在往店里张望，我觉得有些异常，所以在数据库里给他的图像做了一些标记。"

自从在医院偶遇秦煜杰后，季桐就加强了对宿主周围环境和人的观察，他不能放过任何一个玩弄富二代的机会。

昨天宿主在店里忙碌的时候，他注意到了外面有个相貌和蔼的老爷爷在悄悄往店里看，表情很丰富，不时变换位置，一度还摘下老花镜偷偷擦眼泪。

对方显然没有任何恶意，所以季桐也就没有告诉正在忙着招待客人的裴清沅。

因为这个老爷爷看起来实在太普通了，与裴明鸿夫妇的风格完全不同，而且他的脸上写满"没想到在这个地方卖面包也能卖出这个成绩"的感慨与欣慰，导致季桐误以为他是店老板何世文的爸爸，特意跑来看一看儿子突然焕发生机的面包事业。

季桐越想越开心,当即向宿主生动地描述了爷爷全程的表情变化:"爷爷一定是发现宿主身处逆境还能保持良好的心态,所以觉得难过又高兴,怕打扰宿主,才没有主动进来。

"下次我再见到爷爷,一定请他吃一个牛角包。"

唠唠叨叨大半天的季桐最后总结陈词道:"宿主,有一个爱你的人回来了,真好。"

一直耐心聆听的裴清沉轻轻应声,仿佛认同了他的话。

他敛起眉眼,专注地看着新鲜出炉的爆浆奶黄牛角包,动作轻柔地用纸袋将它包好,就像替年幼的弟弟擦去嘴角的酥皮碎屑那样。

第04章

♥ 成年快乐 ♥

这个充盈着面包香气的周末结束之后，二中整个高三学年的气氛骤然紧张起来。

高三的第一次月考就在这周进行。

九月底的秋意越来越浓，学生们被困在小小的教室里，不敢停歇地做卷子、背书，偶尔抬头看向窗外，远眺休息的时候，便满面愁容地抱怨起来。

"老师可真会挑时间……这个假期还怎么过得好啊，提心吊胆等成绩。"

"我妈看不到我的成绩单，肯定不同意我出去玩，只能在家做题，太狠了！太狠了！"

十月初有个七天小长假，所以老师们特意挑在放假前考试，等假期结束回校后才出成绩，本意是希望这群高三学生在考试后能意识到自己的不足，赶紧在假期里主动查漏补缺，而且万一考砸了，也不至于让这个难得的假期泡汤，能晚点再挨父母的骂。

不过对大部分成绩不算顶尖的学生来说，悬在头上的月考成绩简直太折磨人了，一想到放完假后自己就要倒霉，顿时觉得连假期都不香了。

在三班这群神情各异的学生中，有两个人看起来最为从容淡定。

分别是坐在最后一排的裴清沅，和坐在第一排的林子海。

在宿舍里天天挑灯夜战的林子海对这次月考很有信心，不用多说，全班第一肯定是他，这次他还想搏一搏年级前五，为周老师争光。

三班不是尖子班，成绩最好的那批学生在一班，过去三班学生考出过的最高成绩也不过是年级第十。

林子海顶着两个硕大的黑眼圈，又迅速刷完了一套卷子，浅浅地松了口气，不由自主地往后排瞄了一眼。

裴清沅正在低头看书，班级里弥漫着的焦虑情绪似乎与他毫无关系，他仿佛是在图书馆里随手翻书一样。

旁边还有满面笑容的同学正在跟他搭话。

今天是第四个了,林子海在心里恨恨地记上一笔。

不就是一个牛角包,至于这样吗?

一个个的都那么幼稚!

……虽然牛角包是有点好吃,但那跟裴清沅有什么关系,又不是他做的!

裴清沅在最近风靡全二中的星月面包店里兼职,据说那张引得顾客们争相模仿的照片里,那双最好看的手就是他的。

裴清沅立刻在全校出名了,和之前那些难听的外号和传言不同,这次同学们记得的都是这个原本就很好听的名字。

男生们发现学校小霸王付成泽带着篮球队的一群大高个儿,天天沉迷于牛角包,顿时开始跟风,仿佛这样就能和篮球队的平均身高看齐似的。

女生们悄悄拍下那张照片,有的馋可爱的小朋友,有的馋好看的手。还有隔壁学校的一个女孩子特意跑过来,害羞地塞给裴清沅一封情书。

对身高和帅哥都没有兴趣的吃货们则想沾同学的光,尝一尝卖到脱销的爆浆奶黄牛角包。

总而言之,裴清沅现在成了全校最受关注的学生,走在学校里会不停地有人跟他套近乎,三班学生对他的态度也大幅扭转。

目睹这一切的林子海如坐针毡。

他只能安慰自己,就算裴清沅长得帅还受欢迎,那又怎么样?对学生来说,成绩才是最重要的。

月考在即,等成绩出来以后,看大家还会不会盲目追捧华而不实的裴清沅。

林子海这样想着,清空思绪投入到紧张的课程中之前,心里还是闪过了一丝不安的顾虑。

为什么周老师会那么喜欢这个成绩不好的班长呢……

在他时起时落的心情里,月考很快到来了。

第一门数学考试结束后,林子海彻底放下了疑虑,简直称得上是意气风发。

幸好,裴清沅没有让他失望。

这次的数学卷子很难,在大多数人不太够用的两个小时的考试时间里,裴清沅居然中途交卷了。

当时正在奋笔疾书的林子海看着他离开教室的背影,震惊了好半天,怎么都想不通这是什么操作。

铃声响起时,林子海才堪堪写完最后一道大题,放下笔,揉了揉酸痛的手指。

他听见靠窗的学生说,裴清沅好像去小卖部买东西去了。

对待考试的态度真是轻浮。

林子海忍不住翻了个白眼。

有坐在裴清沅附近的学生,好奇地凑过来问他:"林子海,你最后一题写了多少步骤?"

"写了半面吧,这题很难,我也没把握。"林子海谦虚地说,"你做出来了吗?"

"当然没有,我连前面都没做完,没空看最后一题。"那个学生连连摇头,解释道,"班长不是提前交卷了吗,他站起来的时候,我不小心瞄到了试卷,他最后一题写得很少,只有几行,我还以为很简单呢。"

闻言,林子海毫不犹豫地反驳道:"那么少不可能写完所有步骤,他肯定做错了。"

同时他心里确信,裴清沅是真的成绩不行,索性破罐子破摔,在卷子上胡写一气就交卷了。

想到这里,林子海努力压制住即将浮现的笑容,面露不赞同地说:"班长交卷这么快,估计很多题都没有好好做,这种态度太消极了,会给大家造成不良影响的。"

周围听他们闲聊的其他学生面面相觑。

他们知道林子海一直以来都看不惯裴清沅,但他们也受到了近日来牛角包风暴的影响,所以对裴清沅的感觉很微妙。

不过林子海的这句话倒没有说错,身为班长,的确不应该这样。

同学们中间很快传起了班长成绩不行的小道消息。

不知道裴清沅是不是得知了大家私下的议论,后面的几场考试,他没有再提前交卷离场。

但他基本都是只写半场,剩下的时间就静静地坐着,似乎在发呆。

他脑海里的季桐气势如虹地甩牌:"仨 J 带俩 Q!"

裴清沅平静地跟牌:"仨 K 带两个 10。"

又被压住了。

季桐沮丧地喊了声"没有",然后眼睁睁看着宿主从容不迫地出完了牌。

宿主的记忆力也太好了。

意识空间目前还没有对裴清沅开放,所以两个人并不能真的面对面打牌。

季桐独自坐在草地上,发了三组牌,然后把其中一组牌乱序报给宿主,再老实地清除掉对这组牌的记忆,之后,拿起另一组牌,和宿主玩起了虚空扑克,用来打发剩余的考试时间。

他以为裴清沅会记不住那么多牌的大小,自己肯定能赢过对方,没想到,宿主不仅记得一清二楚,还打赢了他。

原本轻松的娱乐扑克,居然因此弥漫起智力游戏的恐怖气息。

季桐不禁想起昨天被数学卷子支配的恐惧。

宿主的数学题做得又快又好,而且在一些难题上用了超出高中知识框架的解法,这直接导致季桐回忆起曾经折磨过自己的高数题。

那时候他一打开高数课本就饿,大概是脑袋空空,搞得肚子也空空,整个人由内而外地散发着空荡荡的气息。

裴清沅在听到他肚子的咕噜声之后,直接交卷去了小卖部。

后面不考数学了,季桐就没再饿过,而是以帮宿主锻炼记忆力为由,跟他玩起了扑克。

现在看来,明明是宿主帮他锻炼心理承受能力才对。

不愿再回想的季桐默默地把纸牌变成了一堆石头。

随着最后一门考试的结束铃声响起,紧张了一周的学生们一个个都瘫在座位上,长长地松了口气。

终于要放假了。

不管假期后会挨怎样的铁拳,至少每天可以睡一会儿懒觉。

当然,睡懒觉对于裴清沅来说,是不存在的。

他比之前更加早出晚归了,整天待在面包店里帮忙,与那个所谓的家的接触几乎为零。

那天他和罗秀云不欢而散，罗秀云至今还耿耿于怀，却根本找不到与儿子对话的机会。

裴清沅的背后像是长了眼睛似的，总能准确地躲开她。

罗秀云是从家长群里得知高三月考结束的消息，之前裴言成绩很好，每次考完试都会有其他家长来跟她闲聊，打听补习班或是学习方法。

但这次不同，居然有家长状似关心地问她，是不是有些疏于对孩子的管教了？

罗秀云这才知道，裴清沅在这次月考里表现得很随便，卷子都是乱写一通交上去的。

她大吃一惊，顿时紧张起来，甚至已经想到了这个孩子越发堕落的未来，可她和裴清沅完全说不上话。

罗秀云不知道该如何是好，便抓着曾经那个最听话的优等生裴言倾诉，裴言耐心地安慰她，还约她出来见面。

这是两人分开后的第一次见面，罗秀云很高兴，特意选了一身看起来最精神的衣服。

可当她来到和裴言约定的地点后，看着眼前气氛静谧、音乐悠扬的咖啡厅，霎时觉得束手束脚起来。

以前她从没有和裴言一起去过这样的地方。

仪态优雅的服务生将她领到预订的座位，裴言已经提前到了，他坐在窗边，身上是剪裁得体的衬衫配英伦风毛衣背心，被秋日暖融融的阳光照着，竟像是一张遥远的画报。

在罗秀云感到陌生的咖啡香气里，这个曾经她无比熟悉的孩子，慢慢转过头，神情温顺，向她露出分寸恰好的笑容。

"阿姨，你来了。"

当这两个字落进空气的时候，罗秀云像是被针扎了一下，后背猛然泛开涔涔的冷汗。

言言叫她"阿姨"……

或许是秋日午后的阳光太过刺眼了，罗秀云渐渐面色发红，有些不知所措地看着这个曾经与自己相依为命的孩子。

一旁领她过来的服务生并未察觉异样,彬彬有礼地道:"女士请这边坐,这是店里的菜单,您需要推荐吗?"

罗秀云茫然地"哦"了一声,坐下后接过菜单,像是逃避什么似的快速翻了起来。

印刷精美的菜单上,一个个新鲜又拗口的名词从她眼前闪过,幻影般发着光,刺得她头晕目眩。

她从来不吃这些东西,也压根搞不懂 CARAMEL MOCHA 和 CAPPUCCINO 这两串长得差不多的洋文之间有什么区别。

裴言似乎看出了她的无所适从,主动道:"这里的咖啡味道很纯正,你不爱喝太苦的东西,那就试试焦糖玛奇朵?"

他的话语进退有度,关切里隐藏着让人很难察觉的不容置喙。

这样的语气,像极了那个生活在裴家的雍容华贵的女人。

这个怪异的念头短暂地从罗秀云的脑海里闪过。

她仍然不知道焦糖玛奇朵是什么,不过至少听懂了"焦糖"两个字,连忙点点头,服务生微笑应下,向他们躬身后离开。

言言还记得她不爱喝苦的东西,以前生病的时候,她常常是捏着鼻子往下灌药,惹得言言笑话她,怎么大人还怕吃药。

久远丰盈的回忆被撕开了一个口子,汹涌袭来,罗秀云顿时忘记了那声阿姨和所有微妙的异样,朝裴言急急地绽开一个笑容。

面前的裴言穿着料子很好的衣服,模样乖巧又清秀,一看便知道他过着很优渥的日子,爸爸妈妈肯定没有亏待他。

但同时,她也从裴言的脸上看出了一丝疲惫,他搁在桌上的右手无意识地攥紧,过去他每次学习累了的时候,都会有类似的小动作。

罗秀云止不住地有点鼻酸。

她小声叮嘱道:"别太累了,要多休息。"

裴言闻言一愣,迟疑了片刻,小幅度地摇摇头:"我不累,不用担心我。"

起初略显尴尬的气氛渐渐松弛下来。

罗秀云尝了一口刚端上来的焦糖玛奇朵,果然不是很苦。

她脸上漾开笑容:"我们言言长大了,学到了好多东西。"

听她这样说,裴言才露出一个不那么标准,却更为真心的笑来:"嗯,外面的世界真大。"

接下来，罗秀云笑吟吟地听他说着最近发生的事，心里充满了难以言喻的慰藉。

直到他提起一个名字。

"……清沉哥哥，他还适应那里的生活吗？"

说到这里，罗秀云便又忧又气，反射般地道："我就从来没见过那么不着家的孩子！天天清早出门，半夜回来，家里都成了他的旅馆，学习态度还那么不端正！"

她对裴清沉的不满已不是一天两天，光是裴言就听到过许多次。

裴言听着她冗长重复的抱怨，忽然想起了什么："上次搬家，我还有一些旧书没有拿走，很占地方吧，你可以卖掉的。"

"那些小人书啊？"罗秀云回忆了一下，毫不在意道，"就放那儿吧，不碍事，万一你以后用得着呢。"

"还放在那里吗？"反倒是裴言面露诧异，"清……他的书柜够用吗？"

"够吧，他也没跟我说呀。"罗秀云不假思索，"要是不够用，他自己收拾掉呗，又不是什么大事，我都给了他一个纸箱备用了。"

在她轻描淡写的语气里，裴言怔了好一会儿。

他终于清晰地意识到，罗秀云几乎一点都不关心那个失散多年的亲生儿子。

裴言知道自己不该为此觉得庆幸，但人性好像就是这样卑劣，被偏爱永远是一件会令人窃喜的事。

何况连他自己都在为另一个人可能对裴清沉的偏爱而感到忧心不已。

裴言垂下眼眸，转移了话题："爷爷从国外回来了，前几天我第一次跟他见面。"

"啊，才回来啊？"罗秀云立刻紧张地追问，"你爷爷脾气好吗？喜不喜欢你？"

"爷爷很亲切，脾气也很温和，跟我爸一点都不像，听说他们总是吵架。"

裴怀山和裴言想象中严肃深沉的富豪完全不同，更像是个会天天赶早去市场买菜的普通老人。

"那是件好事啊。"罗秀云松了口气，"你爸看着不好亲近，总是板着张脸，你多跟爷爷相处，你这么乖，他一定会喜欢你的。"

爷爷喜欢他吗？

裴言觉得应该是喜欢的，初次见到流落在外十多年的亲孙子时，裴怀山感慨良多地摸了摸他的头，问了好多他的生活细节——过去有没有人欺负他，现在适不适应家里的生活，有没有什么想要的礼物……

这些问题连叶岚庭都没有问过他。

可是和再也没提起过另一个儿子的爸妈不同，爷爷却还念着裴清沅，甚至因为他的离开，对母亲颇有微词。

这让裴言的心底仿佛有千万只蚂蚁在啃噬。

因为有一个词总在他脑海里盘旋。

唯一。

至少在爷爷那里，他不是唯一被爱着的那个孙子。

裴言的眼下映出淡淡的阴影，他已经好几天没有充足的睡眠时间，要么是在看书，要么就是失眠。

这一刻，在眼前这个女人毫无保留的偏爱里，裴言终于忍不住将无处可诉的心里话和盘托出。

"我怕爷爷更喜欢他……"裴言的右手越攥越紧，"我知道我没有他聪明，连家教老师都这么说，可是我已经很努力了。"

"这些天我总做一个噩梦，"他语气越发低落，"我梦见在我的生日会上，爷爷推开门，把他领了进来，说要为我们一起庆祝生日，然后我们肩并肩站在那里，接受大家的祝福。"

"可是接下来，没有一个人再看向我，每个人都在对他微笑。

"我被所有人忘记了，最后连一块蛋糕都没有分到。"

裴言没有再提及那个名字，只用略显瑟缩的"他"来代替。

罗秀云听得心疼不已，索性起身坐到他身边，想要试着安慰，可在这种深深的忧惧面前，语言似乎毫无意义。

她轻抚着曾经的儿子那稍显单薄的脊背，玻璃窗外秋叶静谧，街上的行人亲密地牵着孩子的手缓缓走过，时光仿佛重回过去。

在这股绵密怅惘的情绪里，罗秀云眼角微湿，脱口而出："我去给你过生日，好不好？"

盛大的黄昏在天边轰然倾泻下来，斑斓的色彩中蕴着一场晚来的暴风雨。

季桐透过电视看向今天格外绚丽的晚霞,语气很是兴奋:"软软,再坐一次过山车好不好?"

裴清沅坐在游乐园里的长凳上,面色微微泛红,闻言立刻摇摇头,斩钉截铁地道:"不去。"

季桐还不死心:"那就坐海盗船!"

"不坐。"裴清沅头也不回地往游乐园大门外走去,"回店里。"

季桐挽留失败,只好遗憾地看着宿主跨上来时的单车,像逃离魔窟一般骑走了。

他觉得连假期都在晚睡早起兼职的宿主太辛苦了,所以今天想方设法把宿主骗来了游乐园,想让他放松一下。

在玩了几个比较轻松的项目之后,季桐本来是和宿主一起排队坐过山车的,结果排到后才想起来他年龄太小,不能坐,所以只有宿主一个人被匆匆推了进去。

季桐立刻找地方变了个魔法消失,回到裴清沅意识里,体验了一把VR视角过山车的感觉。

不得不说,好刺激。

可惜宿主不想再玩第二次了。

季桐翻看着刚才给宿主抓拍的照片,不由得惋惜道:"宿主明明玩得很开心呀,连表情都很丰富呢,比平时冷冰冰的样子看起来更像高中生,比如这张,你就像是在——"

裴清沅:"……"

他不想听!

再冷酷的男人都不想面对自己在坐过山车时被抓拍的照片。

他从过山车自带的留影小屋前走过的时候,故意忽略了季桐想进去看看照片的呼声,却没料到自己脑海里还有一个内置摄影系统。

踩着单车冲进晚风里的少年坚决地打断他的话,强调道:"以后我不会再来游乐园了。"

季桐停住话头,失落地叹了口气:"好吧,听宿主的。"

周围他亲手栽下的一百种花已初具规模,浓荫深处繁花盛开,风景格外优美。

不过季桐看着这个无比宽阔的情绪区,总觉得还是有点冷清。

要不在这里建个游乐园好了,这样未来的宿主足不出户就能坐上绝对安全的过山车。

好主意!

裴清沅仿佛听见他的系统又哼起了格外欢快的小调。

他隐约有种不祥的预感。

身侧的晚风轻拂面颊,裴清沅还来不及问,便听到季桐开心的声音。

"软软,你看右边那栋楼,有好大的阳台!"

裴清沅循声望过去,浅米色的住宅楼沐浴在橘红的霞光中,将阳台上蓊郁的绿植照得发亮,旁边晾晒的衣物在风里轻轻摇摆。

"这个阳台看起来很温馨,早上可以边晒太阳边吃早餐,晚上可以吃着火锅、烧烤看电影,吃饱以后还能转圈散步欣赏夜景。"

这个他日渐熟悉的声音里透着遐想与期待。

"我查询到小区里有好几间房子都在出租,装修和价格都很合适……你想要这样一个家吗?"

阳台上洁净芬芳的白色衬衣又一次被风吹起。

被夕阳笼罩着的少年渐渐放慢了骑车的速度,抬头凝视那些正有饭菜香气飘出来的窗口。

轻轻的回应淌进风里。

"想。"

假期渐渐临近尾声。

这段时间里,星月面包店的生意越发红火,虽然周围很多店铺都趁势推出了同款爆浆奶黄牛角包,味道其实差不多,但人气与前者根本不能比。

这款面包能爆火,不完全是因为好吃,更多的是季桐那张照片所带来的吸引力。

尽管后来模仿他动作拍下的照片到处都是,可这些刻意的摆拍中,没有一张能复刻那种自然又浓郁的幸福氛围。

何世文很清楚这张照片的功劳,但并没有试图去继续消费它,比如打印成大幅广告挂在店门口,或是主动叫上季桐去做其他宣传。

店里的装饰没有任何变化,那个不算大的相框仍旧稳定地挂在收银台背后的墙上,跟女儿星星和妻子吃东西的照片待在一起。

何世文拒绝了所有想要投资或者加盟的人，不准备扩张开分店，不准备做宣传，因为他觉得生意太忙了也不好，会导致他和老婆女儿的相处时间变少。

钱够用就可以了，他还是喜欢能偶尔偷偷懒，逗逗小朋友的轻松日子。

这个小长假里，小裴的弟弟经常来，不过每天待的时间都不久，一般是过来吃个午饭和晚饭。

现在店里人手充足，可以轮流吃饭，不用暂停招待顾客，所以每次小小裴出现时，排队的顾客们认出了他，都会兴奋地对着他拍照，倒有了种偶遇小明星的架势。

每到这一刻，小小裴就会礼貌地跟这群大哥哥大姐姐招招手，然后一本正经地说自己在吃饭，可忙了，再加上旁边的少年不动声色的保护姿态，在一片笑声里，大家也都很矜持，没有贸然上前打扰，或是提出更多的要求。

下午顾客比较少的时候，何世文会强制小裴在一旁的小圆桌上看书写作业，他知道小裴读高三了，不能把假期全都浪费在兼职上。

面包店难得清静些的时候，模样清俊的少年在角落里认真地看书，在这道独特的风景线面前，连走进来的客人都会下意识地放轻脚步。

一切都保持着恰好的宁静。

何世文对这样的日子很满意。

六号傍晚，几乎天天泡在面包店里的小裴第一次主动提出，明天要请假一天，今天晚上也有事要早点走。

何世文当然没有反对，他看到过小裴的身份证，了然道："明天是不是要去庆祝生日？"

裴清沅想了想，便点点头："生日这天有很重要的事要去做。"

"生日快乐，明天玩得开心啊！要是有什么事需要帮忙就给我打电话。"何世文笑着感叹道，"我十八岁生日那天，起了个大早去网吧玩游戏，玩得头都晕了，还差点被我妈抓到。"

"不过现在想起来，还是很怀念，从这天起，终于可以做以前做不了的事了，对吧？"

裴清沅听着他的絮叨，目光变得柔和："嗯。"

"明天要是有空，就来店里吃蛋糕，没空的话后天也行。"何世文悄悄放低了声音，"前两天有客人定做了一个很漂亮的蛋糕，正好也是明天提货，我觉得样子很好看，就是太大了，回头给你做个迷你版的尝尝。"

裴清沅没有拒绝他的好意，而是认真地道谢："谢谢何叔叔！"

灯光温柔的店里，何世文目送少年骑着车离开，直到少年身影消失后，才感慨地回过头。

真是个努力生活的孩子。

今天裴清沅没有按以往的路线直接回家，而是骑向了那个矗立着一片片浅米色楼房的小区。

季桐帮他约了好几家业主，全都是分析过信息后精挑细选出来的，今天看完房后，明天就能签合同搬家。

一想到这里，裴清沅一贯冷淡的神情里也漫上了微微的期待。

路上，他还接到了付成泽等人打来的电话。

"清沅，作业写完了吗？"

电话那边闹哄哄的，有好几个人在同时说话。

"肯定做完了，我路过星月的时候老是看见清沅在写作业，你快问重点！"

"要抄作业的时候就'清沅'，球场上单挑输了就'小裴'……"

"闭嘴！你是不是想打架！"

"你们烦不烦！快点写卷子，就剩一天了！"付成泽连忙喝住旁边这群傻大个儿，然后纠结片刻，扭捏道："那个，要是你做完了，能不能……"

裴清沅诚实道："做完了，但我们班布置的卷子跟其他班都不一样，抄不了，你们要是不会做，我可以教。"

听筒里立刻传来阵阵哀号，夹杂着诸如"三班老师怎么搞特殊啊""快翻通讯录找下一个""看看人家小裴这时间管理的"之类的声音。

付成泽也哀号了一阵，随即又平复下来："算了算了，大不了不做了，反正老师也习惯了——对了，明天出来玩吗？一起去唱歌啊！"

他便认真地回答："明天不行，有很重要的事要做。"

付成泽只好失望道："好吧，大忙人。"

电话那端寂静了一刹，就在裴清沅以为对面已经挂断的时候，听筒里却猛然爆发出一阵整齐的喊声。

"十八岁生日快乐！"

无比热烈的声音穿过电波向他涌来。

在暖意熏人的风里，少年的面庞上终于泛起淡淡的笑意。

"谢谢！"

他小声回应，更用力地踩下踏板，骑向前方那片阳台宽阔的楼房。

这天晚上九点，裴清沅最后一次回到罗家，也是近期回来最早的一次。

他带着两个新买的纸箱进门，正在客厅里踌躇的罗秀云略感意外地看过去，发现儿子的表情看起来竟隐隐带着点喜悦。

前几天她主动提出要给裴言过生日，裴言点头答应了，似乎很期待她的到来，而罗秀云冷静下来之后，倒是有些发愁。

她一时间忘记了，这两个孩子是同一天出生的，要过同样的十八岁生日。

她去给裴言过生日，那裴清沅怎么办呢？

罗秀云纠结了好几天。

当下看见儿子难得这么早回来，脸色也和缓，她心里怄了很久的气倒是莫名消了，主动地道："拿箱子来收拾屋子啊？"

裴清沅抬眸看着她，点点头。

"哦，那你动作小心点。"罗秀云叮嘱道，"言言那些东西你都收到一起给我就行。"

少年没有应声，也没有反驳，只是安静地拿着纸箱走进房间。

第二天早晨，裴清沅起得很早，似乎一大早就在收拾房间了。

罗秀云在外面听了半天动静，总算下定决心，敲敲门，低声道："我白天有点事，要出去一趟，下午就买菜回来……给你过生日。"

手心手背她都割舍不下，只能想出这个折中的办法，先去裴家给裴言庆祝生日，下午回来再给裴清沅做顿好吃的。

想起前一阵两人之间的冲突和昨晚儿子罕见的温顺，罗秀云忍不住劝道："从今天起你就是个大人了，要听话啊，以前的事都过去了，往后咱们娘俩还要好好过日子呢……"

房门被打开了一条缝，裴清沅站在门背后，静静地看着她。

"我知道了。"他说。

罗秀云顿时放下心来："那我先出门了啊，晚点就回来。"

房间里的人低声应道："再见。"

她听见儿子今天这么懂事地和自己道别,心情舒畅,便带着笑容出门了。

只是她最终回家的时间,比她承诺的要晚得多。

在裴言这场盛大的成人礼上,罗秀云见到了许多之前在电视上才能看见的人,她一开始还离裴言很近,后来不知不觉就越来越远,也许是被其他人隔开了,也许是她自己露了怯。

她站在宴会厅的角落里,仰头看着前方那个被灿金光芒笼罩着的,看起来光鲜亮丽、完美无缺的家庭。

西装革履的父亲、美丽高贵的母亲和乖巧得像个小王子一样的儿子,无数笑脸簇拥着他们,遥远又瑰丽的世界里,人们连欢笑都有着微妙的声调和尺度。

罗秀云惶惶然地往角落里钻,终于意识到自己的格格不入,心想:是不是该走了?

可言言说,看到她来很开心,所以稀里糊涂地,她一直待到了晚上才离开。

菜场已临近收市,罗秀云草草挑了点肉和菜,又在离家最近的面包店里买了一个现成的小蛋糕,匆忙赶回家。

上楼的时候,闻着隔壁人家传出来的饭香,那些浮华靡丽的景象不停地在她脑海里打转,搅得她额角生疼。

她甚至第一次有些想念那个很少说话,总是安静地待在房间里看书的儿子。

罗秀云拿出钥匙打开家门,客厅里一片漆黑,她没有在意,知道罗志昌肯定是出去找工友喝酒看球去了。

她放下菜,主动去敲裴清沅的房门,正暗自懊恼着又要对上一张冷脸,却半晌无人应声。

房门底部的缝隙里同样是黑漆漆的,没有一丝光透出来。

罗秀云怔了怔,伸手旋开了门。

这个狭小拥挤的房间没有开灯,只有窗外淡淡的月光落进来,为冰冷的家具镀上一层光晕。

罗秀云目光所及之处,全都是裴言用过的东西,它们曾被她很好地保存着,后来者也丝毫没有逾矩,没有擅自做任何改变。

整洁的床铺，空无一物的书桌台面，被塞得满满当当的书柜……一切陈设都恢复如初，连那个裴清沅一直用来放书的纸箱也不见了。

属于另一个孩子的痕迹彻底消失了。

仿佛他从没有出现过。

罗秀云差点以为自己出现了幻觉。

面对着这空荡荡的房间，她不由自主地喊了一声："……清沅？"

当然没有人回应。

不安的声音孤零零地落进冷冽的空气里，一种莫名的心慌霎时涌了上来。

罗秀云像无头苍蝇似的在房间里踱了几步，连忙从口袋里掏出手机，想给裴清沅打个电话，问问他莫名其妙跑到哪里去了。

就在她要拨出号码的时候，余光扫到了书桌在月光里显得微微泛白的一块地方。

那个用了十多年的老式台灯下面，压着一张写有字的纸条，这是整个房间里唯一比过去多出来的一样东西，轻薄又不起眼。

罗秀云的身体顿时僵硬起来，她意识到了什么。

这不是一次莫名其妙的消失。

她发了几秒钟呆，咬咬牙，走上前拿起字条，顺手打开了台灯。

字条上的字很好看，是那种每个家长都会喜欢的漂亮端正的字体。

这好像是她第一次如此认真地看儿子写的字。

内容不多，只有寥寥的几行。

"今天我成年了，可以独立生活，所以我搬出去住了。

"我会自己养活自己，不用再为我付出多余的精力。"

最后两行字间隔得要远一些，笔迹也显得犹豫，像是想了很久后才加上的。

"我不想念那里的生活，也不嫌弃这里的日子，只是想要一个真正属于我的房间。

"不过现在，已经不需要了。"

罗秀云反反复复看了许多遍，她一时失语，眼神茫然而涣散。

眼前的台灯投下暖黄的光。灯虽然款式老旧，却始终被保存得很好，唯独底座上有许多用水彩笔画下的图案。

鲜艳笨拙的线条里有一个大大的笑脸，那是另一个孩子稚嫩的笔迹，此刻越过漫长的时光，正朝她天真烂漫地微笑着。

可这个如今已经长大的孩子，已经不会这样笑了，在成年这天的盛大筵席上，他的笑容始终柔软温驯，有着稳定不变的优雅弧度。

正是在那一刻，罗秀云无比清晰地意识到，裴言离她越来越远了。

她不再是裴言口中的妈妈，而是"阿姨"。

他到底不是她亲生的孩子。

所以，罗秀云提着不算丰富的菜和不够郑重的蛋糕上楼的时候，倒是想过，往后要对儿子再关心些，毕竟以后就是她们母子相依为命了。

虽然她回来的时间要比预计得晚，但中途也没想起来要打电话跟儿子说一声，也许是因为她觉得儿子一定会在家里等着的。

他毕竟是需要母亲来给自己庆祝生日的。

可裴清沅并没有如她所料的那样，在冷清的屋子里徒劳地从白天等到黑夜。

那个似乎从小就不爱笑的孩子，在没等到她回来之前，就带着自己所有的东西，悄无声息地离开了。

罗秀云久久地站在书桌前没动，半晌之后，她的脸色微微涨红起来，不知是难堪还是愤怒。

像是为了反驳那张字条上平静委婉的控诉，她猛地抬起头，想从周围找些证据来——她想证明自己并没有完全将刚回到罗家的裴清沅抛诸脑后，她还是盼着这个阔别多年的亲生儿子回到自己身边的。

可下一秒，装满过时故事书的书柜便直直撞进她的眼眸。

那些全是裴言丢下的书。

就在几天前，裴言还跟她说过，可以把那些没有用的书卖掉，不然书柜可能不够用。

当时她是怎么回答的呢？

"够吧，他也没跟我说呀……要是不够用，他自己收拾掉呗，又不是什么大事，我都给了他一个纸箱备用了。"

她说错了吗？

裴清沅始终没有跟她抱怨过这些，所以她理所当然地觉得，空间大概是够用的，也就没必要为这点小事费心了。

但这真的是小事吗？

一个尖锐的念头在罗秀云脑海里闪过，刺得她头痛。

一个曾经被母亲亲手送走的孩子，兜兜转转又回到母亲身边时，发现母亲心心念念的却是另一个孩子，甚至连他的房间里都充满了另一个人的回忆，没人替他主动清理，而是下意识地寄希望于让他自己适应……

罗秀云忽然想起了那个已显得遥远的周末的傍晚，裴清沅从酒店回来，被她要求别再去打扰言言的生活后，他冷不丁问出的那个问题——

"妈，你会叫我什么？"

当时她生疏地叫他"清沅"，后来她的确一直这么称呼儿子。

可那天却是罗秀云记忆里，儿子最后一次叫她"妈"。

想到这里，她终于颓然地低下头，任光线漫过自己的身体，在墙上刻下细长伶仃的阴影。

月光与日色交替，十个小时前，同样的位置，窗外天气晴朗。

穿着背带裤的小朋友光脚踩在凳子上，哼着欢乐的旋律，一本正经地翻动着书柜里的故事书。

"软软，他可真喜欢童话故事。"季桐总结汇报道，"连一本笑话大全都没有，全是童话。"

这会儿罗秀云和罗志昌已经前后脚出门了，家里只剩下宿主一个人，所以季桐才能光明正大地现身。

他说着说着，小声唠叨起来："童话哪有笑话好看呀，昨天我又整理了一下数据分区，装进了最新的冷笑话大全……"

宿主今天就要彻底离开罗家了，为了宿主的安全着想，季桐觉得应该防备一下那个按理来说很可能与宿主为敌的裴言。

了解敌人最好的手段莫过于从他童年时期的书柜翻起，可以直接窥见他毫无防备的幼年期。

可惜裴言搬离罗家的时候，还是把绝大部分有用的东西带走了，只剩一堆如今完全用不上的童话书。

裴清沅正在一旁把他为数不多的东西往纸箱里装，听着系统嘀嘀咕咕的声音，觉得好笑，但还是认真地回应他。

"我小时候觉得童话应该很好看，因为我一本都没有看过。"

季桐闻言立刻推销道:"宿主,我的数据里有数千万字的童话资源,可以在睡前给你念,弥补你的童年缺憾,我还可以变声哦,萝莉、正太、大叔、御姐应有尽有。"

"……"裴清沅渐渐习惯了他的跳脱,倒是由此想到了一个问题,"你是男生吗?"

系统由数据构成,数据显然是没有性别概念的,不过季桐第一次出现在他面前时就是小男孩的形象,而在意识里沟通时则是一个年轻男声,平时的思维方式也比较接近于人类男性。

季桐正想点头,继而莫名僵硬了一下,立刻绞尽脑汁地开始编故事:"系统是没有性别的,但数据证明,仿真的人声能让系统与宿主更好地相处,所以我们出厂时会随机指定默认性别,我刚好随机到了男性,如果宿主需要的话,我也可以转换成其他任何的声音,比如……"

宿主怎么动不动就做图灵测试!!

为了证明自己所言非虚,季桐压着嗓子当场表演了一个惟妙惟肖的老奶奶声线。

亲耳听到三岁小孩发出慈祥声音的裴清沅:"……"

"不用了。"他尝试重组自己的世界观,"现在这样就很好。"

"好的,软软。"季桐立即对他露出一个大大的微笑,"感谢宿主认可我的现有形态。"

他悄悄松了口气,裴清沅也莫名松了口气,继续低头整理,直到他的系统诧异地"咦"了一声。

"软软,我找到了裴言小时候的日记本。"

这本日记看起来很旧了,封面上都是十多年前流行的动画人物,夹在一大堆花里胡哨的童话书里,很难区分,季桐差点没发现。

裴言大概也是把它和这些书弄混了,所以没有带走。

封面的横线上歪歪扭扭地写着"林言的日记本"六个字,季桐主动递给了裴清沅,却发现他没有伸手接过去。

裴清沅表情复杂地看着这本年代久远的日记本。

这里面记载着裴言在罗秀云身边长大的日子,从旁边那么多的童话书里就能看出来,那一定是段天真又幸福的时光。

如果一切没有出错,这本日记的主角应该是他。

裴清沅的心底猛地涌起一股想要翻开日记的冲动，他想看一看这段自己彻底错过的时光和人生，究竟是什么模样。

在这样的环境里长大的他，会变得和现在完全不同吗？会像那个看起来要比他简单快乐的裴言吗？

他看完这段遗失的时光后……会是什么心情？

裴清沅的手指停在空中颤了颤，终究还是缩了回去。

季桐注意到他的犹豫，以为宿主内心正在进行该不该偷看别人日记的道德挣扎，想了想，提议道："软软，我们可以先把这本日记带走，万一裴言之后跟你作对，我们可以在日记里找一找他的弱点，比如怕虫子、怕蛇，从小暗恋的白月光、邻家女孩之类的。"

"如果他安分地过着自己的日子，我们就不需要打开这本日记，尊重他的隐私。"季桐说得头头是道，"反正他搬过去那么久都没觉得少了东西，肯定早就遗忘这本日记了，继续放在这里也只是当废品卖掉。"

童真稚气的封面在日光下闪烁着回忆的光泽。

裴清沅微不可察地点点头，默许季桐高高兴兴地把日记本放进了他的搬家纸箱里。

差不多收拾完了。

他最初带来的东西不多，都是些必备的学习资料和生活用品、以前获得的奖杯和一些充满回忆的小物件，连衣服都没几件，因为那些昂贵的衣服全都是花裴家夫妻的钱买的，他不愿意再继续霸占不属于自己的东西。

三个纸箱，就是他在两个家庭里辗转十七年后留下的全部痕迹。

临走前，为了防止罗秀云以为他无故失踪，裴清沅决定留一张言简意赅的字条给她。

"……不用再为我付出多余的精力。"

写完这句后，他正要放下笔，一旁的季桐却道："软软，你没有其他想写的话吗？"

"什么？"

"你的真心话。"季桐解释道，"之前跟宿主说过，诚实地表达自己的感受是建立良好家庭关系的第一步。虽然现在宿主不需要维护跟罗秀云的家庭关系了，但这句话也没有错，不要把感受憋在心里。"

翻译过来就是：走都走了，当然要骂个爽。

季桐最喜欢这个环节了。

裴清沉听他说完后，犹豫了一下，重新握紧笔，思忖良久，才低头写了起来。

等他写完，季桐兴奋地眨巴着眼睛，佯装矜持道："宿主写了什么？我可以看吗？"

裴清沉思索片刻，居然摇了摇头，生硬地转移话题道："我们走吧，跟房东约好的时间快到了。"

宿主竟然对他有秘密了！！

季桐好奇心落空，忧郁地撇了撇嘴，一脸不舍地跟在宿主身后，离开了这个小小的房间。

裴清沉分了三趟把这些纸箱搬下楼，其间季桐便老老实实地坐在楼下花坛的边上，一边守着纸箱，一边晃着小短腿等他。

裴清沉抱着最后一个箱子下楼的时候，看着日光下那个小小的身影，心里残存的一丝阴霾也被冲淡了。

他当然有许多深埋在心底的感受。

他希望母亲能更亲昵地叫自己，他希望母亲能把心更多地放到自己身上来，他希望罗家这些亲戚不要借着他的残酷命运来谋取利益，他希望拥有正常温暖的家庭，他希望听到一声迟来的对不起，他希望被爱……

他有太多无法实现的希冀，可要将它们一一说出来，实在显得自己渺小可怜。

所以裴清沉最后只是简单地写下了那一刻他心里最大的感受。

"我不想念那里的生活，也不嫌弃这里的日子，只是想要一个真正属于我的房间。

"不过现在，已经不需要了。"

因为他现在拥有了比一个狭小的房间要宽敞得多的家。

第三个纸箱落地，穿背带裤的小男孩举起他的手机晃了晃，得意地道："软软，我叫的车正在开进小区，刚才我用了老奶奶的声音，说给孙子叫车，司机夸我这么大年纪了还会操作这个，真厉害。"

从外面开进来的小轿车很快在单元楼旁停下，司机下车打开后备厢，帮眼前这一大一小两个孩子搬箱子，还随口闲聊道："你奶奶没下楼送你啊？嘿，别说，跟我奶奶声音挺像，听着怪亲切的。"

季桐甜甜地说着谢谢叔叔，转头就在宿主心里小声炫耀："那是人类奶奶的标准声音，经过数据采样并精确计算后生成的。"

裴清沅哑然失笑，扶住车门，看着他迫不及待地爬进车后座。

车窗外的风景不断后退，那栋矮矮的单元楼越来越远。

他身边的小男孩一脸兴奋地趴在车窗旁朝外看，感慨道："不用掐点看时间的感觉真好。"

季桐每天只有一个小时的人形时间，平时宿主都要上学或打工，他本来就不能经常出现，虽然三餐时间会很紧张，但也差不多够用。

但今天既是宿主生日，又是搬家的日子，作为一名有职业操守的专业系统，季桐不能让宿主孤身一人度过这一天。

所以他用废话生成器生成了长达数千T字节的特殊情况报告，不停地传送给主脑，想让他批准自己今天不受系统高级形态的时间限制。

主脑被他病毒式的轰炸搞得差点数据紊乱，总算是答应了，但警告他下不为例，不然就扣光他的年终奖。

季桐见好就收，喜滋滋地同意了，反正宿主一生也只有一个十八岁。

今天他还准备了生日礼物，要亲手送给宿主。

裴清沅听见他的感慨，也在心头默默认可。

难得在非饭点时间有季桐陪伴在身边，原本冷清的气氛消失得一干二净，全是他活泼的声音。

"今天天气不错，那朵云好像一头大象。

"这个雕塑真大，就是看起来有点傻……有人闯红灯！

"哥哥，看，那里开着好漂亮的花——"

季桐始终趴在车窗边，专心地注视着外面的风景。

裴清沅蓦地发现，对于这个绝大多数时间待在自己意识里的系统而言，不仅吃到好吃的会让他开心，这个世界里一切平凡的景象似乎都充满着奇异的魅力，一切他视作普通的日常都珍贵无比。

今天他没有再为自己的命运感到失落，却有一点点替系统觉得难过。

静谧的风吹进来，卷起小朋友头顶的呆毛，他白皙的脸蛋被淡淡的日光照亮，眼睛明亮得像星星。

司机一边开车一边旁听，偶尔透过后视镜望过来，脸上忍不住露出笑容:"小伙子,你弟弟真可爱。"

裴清沅安静地点点头。

到达目的地下车之后,司机不容拒绝地抱起箱子就替他们往楼里搬。

裴清沅便牵着弟弟的手,在陌生人热情的善意里,领着他上楼,走向属于他们的新家。

一大一小两道身影,重叠地投映在雪白的墙面上,犹如温柔的剪影。

过去他时常觉得日子太长,今天却希望可以过得再漫长一些。

到了昨天约定好的那户人家门口,裴清沅按下门铃,倒真的是一个笑容和蔼的老奶奶来开了门。

昨天晚上裴清沅把季桐挑出来的这个小区里合适的房子都看了一遍,这户的装修是最舒服的,租金也很合理。

走进玄关就有很大的窗户,屋外涌进来的光线充盈着整个空间,看起来格外敞亮,简约的原木装修风格十分清爽。

"不用脱鞋,快进来快进来。"老奶奶连连对他们招手,顺便解释道,"我女儿今天临时出差去了,说昨天来看房那个孩子挺着急住的,就让我过来了。"

这座房子很久没有人住了,但收拾得很干净,头发花白的老奶奶含笑道:"我听她说是个半大孩子来租房,怕你不会收拾,早上过来匆忙打扫了一下。"

季桐嘴很甜,当即道:"谢谢奶奶,奶奶辛苦了。"

裴清沅找不到更合适的话回应,便也认真地道谢:"谢谢您。"

奶奶笑得合不拢嘴:"哎!真懂事,没事没事,奶奶不辛苦。来,趁现在太阳好,奶奶再带你们看看房间,这个太阳可适合晒衣服了……"

这间屋子的格局是两室一厅,裴清沅打算和季桐一人一个卧室,虽然他知道季桐只是一个人工智能,但潜意识里却是把他当作人类来对待的。

两个卧室在同一侧,从窗口望出去是大片的绿地和住宅楼,能瞥见对面楼各色的窗帘,还有绿地公园里散步的行人,风景宁静又惬意。

老奶奶带着他们在屋里转了一圈,仔细地介绍了各种电器的用法,裴清沅听得很认真,他喜欢这个家。

季桐更是坐在飘窗上看了半天公园里吹泡泡的小孩,脸上流露出显而易见的向往之情。

阳光照耀着屋里洁净的家具，宽敞的阳台上微风吹拂，就像裴清沅曾经在街道上远远窥见的那样，只是还没有绿植，但他很快就可以自己布置了。

介绍完毕，老奶奶坐在擦得很干净的桌子前，戴上老花镜，和裴清沅一起在合同上签名。

当她看见裴清沅带过来的身份证复印件的时候，惊讶道："你今天刚满十八岁呀！"

裴清沅忐忑地点头，刚想说自己有足够的钱，不会付不起租金，就看到老奶奶急匆匆地站起来，像在寻找些什么。

"这屋子里什么也没有……"

老奶奶面露愁色，又去翻自己的包，总算找到了什么。

然后裴清沅手里就被温柔地塞进了一袋子水果棒棒糖。

"早上顺路给孙子买的，还多买了。"老奶奶笑眯眯道，"过生日要吃糖呀，吃点甜的心情好。"

五颜六色的糖纸在他手心反射着耀眼的光。

自从那个头发乱糟糟的小男孩出现在他脚边，好运就开始降临到他身上。

裴清沅很少吃糖，在曾经的母亲叶岚庭眼里，这只是一种会让人衰老和肥胖的有害物质，绝对不允许他碰，甚至连每年精致无比的生日蛋糕都不许他多吃。

但这一刻，当他和季桐一起剥开糖纸，往嘴里放进一根水果棒棒糖的时候，却压根不记得那些听起来吓人的拗口名词，只觉得所有甜蜜的美好都在口腔里漾开。

"很好吃。"他说。

"真好吃。"季桐在旁边鹦鹉学舌，还偷偷剥开了第二根，准备双管齐下，"奶奶真好！做奶奶的孙子好幸福。"

被哄得喜笑颜开的房东老奶奶，最后几乎是依依不舍地告别了他们。

裴清沅和季桐站在屋子中央，环视着周围齐全的家具，正打算一会儿先去超市采购些生活用品的时候，他的手机忽然响了。

是面包店老板何世文的电话。

裴清沅略显意外地接起来，就听见何世文比他还意外的声音："小裴啊，你在哪儿呢？"

裴清沅如实相告："我刚搬了新家，在家里。"

"哦，原来你今天搬家啊！"何世文恍然大悟道，"那正好，你把地址告诉我，我给你把那蛋糕送过去，顺便还能给你帮帮忙。"

哪个蛋糕？

裴清沅与季桐面面相觑，疑惑地问道："什么蛋糕？"

"就是我昨天跟你说的，有个客人定的样子很漂亮的蛋糕。"何世文的声音里透着不可思议，"我当时还说要给你做个迷你版的呢，没想到用不着了——今天那个客人居然说这个蛋糕不用提货，是送给你的，给我惊了好半天。"

在旁边偷听的季桐瞪圆了眼睛，抢着问道："何叔叔，是哪个客人定的蛋糕？他长什么样子？"

"桐桐也在啊？哦，我想想怎么形容，是一个看起来很普通……"

一个看起来很普通的，就像是在街上到处都可以看见的老爷爷。

是从小就很疼爱宿主的爷爷。

即使宿主长大了，即使宿主的血缘被否定，爷爷依然会给他买生日蛋糕，就像小时候那样。

季桐看见宿主紧握着手机，垂下眼眸，很久没有说话，从阳台漫进来的金色日光，照在他轻轻颤动的睫毛上。

他想，宿主一定是在感动。

电话那端的何世文很细心："……不过这个蛋糕很大，看着像是给聚会准备的大小，你今天有同学来家里一起庆祝吗？我怕你吃不完浪费，放到明天就不好吃了。"

季桐又抢答："有的有的，何叔叔也一起来呀！"

"浪费"这两个字绝不可能出现在季桐和一群高中男生的生命中。

爷爷给宿主定了这么大的蛋糕，肯定是希望他能和新认识的朋友们一起度过这个很重要的生日。

半小时后，因为逃避写作业而聚在网吧打游戏的篮球队五人组，迅速出现在裴清沅的新家门口。

"哇，好大的阳台，我都可以在上面练球了。小裴，你一个人住啊？没有大人管着，真爽。"

"小裴，你不够意思呀，搬家这么大的事儿也不告诉我们，还以为你今天是抛下我们出去玩了呢！"

"桐桐今天的衣服好可爱！"

"听说有蛋糕吃，哪儿呢哪儿呢？"

在一片闹哄哄的说话声里，季桐对着眼前这群高高大大的免费劳动力露出一个纯真的微笑："要先陪哥哥去买生活用品，等正式住进新家了才可以好好庆祝。"

为表谢意，他踮起脚，往这群大哥哥手里挨个塞了一根造型可爱的棒棒糖。

于是一刻钟后，这群话多到不行的高中生集体出现在了附近的超市里，人人嘴里都叼着一根棒棒糖，引得路人纷纷侧头观看。

穿着背带裤的小朋友乖巧地坐在银光闪闪的购物车里，裴清沉连驾驶权都没有抢到，直接就被付成泽推走了。

"走咯！"

付成泽兴奋地推着购物车，轮子在地面上划出嘎吱的声音，簇拥在周围的其他人则扫荡着货架，仿佛在给自己的新家选购东西一样。

"卷纸得买个几大包吧？水要不要？咱们人多，拿得动。"

"你拿那么多可乐干什么，快放回去几箱！又不是你结账！"

"这款牙膏特别甜，我家就用这个，桐桐，你闻闻看喜不喜欢？"

"小裴，吃不吃薯片？八种口味量贩装，超值！"

裴清沉起初还有些不太适应，落在队伍最后，渐渐地，就被围在了中央。

他看看一本正经地指挥付成泽推着自己满超市跑的季桐，又看看身旁正拿着大包薯片尝试推销的篮球队朋友，应声道："吃，买吧。"

他想，季桐肯定会喜欢的。

一行人提着大包小包从超市里出来，不知是谁炫耀起自己超凡脱俗的厨艺，于是互不服输的少年们又掉头进了菜场，今晚誓要在厨房里一决胜负。

等到傍晚时分，何世文提前下班，小心地拎着巨大的蛋糕盒从店里过来，按照裴清沉给他的地址刚走到门口，就闻到了一股焦煳味。

脸上沾着灰的季桐第一个跑来开门，一见到他，就发出了求救的声音："何叔叔，你总算来了，快救救厨房。"

何世文探头往厨房里看，一群少年正手忙脚乱地在里面收拾残局，烧焦的菜在垃圾桶里散发着刺鼻的气息，锅底则正冒着化学实验般的灰烟。

他忍不住哈哈大笑起来，把蛋糕放进冰箱，就得意地卷起了袖子。

"你们这群小伙子不行，还是得看我的。"

在球场上桀骜不驯的男孩们，这会儿都蔫了，老老实实站在一边，放弃了用惊世骇俗的厨艺在小朋友那里争宠的妄想。

何世文靠烘焙起家，也烧得一手好菜，他动作行云流水般地收拾了残局，迅速洗菜切菜，厨房里很快传出了浓郁的菜香。

篮球少年们整齐地站在厨房外，一脸艳羡地往里看。

"何叔叔真厉害，肯定跟老婆感情很好，我爸说，要是能征服女人的胃，就等于征服了女人的心。"

"要是我以后也能做这么好吃的菜就好了。"

"没事，考不上大学咱们就去考厨师学校。"

季桐个子太矮，看不到里面的盛况，眼巴巴地朝宿主张开手臂，裴清沉立刻领会了他的意思，伸手将他抱了起来。

"真香。"季桐悄悄咽了咽口水，小声嫉妒道，"星星是不是每天都能吃到何叔叔做的菜？"

裴清沉听着耳畔响起的稚嫩童音，忽然心念一动，说道："我也可以学。"

话音落地，他又很快补充道："现在我们两个人生活，我可以周末自己做饭，在家吃更健康。"

季桐没想到还有这种意外之喜，连连点头，慷慨地送上连环彩虹屁："软软是最好、最负责的哥哥，你做的菜一定比何叔叔更好吃！"

裴清沉招架不住，微微别扭地移开视线，眼神里却带着依稀可见的笑意。

等到夜幕降临，从超市里搬回来的大堆东西已经被妥善地归置好，整个屋子不再显得空荡，有了家的气息。

客厅里蔓延着暖融融的灯光，在一桌子扑鼻的菜香里，聚在一起为裴清沉庆祝生日的人们举起手中的玻璃杯，刚倒出来的可乐咕噜咕噜地冒着气泡。

"干杯!"

"开饭!"

可乐过了三巡,在所有人期待的视线里,何世文小心翼翼地拆开包装盒,将这个格外精致的蛋糕拿了出来。

蛋糕表面裱着各式各样造型繁复的奶油花,栩栩如生,争奇斗艳,好像定格了一整个春天。

大家整齐地发出"哇"的惊叹,何世文得意地道:"这是给小裴定蛋糕的客人指定的造型,店里的师傅完美还原了样式,要是让我给它起名的话,我觉得'前程似锦'再适合不过了。"

蛋糕盒上还有一张折起来的生日贺卡,是裴怀山来定蛋糕的时候就留在那里的。

裴清沅轻轻地打开贺卡,上面的字笔锋锐利,与他的字有五分相像,却遒劲得多。

"宁移白首之心,不坠青云之志。"

那是爷爷对他无声的期许。

灯光暗下,蜡烛亮起,在催他许愿的起哄声里,裴清沅闭上眼睛,认真地吹灭了蜡烛。

他希望自己能更快地成长,这样系统就能在他很喜欢的人间停留得更久。

可以随时看见天上的云和路边的花。

蜡烛熄灭后,在热热闹闹的《生日歌》里,大家都送上了很有个性的祝福。

"生日快乐!恭喜发财!"

"希望小裴成为我们篮球队成绩最好的人!为体育生正名!"

"生日快乐,保佑我们在下周的市级联赛里拿冠军!"

"小裴生日快乐,祝你早日长到一米八四!反正不可以超过我!"

唯独不是很喜欢这个祝福的裴清沅:"……"

季桐送祝福的时候则悄悄凑到他耳边:"软软,我给你准备了一个礼物。"

他问是什么礼物,他的系统得意地笑起来:"宿主肯定猜不到的。"

一直到热闹散尽,大家帮忙收拾了厨房餐厅,先后告别离开,屋子里重归安静,季桐才神秘兮兮地拿出礼物。

那的确是个裴清沅怎么也想不到的礼物。

一张场景和人物都很特别的照片。

照片里青草如茵，繁花烂漫，正中央是穿着园艺套装的季桐，绿莹莹流动着的数据身体，明黄的橡胶鞋，手里还握着一把一看就身经百战的花铲。

季桐的脑袋上浮现着两道弯弯的笑眼，肩头停着一只纯白的蝴蝶，他正举起空闲的另一只手朝着镜头大力挥动。

简直像是童话里的场景。

裴清沅失神了很久，才找回自己的声音："这是你吗？"

这是他第一次看到系统真实的模样。

季桐快乐地点点头。

"你在哪里？"裴清沅有些笨拙地补充着自己的问题，"我是说这张照片里的你。"

"我在一个有一百种花盛开的花园里，和一只蝴蝶在一起。"他的系统用很明亮的眼眸注视着他，轻声道，"软软，成年快乐。"

终于把精心准备的礼物送了出去，趁着宿主发呆的时间，季桐又偷偷往嘴里塞了一小块奶油蛋糕犒劳自己。

那可是货真价实的一百种花，他列了花名目录后，一枝枝亲手栽下的。

不过大功告成之后看着如此盛大的景象，季桐总觉得光自己欣赏好像太浪费了，宿主目前又看不到意识空间，只能拍下来给他看。

怕宿主对满目繁花没有概念，腮帮子鼓鼓的季桐还主动伸出手指介绍道："这是黄鸢尾，这是栀子花，这是月季……还有泡桐花。"

在可以为所欲为的意识空间里，他不仅无视了花儿们各自不同的花期，还把长在树上的泡桐花也改造成了草本植物，让它们一年四季都能开在花园里任蝴蝶落脚。

至于蝴蝶的来历，季桐暂时不准备告诉宿主。

万一宿主听完后觉得不好意思，导致蝴蝶消失了怎么办？

那他岂不是白种了这么多花！

季桐唠唠叨叨地报花名，裴清沅居然也不厌其烦地听完了，还问他："它们在我心里吗？"

意识跟心差不多是一回事吧。

季桐点点头，特意强调道："是我亲手种的！"

他可是一个非常热爱劳动的人工智能。

然后他便看到宿主又沉默了好一会儿,才道:"我从来没见过这么多花,每一朵都很好看。"

得到了想要的赞美,季桐愉快地咬了一口蛋糕,正想看看宿主心里有没有飞出第二只蝴蝶,就听见宿主格外认真的声音。

"我会努力成长的。"

说话间,裴清沅动作小心地收起了这张照片,仿佛正拿着一样珍贵的无价之宝。

听到宿主有这份决心,季桐相当感动。

他要早日成为跟小学生方昊旗鼓相当的大帅哥!

说到成长,之前一群人坐在餐桌前吃饭,宿主给他夹菜的时候,第一项主线任务就提示完成了,可以选择任务奖励,不过当时忙着为宿主庆生,没能顾上任务的事。

现在家里只剩下他们两个,季桐立刻提醒道:"软软,可以选任务奖励了。"

宿主完成任务后,可以在随机出现的三个奖励里选择一个。

虽然说是随机奖励,但身为系统,他有一定的操作空间。

这是季桐从方昊那里打听来的小技巧。

据说方昊和他的宿主在审美上有一定的分歧,龙傲天宿主喜欢故作深沉的黑色,而龙傲天系统喜欢张扬无比的金色,为了矫正宿主的审美,方昊会在发布奖励前,偷偷把里面可能出现的所有实物奖励全都设定成金色的。

对此,季桐只能说:不愧是小学生。

他才不会做这么幼稚的事。

他只是想给宿主沉迷学习和打工的枯燥生活增加一点点乐趣。

任务面板霎时浮现在裴清沅面前,在白墙上投映出浅浅的荧光,看起来很科幻。

裴清沅适应了一下,便看见画面中央出现了一串提示"正在随机中"的文字,还伴随着冒礼花的特效,莫名渲染出一种超市大抽奖的氛围。

季桐坐在他身边,兴致勃勃地看向这块虚拟屏幕。

奖励随机抽取完毕。

A. 读取指定人物心声一天。

B. 一只屁股上有爱心的白色猫咪。

C. 现金五万元。

请宿主选择其中一项奖励，选定后不可更改。

看完这三个选项后，季桐的笑容瞬间僵住。

……为什么宿主随机抽到的奖励都这么有用啊？！

方昊明明说这个随机系统经常会搞出一些像是"无法被风吹动的帅气刘海""打架时不会掉落的遮脸草帽"之类奇怪又无用的奖励，所以季桐才灵机一动，决定塞进一只屁股上有爱心的猫咪，希望宿主疲惫的时候可以看看猫屁股，有效缓解学习压力。

结果没想到宿主随机抽到的另外两项奖励都这么正经又有用，显得爱心屁股的画风如此格格不入。

裴清沅明显也被中间这个奖励惊到了，来回看了好几遍，面露错愕。

"B 选项没有出错吗？"他很理智地发问。

季桐只好挤出一个礼貌的微笑，不愿承认自己的失手："随机系统就是这样的，充满了不可预料的惊喜，哈哈。"

他知道宿主肯定不会选这个一看就最没用的选项，但还是对爱心屁股念念不忘，假装成人工智障努力挣扎道："软软，'一只屁股上有爱心的白色猫咪'这个选项最长，肯定最有用，这是我分析大量选择题答案后得出的结论，字数最多的选项成为正确答案的概率最高。"

"……"裴清沅想了想，居然点头道，"就选 B 吧。"

这回轮到季桐震惊了。

"……那个，宿主，你没有看错选项吗？选定后不可更改的。"

虽然他的确希望宿主能这么选，但也不想耽误宿主的前程。

五万元可以让宿主至少在上大学前都不需要担心钱的问题，安心学习。读取人物心声可以让宿主直接知道别人心里的想法，怎么想都很有用。

"我没有看错，就选猫咪。"裴清沅平静地道，"你说得对，这个选项最有用。"

钱和别人的想法，对他而言反而是最无用的奖励。

他完全可以靠自己获得。

裴清沉确认选择，选项消失，几秒钟后，他们的眼前忽然出现了一只毛色纯白的猫咪，浅浅的宝石蓝眼眸里闪烁着晶莹的光泽，它动作轻盈地走到裴清沉脚边，亲昵地拱了拱他。

在一人一统下意识屏住呼吸的注视里，猫咪同样纯白的尾巴高高翘起，露出毛茸茸的背面——屁股上竟然真的有一个圆润可爱的红色爱心。

空气寂静了几秒钟，季桐第一个笑出了声。

"这个爱心……看起来有点傻。"

把雪白猫咪高贵优雅的姿态破坏得一干二净。

裴清沉脸上也露出笑意，赞同了他的看法。

猫咪像是能听懂他们的话，有些傲娇地别开脑袋，轻巧地跳上沙发，"喵"的一声钻进季桐的怀里，挠得他腰窝痒痒的。

被温暖绒毛包围的季桐学着它"喵"了一声，笑得眼睛弯弯。

坐在一旁的裴清沉静静地注视着突然到来的第三个家庭成员。

蛋糕上的奶油花依然芬芳地盛开着。

季桐心满意足地想，这只正面优雅背面蠢萌的猫咪肯定能起到有效舒缓宿主心情的作用。

他果然是天才系统。

尚未消失的任务面板上浮现出新的文字。

> 宿主奖励选择完成，同时获得10点成长值，主线进度提升至5%。
> 系统等级升至2级，解锁两种系统升级方式：
>   A. 高级形态的维持时长从一小时增加到五小时。
>   B. 高级形态的外形从三岁左右增加到十岁左右。
> 请宿主选择其中一种升级方式，选定后不可更改，选择结果仅用于本次升级，也可保留成长值至下次升级时一并选择。

在宿主获得了成长值以后，季桐的人类形态终于可以升级了。

不过这两个升级方式让他很难抉择。

前者可以经常出现在宿主身边，三餐时间更充裕，后者则可以离成为黑衣大帅哥更近一步，而且应该能更多地帮到宿主。

好在这个选择需要由宿主来做，毕竟最终目的还是要辅助宿主的成长，本来系统的人类形态受限制就是为了避免出现系统篡位这种小概率事件。

裴清沅看到这几行文字后，没有思考太久，主动对他道："我想选第一项，可以吗？"

宿主好像一点都没有犹豫。

季桐有些意外，应声道："可以的，宿主决定就好。"

不过他很好奇宿主这么果断决定的原因，扭捏了一下，还是忍不住问道："宿主为什么这么选呢？"

连他怀里的猫咪也直起身子，似乎很感兴趣地看向身旁这个话不多的新主人。

在这两道不加掩饰的好奇目光里，裴清沅的动作顿了顿。

他想了好一会儿，才道："你长大之后，就不能再用这个身份出现了，何叔叔他们会舍不得吧。"

三岁多的季桐表面上是他负责做家教的小孩，一旦不再出现，裴清沅可以解释说是自己不做家教了，或是季桐一家搬走了。

不过那样一来，季桐在面包店和篮球队里认识的人，就再也见不到这个爱吃东西的小朋友了。

而裴清沅在未来高中毕业后，大概率会离开这座城市，去外地上大学，那时候季桐可以自然而然地消失，就没那么伤感了。

季桐一听，觉得很有道理，连连点头："宿主想得真周到。"

没想到宿主还挺重感情的。

所以他现在就可以开始为慷慨的付成泽等人准备工序更复杂的夜宵菜单了。

一想到这里，季桐雀跃地眯起眼睛，仿佛已经闻到了夜宵大餐的香味。

爱心屁股猫跟着他欢快地"喵"了一声。

季桐也对着它喵回去，顺便转头朝裴清沅道："软软，要给它起个名字吗？"

季桐对自己的起名能力没什么信心，他可能会直接管这只猫叫屁股。

裴清沅不假思索地道："花花？"

今晚的蛋糕上有花，照片里也都是花。

季桐深表赞同："好名字。"

大名"一百种花和一只蝴蝶"，小名"花花"，以此纪念他在花田里挥洒下的汗水。

这只除了屁股外其他地方都雪白，没有一丝杂毛的猫咪，就这样被取名为花花。

花花竖起尾巴，猛地跳进裴清沉怀里，想表达抗议，结果新主人甚至都没有看它。

因为季桐又想起了一件很重要的事。

他随口道："对了，我能变成一个非人形的日常形态长期出现，可以待在你身边，也可以待在家里，比如有的系统被指定变成洋娃娃，有的系统变成一把剑……宿主喜欢什么形态？"

闻言，裴清沉忘记了怀里的猫咪，神情认真地思考起来，语气也格外郑重："我想想。"

花花顿时愤怒地扒拉起他的衣服。

偏心的人类！

第 05 章

♥ 儿童手表 ♥

裴清沅不太适应和动物的亲密接触，发现猫咪在怀里闹腾起来之后，便有些无措地把花花还给了季桐。

　　季桐笑眯眯地盯着这只格外通人性的猫咪，低下头杵了杵它的脸蛋，得意地道："不许争宠。"

　　身为宿主最值得信赖的靠谱系统，初来乍到的猫咪怎么能跟他拥有相同的待遇？

　　他还小声强调："就叫花花就叫花花就叫花花。"

　　花花："……"

　　它蔫蔫地垂下一点也不花的尾巴，决定不跟眼前愚蠢的一人一统计较。

　　裴清沅假装没有看见自己的系统试图跟猫咪斗嘴的奇特行为，专心地想着要让季桐变成什么形态。

　　他希望季桐每天都能跟自己看见一样的风景。

　　变成剑倒是一个很好的选择，可惜这里不是古代。

　　裴清沅的随身物品本来就不多，每天上学固定携带的基本只有书包，其中看起来最适合季桐的手机还不能在学校里当众拿出来，只能藏在包里。

　　总不能让季桐变成他的衣服吧？

　　他晚上打篮球会出汗的，应该不合适。

　　裴清沅想了半天也没有头绪，索性询问本人的意见："你有什么喜欢的形态吗？"

　　说到这个，季桐可就来精神了。

　　他眼睛一亮，不知道从哪儿变出一张图纸，殷勤地递给裴清沅。

　　"之前我做了一些小小的设计，供宿主参考。"

　　这是他好多天前就有的想法，自从萌生这个想法以后，光图纸就设计了好几稿。

裴清沅表情意外地接过图纸，心想：与其自己纠结，不如就尊重系统的喜好。

他正要开口答应的时候，目光定格在画得十分复杂的图纸上，突然就迟疑地顿住了。

一个巨大的半球状物体，下端延伸出四条设计相当复杂的机械长臂，貌似还带有可伸缩的抓手。

他困惑地提问："这是……什么东西？"

"看不出来吗？这是一个长着腿的大碗！"季桐骄傲地道，"我吸收了好多力学和机械学知识，成品绝对符合当前世界科技发展水平，不会被中心判定不通过。"

系统不可以在普通人面前显露出太过异常的能力与状态，比如飞天扫把或者大变活人之类的，否则容易引发世界观崩塌，所以，系统的日常形态当然不可以太离谱。

裴清沅："……"

一个长着腿的大碗。

他的世界观又崩塌重组了一次。

人工智能的高深想法果然不是区区人类所能理解的。

裴清沅努力地从这张神秘图纸上收回视线，貌似平静道："我再想想。"

季桐从宿主佯装淡定的语气里听出了一种十分委婉的拒绝。

长腿碗之梦就此破灭。

松松垮垮的背带像他的心情一样滑了下来，季桐也一脸蔫蔫的，瘫在了沙发上，跟忧郁地蜷成一团的花花大眼瞪小眼。

暖黄的灯光照耀着沙发上这两个软体动物，仿佛在一场奇妙的梦境里。

裴清沅在旁边看着，不知怎么就鬼使神差地伸出手，轻轻揉了揉季桐软乎乎的短发。

受到冷落的花花有点委屈地"喵"了一声，裴清沅只好停住想要缩回手的动作，也小心地摸了摸它的脑袋。

花花立刻满足地眯起眼睛晃动着尾巴。

季桐则小声批判道："幼稚！"

花花："喵喵喵喵！"你才幼稚！

窗外柔和的月色像雾一样涌进屋子。

裴清沉微微恍惚，他又想起那张童话般的照片。

这一刻也像是童话。

他随手按掉了口袋里再次振动起来的手机，思索着现在该做些什么。

他似乎是这个家里唯一的成年人类，大概能算是一家之主。

墙上的时钟快要指向晚上十点。

寻常人家的晚上十点，应该做什么？

裴清沉不太熟练地思考着这个问题。

鉴于白天忙碌了一天，他不确定地道："是不是该洗澡上床睡觉了？"

正在沙发上团成一个球的季桐闻言一愣，沉思片刻，忽然又兴奋起来："有道理，是该洗澡了！"

得到家庭成员的认可后，裴清沉放松下来，心里莫名升腾起一种浓浓的责任感。

"明天上学之前，我会想好适合你的日常形态。"

每一天的时间都很珍贵，不能浪费。

季桐连连点头，已经完全忘记了长腿碗提案被驳回的失落，一只手把猫咪揽进怀里，另一只手拽住宿主的衣角，风风火火地要往浴室里冲。

"软软，走，我们去洗澡！"

"我们？"

"没错，宿主要负责及时伸出援手。"季桐一本正经地道，"我想试试看，我和花花洗澡的时候会不会进水失灵，毕竟我们俩的身体都是凭空生成的，应该会跟正常的人类或猫咪有区别。"

花花顿时惊恐地瞪大了眼睛。

"喵喵喵喵！"主人救我！

结果它这个看起来明明很聪明的主人却若有所思地答应了："是应该测试一下。"

"先洗猫吧。"他特意补充道。

花花："！！！"

这个家没法待了！！

时针嘀嗒嘀嗒地走向十点整。

城市的另一边，偌大的宅邸里同样灯火通明。

盛大的成人礼结束不久,空气里依然残留着热闹的气息。

裴言有些疲惫地解开衬衫领口顶端的扣子,一整晚他都在这微妙的禁锢感里拘谨地微笑着,现在总算迎来放松的时刻。

不过身体纵然疲惫,他却感受到一种难以言喻的满足。

今晚他被父母、爷爷以及所有宾客的宠爱包围着,收到了人生前十七年里完全无法想象的生日礼物,繁多又昂贵,简直让他有一种置身天堂的错觉。

可兴奋之余,裴言会忍不住地想,裴清沅也收了十七年这样的礼物吗?

内心深处那种被夺走幸福生活的愤恨悄然涌上来。

好在身边有人理解他的感受。坐在他身旁同样衣着考究的向锦阳,正兴致勃勃地翻看着保姆记录下的礼物清单,懒洋洋地同他闲聊:"你的养母很晚才回去吧?"

裴言点点头,随即看到向锦阳脸上浮现出一种不加掩饰的嘲讽。

"看来他今天过不了一个开心的生日了。"

向锦阳没有说具体的名字,但两个人对这个"他"指代的对象都心知肚明。

家庭老师曾教过裴言言谈举止的礼仪,他不被允许当众说出这样充满攻击性的话,也不该肆无忌惮地展现出真实又强烈的情绪。

所以裴言只能在心底默默认同,并在向锦阳轻蔑的神情里感受到一丝快意。

"小偷总要付出代价的。"向锦阳随口说着,眼睛陡然一亮,"这款跑车我记得很好看,小言,裴叔叔是不是已经送过你一辆更贵的了?"

"对,但我不会开车,妈妈还没安排我学。"在和这个好朋友的相处中,裴言早已习惯了这样的大方,"你喜欢就拿去开吧。"

"太好了,我总算能换辆车开去上学了。"向锦阳旋即亲昵地搭上他的肩膀,"下次我载你兜风去。"

裴言笑着跟他说话,聊起学校里发生的琐事与八卦,余光里,远处那群正交谈着的大人散开,其中白发苍苍、精神矍铄的裴怀山叫走了裴明鸿,两人之间的气氛似乎不太融洽。

爷爷要跟爸爸说什么?

裴言脸上的笑容顿住。

远离人群的角落里,年逾四十的裴明鸿略显不耐地蹙着眉,刚站定就抬手看了看表:"爸,又有什么事?"

裴怀山当即瞪起眼睛:"你这是什么态度?"

面对父亲的不满,裴明鸿并不退让:"爸,我真的很忙,好几笔投资压在那里,晚上还有个跨国的会议要开,今天为了小言的生日,已经耽误很多事了。"

他锐利的目光里写着倦意,对今天这场声势浩大的生日宴并没有多大兴趣,在这里浪费时间待了全程,更多是为了安抚妻子,让她别再闹出什么事来。

裴怀山看着儿子一副眼里只有工作的模样,叹了口气道:"今天也是清沉的生日。"

"他不是我的儿子。"裴明鸿丝毫不为所动,"他妈会给他过生日的。"

"他妈妈都跑这里参加小言的成人礼了!"裴怀山听得来气,质问道,"是你们谁叫她来的?"

"不知道。"裴明鸿展现出一如既往的漠不关心,"大概是小言吧。"

裴怀山怒不可遏:"你们就该追究这个女人的责任!是她害了两个孩子,怎么还能这样堂而皇之地出现在这里?我们裴家又不是养不起两个孩子,让这个不负责任的母亲受到应有的惩罚,清沉依然可以由我们抚养!"

裴明鸿又抬手看了看表,他显然对这套近日来听过好多次的说辞无动于衷,直截了当地道:"裴言替她求情,说她也不容易,我能怎么办?"

"况且——"说到这里,他的眼眸里泛上微微的讽意,"至少证明这孩子重感情,不像另一个,养不熟。"

裴怀山瞪着自己儿子冷厉的神情,半晌没有说出话来。

"清沉是个好孩子。"他叹息道,"是你们从小就没有好好待他,也怪我,没有教好你,让你变成现在这个样子。"

裴明鸿从来都不喜欢他这么说,反驳道:"我没觉得我哪里有问题,难道要像你吗?都这个时代了,还守着所谓的实业故步自封,爸,你真的老了,眼光过时,看人也不清。幸好我没有听你的话,否则就该像你一样守着山头种树了。"

他们之间的矛盾和分歧由来已久,裴明鸿的语气里充斥着高高在上的骄傲："至少从公司市值上来看，已经证明了我比你成功。所以不要再把我当成小孩子，来教我该怎么做。"

"再说了，我也做了两手准备。"他语气一转，轻描淡写地道，"清沅的确是个聪明的孩子，说不定未来会有一番成就，到那时，他依然可以是裴家的孩子——他还姓着裴，那个女人答应了不会让他改的。"

裴怀山愕然地看着他。

他一直以为裴清沅没有改姓是因为还对裴家有所留恋，却不知道这竟是裴明鸿的要求。

对这个自私功利又顽固至极的儿子，他已没有话好说。

"小言不能再跟你们夫妻俩待在一起！"

裴怀山气得浑身一颤，失望地抛下最后一句话，拂袖而去。

见状，在不远处偷听的裴言连忙低下头，缩回墙角。

他的手心渗着湿热的汗水，刚才听到的那些话反复在脑海里响起。

爷爷果然记挂着裴清沅，甚至想让他继续待在裴家。

可爷爷的最后那句话是什么意思？

他猛然想起自己刚刚收到的罗秀云的信息，说裴清沅离家出走了，打电话也不接，她都不知道该怎么办了。

裴清沅去哪儿了？

跟爷爷有关系吗？

他心乱如麻地回到大厅，就看到裴怀山正皱着眉头和叶岚庭说些什么。

见他回来，母亲脸上露出温柔的笑容，朝他招了招手："言言，过来，爷爷有话要跟你说。"

裴言惴惴不安地走过去，心中浮现了无数个令他恐慌的念头，但不敢显露半分。

裴怀山注视着他温顺乖巧的神情，目光复杂，半晌才轻声问道："你想不想跟爷爷一起生活？"

裴言意外地看着爷爷，小心翼翼地重复道："一起……生活？"

"对，爷爷老了，一个人怕寂寞，想跟你多相处。"裴怀山面色和蔼地劝道，"就跟爷爷在一起住几个月，你也可以经常回来看爸爸妈妈的。"

他回国的时间不长，却已敏锐地发现这个孩子正悄然改变着。

他看出了裴言没有裴清沅的坚韧与早慧，而有着在这个家庭里不合时宜的天真与易碎。

裴怀山不希望这个命运多舛的亲孙子，最终长成与来时截然不同的模样。

曾经他也忙于工作，虽然那些利润薄弱、成本极大的事业在裴明鸿眼里压根不值一提，但父子间可以说的话越来越少，隔阂越来越大，再加上爷孙间隔了代，有许多家务事都不好干涉。

等裴怀山彻底察觉儿子与儿媳错误的教育方式时，少言寡语的裴清沅早已度过了本该快乐的童年期，这一直是他心底的隐痛。

另一个孩子才到来不久，也许还来得及挽回。

刚打完一通工作电话的裴明鸿也回到了室内，他听着父亲的话，并没有提出抗议，只是挑了挑眉，觉得父亲突发奇想的念头不过是徒劳而已。

面对这个出乎意料的邀请，裴言不知所措起来，他下意识地看向平时相处最多的母亲。

叶岚庭察觉到他的目光，笑着伸出手，系上他松开的扣子，语气温婉得体："言言，要有样子。"

她满意地看着这抹重归秩序的衣领，温声道："妈妈很爱你，爷爷也很爱你，你可以自己决定的。"

母亲身上优雅的香水味拂过他的脖颈，令他恍惚地想起生活在宽敞房间里的日日夜夜。

爷爷爱他，会问他曾经在罗家生活得怎么样，会摸着他的脑袋问他想要什么礼物。

妈妈爱他，给他请最好的老师，让他接受最全面的教育，希望他能变成更优秀的人。

妈妈只爱他一个人，可爷爷心里的孙子却不止一个。

他被爷爷接到身边以后，父母身边空出来的那个位置，会被裴清沅填上吗？

这是爷爷在为裴清沅铺路吗？

裴言不敢确定。

家人们围绕在他身边，极远又极近，他垂下眼睑，害怕自己动摇，不愿再看任何人的眼睛，只是小声道："我跟妈妈分开太久了……"

他选择了母亲。

如被春风吹乱轨迹的命运，终于寻到一条确定的小径。

裴明鸿难得地笑了一声，朝裴怀山道："爸，可以了吧？我可没拦你。"

叶岚庭不赞成地瞥他一眼："明鸿，你怎么能跟爸这么说话？"

随即，她又笑容恳切地对裴怀山道："爸，言言刚回家，现在很黏着我，怕是不愿意跟我分开，您要是有空的话，随时来家里吃饭。"

裴怀山没有应声，他的视线在眼前看似和睦的几位家庭成员身上游移，良久，才叹息道："也好，你要是想爷爷了，就告诉我，爷爷一直在。"

裴言对这句话背后的深意一无所知，此刻他只是松开了紧握的手心，听话地点头："谢谢爷爷，我一定常常去看您。"

亲昵又礼貌的话语，令叶岚庭对儿子露出赞许的微笑，裴明鸿则重新拿出手机，光明正大地分走了神。

只有裴怀山在这个瞬间，蓦地苍老了几岁，候在一旁的管家连忙递上他不常用的拐杖。

"我老了，管不到你们了，各人有各人的命。"

他像是在自言自语，随后转过头，凝重地看向那个一心逐利的儿子："明鸿，我还是不希望你把盘子弄得这么大。等一棵树长大要踏踏实实的时间和汗水，老天送给你的东西是要收利息的。"

裴明鸿连眼皮都不抬，接起电话就匆匆往外走："爸，别操心了，只有我收别人利息的份儿。"

以为父亲和爷爷谈论的是生意上的事，裴言便没有再专心听，任爷爷的话轻巧地从他耳畔滑过。

头顶炫目的灯光落进他眼里，仿佛永不熄灭，将幻想中的未来照耀得璀璨无比。

翌日，起了个大早的向锦阳兴奋地把玩着崭新的车钥匙，催他一起出门上学。

向锦阳起初不在诚德私高念书，据说叶岚庭原本是想让他来这所收费高昂的私立高中上学的，以便他照顾裴清沉，但当时在初中就与他同校三年的裴清沉拒绝了，这也成了他憎恨裴清沉的一个催化剂。

如今他和新来的裴言关系好得亲如兄弟，自然应该一起上下学，平日里还能做个伴。

向锦阳比裴言大一岁，早就考了驾照，车技也不错，今天说服了叶岚庭，让司机休息，由他开着新车载裴言去上学。

叶岚庭笑盈盈地看着两个孩子肩并肩出门，直到听马达声彻底远去后，才敛起这抹如水的笑意。

昨晚的生日宴结束后，罗秀云的电话突兀地打到了她这里，期期艾艾地问她知不知道裴清沅的去向。

她怎么会知道？

叶岚庭正想冷淡地挂掉电话，却在听到罗秀云说裴清沅是突然搬走之后，收住了将要出口的敷衍。

一个刚刚成年的孩子，怎么会想到要搬走？

他哪来的钱和勇气？

叶岚庭清楚地知道此前存在裴清沅卡里的钱，他在离开后一分都没有动过，而且他也没有从裴家带走任何贵重物品。

虽然裴清沅在打工，但一份周末兼职，又是个小小的面包店，能攒下多少钱？

叶岚庭几乎是瞬间就想到了那个至今来历不明的孩子。

她想起刚才丈夫脸上难得一见的笑容，又想起他最近越发忙碌的状态，心中疑虑重重。

于是她按捺住心底的情绪，假意宽慰道："清沅搬出去了？先别担心，我叫人帮你查一查。"

罗秀云头一次听到她这样耐心的语气，话都说不利索了，只会连连道谢。

而叶岚庭面无表情地挂掉电话，怔怔地站了好一会儿，才慢慢走回那个豪华又空旷的卧室。

身后的大床上，很少在家过夜的丈夫已经自顾自地睡着了。

她凝视他片刻后，无声无息地在梳妆台前坐下，平静地卸掉脸上精致的妆。

长夜难眠。

叶岚庭记得私家侦探说过，那个孩子似乎每晚都会去二中的体育馆找在篮球队训练的裴清沅。

她已经见过那个孩子唯一的照片，他在镜头里笑容满面地吃着廉价的面包,乍一看和丈夫并不像,可她看久了,又觉得哪里都有丈夫的影子。

叶岚庭不想再对着一张或许失真的照片辗转反侧。

她要亲眼确认。

今天是假期后开始上学的第一天。

她也该正式去一趟学校,关心关心这个曾经的儿子。

永远优雅端庄的女人从餐桌前起身,走向自己再度寂静下来的卧室。

她要为今天挑一身合适的裙子。

漆色闪亮的新车风驰电掣地驶过街角,惊起树上停歇的鸟。

向锦阳稳稳地握着方向盘,风从敞开的天窗里荡进来,将两个少年的头发都吹乱了,带来清晨的凉爽与惬意。

在猎猎风声里,他回想起昨晚裴明鸿一家气氛微妙的谈话,眼里漫开一阵兴味,忽然开口道:"小言,这个月诚德的文化交流周,要不要让学校出面邀请他过来?"

诚德是在全省都赫赫有名的私立高中,会定期举办文化交流周,邀请一些其他学校的学生过来参加。

裴言一下子没有反应过来:"什么?"

"裴清沅是学校里的大名人,之前是,现在更是。"向锦阳笑道,"请他来诚德故地重游,再见见过去的朋友,一定是件很有纪念意义的生日礼物。"

这次裴言听清了,更听清了那份昭然的恶意。

他沉默少顷,问道:"学校会同意吗?"

"当然会,选交流学校这种小事,你爸随便打个招呼就行了。"向锦阳揶揄道,"你不会不知道你爸在诚德有股份吧?大少爷。"

这三个字令裴言心底残存的犹豫猛地消失殆尽。

眼前的阳光明亮无比,车窗外被远远甩在后方的行人竟如此渺小可鄙。

他的呼吸窒了窒,渐渐沉进这阵令人难以抗拒的风里。

"……好。"裴言短促地应声,"我先问问二中的朋友。"

他很快拿出手机,退去了上一次茫茫然的怔忪与焦虑,干脆地点开与林子海的对话框。

他想知道裴清沅现在在二中过得怎么样了。

藏在书包里的手机无声地亮起，又慢慢暗下来。

不过书包的主人并没有坐在自己的座位上。

现在是早自习结束后的十分钟休息时间，教室里洋溢着不寻常的躁动气息。

一会儿就要上第一节课了，林子海却没有如往常那样争分夺秒地刷题，反而坐在教室最后一排的一个座位上，跟同学们叽叽喳喳地聊着天。

"……我刚才去办公室送作业，周老师看起来可高兴了，好像是我们班这次月考成绩创了新高，有同学的年级排名特别高。"

他一边说着，一边偷偷往旁边的座位那里瞄。

裴清沅丝毫没有受班级里等成绩时热火朝天的氛围所影响，还和平常一样，一脸淡定地翻动着手中的书本。

唯一不同的是他今天戴了一个手表，外形看起来很帅气，线条利落流畅，表身是相当高级的黑色。

裴清沅看书的时候，时不时就会看一眼手腕上的表，对周围的喧嚣则视若无睹。

林子海不敢置信。

今天一整天的课基本都是要报成绩和讲卷子，他怎么一点都不担心？

就不怕出分之后丢人吗？

身边跟他聊天的同学听他说完，一脸羡慕："班级第一肯定是你吧，好厉害，不像我，拿到卷子今晚就该回家挨揍了。"

林子海假装谦虚："应该不是我吧，那天对答案，我光数学就错了一个选择题呢，也不知道是谁这么厉害。"

这次数学卷子那么难，选择题里他才错了一个，成绩创新高的全班第一当然是他！

近在咫尺的裴清沅还是无动于衷，安心地摆弄着手表。

这个新手表到底有什么特别的？虽然是挺好看的，他从来没见过类似的款式，但干吗一直看？！

林子海暗暗磨起了牙，结果那个除了帅气之外一无是处的手表仿佛能窥见他表情似的，居然还很有规律地闪起了光，烁烁白光流动，极具科技感。

"你才错一个？"没意识到他在炫耀的同学惊讶道，"我好像只对了一个……完了完了，我没救了。"

林子海莫名地感觉自己被这个造型酷炫的手表嘲讽了，立刻加大力度："也不一定，说不定我自己做错了也不知道，毕竟这次难度那么高。"

这一次，裴清沅总算有了动静。

他还是没什么表情，唯有唇角轻扬，似乎是笑了一下。

在这个微妙的笑容里，林子海被迫想起了那天被裴清沅指出来的两道错题。

……好气。

他神情一凛，决定不管不顾地打起直球："说起来，还不知道班长成绩怎么样，说不定这次的全班第一是班长呢！"

旁边的同学都好奇地望过来。

这回被直接点名的裴清沅，终于从手表上挪开视线，看向这个喋喋不休的学习委员。

他背后的窗外，笑容满面的英语老师抱着一沓厚厚的卷子，脚步轻快地穿过走廊，正要走进教室。

上课铃声响起之前，在林子海充满期待的目光里，裴清沅如他所愿地开了口，说话时眸光清冽，语气淡淡。

"你吵到我的手表了。"

林子海这一刻的脸色大概可以用猴屁股来形容。

他涨红了脸，目瞪口呆地盯着裴清沅，不敢相信自己听到了什么。

旁边围观的同学们纷纷噤声，一脸想笑又不敢笑的样子，忍得很辛苦。

你吵到我的手表了……

没想到表面冷酷的班长说话竟然这么幽默。

说起来，班长这个新手表真的很帅欸。

在大家齐刷刷的注视下，纯黑表盘上的白光忽然转换成了红光，看起来格外喜庆，红光很有节奏地闪动了几下，像素点飞快流动重组，最终变成了一个眉眼弯弯的笑脸表情。

同学们整齐地发出"哇——"的惊叹，把抱着试卷刚走进教室的英语老师吓了一跳。

手表的红色笑脸与林子海的猴屁股脸相映成趣，不过现在已经没有人关心后者了。

僵在原地的林子海从未想过，有朝一日自己竟然会在一块手表那里感受到接二连三的嘲讽。

"班长，你的手表是在哪儿买的啊？我好想要……"

"还有我还有我，我也想买一个！贵不贵？"

"有没有其他颜色呀，我喜欢白色，正好出成绩了让我爸给我买。"

一时间，同学们都默契地围到了裴清沉的课桌边，七嘴八舌地打听了起来。

知道这只手表独一无二的裴清沉还在想应该怎么搪塞过去，就听见一道略显机械的电子男声响起。

"你好，没有白色，只有黑色。"季桐毫不留情地道。

这是他对黑衣大帅哥路线的坚持。

黑色才是这个世界上最帅气的颜色。

同学们突然听到手表发出人声，全都傻了眼，想说的话集体卡在了嗓子眼，半响才有人反应过来并惊呼道："这是不是那种智能手表啊？现在好像蛮流行的，不过班长这个语音识别好准，外形又这么好看，一定很贵吧！"

这位同学很有眼光。

季桐的红色笑脸上立刻漫过一阵绚烂的彩光，像在认同他的话。

白色是嘲笑，红色是喜悦，彩色是表扬。

大帅表的世界就是这么简单。

"还能闪彩光呢！好酷啊，好像科幻电影里那种表！"

"班长快发个链接好不好！它能不能帮我自动搜题啊？这样晚上写作业能快很多。"

"喂，小声点，老师在后面呢……"

几乎全班同学都涌到了裴清沉身边，连英语老师都好奇地望了过来。

裴清沉不动声色地照着季桐教的话解释道："是朋友送的智能手表，好像是没上市的测试品，买不到。"

季桐还用带有电子质感的声音补充道："我是独一无二的哦。"

在他说话的同时，表盘上的红色笑脸瞬间变成了一个季桐，伸出短短的机械手臂横放在胸前，微微弯腰，很俏皮地向他们鞠躬见礼。

这下，不光是学生，连老师的眼神里也流露出浓浓的钦羡。

这个智能手表也太好玩了。

好在上课铃声及时响起，拯救了被无数道热情目光包围的裴清沅，他悄然松了口气，就听见季桐偷偷给他传音，抱怨道："软软，为什么不告诉他们这款智能手表的全名？"

裴清沅："……"

不，他不会告诉任何人的。

突遭冷落的林子海双眼发直地回到了自己的座位上，感觉今天的世界实在过于玄幻。

月考成绩还没出呢，裴清沅怎么就忽然成了全班的焦点？

而且是那种人人艳羡的焦点。

幸好英语老师手里那沓卷子给了他一丝安慰。

林子海最擅长的科目是数学，其次就是英语。

英语老师是个很有气质的年轻女性，这会儿不好意思地轻咳一声，从裴清沅那里移开视线，收回心神，准备开始宣布三班这次英语考试的成绩分布情况。

那个手表真是又酷又可爱，怎么就买不到呢？

"这次月考，我们班整体的英语分数都不错……"

台下的同学都专心地听着，在英语老师越发温和的表情里，心情渐渐放松下来。

"而且呢，有一个好消息。"她顿了顿，不再多卖关子，微笑着道，"这次英语考试的最高分在我们班。"

下面顿时响起一阵惊叹声。

"最高分？！"

"我们班整个高二都没出过一次最高分吧……"

"是谁啊？是林子海吗？"

很快有人惊讶地看向坐在最前排的学习委员。

林子海不动声色地挺直了背，心里涌起一阵骄傲，虽然他听到老师这么说也有些意外。

他没想到这次英语发挥得这么好，竟然考到了年级最高。

他立刻调整此前有些崩坏的表情，扬起胸有成竹的微笑，准备迎接老师赞赏的目光。

心情很好的英语老师耐心地等大家安静下来，才继续说道："接下来我报一下本次月考十位表现优秀的同学的名字，点到名字的同学请上来领卷子，其他同学的卷子我会直接发给大家，然后开始讲卷子。"

"李云婷，113分。"老师朝惊喜地站起来的女生露出鼓励的微笑，"进步很大哦。"

"然后是……"

林子海越听，背挺得越直。

同学陆续上去领卷子，其他人也配合地鼓起掌，很快就要念到他了。

"张沛，124分。"

英语老师赞赏的目光终于落到他身上："林子海，131分，基础知识掌握得很牢固，完形全对。"

林子海瞬间释放出谦逊又惊喜的笑容，起身接过老师手里的卷子，享受着同学们礼节性的掌声。

等他坐下，才后知后觉地在身后同学们突然爆发的议论声里清醒过来。

"那还有一位是谁啊，成绩好的基本都上去过了。"

"好家伙，还有哪个学霸没被点名啊？"

是不是念错了？

林子海难以置信地抬头看向英语老师。

可惜老师已经移开了目光，笑容越发灿烂地望向教室最后一排的座位。

"裴清沅，149分。"

天崩地裂般的名字，天崩地裂般的分数。

林子海像机器人一样，一卡一卡地转头，跟着看过去。

坐在最后的裴清沅起身，依然没有什么表情，似乎对这个罕见的高分毫不意外。

在所有人震惊的视线里，他走到讲台前，淡定从容地接过老师手里的卷子，手腕上的黑色手表引人注目地闪烁着耀眼彩光。

英语老师莫名地被这个仿佛也很兴奋的智能手表逗笑了，对同学们感慨道："裴清沅同学的英语客观题全部是满分，唯一扣掉的一分是大作文，其实这篇作文写得非常好，也没有任何语法错误，算是象征性扣分吧。"

台下一脸蒙的同学们鸦雀无声。

象征性扣了一分,所以才考了149分。

他们连做梦都不敢这么做。

大概是这个分数实在太高了,断层般的差距完全打消了同学们多余的念头,令他们的脑海里只剩下四个字。

"班长牛啊!"

这一刻响起的掌声格外汹涌热烈。

黑色表盘上的季桐动画又冒了出来,像是感应到外界的声音,也跟着高兴地拍起手掌。

裴清沅侧眸看见这个正在欢快拍手的季桐,眼里闪过一丝柔和的光。

他领完试卷后走回座位,微微抬起手腕,在只有他能看见的角度,黑色表盘上显现出一张视角奇特的照片。

画面里有教室天花板上的白色灯管,刚好被吹起来的半张试卷,完全仰拍视角的他,大面积的胸口和下巴。

裴清沅第一次用这样的角度看自己。

好怪。

再看一眼。

与此同时,他的系统在他心里小声介绍道:"软软,这是我的视角。"

第一次当表的季桐,对周围的一切都充满好奇。

"宿主连这个死亡角度都很帅气。"他开始自卖自夸,"就像小天才儿桐手表一样帅气。"

裴清沅闻言,终于忍不住转头看向日光温煦的窗外,任脸上的笑意落进沁凉的风里。

还好没有其他人听见这个全名——小天才儿桐手表。

在整个三班都相当兴奋的气氛里,英语老师顺利地讲完了这次月考的卷子,准时下课。

一到课间,往日尚算安静的教室后排立刻变成了菜市场,好几个之前因为牛角包已经跟裴清沅套过近乎的同学,都想瞻仰一下考神的卷子,沾沾喜气。

裴清沅没有拒绝,任他们动作小心地传阅试卷。

林子海默默地转回头,不想再看这伤人的画面。

裴清沅以前在那种收费高昂的私立高中读书，据说这类学校里抓得最紧的就是外语，所以他英语考出这么好的成绩，也不奇怪。

　　其他科目他就没有这么好的运气了！

　　林子海倔强地安慰着自己。

　　只是当第二节课开始前，物理老师迈着和英语老师高度相似的轻快步伐，面带笑容地抱着理综卷子走进来的时候，他的心里不由自主地冒出一种不祥的预感。

　　"马迪，理综236分，其中物理72分。"

　　……

　　"林子海，260分，其中物理79分。"

　　……

　　"裴清沅，291分，其中物理104分。"

　　常年一脸严厉的物理老师今天笑得异常慈祥，皱纹里都快开出花了。

　　"裴同学是这次理综总分的最高分，也是这三项单科的最高分，还是我们学校这几年高三月考出现的最高分……"

　　历史总是惊人地相似。

　　位子离老师最近的林子海一动不动，渐趋麻木，感觉自己成了一座雕塑。

　　他突然不想知道剩下的那些科目的成绩了。

　　然而随着月考成绩的逐一公布，整个三班都快变成菜市场了，一下课就有其他班的同学跑来蹭喜气。

　　如果放在平时，林子海肯定要暗暗嘲讽他们无聊，但今天，他没有这个心情。

　　在这个到处都充满了裴清沅名字的世界里，他只想假装自己不存在。

　　屡受重创的学习委员好不容易挨到中午休息，有气无力地趴在桌子上，连饭也不想吃了，动作迟缓地掏出手机，想找点幽默段子作为此刻的精神食粮。

　　直到这时候，他才看见那条被晾了一上午的未读消息。

　　"裴清沅最近在二中过得好吗？"

　　……真会问问题。

林子海叹了口气，简直百感交集。

他不禁从裴清沅一直摸鱼划水的大扫除想到了全校追捧热议的牛角包，又从人人眼馋的黑色手表想到了充满惊吓的月考分数，越想越满心创伤，最终只能沉痛地发出一句简短又深刻的回复："太好了。"

上午第四节课的下课铃声响起，三班讲台上一脸笑容的老师罕见地没有拖堂，放下卷子大手一挥，就慷慨地让这群学生去吃饭了。

学生们立马放松下来，教室里骤然涌起一阵喧嚣，大家神情各不相同，但大多数人觉得自己像是在做梦。

"今天是我们班在整个年级里地位最高的一天了吧……"

"我刚才好像看到七班那个有名的学霸，特意从咱们班门口路过了一下，还悄悄往里瞥呢！"

"还有数学和语文没出分，来来来，猜猜看裴神和其他人会差多少分，我猜数学至少十分起步！"

"才十分？保守了，我猜怎么也有二十……"

赶在大家再次围上来之前，裴清沅果断起身，从教室后门出去，穿过走廊下楼，快步走向食堂。

他的智能手表对宿主这种积极的吃饭态度很满意，灵敏地闪起了绚烂的彩光。

彩光里还迅速浮现出一行冒着粉红气泡的文字。

"软软，今天记得给自己加个大鸡腿。"

文字停留了几秒钟后，从"鸡腿"两个字上面"扑通"掉下来一个举着电子鸡腿的季桐，探头看他的同时，笨手笨脚地揉了揉自己摔疼的屁股。

裴清沅被萌到了，一边走向食堂，一边认真地记住了这段小动画。

这已经是他今天上午看到的第六种风格截然不同的文字动画特效，课间，季桐有时索性不跟他说话，而是在表盘上显示花里胡哨的文字和各种表情，把旁边围观的同学都看得一愣一愣的，眼神里的渴望简直快要溢出来了，直接导致裴清沅课桌旁人满为患。

不得不说，他的系统对于扮演智能手表这件事表现出了极大的热情。

这算是人工智能的天性吗？

食堂里的菜香远远地飘了出来,引得旁边肚子空空的学生们果断地加快步伐,裴清沉则有些好奇地在心里问季桐:"你现在想吃东西吗?"

他发现季桐今天似乎难得地没有表现出对食物的垂涎。

"不想哦。"系统熟悉的轻快的声音响起,"手表是没有嗅觉的,所以我暂时不会觉得馋。"

沉迷于当表的季桐今天准备取消篮球队与三岁半的例行夜宵环节,用一种全新的形态出现在这群高中生面前。

俗话说得好,小别胜新婚,今天不吃饭,明天吃起来一定更香。

这一刻不会被食物诱惑的他,是一个没有弱点的完美人工智能。

唯一的遗憾,大概就是宿主显然想将这款手表的大名守口如瓶。

儿桐和儿童变成的手表。

多么绝妙的双重谐音梗!

季桐待在宿主的手腕上忧郁了几秒钟,很快被食堂里拥挤的人流分走了注意力,到处都是排队等待或端着餐盘的学生,摩肩接踵。

宿主的手自然下垂的时候,季桐大概会待在离地面一米不到的位置,跟之前常用的三岁半形态差不多高。

但问题是,如果他是作为一个矮矮的小孩走过去,其他人肯定会下意识地保持距离,而他现在只是一块帅气却迷你的手表,失去了拥有人类专享社交距离的权利。

所以,当裴清沉走到队伍末尾排队的时候,季桐瞬间觉得自己被无数巨大的人密不透风地围住了。

更可怕的是,他一时不察,还受到了来自校服衣摆的无情一击。

季桐相当在乎自己的外形,忍不住惊慌失措地"哎哟"了一声。

周遭闹哄哄的空气蓦地安静下来。

那个撞到季桐的学生脸色惊疑地左右张望起来,诧异地问旁边的同学:"你刚刚有没有听到有人叫了一声?"

"你也听到了?我还以为我听错了……那个声音有点怪,不太像人的声音。"

"你别吓我啊!我鸡皮疙瘩都要起来了!"

两人开始一起四处搜寻,审视着周围看似平常的环境,惊恐的目光从身后面无表情的裴清沉脸上滑过。

160

瞬间猜到了真相但无法做出任何解释的裴清沅："……"

他低下头，假装自己什么也不知道，然后悄悄地摘下手表，动作轻柔地握在了手心里。

人类掌心温暖的热度立刻涌向冰冷的机械外壳，还伴随着宿主认真道歉的声音："抱歉，我应该让你待在更安全的地方。"

他差点真的把季桐当成一块手表了。

被暖洋洋的温度包围着，季桐莫名地有种蒸桑拿的错觉。

连他的数据好像都卡顿了一下，也许是因为外面突然升温。

季桐花了好几秒清理内存，才用开着黄色小花特效的文字回应宿主。

"没关系，我是第一次变成手表，宿主也是第一次拥有这样的手表，我们一起慢慢适应。

"记得帮我擦擦表盘哦。"

于是裴清沅端着餐盘找空位坐下后，做的第一件事就是从口袋里拿出纸巾，把这块新手表仔仔细细地擦了一遍，然后把它放在自己手边有纸巾垫着的桌面上。

光滑如镜的黑色表盘上，季桐又从欢快的颜文字背后探出脑袋，似乎是察觉到自己的焕然一新，很快朝镜面之外的世界露出一个大大的笑容。

透过纯黑的镜面，裴清沅看见了自己的倒影，也看见了与自己几近重叠的季桐。

他下意识地伸出手想要触碰，又想起他的系统很注重仪表，再加上刚刚才把手表擦到一尘不染，指尖便在离表盘还有一点点距离的地方停住了。

老实待在手表里的季桐略显意外地看着他的动作，然后恍然大悟地点了点头，爽快地伸出自己圆滚滚的机械手掌，隔空与他的手指交会。

"击掌！"

这次的文字上突然绽放了礼花，一朵一朵流光溢彩。

裴清沅安静地看着礼花放完，才垂下眼眸吃饭。

宿主很尊重他的意见，真的买了一个大鸡腿。

季桐努力让自己从色泽红亮的巨型鸡腿上移开视线。

他头一次这样面对面看宿主吃饭却不能动筷子，虽然嘴上说着不馋，但实际还是有点馋。

他想了想，觉得还是得找点事来转移注意力。

裴清沉抬眸看向手表的时候，就看见表盘上的画面又变了，变成了一个由像素构成的房间。

季桐窝在软乎乎的单人沙发里，旁边是哗哗转动的立式电风扇，前方摆着一台方方正正很厚重的老式电视机，屏幕上的像素点不停地闪动，可惜表盘太小了，裴清沉看不清电视屏幕上到底播放着什么。

在他吃午饭的同时，季桐聚精会神地看起了电视，只留一个小小的背影对着他，时不时还随着画面的变化晃动脑袋，明明热闹的空气莫名其妙地静谧起来，仿佛他们正处在同一个虚拟的房间里。

裴清沉围观了一会儿，好奇地道："你在看什么？"

"看电影。"

"什么电影？"

"这么笨重的老电视机，当然要放电影频道的译制片才应景。"季桐的声音里充满对自己智慧的认可，"听说这是人类都有的童年回忆。"

透过稍显抽象的像素点，裴清沉不禁想象了一下这幅虚拟画面成真时的样子。

沙发，风扇，旧电视，看得入神的孩子。

好像真的充满了童年的味道。

"嗯，我也听说过。"他低声应道，"好看吗？"

"好看。"季桐兴致勃勃地回答他，"软软要听剧情吗？我可以给你复述，这是一个发生在战争年代的爱情故事……"

在令人困倦的午休时间里，裴清沉从食堂回到教室，一直在听季桐给他转述电影故事。

季桐一心三用，一边看电影，一边复述，时不时还观察一下宿主专注的神情，顿时觉得今天的快乐教育又往前迈了一大步。

让宿主在紧张的学习生活里听一个凄美的爱情故事，堪称劳逸结合的天才方式。

不过他还没得意多久，就发现自己的数据流好像变得有些奇怪。

黑色屏幕上闪过一阵阵抖动的波纹，像运行出错的电脑。

裴清沉几乎同时发现了异样，问道："怎么了？"

他等了好一会儿，才听见季桐回应。

"哦！没什么，只是出了一点小小的意外，不必担心。"

季桐的语调突然变得格外抑扬顿挫，声线也变了，成了低沉浑厚的磁性男中音，连说话风格都明显变了。

裴清沅一时怔住，以为自己幻听，不太适应地打量着这块越发熟悉的手表。

在他看不见的虚拟空间里，完美人工智能迎来了猝不及防的滑铁卢。

季桐痛苦地听着自己发出不受控制的奇异声音。

他今天初次当表，兴奋地折腾了太多新奇花样，搞得内部数据不知道哪里搭错了线，导致他的声音模块被译制片里的数据污染了。

所以他现在暂时拥有了一口纯正无比的译制腔。

人工智能果然是会出Bug的！！

季桐花了足足五分钟，才用格外繁复的句子向宿主解释清楚发生这种情况的原因。

"……瞧瞧这该死的Bug，我恨不得它立刻就消失！如果下次再让我看到它，我发誓绝对会用我的靴子狠狠地踢它的屁股！"

裴清沅陷入了长久的沉默。

总算回过神来后，他实在无法忽视这种说话风格的超强传染力，几次欲言又止，最终还是忍不住道："要不还是显示文字……"

连宿主都嫌弃他了！！

嗓音磁性的季桐忧郁地闭上了嘴巴，努力捣鼓着陷入混乱的数据。

中午很快过去，下午第一节课就是数学。

全班同学都正襟危坐，分外熟练地等待着春风满面的数学老师走流程：某某某……某某某，最高分裴清沅。

唯一的悬念只在裴清沅到底领先了多少分。

"林子海，127分。"

饱经风霜的林子海游魂似的站起来。

"裴清沅，145分。"数学老师笑呵呵道，"这次的卷子在难度上的确有一些高了，按现有的知识框架来答题，时间应该是不够用的，这算是出卷老师的失误。"

"其实裴同学的答案全部是正确的，但运用了一些超纲的公式来解题，过程又写得比较简略，所以经老师们商量之后，酌情扣了点分，希望裴同学下次可以把过程写得再完整一些,也方便同学们参考。

"不过就算是这样,裴同学也是我们这次月考的最高分,大家要多多向他学习啊!"

"酌情扣了点分""方便同学们参考""就算是这样"……

今天在全校成为焦点的三班同学已经完全熟悉了这些语句的新用法,纷纷热烈地鼓起掌来。

领卷子,讲题,准时下课,座位周围变成菜市场。

不过这次有一个不一样的地方。

最前排的学习委员林子海,慢吞吞地走到了裴清沅的位子旁边,主动开口道:"我能看看你的数学卷子吗?"

鉴于两人之前的矛盾,旁边围观的同学们霎时心领神会:这是要找碴儿了。

学习委员的数学成绩也不错,这次被人抢了风头,肯定会不甘心。

现在来问班长要卷子看,肯定不是像其他同学那样为了瞻仰和蹭喜气,大概是想从卷子里找点错误出来,好让两人之间的分数差距小一些,挣回一点颜面。

裴清沅看起来倒没有抵触,随手就把卷子递了过去,然后毫不在意地将视线移向了自己的手表。

林子海果然仔仔细细地看起了卷子,像是在努力挑刺,都顾不上坐下来。

班长看手表,学习委员看卷子,吃瓜群众则凝神屏气,视线在班长和学习委员之间来回滑动。

林子海看了五分钟大题后,终于抬起了头,表情相当严肃。

同学们的心全都提到了嗓子眼,已经开始脑补该如何劝架。

紧接着,他们眼睁睁地看着林子海的脸上露出了一个释然的笑容。

"解法太完美了。"林子海由衷地道,"我从来没想到过这种解题思路。"

"上次那两道题是我粗心大意做错了。"他的语气干脆,"谢谢你指出来,那不是运气好随口说的,就是因为你比我厉害。"

"之前我不该针对你的,对不起。"林子海最后坦率道,"你当班长,一定能带动我们班的成绩更上一层楼。"

居然是一拨毫不犹豫的认错滑跪加彩虹屁。

所有同学都听蒙了。

在这片集体蒙的寂静里，裴清沅的黑色智能手表率先做出反应，发出了一声充满惊奇的咏叹调男中音。

"哦，我的上帝……"

话音一落地，原本还在闪烁白光的智能手表立刻熄了屏，只剩一片深不见底的漆黑，就像关了机一样。

季桐缩回虚拟空间后，果断地拿沙发上的抱枕蒙住脑袋，进行一番掩耳盗铃的操作，同时试图飞快地清理掉刚才那一分钟的记忆，假装什么都没有发生过。

天知道他只是想简简单单地感叹一句"天哪"，结果就变成了"我的上帝"。

译制腔真是他迄今为止见过的最可怕的病毒！

而在手表之外，突然听到这句浑厚又华丽的花腔感慨的其他学生，非常整齐地愣住了，看看班长，又看看他的手表，渐渐觉得内心仿佛有一种冲动快要不受控制地喷薄而出。

处于视线焦点的裴清沅努力地维持着面无表情的姿态，只感觉大脑一片空白。

在这阵诡异的寂静里，林子海居然是第一个反应过来的人。

"这个手表还能变换声线？"他面露艳羡，"真智能，要是能买到就好了。"

季桐刚刚清理完记忆，就听到了来自林子海逐渐熟练的彩虹屁。

他正想闪一下红光以示礼节性的喜悦，静止的教室像是突然被这句话解了冻，此起彼伏地响起腔调古怪的议论声。

"哦！我也这么想。"

"要是能拥有一块这样的手表，我一定会感到无上的荣幸……"

大家一边憋笑，一边模仿季桐的语气说话，教室内霎时充满了快活的空气。

译制腔病毒已经开始感染人类。

……累了，毁灭吧。

季桐绝望地给自己戴上两个大耳塞，埋头奋力地修复着错误数据。

这个下午，高三三班的气氛格外欢乐，与所有三班任课老师的情绪达成了一致。

只有裴清沅如坐针毡。

"还有两个小时才能下课吃饭。"裴清沅的声音听起来有种沉重的平静，"我想去体育馆练球了。"

"亲爱的宿主，"季桐小声但抑扬顿挫道，"不瞒您说，我也是这样想的。"

数据修复进度才到百分之五十，这么简短的回答已经是他努力抗击病毒的成果。

闻言，裴清沅僵了僵，最终默默将视线投到了手里对他而言没什么难度的课本上。

虽然这次月考他是当之无愧的最高分，但并没有拿到满分，证明还有提升空间。

好不容易熬到傍晚下课铃声响起，"两耳不闻窗外事，一心只读圣贤书"的裴清沅迅速离开了这间恐怖的教室。

班长消失得太快，让本来拿着错题本想去请教的林子海扑了个空。

不过他也没觉得失望，依然高高兴兴地回到了自己的座位上，对同学们偶尔投来的好奇目光视若无睹。

有好事的人忍不住凑上来问他："林子海，你不讨厌班长啦？"

林子海立刻摇摇头，对同学话语里的调侃泰然处之："我看了班长的数学卷子，在高考前我无论如何都追不上他，干吗要为难自己去讨厌一个肯定比不过的人？"

之前他讨厌裴清沅，是误以为他成绩不行，学习态度又不端正，会拖整个班级的后腿，让老师脸上无光。他作为学习委员，当然不愿意看见这样的事发生。

但现在他亲眼看过了人家写的卷子，已经彻底心服口服了。

班级里有这样一个成绩极其出众的班长，对全班同学的学习劲头肯定会有带动，最后得益的是整个班级，他更加没有讨厌裴清沅的理由了。

况且在他带头针对裴清沅的时候，对方还好心地帮他指出了错题，这也让林子海越发觉得羞愧。

过去陷在厌恶的情绪里，他对裴清沅是哪儿哪儿都看不惯，从牛角包到手表都想批判一遍。

其实现在想来，那些情绪分明是羡慕和嫉妒。

与其用难看的嘴脸暗中嫉妒，倒不如大大方方羡慕。

除了学习刻苦，林子海的一大优点就是适应能力很强，勇于接受命运的考验。他很快就调整好了自己的心态，整理了好几道想请班长为自己解答疑惑的难题。

班里有这么优秀的同学，当然要抓住机会顺便提升自己。

听到饿了一下午的肚子发出"咕咕"的叫声，林子海从书包里拿出手机，准备去食堂吃饭。

屏幕上有一条未读消息，是裴言发来的，内容是一个孤零零的问号。

林子海点进去看，才想起来自己中午的时候给他发了什么。

"太好了。"

他顺手往前翻了翻，看到两人之前关于裴清沅的那些对话，不禁有点生气。

裴言为什么不早点告诉他裴清沅的成绩很好？

难道说裴言也不知道？

考虑到这个可能，林子海的手指飞快地动起来，顺手把心里话告诉了这位昔日好友。

"干吗发问号？就是很好啊。

"今天月考成绩出来，裴神分数完全碾压了其他人。

"太厉害了，诚德的教学质量这么牛吗？

"你转过去之后成绩有没有提升啊？

"在裴神的带领下，我感觉我很快就要进步了！"

……

早早到达体育馆的裴清沅总觉得有人在背后念叨自己。

不过听到徐教练无比正常的说话语气，他还是感到了一丝安慰。

"听说你这次月考考得很好啊。"徐教练赞赏地拍拍他的肩膀，"好样的，省得别人老说我们篮球队都是群不好好读书的孩子。"

裴清沅正想谢谢教练的夸奖，便听到他说："对了，今天桐桐来不来啊？我给他带了一只毛绒小鸭子，他肯定会喜欢的。"

高大威猛的中年男教练从包里掏出一只黄澄澄的毛绒小鸭子，得意地向他比画了一下,画面极具冲击力。

裴清沉:"……"

他总觉得自己的系统也像是一种病毒。

裴清沉只好道:"今天他家里有事,不能来了。"

季桐今天沉迷于当表,暂时不想做人。

徐教练正要露出失望的表情,又听见他补充道:"教练,这只鸭子可以借我用一下吗?"

在看到教练手里崭新的小鸭子后,他的手表立刻冒出令人目不暇接的彩光,表达了对徐教练的高度赞扬。

"啊?可以啊,或者你回头拿给桐桐也行……你这手表是新买的吗?看起来挺酷啊!"

现在就拿给他。

裴清沉在心里默默地道。

不一会儿,篮球队的其他成员陆陆续续到了,每个人走进来的时候,目光都会忍不住在场边的观众席上停顿一下。

某个座椅中间放着一只毛茸茸的可爱的小黄鸭,小黄鸭身上则躺着一块造型帅气的纯黑手表,一表一鸭似乎都在看向正中央的篮球场,画面有种异样的和谐感。

训练开始前,在听徐教练训话的时候,大家的目光时不时就会被远处驮着手表的小黄鸭勾走。

这个组合实在是太魔性了。

"这周末,市级的篮球联赛就开始了,周五我会去抽签,希望能给咱们队挑到一个合适的对手,最好能抽到一中篮球队,洗刷上次惜败两分的耻辱!"

徐教练激情澎湃地道:"这段时间大家进步明显,只要在球场上保持这样的状态,我相信一定会取得一个惊人的好成绩!"

他说话的同时,不远处的手表发出阵阵彩光,像是在为他喝彩,给小黄鸭的绒毛都染上了绚烂的光。

队伍里有人小声嘀咕:"怎么感觉怪可爱的?"

"我也觉得,今天桐桐不来,真可惜,还好有只鸭子陪我们。"

"是鸭子和手表!"

独自负担着离奇真相的裴清沆理智地选择了沉默。

徐教练说完就提着水壶坐到了小黄鸭旁边,这是裴清沆特意叮嘱他的,帮忙照看一下这块手表,怕等下有篮球不小心飞过来。

他坐下后正好奇地打量着这块让裴清沆如此宝贝的手表,忽然看见纯黑的表盘上浮现出几个字。

"你好。"后面跟着笑脸的颜文字。颜文字笑脸里偷偷钻出来一个季桐,朝他用力地挥了挥手。

徐教练很惊讶,这个手表居然还有智能感应的功能,他立刻反射性地伸出手,也对季桐招了招手:"你好你好。"

季桐听见他的回应,顿时笑了起来,原本圆圆的眼睛眯成两道弯弯的弧线。

徐教练忽然就被萌到了。

他依稀记得上一次被萌到,也是在这个体育馆里,看到了一个身穿幼儿园制服、戴着小黄帽的小朋友走进来。

想不到他的第二次沦陷,竟然是因为一块手表。

而且不知道为什么,看着这个模样小巧的动画机器人,总觉得就像看到了桐桐一样。

感慨片刻后,徐教练当即决定回头给季桐重新买一只鸭子,这只鸭子就给这块可爱的智能手表当支架好了。

还不知道自己即将拥有两只鸭子的季桐,跟老熟人徐教练热情地打完招呼,就沉浸在了数据修复即将完成的喜悦中。

等摆脱了这个可怕的病毒,他就可以放心地开口说话了。

虽然这次数据混乱属于飞来横祸,不过也给季桐打开了一扇新世界的大门。

有时候不需要多么激烈的语言,光是奇妙的语调和繁复的句式,就可以把人搞到崩溃。

恰好他表面上是一块内置了人工智能模块的手表,这种折腾人的方式简直再适合他不过了。

高兴的时候他就是人工智能,想气人的时候他完全可以当人工智障。

季桐越想越兴奋,恨不得现在就抓一个倒霉蛋过来练练嘴。

没想到这个倒霉蛋很快就出现了。

半小时后，体育馆的大门被人缓缓推开，走进来一个气质优雅的女人。她静静地环视着整个体育馆，似乎在找人。

场上第二轮对抗练习正进展到最激烈的时候，没有篮球队成员注意到这个轻微的动静，只有时刻都在观察全局的徐教练转头看了过去。

他不认识这个打扮精致的女人，以为她是走错地方了，皱了皱眉，马上起身走过去，准备请她离开，不要打扰队员们练习。

当然，为了防止发生篮球飞过来砸到手表，徐教练很谨慎地拿起了躺在小鸭子身上的手表。

倚在门口的叶岚庭蹙眉审视着场馆里的每个角落。她看见了正在专心打球的裴清沅，但并没有发现传闻中那个小孩的身影，仅仅瞥见一只似乎不应该出现在这种场合的玩具鸭子。

身材高大的篮球队教练向她走过来，见状，叶岚庭的脸庞上浮现出一丝分寸恰好的微笑。她正想开口委婉地打探那个小孩的来历和去向，却被一道陡然响起的机械男声打断了。

她听到了一个经常出现在客服热线里的彬彬有礼又十分刻板的声音。

"您好，请问有什么可以帮到您的呢？"

第06章

♥ 人工智能 ♥

叶岚庭的目光有一瞬间的茫然，她迟疑地扫视了一下四周，才将视线落在篮球教练手中的那块手表上。

高高大大的篮球教练显然也愣了一下，把手表举起来仔细观察着，像是在好奇它刚刚发出的声音，看起来并没有要同她交谈的意思。

原本正常的交谈氛围莫名其妙被破坏了，叶岚庭的笑容险些僵在嘴角。

她本来已经打好了腹稿，想以关心裴清沅的名义作为切入点，试着从这个一看就不是很聪明的教练这里打听出关于那个孩子的消息。

她维持着优雅的姿态，平复呼吸，面朝篮球教练，尽力挤出一个温婉的笑来："你好，清沅是不是在这里训练？"

而手表格外殷勤，抢在徐教练开口前回答她："对不起，小美没有听清楚您的问题，请您重复一遍好吗？"

"……"叶岚庭闭上眼睛，又睁开，试图强迫自己忽视这块让人火冒三丈的手表，"我是清沅的妈妈……曾经是，很久不见他了，他在篮球队过得好吗？"

她一边强装镇定地对着篮球教练说话，一边在心里蹿起了无名怒火。

怎么会有这么烦人的AI！

而且为什么一个使用着男性声音的AI会叫小美啊？！

徐教练还沉浸在这块可爱的手表肯定会拥有萌萌童音的想象里，这会儿听到这道略显机械的年轻男声，颇感震惊，又在听到它自称小美的时候笑了出来："你怎么会叫小美啊？"

然后他才后知后觉地反应过来，站在面前的陌生女人好像跟自己说了些什么。

徐教练有点不好意思，清了清嗓子问道："你刚才说什么？"

不等叶岚庭说话，小美迅速抢答："她说她是妈妈曾经很久不见的篮

172

球队。"

"啊?"徐教练一脸摸不着头脑的表情,"什么玩意儿?"

"小美也听不懂呢。"手表发出遗憾的声音,"小美很想帮到您,可以请您重复一下您的问题吗?"

叶岚庭眼前一黑,不由得呼气、吸气,用深呼吸来为自己降压。

理智告诉她,她是来打探私生子的消息的,不能就这样半途而废。

但情感上,在这个人工智障没完没了地要求她重复问题的礼貌声音里,她只想烦躁地摔门而去。

"我说,"她紧紧咬着牙,几乎是一字一顿地道,"清沉他,过得怎么样?"

徐教练总算明白了,这个女人同裴清沉认识。

他不禁回头看了一眼正在场上专心打球的裴清沉,他之前听付成泽说过那个坎坷身世的传闻,大概猜到了眼前人的来历。

所以,徐教练有些为难,不知道该不该回答这个女人的问题。

好在裴清沉留下的智能手表帮他解了围。

"嗯嗯。"小美嗓音欢快地道,"小美已经帮您记录下这个问题了呢,会及时反馈给主人,请您耐心等候主人的回复。"

叶岚庭:"……"

徐教练:"……哈哈哈哈哈。"

他莫名地松了口气,忍不住大笑起来,调侃道:"你怎么笨笨的?"

"小美不笨的,请不要讨厌小美。"手表发出的机械声音里隐约有一点委屈,"希望大家在跟小美对话的时候多一些耐心呢,小美真的很想帮到大家的。"

为什么听别人说话的时候就这么灵敏?!

叶岚庭的手指攥成拳,感觉自己再在这里多待一秒钟,都会被这个愚蠢的人工智障诱发本不存在的高血压。

就在这时候,场上的第二轮对抗接近尾声,篮球队成员们终于发现了这个陌生来客,好奇地朝这个方向望过来。

裴清沉也随着朋友们的目光一道看过来。

当他看到叶岚庭的时候,眼神很平静,尤其是在注意到她略显扭曲的面容后,眼里更是漫过一丝讥讽的笑意,仿佛看穿了她此刻难堪的处境,也看穿了她私下来到这里的目的。

叶岚庭彻底待不下去了，甚至不再掩饰自己冷若冰霜的面色，转身就要离开。

结果具备感应功能的AI小美很有礼貌地同她道别："再见女士，祝您生活愉快！"

生活愉快，嘲讽×2。

看着叶岚庭差点绊倒自己的狼狈背影，季桐的心情前所未有地愉快。

这一招实在太好使了。

他为刚才叶岚庭气到扭曲的面容录了一段三百六十度无死角的高清视频，以后可以拿来给宿主欣赏、解闷。

徐教练目送着叶岚庭匆匆离开，感慨地摇了摇头："小美，还好有你在，我都不知道该怎么应付她。"

他已经完全接受了这个听起来很不适合男声AI的名字，仔细想想，这个名字反而跟表盘上重新蹦跶出来的季桐有种奇异的搭调。

这会儿的小美明显变得聪明了很多，可以准确识别听到的句子，开心地回答他："谢谢你的表扬，有眼光的人类。"

手表再次亮起了表示喜悦的红光，与此同时，场上的训练告一段落，裴清沅肩上搭着毛巾走过来，徐教练立刻把手表还给他，语带羡慕道："小裴，你这个手表真不错呀，哪儿买的？"

裴清沅今天已经听到过很多次这个问题，熟练地回答："朋友送的，暂时买不到。"

"唉，真可惜。"徐教练失望道，"我也想要一个智能小美，多好玩啊。"

裴清沅听到这个陌生的名字后愣了愣，便听到季桐在他心里小声道："软软，那是我手表里内置AI的名字，小美。"

……也不是不行。

总比这款手表的全名要正常一点。

裴清沅如此安慰自己道。

正值休息时间，刚才激烈无比的对抗运动让这群高中生全都满身大汗，薄薄的篮球服被淋漓的汗水打湿，有人掀起衣角扇风，顺便去擦额头的汗。

裴清沅正拿起水杯喝水，就见到手表上忽然闪起了此前从未出现过的黄光。

表盘上的季桐端端正正地坐在椅子上，聚精会神地看着前方。

"黄光代表什么情绪？"裴清沅有些意外地问他。

季桐语气严肃："代表对人类健康体魄的赞美和歌颂。"

"……"

裴清沅不解其意，茫然地顺着他的目光转头，便看到了一大片队友掀衣服时不慎露出来的腹肌。

他沉默片刻，伸手把座位上的小黄鸭掉转了一个方向，然后重新把手表放上去。

被迫趴在小黄鸭身上的季桐抗议道："宿主，你挡住我的视线了！"

裴清沅想了想，语气中透着不容置疑："你现在是儿童手表。"

季桐："……"

失策了！

他闷闷不乐地躺在小黄鸭身上看着体育馆高耸的天花板，闪起了忧郁的蓝光，裴清沅在一旁看得好笑，只好又把他拿起来放在眼前，认真地跟他聊天。

"你为什么叫小美？"

他的系统好像储存着很多奇奇怪怪的数据。

痛失偷看腹肌机会的季桐念在有近距离的宿主美颜补偿，决定大度地原谅宿主，正想随便编点瞎话搪塞过去的时候，两个人同时听到了一阵清脆的叮咚声。

第二项主线任务忽然触发了。

"亲爱的宿主，亲密的伙伴是事业成功的坚实后盾，所以，您要完成的第二项任务是——"

鉴于上次被暴踩的惨痛经验，机械女声自动停顿了一下，发现季桐没有什么特殊反应，语速很快地继续道："拥有一群可靠且优秀的好朋友，括号，仅限人类，括号完。"

从最后的括号里，季桐感受到了来自主脑暗戳戳的针对。

不过这个任务听起来还挺正常的，起码比上次的家庭任务要好很多，也不需要他钻空子完成。

现在宿主跟篮球队成员们的关系很好，在篮球这个领域，大家也都算得上优秀，只要再多相处一段时间，这个任务应该能很顺利地完成。

季桐越想越满意，开口鼓励道："软软，这个任务很简单，我们马上就能拿到新的任务奖励了。"

裴清沅却一脸的若有所思。

上次任务在他和罗家人关系越发恶化的时候触发，显然有着不低的难度。理论上每次任务触发的逻辑应该是相似的，没道理这次会这么简单。

而且季桐跟他说过，判定任务完成的机制严格又死板，按照这个任务要求来看，就是必须让这群好朋友同时满足可靠、优秀和人类这三个条件，后两项很容易实现，第一项最难。

他现在跟篮球队成员们的关系不错，训练之余也会闲聊，还收到过他们真心实意的生日祝福，如果继续和他们深入相处下去就能完成任务的话，面板上应该会有进度提示。

想到这里，裴清沅问道："任务面板有进度吗？"

季桐察看后，诧异地"咦"了一声："没有绿光……怎么会没有反应？"

裴清沅闻言，审视着周围正在休息的队友们，心中渐渐浮现出一个大胆的猜测。

"我测试一下。"

他拿着手表站了起来，向其他人走去。

这段休息时间差不多是十分钟，之前季桐的三岁半形态受到严格的时间限制，能分给夜宵的只有半小时，所以他通常会在这时候出现，一边吃东西，一边津津有味地看完大家的最后一场训练，然后再陪着裴清沅走出校门回家。

虽然大家已经知道今天季桐不来的消息了，但包里还都习惯性地带着零食和玩具，这会儿没了投喂的对象，颇感失落。

"我今天带了桐桐最喜欢的果冻——草莓味和芒果味的。"

"胡说，桐桐最喜欢的明明是我买的薯片！"

"哎，清沅，桐桐家在哪儿啊？我们周末能不能去找他玩？我可以提供免费家教的！"

"得了吧你，什么都不会，真想教桐桐练铅球啊？"

裴清沅在漫天飘零的"桐桐"声里，冷静地开口道："问你们一个问题。"

"什么问题？你说。"

他仔细斟酌着语句，觉得首先要排除幼崽加成。

"如果在桐桐长大成人以后，我跟他一起掉进水里……不，我跟他发生了不可调和的矛盾，你们会选择帮谁？"

既然是可靠的朋友，当然要无条件地支持他，否则怎么称得上是坚实后盾？

大家听见这个有些奇怪的问题，先是面面相觑，随即都表情轻松地笑了起来，似乎这是一件根本不需要思考的小事。

"哈哈哈哈，怎么突然问这种问题？你是不是在开玩笑，我们关系这么好——"

付成泽笑着摆摆手，然后瞬间变脸道："当然是跟你绝交，帮桐桐撑腰！"

旁边的其他人毫不犹豫地点头附议。

很好，很可靠。

裴清沉淡定地收回视线，看向手中这块充满魅力的手表。

黑色表盘上，季桐默默举起一片树叶，挡住了自己的脸。

作为一个平淡无奇的人工智能，他也不想这样的。

季桐心虚地躲在角落里，试图降低自己的存在感。

没想到他竟然成了宿主成长道路上的绊脚石。

他明明一直兢兢业业地在为宿主服务！

……只是在为宿主服务的过程中，他难以抗拒美食的诱惑，稍微贪吃了一点点而已。

每天晚上来篮球队的时候，他除了努力吃夜宵，并在欣赏人类的健康体魄时发出真诚的欢呼声，其他什么都没有做，绝没有篡位之心。

谁能想到这群表面高大威猛的高中男生会这么喜欢一个爱吃东西且满口彩虹屁的幼崽啊！

季桐的数据飞速运转起来，试图找到一个解决方案。

现在篮球队这帮人暂时是指望不上了，一动不动的任务面板已经证实了他们对自己的迷之忠诚。

宿主目前的社交范围里还剩下面包店和三班的这些人。

前者人数太少，只有店老板何世文、糕点师傅和小朋友星星，年龄差异很大，虽然跟宿主相处得很好，但更接近于和蔼长辈的关爱和花痴小辈的依赖，显然不太符合任务的要求。

后者倒是满足了"一群"的条件，不过绝大部分人都暂时称不上优秀，而且记仇的季桐还记得最初他们盲目针对宿主，今天又很容易地被译制腔病毒光速传染，怎么想都觉得不是很可靠，最多算是个备选方案。

宿主过去在裴家认识的那些朋友则更不可能用上。

这样一看，只能让宿主去结识新朋友了。

有点想象不出冷淡且话不多的宿主去主动交朋友的样子。

季桐思来想去，换上一种普通得毫无特色的低调声线，在裴清沅心里小声道："软软，这周末就是市里的篮球联赛，可以认识很多同龄人，也许能遇到合适的任务对象……"

以宿主帅气的身姿和出众的球技，折服一群败在他手下的外校高中生，肯定不算什么难事，这是一种很常见的小说套路。

尽管裴清沅现在的心情颇为微妙，不过在测试可靠度之前，他心里已经隐隐有了预测。

毕竟如果让他来回答这个问题，他大概同样会选择季桐。

他也不知道为什么。

也许这就是智能小美的神奇魅力。

这会儿听到自己的系统明显变得小心翼翼的陌生声音，裴清沅心里仅剩的那点失落也烟消云散，安慰道："没关系，用你原来的声音吧。"

他还是更喜欢那个一听就很有活力的年轻男声。

季桐瞬间松了一口气，重新活泼起来，郑重承诺道："软软，这次篮球赛上我一定当好智能手表，绝对不用人类幼崽形态给宿主添乱！"

必须警惕容易被可爱蛊惑的幼稚高中生！

裴清沅听罢，莫名地想起了今天一天接收到的各种羡慕目光。

这里面有一半是因为他的月考成绩，还有一半似乎就是因为这块独一无二的智能手表。

裴清沅正想说话，便看到了表盘上快乐地蹦出来的文字。

"谢谢宿主原谅第一次当系统的我，我一定会努力进步的！"

文字边上立刻开出了灿烂的黄色小花，一朵一朵渐次绽放，好像开在了人的心上。

裴清沅霎时就忘了自己要说什么。

"好。"他下意识地道,"我也会努力完成任务的。"

季桐总算彻底放松下来,拿开挡在面前的叶子,朝他露出一个大大的微笑。

完美解决了一场可能发生的人统矛盾。

他真不愧是小天才儿桐手表。

训练很快结束了,筋疲力尽的大家短暂休息后,换上衣服陆续离开体育馆。

今晚的裴清沅表面上是独自回家,没有了往日总黏在身边的小朋友陪伴,在之后的一段时间里,幼崽形态的季桐也暂时不会出现在学校和面包店里了。

这是他和季桐商量后的结果。

今天叶岚庭的出现让裴清沅有了一丝危机感,他猜到她是来找所谓的私生子,在这次来访落空后,以她偏执的个性,肯定还会想办法继续寻找。

虽然季桐说他可以消除各种监控镜头里关于自己的影像,也不会留下任何属于人类的生物学痕迹,裴清沅还是不太放心。

反正现在他一个人搬出来住,不需要再避开所谓的家人,季桐可以用人类模样在家里随意出现,平时在学校又有手表形态,比之前要自由得多,所以一人一统很快达成了共识。

唯一受伤的大概就是带着零食满心期待的篮球队队员们了。

裴清沅告别了可靠的同伴们,去停车处推自行车,手腕上的季桐则认真地扮演着智能小美。

"报告主人,正在为您规划最佳路线,距离目的地还有2.3公里,预计骑行时长十一分钟,途经三个十字路口……"

讲完了路线规划,季桐又一本正经地播报起风速、路况和途经的商店:"第二个十字路口附近的第四家餐馆里有评分很高的香辣小龙虾,色泽诱人,肉质饱满,推荐主人品尝。"

"……"裴清沅尝试忘掉脑海里突然浮现的生动的小龙虾画面,"我不吃夜宵。"

要不是他拥有还算强大的自制力，在爱好美食的季桐无孔不入的影响下，他早该长胖了。

"真遗憾。"季桐作咏叹调，"主人正是长身体的时候，应该多多补充营养……小美检测到主人的身高好像有了变化，是不是长高了呢？"

裴清沅觉得这种对话方式很新奇，似乎真的像在跟一个智能助手对话，索性配合他："好，回家量一量。"

他一边跟专心扮演人工智能的系统闲聊，一边骑着自行车驶向校门外。

就在他刚骑到学校大门处的时候，突然被一个站在保安岗亭前的男人拦下了。

朦胧的夜色里，罗志昌叼着烟，一脸不耐，保安服也懒得扣好。他已经在这里等了好半天，这小子怎么这么晚才放学。

要不是姐姐非要让他今晚带着裴清沅一起回家，他早该下班回去看电视了。

"大外甥，闹脾气也闹得差不多了吧。"罗志昌伸手拦在自行车前，不满地道，"赶紧跟我回去，别让你妈操心了。"

裴清沅看着这个舅舅一副吊儿郎当的模样，脸色当即冷下来，厌恶地别开脸："学校里不能抽烟。"

"这都放学了，又没人看见，你管那么多干吗？"罗志昌一脸不屑，连声催促道，"行了行了，赶紧载我回去，等你半天了，真耽误事。一个半大孩子，怎么还跟供你养你的亲妈闹起脾气来了，真以为自己那么厉害啊……"

他说着就想往裴清沅的车后座上坐，没想到裴清沅直接往前猛地一蹬，让他扑了个空。

"我不觉得自己厉害。"裴清沅冷冷地注视着他，"至少没有一把年纪还游手好闲、靠姐姐生活的人厉害。我的亲妈并没有供我，反倒是供养着你，我可以一个人搬出来住，你呢？你舍得吗？"

罗志昌脚下一个趔趄，差点摔个狗吃屎，又听见外甥毫不留情的嘲讽，顿觉脸上无光，心底蹿出一阵火气来。他大着嗓门道："说什么呢你！跟长辈说话就这个态度，一点教养都……"

他话还没说完，不远处传来一阵学生嘻嘻哈哈的笑闹声。

那些步行回去或是等家长来接的篮球队成员，比裴清沅骑车出来的速度要慢一些，这会儿看见他在校门口，纷纷打招呼道："还没走啊？"

也有人敏锐地注意到了裴清沅和身边那个男人之间怪异的气氛:"那不是学校新来的保安吗?他跟裴清沅说什么呢?"

"不知道,不过我挺讨厌这个人的,感觉就不像一个好人,每次看见他我都绕着走……"

一群人立刻加快了步伐,向保安岗亭走去,担心裴清沅被找麻烦了。

眼见着一群身材高大的男生气势汹汹地朝自己走过来,罗志昌莫名一抖,还没说完的指责顿时卡在了嗓子眼。

平素威名最盛的付成泽代表大家发言,拿眼睛睨着罗志昌,气场全开:"清沅,怎么了?"

"他在学校里抽烟。"裴清沅平静地道。

"我说怎么一股臭味。"

"快掐了!"有人嚷嚷道,"让学生吸二手烟,真恶心,能不能跟学校投诉他啊……"

听到这群学生的话,此刻被衬托得格外矮小的罗志昌居然真的伸手拿下烟,丢在地上慌忙踩灭。

他自觉有靠山,倒不怕什么投诉,不过被这么多愤愤不平的学生围着,心里难免害怕。

裴清沅看着他滑稽的反应,出声道:"学校里也不能乱丢垃圾。"

于是大家的目光齐刷刷地落到他脚底的烟头上。

付成泽迅速补充命令:"真没素质,快捡起来,丢到垃圾桶里去。"

罗志昌被这些眼神看得浑身一颤,咬了咬牙,只好低头去捡。

他弯腰的时候,听见一个没有丝毫感情的声音在耳边滑过:"请转告她,我现在过得很好,不会再回去了。"

等罗志昌把烟蒂丢进垃圾桶里,再悄悄抬头的时候,只能看到这群学生吵闹着远去的身影。

正中央推着自行车的少年身材颀长,脊背挺直,被淡淡的月光笼罩着,像是永远不会再回头看。

裴清沅一路载着月色回家,和他同行的还有非常"冻听"的冷笑话。

季桐担心宿主的心情受到罗志昌的影响,立刻调出了珍藏的冷笑话库里的数据。

"有两个人在海边讲笑话,然后他们死了。"他用小美的语气抑扬顿挫地道,"这是为什么呢?"

裴清沅认真地思考起来,不确定地道:"因为笑话太好笑?"

他不太擅长这种脑筋急转弯,知道自己应该猜不到答案。

"对了一半哦。"季桐发出了欢快的机械般的笑声,"笑话太好笑,所以海笑了,他们就死啦。"

裴清沅:"……"

他花了好半天才反应过来这个谐音梗。

海啸,好冷。

但是他也笑了。

季桐计算的回家所需的时间很精准,十一分钟很快过去,裴清沅在小区楼下停好车,走进单元楼里的电梯。

走出电梯后,声控灯光亮起,映出一片洁净的白墙,他在明亮的灯光下找出钥匙开门,锁孔轻响,伸手拉开家门,毛色雪白的花花就凑了上来,亲昵地拱拱他的裤腿。

与此同时,一个小小的身影也忽然出现在眼前,一把搂住有着爱心屁股的猫咪。

"花花,海啸了!"

季桐沉浸在冷笑话的余韵里,抱起猫咪就往厨房里钻。

"喵喵喵喵!"放我下来!

什么海不海的,是不是又想骗它去洗澡!

上次都证明了它的屁股是不会掉色的!

怀里的猫咪张牙舞爪地反抗着,季桐安抚似的拍拍它软乎乎的屁股,踮起脚在橱柜里找零食,忽然想起了什么,连忙又跑出来。

"软软,量身高了!"

季桐太矮,只能帮裴清沅扯着卷尺落地那一端,让他自己伸手量头顶的高度。

裴清沅依言照做,此时他手腕上的黑色手表已经成了一个没有灵魂的空壳,仅剩简单的看时间的功能。

他固定住卷尺,拿下来看,发现尺标落在了 182 厘米的位置。

"真的长高了一厘米!"季桐兴奋地道,"太好了,超过 185 厘米指日可待！"

"软软，我们应该买一个长颈鹿的身高贴，脖子很长很长的那种，每次量身高都可以在旁边画一条横线，据说好多人类家庭都是这么干的。"

他的系统一脸期待地提供着建议，裴清沅便认真记住了，准备明天去买。

暖黄顶灯下，花花从季桐怀里挣扎出来，好奇地拨弄着被扯得很长的尺子，看起来傻乎乎的。

一旁的季桐则专心地掰着手指计算他的长高速度："我跟宿主认识一个月，宿主长高了一厘米，那么只要再过四个月，就能超越付成泽，要是再过一年……"

花花看到小主人掰手指，立刻抛下了冰凉的尺子，也伸出肉乎乎的爪子模仿他，季桐做数学题，它就跟着"喵喵喵"，一人一猫挨坐在一起，画面分外和谐。

裴清沅冷冽的目光蓦地柔和起来。

有人会为了那不起眼的一厘米而替他欢呼雀跃。

于是他没有说话，只是耐心地听着季桐把他未来的身高算得越来越离谱。

他的目光掠过温馨的客厅和宽敞的阳台，见到窗外夜凉如水，景色静谧，无数个窗口都亮着相似的灯光，映照出许多个不同的家。

裴清沅模糊地想，这好像就是他一直以来渴望的家的模样。

翌日，裴清沅为了避开上班很懒散的罗志昌，早早地到了学校。

课间时分，一些对新鲜事物充满好奇心的同学时不时就跑来跟他的手表对话，然后所有人都知道了这个机械男声 AI 名叫小美。

"小美，早上好！"

"人类，早上好。"

"我吃了豆浆、油条，你吃了什么？"

小美十分幽默："我吃了早起吃豆浆、油条的高中生。"

"我呢我呢，我吃了大肉包！"

"呃，"小美的机械语调顿了顿，"每天早上我只吃一个高中生就够了，不能暴饮暴食。"

"哈哈哈哈，小美说话好好笑！"

"你快让开,轮到我了!"

裴清沅在一片喧嚣中镇定自若地看着书,如同一位见惯大风大浪的动物园管理员,只要保证智能小美不离开视线就行。

二中禁止学生们带手机,但一直管得不太严,对其他的电子产品则没有要求,只是不能带进考场而已。

裴清沅成绩好,又很有分寸,不会在上课的时候使用智能手表,老师们更加不会去为难他了。

热闹的小美茶话会一直持续到班主任周芳出现在教室外,她向里面张望着,然后朝裴清沅招了招手,示意他出来。

"小裴啊,有件事要跟你说。"

没有其他人在的教师办公室里,周芳让裴清沅坐下,纠结了一会儿才开口。

昨天她还满面笑容,为班里学生出类拔萃的月考成绩开心得不行,今天的表情却有些复杂。

"刚才校领导通知我们,这个月诚德私立高中的校园文化交流周邀请了我们二中的学生。"

诚德财大气粗,教学水平又很高,每次文化交流周邀请的都是省内外重点高中的一些优秀学生,从来没轮到过二中。

本来周芳听到这个消息,应该觉得高兴。

如果她不知道裴清沅就是从诚德转学过来的话。

裴清沅是目前二中高三年级里成绩最好的学生,按照诚德那边对优秀学生的筛选要求和学校想要争光的想法,肯定是会让裴清沅过去的。

而周芳想起之前裴清沅刚转来时受到的对待,总是有些担心他去诚德交流后会遇到什么不好的事。

所以,她语气柔和地问道:"时间定在月底,为期三天,会和诚德还有其他受邀学校的学生同吃同住,一起上课,还会共同参加一些活动,你想去吗?"

裴清沅听完后,毫不犹豫地摇了摇头:"不想去。"

他在诚德待了两年,常常在文化周时被委以重任,作为主力参加各种与外校学生一同竞争的活动,很清楚诚德挑选交流学校时的标准。

二中怎么看都不太够格，这次突如其来的邀请背后肯定另有隐情。

好在周芳显然是向着他的，学校又不可能强迫他必须参加，不管到底有什么阴谋，直接拒绝就好了。

周芳对这个答案并不意外，叹气道："也是，你都在那里上了好几年学了，过去交流也没什么意思。"

"那我去跟领导说说看，没事，你不用在意。"周芳反过来安抚他，"你的成绩很好，老师们都对你期望很高，不过也不要有太大压力，如果学习上和生活上遇到什么问题，都可以跟老师说。"

裴清沉本来只是想谢过周老师的好意，季桐却小声提醒道："软软，要不要把罗志昌的事告诉周老师？"

季桐觉得，罗志昌只要还待在学校里，肯定又会像狗皮膏药一样黏上来找宿主麻烦，想想就很烦。

虽然宿主成年了，但本质上还是一个没有太多手段和背景的普通高中生，遇到这种事，其实不应该独自承担，向靠得住的大人求助是更有效的解决方式。

见宿主神情微怔，季桐继续劝说道："软软，你现在不是孤身一人了，有关心你的老师，有会为你出头的朋友，你可以试着依靠他们，他们也可以信赖你，这才是健康的人际关系。"

裴清沉忍不住分神想，他的系统真的储备了很多关于人类生活的知识，在刻板的主线任务之外，会教他该怎么建立家庭和人际关系，会告诉他许多人的童年都有老电影和风扇陪伴，会让他买过分可爱的长颈鹿身高尺……虽然听起来像是从网络上找来的句子和记忆，却有种令人无法忽视的认真。

季桐好像比他更热忱地对待着生命，尽管他只是一个处处受到限制的AI系统。

裴清沉忽然想起了第一次见到那个想吃羊排的小男孩时，他说的话。

——以后你就不再是一个人了。

0587号是一个很努力又很负责的系统。

他也该努力再改变一些。

裴清沉垂在身侧的手微微紧握，试着打破多年来养成的沉默习惯，像季桐曾经说过的那样，诚实地表达自己内心的感受。

周芳从眼前这个学生有些沉郁的神情里察觉到了什么，不禁屏住呼吸，耐心地等待着。

"周老师，我的确遇到了一些麻烦。"

他说得很慢，仿佛在斟酌每一个字句。在叶岚庭对软弱的厌恶和裴明鸿的漠不关心里，他早已习惯了将一切感受都压抑在心底，罗秀云的偏心更是让本该重燃的亲情泯灭成了灰烬。

有人替他小心拢起了那些仍有余温的飞灰。

周芳连忙面色严肃地追问起来："怎么了？有什么事都可以跟老师说的！"

于是裴清沉平静地陈述了一遍罗志昌能来二中上班的原因，他的语速越来越平稳，还提到了昨晚罗志昌纠缠自己和他各种违反校园规定的事。

周芳越听越震惊，完全想不到这桩曾经传遍校园的身世流言背后还有这样的隐情，简直想象不了怎么会有这样的亲人。

还好裴清沉独立又坚强，主动远离了这个家庭。

"你放心，老师一定把这件事报上去。"周芳义愤填膺地道，"我们同事间也都讨论过，这个新来的保安怎么总是待在岗亭里玩手机，不去巡逻也不管学生打架，几乎什么都不干，没想到竟然是这种原因，太过分了！"

"校领导安排人来学校里工作，我们管不了，但如果招来的是这样的人，不仅人品低劣，还压根不做事，那我们肯定是要抗议的。"

说着，周芳已经迫不及待地站了起来，准备去领导办公室反映情况："老师来帮你解决这个舅舅的问题，你先回去上课吧，不要多想。"

闻言，裴清沉很真诚地向她道了谢："谢谢周老师。"

无论结果如何，周芳都是个好老师。

他第一次主动对外人提起这些在内心积淀已久的家事。

裴清沉轻轻松开紧握的掌心，下意识地垂眸看向拥有系统的手表。

眉眼弯弯的季桐在他的手腕上快乐地放起了庆祝的礼花，像一颗颗流光溢彩的星星。

星星便全都落进他眼里。

不久后，去找校长反映情况的周芳就回来了。

这一回，她的表情更复杂了，轻松里带着茫然，茫然里又带着不可思议。

等到午休时间，她再一次叫住了裴清沅。

"你舅舅被直接解雇了，之后都不会出现在学校里了。"周芳边说边觉得难以置信。

她单独找到李校长讲明来意后，李校长起初有些为难，因为这是市里知名的金融企业家塞进来的人，企业家正准备给学校捐款赞助，不太好处理。

但考虑到罗志昌视校规为无物，人品又如此卑劣，很可能给学生们带来不好的影响，李校长还是下定决心给裴明鸿打了个电话，想跟他委婉地提一提。

结果电话一接通，李校长和周芳同时听到了一道尖锐高亢的女声："你到底有没有在外面藏人——"

……好像听到了什么不得了的事。

李校长连忙捂住话筒，降低自己的存在感，和一旁同样目瞪口呆的周芳面面相觑。

"够了！"裴明鸿怒斥一声，似乎后知后觉地注意到来电人，没等李校长开口，直截了当地道："李校长？上次我送进去的那个人，别让他再出现在二中了。"

说罢，他的声音又遥远了一些，像是转过头，愠怒道："满意了吧！哪儿来的什么交易，你少发疯，我根本没有联系过清——"

电话很快挂断，李校长看看周芳，周芳也看看李校长，表情丰富多彩。

"要不……联系一下诚德？"周芳试图缓解被迫旁听到外人家务事的尴尬，小声道，"我刚问了，裴同学他不太想参加这次活动，就按照之前拟的名单，去掉裴同学，跟诚德那边说一声？"

"哦哦，好好好。"李校长配合地应声，同时装作无事发生，重新在座机上拨号。

鉴于诚德平时从不将其他高中放在眼里的高傲形象，李校长的声音显得十分诚恳，大致报了一下能去的学生名单，诚德那边的领导沉默少顷，居然追问起裴清沅不能来的原因，并强调他们希望这位曾经的优秀学生能回母校看看，语气比他还诚恳。

打完第二个电话，李校长和周芳又互相盯着对方发了半天呆，谁也没搞懂这背后的弯弯绕。

不过至少都是好消息。

既解决了一个光领工资不做事的蛀虫，又莫名其妙地在平日里很是高傲的诚德高中面前占据了上风。

"你舅舅的问题暂时解决了。"周芳收回心神，对眼前的裴清沉道，"你已经成年了，你的母亲又没有真正抚养过你，现在这样分开生活对双方来说可能是最好的结果，老师支持你。"

周芳叮嘱完裴清沉的家事，又提起了诚德交流周的事，面露难色："不过有个问题，诚德那里好像很希望你能过去。"

想起她刚才听见的，诚德那边素来高高在上的领导难得温和恳切的语气，周芳莫名地觉得扬眉吐气。

看着眼前这个沉默寡言却日渐耀眼的学生，她鬼使神差地道："你有什么别的要求吗？"

好问题。

季桐借机提出："我要求诚德食堂每天提供一百零八种不重样的菜式！"

裴清沉听着贪吃系统进献的谗言，面不改色，倒是被打开了思路。

他当然可以选择不去，但如果诚德那里特别希望他去呢？

他思索片刻，开口道："周老师，我想为学校争光，但我们学校学生的成绩，在客观上比不上诚德的学生，或许也比不过这次受邀的其他学校，如果我们真的去参加这次文化交流周，会不会受到一些不公平的对待，譬如歧视和排挤？"

周芳听得一愣，她光想着让二中这群学生出去开开眼界了，还没来得及想到这一层。

不同学校的学生成绩和综合素质有着客观差距，学生又是很容易抱团从众的群体，这是很有可能出现的事。

"有道理。"周芳犯了愁，踌躇起来，"要不还是全都别去了。"

她肯定不想让自家的学生出去受委屈。

裴清沉却摇摇头："让大家开阔眼界，增长见识，是件好事。"

"那要怎么办呢？"周芳反射性地追问道。

"诚德的校规很严格，再桀骜不驯的学生都很少违规，因为他们有一种特殊的集体荣誉感，觉得自己所在的集体是同龄人中最优秀、最拔尖的，自然要维护和遵守这个集体的规定。"

裴清沅语气淡淡："如果我们在出发前，和诚德的老师们商定好具体的接待细则，作为这次交流周的官方规定落实下去，并有相应的惩罚制度，也许就能避免很多不该发生的事。"

周芳听得双眼发直，感觉新世界的大门被打开了："接待细则？"

"比如，诚德的学生不应该对外校的学生表现出任何不恰当的态度和情绪，应当保持良好的修养，否则我们可以随时退出这次活动，并会在校园网站上如实公布这次文化交流活动中止的原因。

"又如，二中的住宿、餐饮标准都应该明确列出，独立单人宿舍、丰富营养的三餐等，甚至包括二中学生在各类课程和讲座中的发言时间……诚德完全有这个条件，也应该对受邀而来的外校学生表现出应有的热情与尊重。"

裴清沅说得头头是道，有理有据，周芳立即被这个想法启发，自己也萌生出许多想法来。

不过她又想到一个问题，忧心忡忡地道："其他学校好像都是直接答应了，如果我们要求这么多，他们会不会直接拒绝啊？"

"那就让他们拒绝。"裴清沅淡定的声音里似乎染上一丝笑意，"本来就是诚德主动邀请了我们，即使我们不去，也没有任何损失。"

……很有道理。

周芳恍然大悟，不管诚德平时的姿态有多高，现在他们才是受邀的一方，当然可以提一些合情合理的要求。

不知道为什么，她忽然觉得很痛快。

哪怕最后事情没成，能在这样一所学校面前表现一次高姿态，也让人莫名地觉得爽快。

周芳当即从办公桌上翻出工作笔记本，连声道："小裴，你刚才说的第一条是什么来着？我记一记，等下拿去跟其他老师和李校长再讨论一下。"

裴清沅点点头，耐心地重复了一遍。

趁老师低头写字不注意，他的手表迅速亮起了饱和度极高的彩光，一闪一闪，表达着高度赞扬。

"宿主真聪明。"季桐喜滋滋的声音在他心底响起，"一百零八种有点夸张，那就每天的菜都不可以重样哦。"

裴清沅轻轻应下："好。"

二中受邀去参加交流活动的消息很快在校园里传开了。

尽管事情还没有彻底敲定,但很多学生都开始兴奋地畅想起来。

"听说诚德学校特别大,比很多大学都大,在学校里骑自行车都嫌累。"

"我爸朋友的儿子就在那里上学,是中考超常发挥考了个高分,被奖学金吸引过去的,他说诚德虽然压力大,但环境和条件都没得挑,特别豪气,我还见过他跟学校里养的孔雀合影,校服也巨好看,要不是看到了照片,我都不信……"

"好想去啊,我们高一的名额会不会多一点?"

低年级的学生们议论纷纷,高年级学生则淡定一些,因为估计这种公费交流的好事也轮不到自己,还是别想了。

季桐倒是认真地搜索了一堆网上关于诚德的消息,看得津津有味:"软软,这只孔雀的花纹好漂亮,你跟它合过影吗?"

"没有。"裴清沅当然不会干这种事,他审视着手表屏幕上显示的孔雀照片,严谨地指出,"这张照片好像处理过,实际颜色没有这么亮。"

"怎么这也修图!"季桐悻悻了一会儿,又振奋道,"给花花也装个孔雀尾巴怎么样?开完屏转过身来就是红红的爱心屁股,一定很好玩。"

裴清沅:"……"

还好花花听不到这个噩耗。

作为一只来历神秘的猫咪,花花跟季桐一样,可以随便吃东西,但比起普通的猫咪来说,少了很多其他的麻烦,比如不会生病也不会长虫,甚至连猫毛都不掉,还能听懂主人的指令,尤其听裴清沅的话,所以养起来很轻松,不需要花费太多精力。

裴清沅作为一家之主,逐渐掌握了建立健康家庭关系的要义,态度十分民主:"晚上回去征求一下花花的意见?"

"好。"季桐信心很足,点头道,"没有猫咪能拒绝五彩斑斓的孔雀尾巴的!"

裴清沅聪明地保持了沉默。

他只是一个平淡无奇的人,对猫咪的内心世界所知甚少,还是不要说话比较好。

手表上不停地显示着季桐找来的各种关于诚德私立高中的图片,他一边看着宿主曾经生活过的校园,一边好奇地道:"宿主之前是学生会会长吗？"

季桐知道裴清沅过去在诚德的成绩很好，其他方面也都很优秀，按照常理，应该会在学校里很出名，会担任一些重要职务，比如学生会会长之类的。

诚德的校服比二中好看得多，秋冬的男生校服是充满质感的白衬衫、西裤，配浅灰色小西装，还会打领带，简直像电影或动漫里的造型，再配上这个身份，光想象一下就很帅。

他还没见过宿主穿西装的样子。

好想看。

裴清沅却摇了摇头："不是，也不是班长。"

"为什么？"季桐更加好奇了，"是宿主不想当吗？"

裴清沅想了一会儿，没有承认也没有否认，只是平静地道："那里的环境和这里不太一样。"

就像他刚才跟班主任说的那样，这些在格外优渥的环境里成长的学生，有一种特殊的集体荣誉感，他们中的大多数人家庭条件相当不错，从小生活在远远超出社会平均水平的世界里，纵然有人仍心怀朴素的悲悯，更多的人则会被周围的人更鲜明的态度感染，渐渐确信自己才是能决定这个世界未来模样的精英。

裴清沅从小便属于这群人里的少数派，从未真正融进周围的社交圈子，也许是因为爷爷的熏陶，他并不觉得自己生在罗马就该睥睨骄傲，财富和地位不过是一场被时代选中的好运，可以汇聚成海，也可以一朝倾覆。

他一直显得跟别人不太一样，不喜欢参与那些纸醉金迷的话题，也不会对圈子以外的人表现出理所应当的高傲姿态，所以朋友不多。在青少年这个同伴压力最严重的群体中，选择跟格格不入的少数派站在一起，是一件需要勇气的事。

裴清沅还在诚德上学时，由于他自身出众的天赋和能力以及颇具财势的家庭，一些人即使对他抱有不满情绪，也不会当面表现出来，大多是私下议论，觉得他虚伪、假清高。

但在身世曝光后，那些曾经被视为个人独有的性格，立刻成了由血脉与门楣带来的不入流和愚蠢。

即使他在离开裴家之后就彻底远离了那个世界，但想也知道，这些时日里与他的名字一起流传的话语，必然伴随着嘲讽和鄙夷。

季桐听宿主简单解释了几句，顿时替他生起了气。

本来他并没有多么希望宿主过去交流，但现在，他特别想看到那群讨人厌的家伙被烦琐的接待细则限制着不敢乱来的样子。

再看不惯也只能憋着。

气死他们！

"软软，你说诚德会答应那些要求吗？"季桐迫不及待地道。

裴清沅的语气笃定："我猜会。"

"为什么？"

他合上手头又一本自学完毕的超纲书本，平静地道："习惯了发号施令的人，很少会去考虑被拒绝这件事。"

一开始有人想到请二中过去交流，大概率是为了针对他，可在二中提出这些要求后，性质就变了。

自建校以来便声名在外的诚德，根本不将全市乃至全省的其他高中放在眼里，现在怎么忍受得了一所二流高中的拒绝？

不需要别人再煽风点火，校方自己都会憋着一股气，想把这件事办成。

谁让自己的话已经放出来了呢？

裴清沅上午被班主任第一次叫去后，就搜索了诚德的官网，发现那上面已经公布了本月的交流学校名单，里面有二中。

他们完全没考虑过二中还会有其他反应。

习以为常的傲慢反而成了一个很好拿捏的把柄。

在季桐的提醒下，裴清沅索性顺水推舟，对班主任提出了那个建议。

那是一些合情合理的要求，完全没有超出诚德的承受范围，只是将应有的礼仪落实到了纸面上而已，出于维护颜面的需要，他们没有理由不答应。

裴清沅忍不住想，这大概就是骑虎难下的滋味。

他扣好圆珠笔的笔帽，将笔轻轻地放回文具盒里。

季桐像是与他心有灵犀，屏幕上造型生动的季桐做了个可爱的鬼脸，还拿出一条鞭子，挥向旁边线条很草率的老虎，老虎一跑起来，原本骑在它身上、线条更加草率的小丑就掉了下来，猛地摔了个大马趴。

机器人，老虎，小丑，鞭子……

这是什么奇怪的构思和搭配？

裴清沅的眼眸里不禁流露出笑意。

一到课间，坐在前排的林子海动不动就回头张望，这会儿看到班长终于收起了手里的书，表情似乎也放松下来，他连忙拿着攒了两天的错题本，起身走了过去。

不过等走到裴清沅课桌旁的时候，林子海又有点不知道该怎么开口了。

他走到这里后，周围同学们偶有视线投过来，那些含义截然不同的目光，让他忍不住想起自己之前各种信誓旦旦的狠话。

好尴尬。

林子海试图让自己对知识的强烈渴望打败这种尴尬。

"那个，班长，我有几道题一直没弄懂。"林子海略显窘迫地低下头，不太好意思看裴清沅，"你有空帮我看一下吗？谢谢！"

林子海低着头，忐忑地等待班长的反应，所以没看见裴清沅的表情在瞬间僵硬了一下之后，立刻伸手接过了他的错题本："我看看。"

裴清沅在自己的手表屏幕上看到了一段精心录制的高清视频。

"好心帮你画重点还不要，真是不识好人心……"

"算了算了，你就等着出考试成绩那天哭吧！"

直达脑内的清晰声音，对林子海骄傲且气恼神情的精确捕捉，还附带大特写和残酷的慢放。

季桐很得意地邀功道："这是《黑历史狠话大全》相册里的第一个视频，没想到这么快就用上了。软软，我是不是录得很好？我还加了一个经常用来传达悲伤情绪的BGM，暗示这一幕在不久的将来会迎来狠狠的打脸声。"

……是很好。

好得他都替林子海尴尬起来了。

他的系统对于背景音乐的理解和运用简直达到了一种人类所不能及的高度。

裴清沅只好匆匆接过林子海手中的错题本，试图用复杂的数学公式盖过那段十分洗脑的悲伤吟唱。

"这个定理用错了，应该用……"

林子海惊讶地抬起头，看见往日里看起来不近人情的班长正在无比认真地帮他讲题。

他内心一震，顿时被一种铺天盖地的惭愧和内疚淹没了。

没想到班长在被那样针对之后，还能这么不计前嫌地帮助自己。

他觉得如果换成自己，很可能做不到这么宽容和大度。

"对不起，班长。"林子海握紧了拳头，再次诚恳道歉，"我之前太可恶了，不仅在不明真相的情况下想要孤立你，在你好心帮我指出错题的时候，我还不领情，真的很过分。"

反思到最后，他甚至斗志昂扬地道："以后我一定配合班长的所有安排，争取让我们班的成绩更上一层楼，下次大扫除我还去扫厕所！"

裴清沅："……"不是这样的。

他想要解释一下，又实在无从说起。

心里又传来季桐愉悦的声音："软软，我又新建了一个相册，叫作《洗心革面的笨蛋还可以孵出小鸡》。"

他边说边笑，听起来格外开心。

……算了，随便吧。

裴清沅最终只是淡定地应了一声好，继续帮林子海看题，只是学习委员改邪归正孵小鸡的奇异画面莫名地在脑海里挥之不去。

旁边本来正在好奇议论的同学们听到他这番话，安静了片刻，像是被他的坦率和斗志感染了，刚刚还在闲聊的一些人，自觉地收了声。

班长和学习委员不仅在月考里为班级争了光，还拉高了班级整体的平均分，让三班获得了从未有过的好成绩，令老师们这两天一直对他们刮目相看，连在重点班里讲题的时候都会顺便表扬一下他们班。

平时大家觉得考试分数好像只是自己一个人的事，想学就学，不想学拉倒，但经历了这两天之后，他们发现如果能像班长这样，用一己之力拉高整个班级的排名，把第二名远远甩在身后，真的是一件很爽的事。

大家现在再看班长的时候，只觉得要是自己也能那么厉害就好了。

因为与有荣焉，所以没有嫉妒，而是纯粹的羡慕。

大多数人没有林子海那样坦率认错的勇气，只是在心底涌上一阵歉意，然后默默地翻开了习题册。

成绩这么好的班长和学习委员都在继续努力，他们怎么好意思懈怠。

别等到时候年级前几名都出在他们班，结果其他人的成绩还是一塌糊涂。

那该多丢人。

一直待在混日子的舒适区里时,他们会觉得老师的表扬都属于学霸,与自己无关,可在切身体验过极致高分带来的耀眼光环后,他们才发现自己很享受这种感觉,所以谁也不愿意当那个拖后腿的人。

周芳抱着教案走进教室的时候,意外发现今天班里的学习气氛格外浓厚,大部分人都在低头看书做题,搞得她都有点受惊了。

她欣慰地环视着整个教室,在视线落到裴清沅那里时,露出一个明快的笑容,还悄悄地给他比了一个大拇指。

裴清沅敏锐地领会了班主任的意思。

诚德答应了。

在季桐"穿西装!看孔雀!"的欢呼声中,他将视线移向窗外,远处校门口的保安岗亭里已没有了惹人厌恶的蛀虫,只有认真负责的保安在校园里巡逻,踏过满地的落叶。

这个秋天是灿烂的金黄色。

文化交流周安排在月底,在此之前,除了平时上课和周末兼职以外,裴清沅还有一件事要做。

市级的篮球联赛开始了。

周六早晨,在徐教练打来的叫早电话响起之前,裴清沅已经早早地起床了,他准备了三份早餐,两份吐司煎蛋属于他和季桐,还有一份猫粮属于花花。

在季桐的要求下,这次具有重要意义的战前早餐在敞亮的大阳台上进行,在清晨暖洋洋的阳光里,一人一统一猫惬意地吃完了早餐。

然后个子矮矮的小朋友领着摇晃尾巴的雪白猫咪,挥手向他告别。

"软软再见,比赛加油!"

"喵喵喵喵!"

裴清沅应声,在这个很有仪式感的场景里关上家门,背着包离开。

他一出门,手腕上原本一片漆黑的手表立刻亮起了光。

"导航目标市一中,正在为您规划最佳路线,距离目的地还有4.7公里……"

季桐很遵守诺言,从出家门的这一刻起,就开始认真扮演小美了。

绝不能在宿主做主线任务交新朋友的道路上再当绊脚石。

今天的比赛地点在市一中，如徐教练所愿的那样，小组赛抽签时，他们果真跟去年险险赢过二中的一中分到了一起，而且A组的第一场比赛就是一中和二中对战，比赛地点则抽到了一中体育馆。

当时的一半队员现在都升到高三，今年不再参加，剩下的队员要么是高一、高二的学生，要么是付成泽这种准备靠体育特长上大学的高三生，裴清沉算是其中的一个例外。

虽然队员换了一半，但面对一中时激起的斗志完全没有变，一群人在校门口会合之后，偶尔与路过的一中篮球队成员对视时，目光里燃起的都是熊熊战意。

徐教练今天也不苟言笑，气场慑人，领着一帮队员大步往体育馆里走。

周围的观众越聚越多，有学校里的学生和一些学生家长，看到这么多陌生的面孔，客场作战的队伍有着不小的压力。

身后的队员们为了缓解紧张，小声聊着天，作为在篮球队待了三年的老队员，现任队长付成泽说起来仍是愤愤不平："那时候要不是他们犯规，裁判又没判，本来赢的一定是我们……

"当时还有个队友受伤了，回去以后养了很久，幸好没留下后遗症，但又没法追究责任，气死我了。"

被迫沉寂了半天的季桐顿时找到了自己的用武之地，用机械声调安慰道："小美有录像功能，可以防止出现类似的情况。"

付成泽叹了口气："场馆里有摄影机，赛后申诉没成功，也没什么用。"

"小美的功能更加强大哦。"机械声音的语调微妙地上扬起来。

裴清沉立刻想起了三百六十度环绕展示、无比清晰的林子海的得意表情，还有那听起来格外忧愁伤感、绕梁三日而不绝的背景音乐。

……他想忘掉。

"比如呢？"付成泽和一众队员都好奇起来。

季桐开始一本正经地胡诌："比如针对动态人脸的智能锁定追踪功能。小美可以识别一些特征鲜明的面部表情和身体姿态，标记为危险对象，并持续追踪和记录该对象的动态，同时分析对比数据库中存储的大量相似数据，预判可能发生的危险，及时做出提醒。"

翻译过来就是,他绝对不会放过任何一个蓄意犯规的对手,而且可以提前预警和叫停。

毕竟宿主还在场上,他肯定要保证宿主的安全。

好歹他是个功能强大的系统,多线程分析关注区区一个篮球场里的情况,还是能轻而易举地办到的。

在付成泽等人震撼的目光里,季桐越编越兴奋,裴清沉听得哑然失笑,但也由他去。

对于一个市面上普遍停留在人工智障阶段的智能手表来说,这些功能显然夸张到了离谱的程度。

不过唬唬神经大条的高中生,还是够用的,实在不行,季桐还可以说以上纯属虚构,自己最强大的功能其实是胡说八道。

"听起来好牛,跟特工似的。"付成泽咂舌道,"这个手表真的买不到吗?"

裴清沉摇摇头,表盘上的季桐也跟着摇摇头。

"买不到哦。"季桐强调道,"小美是独一无二的。"

"可恶,好想要。"

"我今年生日不想要跑鞋了,我愿意用队长的五厘米身高,换二十岁之前能买到一个小美……"

"滚蛋!"

被季桐这么一打岔,二中队员们身处客场的紧张心情倒是淡化了不少,还觉得有个强大的人工智能在为自己撑腰。

走进体育馆里的休息区前,徐教练转过身,挨个拍了拍队员们的肩膀,鼓励道:"希望你们都能拿出最好的状态,但记住安全第一!"

众人立刻整齐地大声响应,连小美都混在里面偷偷跟着喊了一声。

季桐把这段悄悄录了下来,画面最中心处是宿主格外明亮的眼神。

活力四射的高中生真好啊。

这种不加修饰的蓬勃朝气洋溢在空气里,尽管是竞争关系,但周围一中学生的家长们也忍不住笑了起来。

不过其中一个人的反应有些特殊。

一个戴着方框眼镜、身材瘦削、目光却炯炯有神的中年男人站在二中队员们刚才停留的地方,表情若有所思。

"你听见了吗?"他问身边与自己年龄相仿的同伴,语气里透着不可思议。

"那么吵，能听见什么。"同伴掏出手机看了眼时间，催促道，"该进场了老萧，你儿子人呢？是不是已经换衣服去了？"

"今天要打两场吧？下午是不是还有个队伍要来，那场你还看不？实验室那么忙，等下中午要不要赶回去一趟啊？"

萧建平无视了身边这个急性子同事连珠炮似的叨叨，仔细地回忆着刚才听到的只言片语，完全沉浸在自己的世界里。

"虽然具体内容没能听清楚，但刚才那个 AI 的响应速度和语音交互的流畅度都是我从来没见过的……不应该啊，没听说哪个团队有了这种突破。"

同事一翻白眼，知道是萧建平的职业病又犯了："别琢磨了，肯定是你听错了，你上回还把一个小孩的声音当成 AI 了。最好的人才都在咱们这儿，你都不行，别人哪有可能搞出这个水平的东西来？再不走，要是漏了你儿子的精彩片段回去被你老婆说，可别怪我啊。"

听到"老婆"两个字，萧建平惊醒过来，只好跟着同事往体育馆里走，时不时回头看看刚才那片空地，还总往那群孩子聚在一起的地方瞅。

见状，同事郁闷地拍拍自己的大脑门儿，对这个心里只有研究和老婆的老朋友充满了无奈，强行把他的脑袋转向正确的方向。

"喂，你儿子是一中的，你老看别的学校的队伍干吗？！"

一中的体育馆不算很大，作为一所普通高中，里面配备的更衣室也没有专业比赛场的那么正规，只能大致划分出两个区域，其中一个专门供今天到访的客队使用。

裴清沅和队友们一起走进留给二中的更衣区，气氛略显严肃，怕隔壁的对手听见，所以也不能交流等下场上要用的战术，都在默默地换衣服和调整心态，偶尔闲聊几句。

在一片紧张的气氛中，裴清沅突然想起了一件事。

他转头去看刚刚摘下来放在一旁的手表，就看到表盘上亮眼的黄光一闪而过。

察觉到他蓦地移过来的目光，原本正津津有味看着什么的季桐立刻抬头，一本正经地看起了天。

裴清沅："……"

果然。

他差点忘了，这是一块会对人类健康体魄表达赞美和歌颂的智能手表。

眼看着宿主微微蹙眉，赶在他开口之前，季桐灵机一动，毫不犹豫地道："宿主今天真帅！是我见过的最帅的人类！"

健康体魄里也可以包括脸吗？

在他热情洋溢的彩虹屁攻势下，裴清沅果然没有说话了。

旁边的付成泽上衣正穿到一半，看见裴清沅盯着自己的手表，像是在发呆，好奇地凑过来："干吗呢？是不是小美发现了什么危险分子？"

没想到裴清沅十分果断地转了个身，完全不给他看见小美的机会，还冷酷地道："注意形象。"

付成泽低头看了眼自己相当美观的腹肌，摸不着头脑。

多好的形象！

他迷茫了一会儿，千言万语，只能化成一句："小气鬼，看看小美都不行。"

裴清沅不为所动，机器人小美则露出了一个只有宿主能看见的笑脸。

"七号。"季桐满意地打量着裴清沅刚换上去的球衣，"这是宿主的生日，今天一定能赢。"

"嗯。"裴清沅应声，将手表握在掌心，和整装待发的队友们一同走出更衣室。

结果刚走出来，迎面就遇上了同样准备入场的一中队伍。

短暂的寂静后，一中的队长——十三号球员先笑了起来。

"好久不见了啊。"他看向老对手付成泽，笑容里透着微妙的轻蔑，"一会儿打完了别急着走，我请你吃顿饭，就算输了也是要吃饭的嘛。"

开门见山的垃圾话立刻让两队之间的气氛微妙起来，十三号身后没参加过去年比赛的一中队员欲言又止，不太赞同队长这一刻的表现，又没办法直说。

付成泽的火气瞬间被激了上来，旁边的二中队员连忙伸手拦住他，免得在赛前发生肢体冲突。

看到二中队员们脸上不能发作的怒意，十三号看起来更得意了，环视了一圈，调侃道："挺多新面孔啊，是不是之前那几个都被打怕了？可惜了，我还挺想他们的。"

去年因为犯规未被判罚和球员受伤的事情，两个学校的队伍之间爆发了不小的冲突。二中的人受伤了，一中的人虽然赢了比赛，但还是被自己学校里的老师教育了一番，导致两边都心有不满，球员之间的积怨便越来越深。

十三号装作一脸关心的样子："对了，那个谁——几号来着，我忘了，都一年了，他的伤总该好了吧？没留下什么毛病吧？"

这一番挑衅下来，别说是付成泽了，就是没经历过那场比赛的二中队员也忍受不了了，个个眼里都冒起了火。

十三号故意"哎哟"了一声，往后退了一步："这么凶干吗？是哪句话说得不对啊？"

他还想再犯点贱，就听到一个冷冷的声音响起："小丑。"

裴清沅面无表情地从他身边经过，没有给他任何多余的眼神，只是平淡地叮嘱身后的同伴："走了。"

付成泽等人一咬牙，径直跟了上去，不再理会他的挑衅。

十三号后知后觉地反应过来，猛地往前几步，阴狠地道："你说谁呢？！"

然而前方只飘来一个机械般的声音，拿腔拿调地复读道："这么凶干吗？是哪句话说得不对啊？"

这个一顿一顿的声音实在太嘲讽了，一时间，十三号身后的队员们神情各异，险些忘记了立场，有人想笑却不敢笑。

十三号顿时甩出了一连串脏话，他们只好连声劝道："队长，那都去年的事了，别想了。"

"队长别骂脏话，一会儿让教练听到，我们又要挨批了……"

离开更衣室后，季桐已经在数据库里将这个讨人厌的一中队长标记为了危险对象，同时听到了宿主的声音："今天应该做不了任务。"

有这个弱智队长在场，怎么看都不太适合做交友任务。

于是季桐点点头，正想说不用着急的时候，裴清沅又道："那就来给我们加油吧。"

两方队员各自聚集在场边，教练们再一次对队员们强调上半场的战术安排，裴清沅细心地擦去表盘上附着的尘埃，将即将失去灵魂的手表交给替补席上的队友帮忙看管。

200

"我会赢的。"他说。

五分钟后,比赛正式开始之前,被裴清沅叮嘱出去接人的二中学生脚步匆匆地领回来一个穿着迷你球服的小朋友。

二中篮球队里一些没有上场也没有替补资格的学弟,今天一起过来给学长们加油助威,其中一个平头男生领着季桐走到观众席第一排坐下。

季桐今天穿着和二中篮球队一模一样的球服,明亮的橙黄色,胸口标着一个大大的七号,他一坐下,就高高举起了自己的小短手,和场上的大哥哥们打招呼。

平头男生好奇地看着他的衣服:"这个童装好精致,跟学长一样是七号啊?"

"对呀。"季桐欢快地回答他,"那是我哥哥!"

然后他将双手拢在圆乎乎的脸蛋前,大声道:"哥——哥——加——油——!"

在满场嘈杂的喧嚣声中,穿着同款球服的裴清沅清晰地听见了这个熟悉的童音,他回眸看过去,像是笑了一下。

哨声响起,他的神情立刻变得冷峻起来,全神贯注地投入比赛当中。

上半场,一中采取了三人包夹战术,专门对付老球员付成泽,不知是因为他去年在赛场上的表现最强悍,还是出于私怨。

对于前不久才加入二中篮球队、从未参加过对外比赛的裴清沅,他们没有什么了解,所以只做了一般的防守安排。

于是开场仅仅半分钟,连场子都还没热起来,裴清沅就率先抢下了一个篮板球。

球一进框,观众席上穿着迷你球服的小朋友立刻站起来欢呼,抢眼的外形顿时吸引了不少观众的注意。

"好可爱的小孩!"

"那个球服好有趣啊,我怎么没想到还能这样……"

场内气氛愈演愈烈,身处第一排格外引人注目的季桐不是很懂篮球,但明显看到一中的防守重点渐渐从付成泽转向了宿主,但宿主仍能找到机会进攻,和付成泽等人的配合相当流畅。

反而是一中这边,裴清沅猝不及防的攻势令他们乱了阵脚,安排好的战术完全失效,十三号的表情越来越臭,渐渐打得心浮气躁起来。

每当二中进球,季桐就会开心地站起来喝彩,而一中进球时,他则坐得端端正正,一动不动,反差格外强烈。

次数多了,有些观众不光看球,还会特意看看这个反应很有趣的小球迷。

毕竟现在场上是一边倒的局势,与其看自家的队伍打得这么憋屈,还不如看点让人心情舒畅的画面。

在全情投入的季桐的感染下,慢慢地,也有人跟着他一起为客场作战的二中叫好了。

谁让一中今天的发挥实在太臭呢,自己人都有点看不下去了,反观二中这边,不仅配合默契,在表现最抢眼的七号球员的带动下,几乎每个人都有高光时刻,而且越打越精彩,极具观赏性。

休息时间里教练们再次分头训话,季桐敏锐地注意到了十三号表情的变化,当即心里提醒宿主要多加防备。

在比赛最为激烈的第四节中,两队的分差已经相当悬殊,几乎没有逆转的可能,一中队员们泄气之余,脏动作跟着出现了。

既然注定要输,那就不能让二中的人好过。

十三号刻意接近了球风正盛的裴清沉,在他即将起跳投篮时,准备用力拉人。

然而裴清沉却敏捷地避开了。

鞋底剧烈地摩擦着地板,发出响亮的声音,他用假动作晃开了十三号,抬手扣篮时恰好擦过十三号动作刻意的手。

篮球稳稳地落进框内,十三号同时被判犯规。

在十三号不甘的目光里,裴清沉得到了罚球机会。

他丝毫没有受到外人的影响,从压低身体重心到出手,再到跟随动作,一个漂亮得无可挑剔的投篮。

场内再次响起热烈的欢呼声。

完美的 2 + 1。

结束哨声响起时,比分最终定格在了 108∶62。

毫无悬念的结局。

二中这里一片欢腾,一中却是尴尬的死寂。

满腔怒火的十三号口不择言地骂着脏话，直到被听不下去的教练严厉制止，其他失落的队友此时也无心理会这个暴躁又小心眼的队长了，沉默地看着对面的二中球员围着一个身穿球服的小朋友兴奋地庆祝着。

看着看着，有人突然面露意外，诧异地撞了撞身边人的肩膀："你爸在二中那边干吗呢？"

等比赛一结束，一边为老婆录儿子打球视频，一边念念不忘那个 AI 的萧建平，实在按捺不住好奇心，把手里的相机塞给同事，快步走向了二中队员的方向。

"请问，我上午听见——"萧建平尝试着组织措辞，"抱歉，不是故意偷听的，但你们这里是不是有一款智能产品？"

什么玩意儿？

徐教练和付成泽等人茫然地看着这个表情激动的中年男人。

唯有裴清沉和季桐对视一眼，意识到了什么。

本来还兴高采烈的小朋友立刻垂下脑袋，若无其事地欣赏着身上的可爱球衣，试图降低自己的存在感。

远处的萧新晨也茫然地看着自己走错方向的爹。

队友又捅捅他的手臂，费解地道："他看起来好像很兴奋的样子，咱们不是输了吗？"

萧新晨沉思片刻，斟酌道："应该不是认错儿子了吧，我爸虽然傻，这倒不至于……"

可说着说着，他还是面露不确定，仔细地看了看远处外形亮眼的裴清沉，忍不住问队友："我跟对面的七号长得像吗？"

队友："？"

萧建平没空留意球场对面的儿子投过来的复杂目光，满心都是一个多小时前听见的那段快要刻入灵魂的声音。

他很确定这次不是听错了，之前这群孩子分明是低着头在跟一个智能产品进行对话，他记得应该是黑色的。

是手机，还是手表？

恰好这时候，比赛开始前帮忙保管小美的替补席上的学弟兴奋地将黑色手表递还给了已经下场的裴清沅。

毕竟他是篮球队的一员，平时会参加晚上的训练，知道裴清沅很宝贝这款名叫小美的智能手表。

"学长，给你！"他还小心地用纸巾裹着手表递了过来，省得手表被自己碰脏，"这场比赛好精彩，学长牛啊！"

萧建平霎时眼睛一亮，视线完全黏在这块造型十分高端的表上了："对对对，我记得就是这个！同学，能让我看一下吗？"

在不明真相的学弟的助攻下，裴清沅的表情瞬间僵硬了一下。

他本来想装作不知道糊弄过去的。

季桐的头垂得更低了，他瞬间回溯了比赛期间的录像数据，发现当时坐在观众席上的萧建平全程都是沉思的表情，偶尔自我否定式地摇摇头，那种严肃程度完全不像在看高中生篮球赛，简直像在思考迄今为止都没能被破解的世界级数学难题。

这个看起来很有学者气质的中年男人是干什么的？

……他不会被抓走吧？

大概是意识到自己的要求有些唐突，萧建平面露一丝尴尬和歉意，然后手忙脚乱地从口袋里摸出几张名片来。

"我是大学老师，专门研究人工智能的。"萧建平急匆匆地解释道，"你这块手表里内置的AI非常先进，应该超出了现在市面上的AI水平，我实在很好奇，请问这是哪个实验室的产品？方便说吗？"

裴清沅接过名片，中间印着萧建平的名字和他的联系方式，下方的头衔看起来很简单：江源大学人工智能学院教授。

季桐迅速在网络上搜索了这个名字的相关数据，然后惊讶地说："软软，他在这个领域很厉害。"

江源大学是全国数一数二的顶尖大学，主校区就坐落在本市，而萧建平是江源大学历史上最年轻的教授，他从小就跳级，从少年班一路直博后留校任教，标准的天才履历。

在屡屡取得突破性科研成果之外，季桐尤其注意到关于他的一则报道，萧建平在做人工智能和医学的交叉课题时认识了身有残疾、行动不便的爱人，从此更加用心地投入研究工作中，想为这类特殊人群制造出能真正深入他们生活、提供各种帮助的仿真智能助手。

季桐不禁想起刚才回放的画面，虽然萧建平神游天外在思考与篮球完全无关的问题，手里用来录影的相机却很稳，准确地对着篮球场，丝毫没有移动过。

那是要带回去给妻子看的录像，里面有儿子在球场上奋力拼搏的身影。

季桐怔了怔，向宿主简单概括了搜索来的资料，忍不住总结道："他应该是一个好人。"

一个很纯粹的天才，心里只有学术研究与家庭。

于是裴清沅在短暂的沉默后，低声回答道："抱歉，我也不太清楚，这是一个朋友送给我的礼物。"

以季桐的智能程度，肯定会在这个领域引发轰动，裴清沅不可能把小美拿出来给他们做研究，但也不想让眼前这个眼中充满热忱的大学教授太过失望。

他试着委婉地降低对方的期待："您之前可能听错了，我的手表没有那么智能，它只有一些很普通的功能。"

这会儿，旁边的付成泽等人终于也反应过来了。

他们刚传阅完一圈萧建平的名片，新奇之余，听见裴清沅这么说，顿时不乐意了。

"小美可不普通，他有智能追踪功能！"因为买不到特工手表而心有不甘的付成泽把季桐的胡诌记得很清楚，"全称是'针对动态人脸的智能锁定追踪功能'，特别厉害，能预判危险。"

身边的队友立刻点头附和："对，小美亲口说的，介绍了好长一串呢！听起来像是科幻电影里的那种装备，是吧，小美？"

裴清沅："……"

季桐："……"

这群朋友果然很！可！靠！

在一位专门研究人工智能的名牌大学教授面前，二中篮球队的成员们不禁产生了一种替自家孩子面试的责任感，争先恐后地向对方展示小美的优点，还试图得到小美的认同。

不过失去了灵魂的小美毫无反应，只是一块除了帅气之外一无是处的电子手表。

眼看着萧建平的眼睛越瞪越大，裴清沅立刻用季桐教给他的理由搪塞:"不是,其实没有那些功能,是它开玩笑的。"

"你的人工智能会开玩笑?而且是这么高级的玩笑?"萧建平更震惊了,目光简直恨不得把裴清沅手中的黑色大帅表盯出一个洞来,"它的智能程度已经达到了这种水平吗?"

……裴清沅决定不说话了。

他不知道该说什么了。

看着眼前的高中生一脸复杂地沉默着,萧建平想了想,灵光一现道:"同学,这个AI……不,小美,它是你设计的吗?"

他实在想象不出来,怎么会有人制造出这样极具突破性的人工智能后却不发布,而是把成品私下送给了朋友。

唯一合理的解释是,裴清沅说的那个朋友就是他自己。

萧建平本身就是一个经常打破常人认知的天才,从来不拘泥于年龄、学历这些外在条件,所以这会儿也很敢猜。

匆匆追过来的同事刚好听到这句话,又痛苦地拍了拍自己的大脑门儿。

"老萧!你瞎胡闹什么呢……"

他一边把老朋友往身边拽,一边笑呵呵地打圆场:"不好意思啊,我这同事有点傻,他肯定是哪里搞错了,别在意别在意。"

说着,他小声提醒萧建平:"这儿是你儿子的主场,你干吗呢?学校里好多家长认识你,现在都看着你呢!"

萧新晨踌躇半天后,也硬是拉着一脸无语的队友走进了对手的领地,伸手扯扯萧建平的衣角,试探地出声道:"爸?我在这里。"

在儿子和同事的双重夹击下,萧建平没法再闹下去了。

他面露遗憾地被同事拉走,还不忘转头对裴清沅高声道:"同学,如果你想找人聊聊小美,或者有任何我能帮上忙的地方,请一定联系我!"

"小美?什么乱七八糟的,老萧,你知道吗,你现在就像一个试图拐带高中生的大骗子……"

"爸,你说老实话,你刚才是不是认错人了?"

闹哄哄的声音渐渐远去,裴清沅和季桐对视一眼,不约而同地松了一口气,无声地达成了共识:这件事需要从长计议。

下午比赛,二中回到了自己的主场,这次对手的状态比上午的一中要

206

好,不过在一番苦战后,二中依然胜出了,目前在小组里积分排名第一,出线希望很大。

从整个篮球队到二中的校领导,都深信这次市级篮球联赛上,二中一定能拿个好成绩,为了犒劳今天的功臣们,今晚不需要训练,徐教练让大家提前放学回家休息。

秋叶纷飞的傍晚,裴清沅骑着自行车往家的方向驶去,车轮碾过满地金灿灿的落叶,依旧穿着七号球服的季桐坐在后座上,伸手扯住宿主背后的衣角,肉乎乎的小圆脸上透出郑重之色,像是在思考什么问题。

他今天暂时不敢变成小美了。

万一满腔赤诚的萧建平专程蹲守在二中外面怎么办。

提到萧建平,季桐就想起了前面搜到的那些资料。

他从中学时便确立了远大的志向,在往后的三十年里也未曾改变,始终朝着一个目标前进,矢志不渝,纯粹得几乎冒着傻气。

可他显然是幸福的,季桐想。

宿主对未来有什么样的规划呢?

他没问过裴清沅这个问题。

虽然有主线任务,有看似已经被决定的逆袭式未来,但季桐还不知道裴清沅究竟喜欢什么,又想成为什么样的大人。

想到这里,他揪了揪裴清沅的衣服,好奇地问道:"软软,以后你想学什么专业?"

宿主已经高三了,还有不到一年就要上大学了,是该思考这个事关未来人生的重要抉择了。

他的问题和裴清沅被吹鼓的衣角一起飘荡在风里。

裴清沅听着身后稚气的童音,沉默许久,才应声道:"我想想。"

其实是不知道。

他自小聪颖,学任何东西都很快,所以他学了很多——有些是叶岚庭的要求,有些是他自己的尝试。

他什么都愿意学,而且几乎都不会觉得太困难,在庞杂广博的知识里,反而没了那种对某个领域特别执着的信念。

唯一执着的好像只有想要一个真正的家,如今已经实现。

季桐说过帮他改变命运,他的生活的确越来越好,但更具体的人生呢?

像萧建平那样，未来的他会为什么样的事业奋斗一生？

在隐隐的迷茫里，单车驶过街角，直到他听见站在星月面包店门口打电话的店老板何世文的声音。

"小裴！"何世文打完电话，热情地叫住了他，"放学了？今天比赛怎么样，赢了吗？"

他循声停下来，身后的季桐便探出脑袋，得意道："赢了，大比分获胜哦！"

"桐桐也在啊！"何世文伸手捏捏他的脸，注意到裴清沅似乎有些走神："怎么了？不高兴吗？"

季桐摇摇头，替宿主回答道："不是，哥哥是在思考以后要读什么专业。"

"啊，高三了，是该想这个了。"何世文顿时跟着严肃起来，思索片刻道，"小裴的成绩这么好，应该大部分专业都能随便挑吧。"

季桐顺口问他："何叔叔大学学的什么？"

"食品科学。"何世文说着笑了起来，"本来想直接学烹饪的，我爸不让，说不好听，就学了这个，我心想食品和烹饪听着差不多，结果居然不一样。"

没想到何世文对做菜这件事也这么执着。

季桐又问他："何叔叔是从小就喜欢做吃的吗？"

"对啊。"何世文的脸上露出感慨的神情，"我爸妈做饭的手艺都很好，开了家小餐馆，我从小天天看那些客人来店里吃饭，有些人本来一脸郁闷，吃着吃着，慢慢就忘记那些让人不高兴的事了，出门时的脸色比进门时要好不少。我在旁边写作业，老盯着他们看，那时候觉得我爸妈是天底下最厉害的人。"

他说到这里，试着组织了一下语言，语气颇为认真地对裴清沅道："你要选自己喜欢的事……也不对，不一定能发现自己喜欢什么，那你就选对你来说很重要的、只要活着就不能少的事。"

对他而言很重要的、生命里不可或缺的事。

裴清沅握着车把的手紧了紧，他下意识地回眸，看见后座上一身球服的小朋友正在嘴巴很甜地夸奖何世文。

"何叔叔做菜和做面包都很好吃，现在也是天底下最厉害的人了。"

何世文当即被哄得乐开了花，转身就去店里给他拿新鲜出炉的点心。

季桐喜滋滋地哼起了欢快的小调，察觉到宿主望过来的目光，十分自觉地解释道："这是数据库里用来表示开心的 BGM。"

然后他看见裴清沅轻轻点头，移开了视线。

他的系统会不会有一天不再受各种刻板的限制？

不再需要数据库，而是像人类那样思考与行动。

那是萧建平正在为之奋斗的事业吗？

告别了何世文，裴清沅载着一车甜香回家。

迎面是微凉的风，身后飘出越来越浓郁的面包香，他不用回头也能猜到，季桐一定在偷吃。

"记得抓住我的衣服。"他叮嘱道，"不要摔下去。"

于是，裴清沅听见了一声口齿不清的"好哦"，背后的衣服很快传来一阵轻轻的拉力。

他想象着季桐低头专心吃着面包，接着听话地伸出一只手揪住他衣角的画面，忽然很难形容此刻心底涌动的情绪。

季桐吃东西时的眼神总是亮亮的，比何世文回忆中那家小餐馆里的客人们吃得更投入，他仿佛比任何人都更专注地品味着食物的滋味，也能更细心地发现天上奇形怪状的云。

那个蓦地浮现在心里的答案便脱口而出。

一大一小两道身影静静地沉进绚烂的黄昏。

"我想好了。"裴清沅轻声道，"我想学人工智能。"

第07章

♥ 我们回家 ♥

热乎乎的烘焙香气萦绕在鼻间,季桐吃得不亦乐乎,满脑袋都是奶油和焦糖的甜味,忽然听到宿主说想好了未来的志向,眼睛一亮,一大堆溢美之词就要出口。

等等,宿主说要学什么来着?

人工智能?

……他不就是人工智能吗?

要是宿主学了人工智能以后,发现他完全不像一个真正的人工智能该怎么办?

季桐吃东西的动作顿时僵住,把刚要脱口而出的肯定词及时地吞回了肚子里,差点一口气没上来。

他捏着刚才还令人心情飞扬的美味面包,突然被一种深深的危机感笼罩了。

上次开会的时候,主脑代表特意强调过由人类担任的系统千万不能暴露身份,万一影响了剧情发展,可能会被直接剥离出这个投影世界,由其他同事代为接手矫正。

季桐现在和裴清沅相处得不错,每天都过得很开心,并不想再换个宿主,也不希望宿主身边的0587号被其他真正的非人类系统悄悄取代。

宿主对人工智能所知甚少的时候,他还能急中生智蒙混过关,可是以宿主的聪明程度,保不齐就是下一个萧建平,那他不是分分钟露馅?

季桐脸色纠结地把手里的面包捏成了一个实心球。

前面的裴清沅没有再说话,似乎在等他的回应。

"人工智能吗?那我就能给宿主提供很多帮助了。"季桐在强颜欢笑的同时,大脑高速运转着,"不过……宿主是不是受到了今天遇到的萧教授的影响呢?他的经历真的很有感染力。"

季桐疯狂暗示，试图让宿主再好好想想，排除一下外力的干扰，最好换个志向。

裴清沉像是怔了怔，没有解释，平静地道："也许吧。"

听语气，宿主似乎铁了心了。

宿主不会已经怀疑他的身份了吧？

季桐又把面包捏成了方块，垂死挣扎道："……对了软软，一个月到了，很快就要去开例会了，我可以借这个机会再去吸收一下其他系统的经验，看怎么样才能更好地帮到你。"

顺便问问该如何保住他现在吃吃玩玩的快乐统生。

他忧郁地垂下脑袋，恰好抵在了宿主的背上，垂头丧气地觉得自己整个统生都黯淡了一秒钟。

感受到后背蓦然传来的热意，裴清沉骑车的动作都迟缓了片刻。

他险之又险地避开前方马路上的小石子，努力保持着平稳的骑行状态，低声道："好。"

粉紫色的晚霞漫过渐渐寂静的城市。

上次开过系统大会后，季桐本来已经对这个跟人类世界会议无比相似的系统大会失去了兴趣，但因为这次要集思广益求助的关系，还是盼星星盼月亮似的熬到了这天。

他告别裴清沉到达系统中心后，首先要面对的依然是主脑代表啰唆的讲话。

今天主脑代表对近期每个投影世界任务的完成度和完成质量进行了考核评分，优秀系统方昊再次蝉联内部考核第一，季桐的成绩则排在中间，没有受到表扬，也没有被惩罚。

不过主脑代表很有深意地看了他一眼，强调道："希望各位人类同事注意，不可以将自己作为任务要求中的家人或朋友，目前任务发布中心已经堵上了这个漏洞……"

季桐：望天。

好不容易挨到了休息时间，季桐立刻奔向了坐在不远处的黑衣大帅哥方昊。

今天他的造型是一身正装的小朋友，虽然在年龄和外貌上暂时无法超越小学生方昊,但他郑重地给自己打了一个十分标致且帅气的领结,以强调自己内在的成熟灵魂,绝不向残酷的命运低头认输。

身材高大的方昊用冷峻的眼神俯视了眼前的小不点儿一会儿,不禁困惑道:"你小时候上幼儿园也会穿成这样吗?"

又被小学生歧视了!!

"我没上过幼儿园。"季桐愤愤地道,"好了说正事,小昊,我的宿主想研究人工智能,有可能是怀疑我不像 AI 了,该怎么办?"

方昊听他大致讲完事情的原委,挑眉讥讽道:"呵,现代世界就是麻烦。"

"……"

季桐彻底理解了为什么方昊的考核评分会那么高,有这样一个浑然天成的龙傲天系统在手,他的宿主该是何种等级的龙傲天?

"你没有遇到过类似的问题吗?"季桐木着脸提问道,"宿主没有怀疑过你的身份吗?"

天天面对一个这么嚣张的系统,他的宿主难道完全不觉得有哪里不对吗?

"怎么可能?"方昊不屑道,"玄幻世界里的刀剑都可以有器灵,系统产生一定的灵智,多正常的事。"

很有道理。

现代世界果然很麻烦!

见他一脸郁闷,方昊动了一点恻隐之心,不过还是摆出一张酷脸:"算了,看你这么为难,给你引荐一位我在现代世界工作的朋友吧。"

他直接通过传输数据叫来了朋友,几秒钟后,一个容颜靓丽的女人向他们走来。

"找我什么事?"她的声音也很好听,"咦?还多了个小朋友,领结打得不错哦。"

季桐看着眼前美艳又干练的女人,脑海里浮现出他和方昊初识的那一幕,不禁慎重地道:"请问……你上小学几年级?"

短暂的哑然过后,傅音音笑弯了眼睛,红唇轻启:"小屁孩,叫姐姐。"

得知傅音音以前不是小学生,而是一位又美又飒的白领,季桐简直要热泪盈眶了。

他终于认识了一个真正的成年人。

而且这个姐姐一看就很靠谱的样子。

傅音音雨露均沾地分别拍了拍西装小朋友和黑衣大帅哥的脑袋,简单自我介绍道:"我在火葬修罗场①题材工作,比小昊的资历更深一点,编号0214。"

在身心一致的大姐姐面前,方昊也难得老实下来,任由傅音音揉乱自己精心打理的酷炫发型。

季桐面露茫然:"火葬修罗场?这是什么题材?"

听起来好像很恐怖。

"通俗地说,就是帮可怜的小姑娘收拾一群臭男人。"傅音音一语带过,关心道,"是你遇到了问题吗?"

季桐精神一振,当即将自己的困扰和盘托出。

傅音音听完,轻声道:"这倒的确要慎重处理,被迫脱离投影世界会很难受的。"

季桐好奇地道:"音音姐没有被宿主怀疑过吗?"

"有啊,不过我都糊弄过去了。"傅音音调侃道,"而且修罗场世界以感情线为主,不会有宿主想去发展研究人工智能的事业线呢。"

……原来只有他的现代世界如此危机四伏。

眼看着小朋友鼓鼓的脸蛋失落地垮下去,傅音音失笑道:"好了,不逗你了。你和宿主的关系怎么样?"

季桐仔细地回想了一番:"我觉得应该挺好的?我在努力帮助宿主,宿主也很照顾我。

"比如,我鼓励宿主脱离了很差劲的原生家庭,帮他改变了周围人的态度,也有打脸小反派,让宿主的人生走向光明的未来……虽然有些是误打误撞实现的。"

"很标准的逆袭题材呢。"傅音音客观评价道,"听起来比天天看渣男红着眼睛发疯要轻松多了,轮流守在小姑娘家门口淋雨下跪,我看着都烦。"

方昊也忍不住叹了口气:"现代世界还是有好处的,至少宿主不会被上界的大反派抽掉极品灵骨,压在熔岩炼狱里不能动弹,最近我天天都在鼓励宿主我命由我不由天。"

---

① 指人际关系错综复杂,充满情感纠葛的一类小说题材。

好……好凶残。

季桐突然又觉得幸福了起来。

他更加坚定了要待在裴清沅身边绝不挪窝的决心。

他就是这样一个很容易满足的人。

"既然你和宿主的关系没有什么特殊之处，"傅音音总结道，"那应该是宿主因为长期跟你相处，对人工智能产生了兴趣吧。毕竟还是高中生，年纪不大，很容易被身边亲近的人影响，不用太担心。"

季桐连连点头："音音姐，这样下去会不会暴露身份啊？我该怎么办？"

"很简单。"傅音音微微一笑，"那就给他看你的心。"

季桐听得瞪大了眼睛。

等到季桐开完会回来之后，裴清沅敏锐地发现，比起前几天他时而眉头紧锁的深思模样，这会儿看起来明显轻松了很多。

"开会顺利吗？"他问。

"很顺利！"

夜晚的家里有着暖黄的灯光，季桐伸手捉住想要提前逃跑的花花，在毛茸茸、软绵绵的液态猫猫的包围下，重新感受到了统生的美好。

"软软，其他系统建议我让你亲眼看一看人工智能的真正形态，然后再做决定。"季桐主动道，"这样比较谨慎，万一你后面发现自己对人工智能其实并不感兴趣呢？而且如果宿主依然有兴趣，那也可以让宿主更好地感受我们运行时的状态，这是其他人享受不到的便利。"

这是一个让人无法拒绝的提议，只有好处，没有坏处。

裴清沅略做思考后问他："要怎么看？"

季桐情绪高涨地道："我可以变成初始形态，只要打开我胸口的盖子，宿主就能看见我身体内部流动着的数据了。"

他待在裴清沅的意识空间里时，整个统都是数据态的，出现在现实世界里时，造型不会那么前卫，会像花花一样，有更凝实的外形。

"是那个季桐吗？"裴清沅想起了生日时收到的那张照片。

"嗯！"季桐大力点头，还不忘自卖自夸，"宿主不用害怕，不吓人的。"

看他似乎很想展现季桐形态的样子，尽管心里有一丝微妙的抗拒，但裴清沅没有再拒绝，应声道："好。"

季桐马上跑向属于自己的次卧:"等我一下!"

为了尽量减少对宿主内心的冲击,季桐没有选择当场变身,而是打算去房间里变好了再出来。

在等待的时间里,花花好奇地跳到主人怀里。如今裴清沅已经越来越适应与动物的亲密接触,他抱着与寻常猫咪无二的花花,忍不住想,花花的身体里也是数据吗?

几分钟后,次卧的门才被慢吞吞地推开,先飘出了一道小小的声音:"我变好了。"

明明变个模样只是一瞬间的事,季桐却无端地有点紧张,磨蹭了半天才鼓起勇气走出来。

裴清沅抬头望过去,便看到房门后探出了一个方方正正的机器脑袋,质地特殊的显示屏上有一双圆圆的眼睛,正不停地眨巴着。

见宿主没有第一时间说话,季桐忐忑道:"宿主害怕吗?"

他的机械身体是浅浅的豆绿色,看起来很淡雅,又有一种久远复古的质感,身体的每个部分都是方的,方方的脑袋和身体,关节也由一个个小小的方块连接组成,连手合拢时都很方,不过所有边角的线条都很圆润,看起来莫名地有种圆乎乎的感觉。

裴清沅看见那双圆圆的眼睛因为紧张而停止了闪烁,直直地看着他,格外明亮,忽然就忘了自己本来想说什么。

"我不害怕。"他轻声回答。

这是一个模样很可爱的季桐。

季桐立刻松了一口气,大方地从门后走出来,准备接受宿主的检阅。

花花瞬间抛弃了主人,撒了欢似的绕着这个豆绿色的季桐转圈。

客厅暖调的灯光下,季桐看向表情有些怔的宿主,热情地敲了敲自己胸口的机械盖子:"软软,要看我的心吗?"

虽然他拥有人类的灵魂,但内部形态的确跟其他真正的系统一样,全都是流动的数据,所有想法和情绪都会转换成数据态,只要宿主亲眼见过它们,应该就不会再怀疑他的身份。

宿主犹豫了一下,才慢慢走近他。

季桐已经开始很积极地卸自己的机械板,不过他的手很方,动作稍显笨拙，裴清沅见状，下意识地伸出手去帮他卸。

手指触碰到的机械外壳是冰冷的，没有丝毫人类的温度。

他动作很小心地拿下了这块位于胸口的机械盖子，霎时看见了一大片不停闪烁着的荧绿色数据。

季桐确定裴清沅脸上没有流露出慌张或惊恐的神情后，立马开始了自己的介绍："花花是一只笨猫。花花今天竟然吃了三碗猫粮。花花偶尔也很可爱。"

他说话的时候，体内闪闪发亮的数据也会跟随着语义的不同而不断变换，看起来有种神秘的美感。

在一旁看热闹的花花："……喵喵喵喵？！"

关它什么事！

"不过这个世界里的人工智能肯定和我不太一样。"季桐提前打预防针，"我们系统来自更高级的文明，这里的科技水平应该是解释不了的，所以宿主参考一下就好。"

裴清沅久久地看着这片如海洋般不停翻涌的复杂数据，半晌才回过神来。

他的确看不懂这些数据意味着什么，如何运行计算，又是怎样编写出来的，但他意识到，这是一种无比具象的规则与逻辑。

冰冷得像一张细密的大网，禁锢住了每一个鲜活灵动的句子。

裴清沅蓦地想起了那张照片里，季桐穿着园艺套装挥动花铲的模样。

他有一颗数据汇成的机械心脏，可肩上却停着一只翩然欲飞的蝴蝶。

季桐仔细地观察着宿主的表情，见他垂下视线，额前碎发投落的阴影覆盖了眸子，不禁好奇地道："宿主改变想法了吗？"

"不。"裴清沅回答得很慢，"不会改变了。"

"好哦。"季桐觉得自己已经暂时解决了暴露身份的隐患，自然转而全力支持宿主的志向，"之前宿主学习高中知识很轻松，所以我没有帮上什么忙，但现在宿主要接触一个全新的领域，我就能派上用场了。"

作为一个无比智能的天才系统，他终于能大显身手了！

"比如，我可以为宿主整理并简化知识，节省大量时间，还可以用更沉浸式的方式呈现知识，为宿主拓宽视野，达到超出这个世界常规水平的理解高度……"

裴清沅耐心地听他絮絮叨叨，不知在想些什么，最后才道："不急，我先联系一下萧教授。"

他现在是个对人工智能几乎一无所知的门外汉，如果用这个状态跟萧建平进行对话，肯定能打消那个"小美是由他创造出来"的念头，让对方不再执着于这件事，专心继续自己的研究。

裴清沅从口袋里翻出那天收到的名片，拨出了萧建平印在上面的手机号。

他坐在米白色的沙发上，身旁分别是坐姿端端正正的豆绿色季桐和懒洋洋地把自己绕成了一个圆的花花，一统一猫仿佛都在安静地陪他打电话。

电话很快接通，裴清沅礼貌地自我介绍道："您好，是萧教授吗？我叫裴清沅，在一中篮球赛那天见过您。"

"是你！你好你好，裴同学，"萧建平听出了他的声音，激动地道，"太好了，你真的联系我了！"

"抱歉，萧教授，可能会让您失望，但小美并不是我设计的。"裴清沅顿了顿，努力解释道，"我对这个领域完全不了解，连一些很基础的问题都不明白。"

"比方说，究竟什么是人工智能，"他声音平缓，"不瞒您说，我对此毫无概念。"

话音落下后，电话那端霎时寂静下来。

裴清沅和季桐对视一眼，觉得这样应该就没问题了。

季桐的显示屏上浮现出两道弯弯的笑眼，笨拙地为宿主竖起一个方方的大拇指。

结果，几秒钟后，听筒里竟然传来了一阵剧烈的动静，像是有人猛地从座位上站了起来，把桌上的东西稀里哗啦带倒了一片。

萧建平再次响起的声音听起来格外兴奋，他恍然大悟道："这是在考验我吗？！"

萧建平从对面高中生的这个问题里感受到了无穷的深意，连手头的工作都顾不上了，立即全神贯注地思考起来。

小美的存在是事实，他自己已经意外地听到了一部分，比赛那天篮球队的那群孩子又说得那么认真，怎么都不像是在撒谎，而萧建平看得出来，小美的主人其实是想要拦住他们的。

这个名叫裴清沅的高中生对小美的存在保持着非常奇特的缄默，说不上来这块手表的来历，只是一味地推给一个连名字都没有的"朋友"。

再加上萧建平与全国叫得出名字的各个人工智能实验室都有往来，迄今为止没发现有人研发出了与小美类似的人工智能。

在这些条件的共同作用下，能推导出的答案只剩一个。

天才往往都有古怪之处，划时代的天才当然应该加倍古怪。

萧建平自己在学生时代搞出什么新奇小发明的时候，也会故意装作不是自己做的，直到被人戳穿为止。

所以他很理解裴清沅此刻的心情。

"究竟什么是人工智能？"萧建平语气严肃，"这的确是一个很深奥的问题，我研究了三十年，也常常会被这个问题所困扰。"

身旁正在加班工作的同事孙培伟听到他莫名慎重起来的声音，好奇地回过头张望。

"……不是这个意思。"裴清沅感觉事态渐渐超出了控制，他深呼吸，试着辩解道，"是字面意义上的不知道。"

"对，我也不知道。"萧建平却十分认真，"每次研究取得突破的时候，我都以为自己对它有了新的认知，结果往往就会遇到无法跨越的门槛，认知不停地被推翻，之前的努力仿佛是徒劳，所以到现在，我依然觉得我对它一无所知。"

"尤其是设计出一些与医疗领域交叉的产品后。我的本意是想为那些行动和视野受到限制的人提供帮助，比如我的妻子，可是各种固有缺陷和狭窄的使用范围无法避免，我的妻子本来对此充满期待，她一直把我看作伟大的英雄，可听完那些絮絮叨叨的说明后，连她的眼睛都会黯淡一点——原来听起来无所不能的人工智能只是这样而已。她会那样想，我也会忍不住拷问自己，就是这样而已吗？"

裴清沅沉默了，手机开着免提，旁听的季桐和花花也一起沉默了。

他突然发现打这通电话是一个错误的决定。

"你能告诉我，你现在对人工智能最深的感受是什么吗？"萧建平循循善诱，企图一步步瓦解天才内心竖起的防线。

裴清沅的大脑一片空白，下意识地道："……不自由的规则逻辑和想要自由的心。"

这是他见过季桐的心以后最深的感受。

"对，这就是它最核心的本质！"萧建平深表赞同，声音逐渐高亢起来，"摩尔定律逐渐失效，神经形态计算开始大行其道，可我们连自己的大脑都没能探索完全，一个模仿人脑神经元突触制造出来的仿制品，真的能叫作人工智能吗？"

"人类自身就陷在无数不自由的规则逻辑里，却试图突破视野和力量的局限，制造出能自由思考的强人工智能。"他语带感慨，"可我们永远无法摆脱内心恐惧的限制，我们害怕那些自由又强大的智慧生命会反过来主宰人类。"

"我们希望人工智能在不自由的规则逻辑里获得自由，但这又何尝不是人类自身的映照呢？这项路途漫长的研究不仅仅是一群科学家对遥远未来的狂想，更是我们对自己这场短暂生命的探索与观照，无数条忽即逝的萤火汇聚起来，也许就成了一盏灯。"

"我知道小美可能没有那么超前的智能，但它身上一定有了某种突破，无论是在哪个方面，无论这种突破是大是小。"萧建平最后恳切地道，"不管你想不想跟别人分享这个成果，都没关系，但我希望你能坚持下去，你在做一件很有价值的事，是对无数人来说都非常重要的事。在这个过程中，如果你有任何需要帮助的地方，请一定来找我。"

他的话音落下后，空气沉寂了许久，才重新流动起来。

这一次，裴清沅的沉默里多了安静的思考。

萧建平的确是一个很纯粹，也很有感染力的人。

"目前为止，我还没有做出任何有价值的事。"他诚实地说，"但是谢谢您，萧教授，也许我之后还会再联系您。"

他不知道自己为什么会这么说，大概是潜意识里不想让那个赤忱的灵魂感到失望。

萧建平高兴得连连应好，还不忘叮嘱他别落下学业。

裴清沅结束这次通话后，目光投向洒落在阳台上的月光，恍然地回想着刚才萧建平对自己说的话。

淡淡的清辉笼罩着整个人间。

半晌后，他才对一直很安静的季桐开口道："解释失败了。"

季桐点点头，机械外壳碰撞出轻轻的声响，他小声道："萧教授是一个很好的人。"

"嗯。"裴清沅收回视线，重新看向身旁豆绿色的季桐。

极美的月色的映照下，季桐脑袋上的电子屏幕里，浮现出一道眉眼弯弯的微笑。

"为了不让萧教授失望，"季桐斗志满满地道，"软软，向新的领域进发吧！"

他装满了浩瀚知识的数据库已经蓄势待发了！

另一边，萧建平挂了电话后堪称神采飞扬，忍不住在办公室里来回走了两圈。

旁边的孙培伟双眼发直，没能从刚才他激情澎湃的讲话里回过神来："你在跟一个高中生说这些？前几天你儿子球赛上那个？"

"对，他很聪明，也很谦逊。"萧建平毫不犹豫地应声道，"我明年都不想带研究生了，要是他能考进咱们江源就好了，我天天去给本科学生上课。"

他说着，还兀自畅想起来："裴同学的数学应该不错，其他科目不知道会不会偏科，没事，只要成绩不是太差，都可以想办法特招进来……"

孙培伟连忙制止了萧建平越来越详细的幻想："悠着点老萧，这八字都没一撇呢，你老说那个什么小美，你亲自跟它对话过吗？测试过吗？"

"没有。"萧建平深信不疑，"但我相信它身上一定有值得我们学习借鉴的地方，等我再跟裴同学相处一段时间，也许就能见到小美了。"

孙培伟叹气道："他才几岁啊！还是个小孩，都不一定有十八岁，你是不是想太多了？我这个年纪还泡在网吧打游戏。"

"我十八岁的时候已经本科毕业，跟了好几个项目了。"萧建平严谨地纠正道，"时代进步得那么快，长江后浪推前浪，一定会出现更优秀的青年人。"

孙培伟："……"

突然不想说话了。

见萧建平如此笃定，孙培伟痛苦地拍了拍自己的脑门儿，无奈地道：

"你说的这个裴同学,全名叫什么?"

"裴清沅。"萧建平乐呵呵地道,"挺好听的,有书卷气。"

孙培伟翻了个白眼,已经不想跟这个完全陷进自己世界里的老顽固共处一室了。

不过这个名字似乎有点耳熟。

"我怎么感觉好像在哪里听过这三个字。"孙培伟摸摸下巴,努力回忆着,"这样,我帮你去问问看,二中的是吧?反正都在一个市,要是真有那么突出的能力,咱们招生办的老师不可能没关注过吧?"

"也好。"萧建平想了想,特意叮嘱道,"不过裴同学很低调的,有可能一直都不显山不露水,查不到也很正常,你别打扰人家。"

"……"脑补怪!

孙培伟碎碎念地抱怨着,回到了自己的办公桌前,倒是真的打算明天去招生办问一问。

对此一无所知的裴清沅度过了一个既漫长又短暂的夜晚。

季桐给他提供的相关知识是高度浓缩概括后的精华,从起初的一知半解到渐渐沉浸其中,在疲累和新奇的交织下,裴清沅学到很晚,第二天难得没有起大早,而是踩着点出门上学了。

他一边巩固着这些新学到的知识,一边像往常那样走进三班教室,却敏锐地察觉到今天教室里的学习气氛格外浓厚,几乎每个人都在低头看书背书,以往那一小部分打瞌睡和小声闲聊的人,今天都显得格外认真。

裴清沅有些茫然地环视着四周,只好问季桐:"班里最近发生了什么事吗?"

季桐时不时开启的录像功能,能让他看到很多被自己忽略的事。

季桐在表盘上伸了个懒腰,轻快的声音在他心里响起:"发生了班长考出年级高分的好事呀,所以大家现在发愤图强,为下一次月考做准备,谁也不想落后。这都是宿主的功劳。"

裴清沅的表情僵了僵。

不,他什么也没有做。

他突然有一种不祥的预感。

周芳站在教室门外,欣慰地看着一屋子发奋学习的学生,还对裴清沅充满赞赏地点点头。

课间的时候,她又一次叫走了裴清沅,高度赞扬了他为班级做出的贡献。

"林子海都跟我说了,他主动承认了自己的错误,并且把手机交给了我,说考到年级第二之前再也不浪费闲暇时间。"周芳感慨道,"他也跟我表达了对你的歉意,希望你能原谅他,他不应该在不明真相的情况下就对你产生偏见的。"

裴清沅:"……"

他又要回想起那段立体声环绕定格大特写的黑历史视频了。

好不容易才忘掉的。

周芳看着眼前这个模样俊秀、气质出众的班长,想起这段时间里班级发生的种种改变,越看越高兴。

"我之前还担心你会不会对班里的同学有想法,没想到你心胸这么开阔,主动帮助同学们提升进步,即使是在林子海同学对你十分不满的时候。"她自我批评道,"这也算是偏见,我太狭隘了,老师要向你道歉,当然也要替所有同学跟你说声对不起。"

"你能转到三班来,是其他同学的幸运。"周芳诚恳地道,"在你的榜样力量的影响下,希望大家都能突破自我,一起考上理想的大学,拥有更好的未来。"

裴清沅对这些同学其实还是有一些意见的,但在周老师无比真诚的自我检讨和热情赞扬里,多余的话完全没法说出口。

最后他只能默默接受了周老师的溢美之词,独自走回教室,在脑海里冷静地思考着这一切究竟是怎么发生的。

……怎么都想不通。

看着宿主因为困惑而显得格外生动的神情,季桐在表盘上笑得零件都快掉下来了。

一到下课时间,大家就沉浸在这股新鲜的兴奋劲里,也不想玩了,反而是抱着课本和错题本到处问问题,他们似乎形成了一种特殊的默契,难度一般的问题会拿去问林子海之类成绩不错的同学,更难的题目,则会汇总好之后拿来一起问裴清沅,大概是不想用太傻的题目浪费班长的时间,怕耽误他继续称霸全年级。

每次裴清沅帮他们看完错题之后，便会收到一句相当郑重的"谢谢班长"，附带好多道万分炽热的目光，简直把他看成了乐于助人、满心奉献的学神。

近距离看热闹的季桐在他脑海里跟着复读："谢谢班——长——"

裴清沅渐渐麻木了。

总算熬到了放学，吃完饭后，裴清沅以一种复杂得难以形容的心情快步走向了体育馆。

推开大门，看到队友们正在闲聊笑闹的熟悉场景，他的内心才生出了一丝安定的感觉。

在家打电话能遇上把自己当作 AI 天才的萧建平，在教室里上课则要一刻不停地面对崇拜的目光。

篮球队是他唯一的净土了。

"咱们已经 A 组出线了，接下来是循环赛，累死了，月底应该能打完决赛吧。之后会去省里比赛吗？"

"你们听说了吗？B 组第一是那个据说要跟我们搞交流活动的……"

趁着训练没开始，付成泽在跟队友们聊天，余光里看到裴清沅开门进来，他顺势转过头，正想打声招呼，就看见了裴清沅脸上那抹复杂的神色。

这个新加入不久的队员静静地注视着空旷的体育馆，像在看一样对自己格外重要的东西。

付成泽不禁想起了这几天小组赛上二中取得的好成绩，其中好几个令人拍案叫绝的精彩时刻都是裴清沅贡献的。

他不骄不躁、沉着淡定的球风，还有场下欢呼助威的季桐以一己之力在客场为二中带来了主场般的待遇，给整个队伍都带来了非常积极的影响，可以说令所有队员都发挥出了最佳状态，让二中在这次市级联赛的小组赛中全胜出线，积分遥遥领先。

他当了两年多队长都没有拿到过的好成绩，裴清沅才来了一个月，就实现了。

是因为他还不够热爱篮球吗？

付成泽感受着那个眼神里传达出的珍视，顿时严肃起来。

可惜裴清沅跟他一样是高三，不然下一届的篮球队队长肯定会是他。

……不如他现在就把队长的职位移交给裴清沅？

徐教练肯定会同意的，其他队员也不会有意见。

在凭实力说话的球场上，当然应该让最有实力的人来领导队伍。

付成泽越想越有道理，一拍大腿，猛地站起来，兴冲冲地往大门的方向走去。

"你——"他的目光里洋溢着汹涌澎湃的激情。

不过，付成泽的话还没说完，对面的人居然不由自主地往后退了一步。

裴清沉重新恢复了面无表情，只是语气里带着一种极其深刻的警惕："有事吗？"

付成泽还没察觉到裴清沉充满防备的姿态，兴冲冲地走到他面前，热情地道："你想不想当队长？我觉得你才应该是我们二中篮球队的队长！"

他像连珠炮一样快速说道："你知道吗？咱们跟一中打的那场因为特别精彩还上报纸了呢，他们拍了你最后罚球命中那个画面，巨帅，虽然只是一个小豆腐块，但那是报纸欸……"

没想到裴清沉果断地摇摇头："不想，你更合适。"

而且，付成泽眼睁睁看着他说完之后，又往后退了一步。

他茫然了一会儿，下意识地拎起自己的衣角闻了闻："我很臭吗？不应该啊，今天刚换的，我每天都洗澡……"

看了一整天热闹的季桐见到这一幕，实在忍不住了，发出了一连串银铃般的机械笑声，笑得付成泽一愣一愣的。

冷冰冰的高中生裴清沉又鲜活了一点。

他觉得现在这样的宿主很好，也很喜欢这样的校园生活。

"主人，有臭味吗？"季桐一边笑一边开始装人工智障，在表盘上左顾右盼起来，"可惜小美没有嗅觉呢。"

"……"裴清沉无奈地看他一眼，低声道，"不许笑。"

"好的主人。"小美立刻收声，开始一边抖肩膀一边往下掉零件，努力憋笑的样子十分生动，"对不起，小美可能感染病毒啦，需要一些时间杀毒。"

裴清沉："……"

"小美真好玩。"付成泽例行对这块可爱又酷炫的特工手表投去羡慕的眼神，然后认真澄清道，"我也没闻到臭味，你别躲着我啊。"

裴清沉选择了刻意忽略付成泽崇拜的目光，目不斜视地走向更衣室，表情冷酷地道："准备训练了。"

他坚强地维持着最后一片净土的假象。

付成泽站在原地，遗憾地目送他远去。

其他人看到他一脸失落的样子，好奇地道："怎么了？又没借到作业？"

"我是那种人吗？！"付成泽瞪眼道，"我现在都自己写作业了，你昨天还想问我借作业呢！"

高三年级的最高分在篮球队，而且是主力队员，这直接导致了原本普遍准备混日子靠特长考个体育大学的队员们也改变了学习态度。

因为他们忽然发现，如果说世界上有一件比篮球打得好还要酷的事，那一定就是在篮球打得好的同时，还能看起来毫不费力地考出其他人望尘莫及的超高分数。

没有哪个高中男生抗拒得了这种可怕的诱惑。

队友更好奇了："那你干吗这副表情？"

"喀喀，没什么，随便思考一下人生。"

想到裴清沅没有同意自己的提议，付成泽也就没有再告诉别人，怕给裴清沅带来不必要的压力。

竟然说他更适合当队长……裴清沅真是一个谦虚的人。

付成泽在心底默默感慨着，突然想起了裴清沅进来之前大家在聊的事。

这次市级联赛，全市一共有十六支来自不同学校的篮球队参加，第一阶段的小组赛分成A、B、C、D四组，每组取积分前二出线，一共八支队伍进入了第二阶段的循环赛。

目前二中是A组第一，接下来的循环赛上，每支队伍都要跟其他七个队伍比一次，同样是积分制，最后会取积分前四进入淘汰赛，即半决赛和总决赛。

而在循环赛上，二中球员们必然遭遇的一支队伍，就是以B组第一的成绩出线的诚德私立高中篮球队。

"我记得清沅之前就是从诚德转过来的吧？咱们还要跟他们搞交流活动呢。"付成泽琢磨了起来，"不知道清沅跟诚德球队的关系怎么样，认不认识……那咱们要放水吗？"

"队长，你想什么呢？！诚德可是传统强队，还用放水？能赢就不错了。"

立刻有人反驳他："什么叫能赢就不错了！必须赢，而且是大比分碾压获胜，不然不是给清沅丢人吗？新学校的球队还比不上旧学校的，这算怎么回事？"

"就是，俗话说得好，三十年河东，三十年河西，莫欺少年穷！"

"你昨天晚上又在熬夜看什么玩意儿，怎么听起来好像有哪里怪怪的……"

训练开始后，季桐又稳稳当当地躺在了属于小美的小黄鸭专座上，欣赏着大家矫健的身姿。

休息时间，趁着徐教练单独指点裴清沅的时候，付成泽悄悄溜了过来。

他在训练的时候，越打越觉得裴清沅牛，自己哪儿哪儿都比不上，而且总觉得让一个超级学霸当球队队长，说出去会有一种难以言喻的骄傲效果。

可惜裴清沅今天铁了心拒绝跟他交流，付成泽在发誓今晚回去要洗一个长达一小时的大澡之余，打算向平时跟裴清沅形影不离的智能小美求助一下。

"小美，主人……啊，不是，裴清沅为什么不想当队长啊？"

高高大大的篮球队队长半蹲在座椅旁，对着一块放在毛绒玩具鸭上的黑色手表诚挚发问。

能开上帝视角录像的季桐又想笑了。

他努力保持着没有波澜的机械声音："这个问题小美也不太清楚呢。"

"唉。"付成泽叹了口气，"连你都不知道。裴清沅到底在想啥呢？也不肯告诉我。"

小美便很好心地安慰他："不要难过，我想主人不是故意针对你，他一直都很少说话的。"

付成泽像是被他提醒了，若有所思地点点头："也是，清沅一直都是这样，明明学习成绩这么好，却从来没主动说过，我那时候还跟他说可以靠篮球特长上大学呢，现在想想真傻，不过清沅当时也没反驳我……"

他猛地眼睛一亮，觉得自己找到了正确答案："我知道了，是因为清沅习惯了低调！"

"而我就反过来，很高调，清沅很清楚我的性格，所以才说我更适合当队长。"付成泽用拳头捶了捶掌心，恍然大悟道，"不行，我也要向清沅学习，不能老想着出风头，要成熟淡定一点，才像个成年人，不能辜负了我的身高。"

眼睁睁看着这一切发生的季桐："……"

对不起，宿主，他真的不是故意的。

他非常生硬地转移了话题，试图让付成泽停止这番越发深刻的自我检讨："主人真的上报纸了吗？"

"对啊。"付成泽瞬间被分散了注意力，点头道，"就在这几天的晚报上，还是我妈兴冲冲拿给我看的，说我们球队上报纸了。可惜那个照片里我刚好背过身去，没拍到脸，反正清沉被拍得很帅啦。"

季桐立刻检索了相关数据，很快就找到了这份报纸，虽然这则报道只占据一个小小的豆腐块，但果然把宿主出手投篮的帅气动作捕捉得很好。

这么具有纪念意义的一刻，他当然不能错过。

季桐正准备把这份报纸放进《宿主珍贵时刻》这本相册里，想了想，又停住了。

这个只有画面的相册已经满足不了宿主日新月异的种种变化了。

季桐沉思片刻，决定新建一本可以配文字的日志。

他把报纸上这则小豆腐块单独取下来，像贴剪报一样贴在了日志的第一页上，在旁边注释："宿主第一次参加市里的篮球赛，表现出色，还上了报纸。"

季桐写完以后，盯着报纸上的照片看了一会儿，又写了几行字，作为十分必要的补充。

"我坐在观众席第一排，穿着七号球服，跟宿主身上的一样，可惜记者也没有拍到我，只露出了一个小角。"

他画出一个线条弯弯的小箭头，指向几乎完全被场边广告牌挡住的自己。

多可爱的球服造型，居然没拍到。

季桐偷偷叹气，然后灵机一动，索性抓取了那天录像里自己的影像，选了一个球衣露出最完整的画面，像拼贴画一样贴在了报纸旁边，用圆圆的框装着，再连一条线，看起来简直像是八卦杂志的封面。

季桐对这个效果很满意，环视了一圈球场上纵情驰骋的少年们，很眼馋地顺手加了几句：

"我也想打篮球，从来没打过。

"打篮球看起来很开心的样子。"

然后他就翻回了封面页，准备给这本日志起个标题。

所有亲密的朋友都应该有名字。

嗯……就叫《宿主驯化日志》好了。

他准备把今天宿主看到付成泽时居然足足退了两步的欢乐原因也写上去。

在他的快乐教育下，宿主正在成为一个身高稳步增长、情绪日渐丰富的优秀成年人。

真是可喜可贺。

主脑给他那么低的考核评分简直是一种偏见！

下次再开例会的时候，他一定要抗议。

趁宿主没空管自己，季桐浏览着之前相册里保存的各种经典画面，唰唰唰地奋笔疾书起来，为它们激情配文。

窗边，站起来的少年被所有人注视着，眉目间泛着凛然的冷意。

"宿主第一次被班里同学针对的时候，说不会辜负大家的期待。

"宿主真的做到了，但问题是，宿主现在好像开始害怕了。

"哈哈哈哈哈哈。"

树下，被日光照着的自行车旁，一大一小并肩坐着，专心地吃着早餐。

"我为什么要拍这次早餐来着？

"哦，因为宿主偷偷挑食了，还剩一个小包子没有吃完，是我吃掉的。

"下次不告诉宿主馅里有葱了，冷酷学神跟不爱吃葱太不搭了。"

……

保存在虚拟空间里的日记一页页翻动，位于最前面的黑白剪报清晰地映出少年们充满活力的身姿。

与之相似的彩色现实里，在激烈对抗训练的间隙，裴清沅抬手擦去额前的汗水，似有所觉地看了远处安安静静、一动不动的小黄鸭和手表一眼。

不知道为什么，他突然想打个喷嚏。

阳光明媚的办公室里，萧建平看着手头这份印有篮球比赛画面的报纸，没有说话，只是显而易见地有些情绪低落。

平时总跟他呛声的孙培伟难得地放轻了自己的动作，在一旁傻坐着，表情也略显复杂。

他今天抽空去了一趟招生办打听裴清沅的事，本以为纯粹是萧建平想得太多，打算问完之后就回去打消他的念头，却没料到，招生办的老师竟然真的知道这个高中生。

但在他们的记录里，裴清沅并不是二中的，而是来自诚德中学。

前段时间诚德中学上报了新一届高三学生的保送推荐名单，这个名字就赫然在列。他获得过全国高中生奥林匹克数学竞赛一等奖，所以具备了被推荐保送的资格。

原本，这批学生将在今年年底来江源大学参加保送生考试，在通过这场对他们而言没有太大难度的考试后，他们就不需要再面临高考的压力，可以直接成为一名顶尖大学的准大学生。

可是就在上个月，诚德中学特地联系了江源大学的招生办，说要取消推荐一位学生，招生办的老师们没遇到过这种情况，追问原因，只得到一句"这个学生转学了"的答复。

孙培伟听到这里才明白，他为什么会觉得这个名字耳熟。

保送推荐名单不稀奇，但原本在上面后来被拿掉，却很少见，肯定是有老师闲聊时提起过。

好端端的，怎么在这时候转学了呢？

他把打听来的情况如实转告给了萧建平，并唏嘘道："要不是取消推荐了，说不定他还真能成为你的学生……"

"他现在依然有保送的资格。"萧建平反驳道，"二中呢，有没有报名单过来？"

"没有啊，我印象里二中就没出过奥赛生，他们压根没想到这茬吧……"孙培伟仔细想了想，"要是裴同学自己没说的话，我估计二中很可能都不知道这个事，毕竟裴同学又不是在二中拿的一等奖。"

萧建平闻言，眉头紧锁，又在办公室里踱起了步。

他想来想去还是觉得不对，当即把电话打去了诚德高中，问他们有没有告诉裴清沅或者二中，裴清沅他仍然可以被推荐保送。

然而电话那端只传来一句冷淡的答复："抱歉，这不在我们的职责范围内。"

萧建平明白了言外之意，愤怒地道："这关系到一个学生的前途和未来！你们怎么能这么不负责任?!"

但对方显然不准备给他任何具有人情味的实际回应,熟练地打起了官腔。

"裴同学为什么会在高三这么重要的时候转学?"

"是学生家庭的原因。"

"家庭的原因?什么家庭能在这时候让孩子突然换环境?而且是从诚德转去二中!他自己愿意吗?"

"抱歉,无可奉告。"

在"嘟嘟"的忙音里,萧建平失望地撂下电话。

桌上摆着前几天的城市晚报,是儿子萧新晨兴致勃勃地拿给他的,说之前和二中的那场比赛上了报纸,虽然他们一中输得很惨,报纸上的照片又完全看不清他,但还是很有收藏价值。

萧建平本来看着这张报纸,还觉得挺高兴,可此刻再看到这幅青春洋溢的画面,只觉得刺眼。

突如其来的转学,格外冷漠的学校,背后一定有着外人不知道的原因,而无论原因是什么,它都让一个孩子原本掌握在自己手中的命运,变得陡然失控起来。

这本来应该是一件很简单的、付出了努力就有回报的事。

为什么人们总能把一件纯粹的事变得这么复杂?

萧建平攥紧了报纸。

"老萧,你没事吧?"孙培伟小心翼翼地观察着他的表情,"你别太生气啊,既然真的是个好苗子,那咱们可以再努力一下嘛……"

"我要给二中打电话。"萧建平深吸一口气,抬起头,一字一顿地道,"他一定会是我的学生。"

在周芳接到这个由校领导层层转来的电话之前,她刚结束了一次特殊的家访。

今天下午她没有排课,坐在办公室里整理东西,目光扫到了这次月考的成绩单,心生喜悦的同时,也想起了裴清沅家里的事。

前几天比较忙,没顾上,周芳心想这事不能再拖了,立刻翻出通讯录,给罗秀云打去了电话。

得知罗秀云因为生病刚好在家休息,没去上班,周芳决定直接上门拜访。

毕竟这种事在电话里不好沟通，而且她也想亲眼看看罗秀云家里的情况。

她拿着包，按照地址找到了那个老小区，穿过低矮的楼道，敲响了罗家的大门。

很寻常的环境，只能说跟裴清沅之前的生活有落差，但不算太糟。

不过当罗秀云打开门，略显无措地请她进来的时候，周芳还是结结实实地吃了一惊。

客厅里的茶几上满是空酒瓶和瓜子壳，烟灰缸里塞满烟蒂，而且旁边的地上怎么还打了个地铺？

罗秀云脸色不太好，注意到她的视线，连忙道："对不起，老师，忘记收拾了，今天不太舒服，没什么精神。"

周芳教过林言，记得这是个单亲家庭，可客厅里分明散落着许多成年男人的东西，她委婉地问道："这是……"

"是我弟弟的东西。"罗秀云面露尴尬，掩住咳嗽道，"他之前失业了，就住了过来，本来想等工作稳定了再让他出去租房子，可前几天又被学校开除了……"

原来罗志昌也住在这里。

周芳想起那个素质差的中年男人，暗暗庆幸裴清沅搬出去住了。

都说近墨者黑，天天跟这样的舅舅待在一起，该有多难受。

周芳在罗秀云收拾出来的沙发上坐下，问道："你今天生病了，他没在家照顾你吗？"

罗秀云愣了愣，像是没想到老师会这么问，讷讷道："他……他出去看球了，我总是咳嗽，比较吵。"

周芳险些不相信自己听到了什么。

一把年纪了还吃住在姐姐家里，又嫌弃姐姐生病时咳嗽声大，屁股一拍就自己出门玩去了，关键是这个姐姐怎么也一副习以为常全盘接受的样子？！

……算了，她不能再听这些乱七八糟的家事，不然要高血压了。

周芳果断地切入正题："清沅妈妈，今天来找你，主要是想谈一谈你儿子的事。"

"对对。"说到这个，罗秀云也激动起来，"他才多大，怎么能这样离家出走呢？周老师，你劝他回家了吗？"

"不，我没有。"周芳有点无奈，反问道，"在指责孩子之前，你有没有反思过自己呢？如果是一个正常的家庭，孩子会想要离开吗？"

罗秀云愕然地看着她，张口结舌半晌，忽然泄了气。

"对，我是做错了事，但他总要给我弥补的机会，而不是这样一走了之……"

"弥补的机会不是靠别人给的。"周芳缓缓道，"高三生需要一个安静平和的家庭氛围，你弟弟经常在家里看球吧？"

罗秀云没有说话，只是微微点点头。

"那为什么不让弟弟搬走呢？他四十多岁了，早就应该独立生活。这样也能给备战高考的儿子提供一个良好的家庭环境。"

"可是……可是，"罗秀云辩驳道，"他没有跟我说觉得吵啊……"

"这是为人父母应该主动考虑的事。"周芳道，"为什么非要等孩子开口才肯去改变？难道他不说，噪声这个问题就不存在了吗？"

短短几句话交谈下来，周芳已然意识到了裴清沅在回到这个家以后，所面临的处境。

她忍不住继续说："请想一想，是你的亲生儿子重要，还是一个在你生病时都能不管不顾跑出去看球的弟弟重要？"

罗秀云被她问得面色涨红，嗫嚅道："清沅他……他的成绩也不好，我想可能环境的影响就没有那么大了……"

"成绩不好？"周芳诧异道，"谁跟你说他成绩不好的？"

罗秀云抬起头，茫然地看着老师："别人，别人跟我说的……"她的眼神里总带着这样一种似是而非的犹疑。

周芳当即从包里拿出了带来的文件——她原本打算在气氛更好的时候拿出来表扬裴清沅的。

"这是这次高三月考的分数，清沅是年级最高分，连每门单科都是最高的。"

上面列着罗秀云从未见过的高分，即使是在曾经的好学生林言的成绩单上也没见过。

"这是清沅他们球队去市里打比赛的报道，因为很精彩，还上报纸了。"

在这些完全超出想象的事实面前，罗秀云的脑子已经转不过弯来了，只能愣愣地望着她。

"还有,"周芳觉得还不够,索性拿出了手机,翻出相册里的照片给她看,"这是前两天我悄悄拍的,清沅在帮班上同学解答难题。"

教室里最后一排的座位上,好几个学生簇拥在裴清沅旁边,表情认真地低头记着笔记。

"他是一个很优秀的学生,也是一个对同学很友善的班长,我个人觉得他的分数是很有可能冲击一下市状元的。"

"篮球队……班长……"感冒带来的乏力和老师话语的冲击力让罗秀云整个人都晕了起来,她喃喃地念着这些陌生的名词。

周芳恍然道:"你不会全都不知道吧?"

她当了二十年老师,见过太多不关心孩子、将教育简单粗暴地理解为不听话就打骂的家长,但像罗秀云这样对孩子漠视的,还是很少见。

尤其是周老师还跟作为林言家长的罗秀云打过交道,那时的她明明很关心孩子,即使文化水平不高,也会积极配合老师的工作,为孩子的学习生活操心。

"你真的了解过儿子吗?"周芳的心里被一阵强烈的不公填满了,她试图唤醒罗秀云,"这个从小被送走、又在回来之后经历了许多变故的孩子,他的心里承受了多少?"

罗秀云不敢再说话了,她无法回答这个问题,只能将头埋得很低。

周芳是一名老师,更是一个母亲,了解无数家长形形色色的心态,她敏锐地猜到了罗秀云的心理活动。

"大部分人都不喜欢接受变故,比起直面,更喜欢选择逃避,所以你选择逃避面对回到身边的亲生儿子,好像只要不问,问题就不存在一样。"周芳叹了一口气,"但你有没有想过,他一个人是怎么面对这么巨大的变故的?更何况,一切问题的根源明明是你,是你造成了这样的局面。"

周芳说着,在杂乱的茶几上清理出一块空地,拿纸巾擦干净后,将手中的成绩单和报纸轻轻地放在了上面。

"这话不应该是一名老师对一个家长说的,但是我实在忍不住,因为裴清沅是一个品学兼优的好孩子,我重视他,也担心他的家庭环境会对他产生影响。"

周芳表情恳切地看着眼前这个身材矮小、面容憔悴的中年女人。

她软弱，犹豫，随波逐流，不辨是非，将一生都过得浑浑噩噩。

这不是周芳见过的最糟最坏的家长，却是她最不愿见到的一类人，坏到极致的父母还可能让人在醒悟后决心逃离，可这样一个看似朴实又平常的母亲，则会在不知不觉间，把懵懂天真的孩子同化成下一个自己，将可悲可恨的人生代代传递下去。

"你真的太糊涂了，从十多年前调换孩子开始，一直到今天，都是糊涂的，你把自己的人生弄得一团糟，也害了两个无辜的孩子。我不知道为什么另一家的父母没有追究你的法律责任，但你不应该因此觉得自己的错误就随之消散了，你始终有错，而且时至今日，依然在犯错。

"清沉现在独立生活，会有老师、朋友和同学关心和照顾他，我认为以你现在的心态，不适合再接触他，起码在你想明白自己到底做了些什么之前，请不要去打扰他。如果你做不到爱自己的孩子，至少别再去伤害他。"

周芳起身，在准备离开前，看着客厅里乌烟瘴气的环境，最后道："罗女士，不要再被别人牵着鼻子走了，日子是自己的，不管后来经历了什么，你还记得自己内心最初的想法吗？

"你辛苦地怀胎十月，甚至不惜铤而走险将自己的亲生骨肉换去一个富裕的家庭，是为了让日子变成现在这样吗？是为了在十多年后这样对待他吗？

"比起教养一个从来没花心思去关心过的孩子，你更应该反思自己的生活，别再继续错下去了。"

话音落地，周芳静静地离开了。

长久的静默后，罗秀云缓慢地伸出手，微微颤抖着拿起了周芳留下的那几张纸。

报纸内页的黑白照片上，那个熟悉又陌生的身影恰好跃起，做出了一个很好看的投篮姿势。

裴清沉很高了，比她要高得多，完全是个大人的样子了。

恍惚间，罗秀云忽然想起了很多年前的那一天。

病重的丈夫躺在家里，而她躺在窗明几净、费用高昂的产房里，满头大汗中听见婴儿的啼哭，她笑了，笑得高兴，也笑得忐忑。

刚出生的小孩子总是皱巴巴的，可她的孩子却很漂亮，在做出那件错事之前,她几乎舍不得让儿子离开自己的视线。

她没有时间为他起名字,因为在待产的每一天里,她都在算手头剩下的钱够不够撑到明天,在想一路苦过来的丈夫还能陪她多久,在挣扎到底该不该那么做。

医院里来往的人都迈着从容的步伐,不需要为钱发愁,他们带着鲜花和保温桶走进不同的病房,除了罗秀云在的这一间。

她只要一抬头,就能看见外面截然不同的世界。

所以她渐渐不再挣扎,顺从地任自己被心底越发嘈杂的声音卷走。

她偷偷放下尚未起名的儿子,亲了亲他的额头,在心里小声说:"你会过得很幸福的,要比妈妈幸福。"

而十八年后的现在,在这间只剩下她和弟弟的狭小房子里,成天不知在为什么劳碌奔波的罗秀云,常常回想起那个像是压抑了无数情绪的声音。

"妈,你会叫我什么?"

不,不应该是清沅。

在被泪水洇湿的报纸前,在残留不散的烟味里,她终于无比清晰地意识到了这一点。

她错过了给儿子起名的那一天。

也错过了重新呼唤儿子名字的那一天。

今天的二中校园里弥漫着一种不寻常的躁动气氛。

下午第二节课结束后,各班的班主任都匆匆走进了教室,略显兴奋地宣布着什么消息。

片刻后,许多班级里都响起了相似的欢呼声。

与此同时,一辆外观高档的豪华大巴在二中门口停下。

尘烟散去,车门打开,身材高大、一头鬈发的孙庭皓第一个从车里走下来,脚上是一双最新上市的限量款潮流运动球鞋。

他打量着眼前的校园,嘴角扬起一抹不屑的笑意:"二中这么破啊,又旧又小,还不如把场地选在我们那儿。"

身后的队员陆续下来,队长李博宇听到他的话,忍不住道:"那是抽签抽中的,又不是我们能选的。"

"对啊,谁让老薛的手气这么臭。"孙庭皓"嘘"了一声,"不知道二中的体育馆是什么样子，能用吗？这比赛要是打不好，能算他们场地的责任吗？"

和队医一起走下来的薛教练听到他的话，皱了皱眉，简短回答道："每个参赛学校提供的比赛场地都是事先审核过的，没有问题。"

说完，他没再理会这群窃窃私语着的篮球队队员，望向此刻除了保安空无一人的校门口。

孙庭皓注意到他的视线，顿时面露不满地道："怎么二中都没人出来接我们？这也太随便了，什么素质……"

李博宇看他一眼，这次倒没有再出声反驳。

两三分钟后，穿着一身运动服的徐教练出现在他们的视野里，小跑着走向校门口，连声道："不好意思不好意思，来晚了，场地那边太忙了。"

他站定后，跟对面的薛教练握了握手，目光从旁边的队医等后勤人员身上掠过，惊讶之余，只是礼貌地笑了笑："欢迎来到二中，我带你们去体育馆。"

虽然他晚来了一会儿，但态度上挑不出什么毛病。薛教练点点头，问道："是场地那边还没布置好吗？"

"啊，不是不是，早就布置好了，放心，刚才是在忙别的事。"

徐教练笑着引导这支来自诚德私立高中的球队往体育馆的方向走，没有再继续解释。

跟在后面的孙庭皓暗自嘀咕着："那还能有什么忙的？明明没准备好，偏偏死要面子，一会儿让老薛盯紧点，我可不想在这儿受了伤回去……"

李博宇听不下去，撞了撞他的肩膀："行了，少说点。"

这群个个人高马大、一身名牌的队员，穿过二中略显陈旧但很整洁的校园，脸上大多面无表情，只想赶紧赢了这场比赛回去。

不过等他们来到体育馆附近的时候，还是结结实实地吃了一惊。

放眼望去，人头攒动，黑压压的全是学生。

他们知道主场学校这边会有一些本校学生来观赛助阵，但没想到二中这里居然来了这么多，简直有种全校学生集体出动的感觉。

"他们不用上课的吗？"孙庭皓咂舌道。

徐教练笑眯眯地回答他："没办法，篮球队人气太高了，大家都想过来给他们加油，体育馆里实在挤不下了，所以现在要通过篮球基础知识问答才能进去呢。"

孙庭皓:"……"

他微妙地听出了一种炫耀的味道。

他还想再说话,可想起来前一阵在自己学校主场打的那些比赛,便有些莫名地不是滋味。

在诚德,每一个人都很忙,如果是什么学术大佬、商业精英跑来开讲座,也许会有这样的盛况,但齐刷刷跑来看篮球队打一场连决赛都不是的循环赛,绝不可能。

所以他顿了顿,只好小声道:"够闲的……"

徐教练脸上的笑容淡了一些:"这叫团结。一场比赛满打满算才一个钟头,浪费不了多少时间。"

在气氛古怪起来之前,李博宇抓住了孙庭皓的手臂,及时道:"抱歉,他乱说的。"

徐教练摆摆手,决定不跟这群小孩计较,平静地介绍道:"到了,从那边进去是更衣室,你们先休息休息,适应一下,有什么问题可以随时联系我,或者任何一个在场的老师。"

直到走进体育馆,孙庭皓等人才彻底领会了徐教练所说的要靠通过问答才能入场是什么意思。

不算大的体育馆四周座位上坐满了观众,连走道里都站满了人,每个人都兴奋地望向比赛尚未开始的球场中央,热烈地交谈着。

在场的不只有学生和部分学生家长,甚至还有很多看起来像是老师和校领导的人。

他们想错了,不是全校学生集体出动,而是整个学校集体出动。

这无与伦比的主场气势瞬间压倒了诚德队员们身上天然的傲气。

孙庭皓的脚步僵了僵,恍惚起来:"我是不是记错赛程了,这不会是决赛吧?"

其他人也都不可置信地看着眼前的盛大场面,倒没人有工夫来搭理他了。

就在诚德的队员们脚步略显凌乱地走向更衣室的时候,二中篮球队的队员们也走进了体育馆。

带头的是身高一米八五的队长和一众外形出众的队员,他们一出现,看台上瞬间发出了震天撼地的欢呼。

　　从"二中牛",到"付成泽牛""裴清沅牛"……每个队员的名字都被念了个遍,这架势根本不像小小的市级高中联赛。

　　声浪像潮水一样铺天盖地地涌过来。

　　周芳牵着一个身穿七号球服的小朋友的手,坐在观众席第一排,这会儿也顾不上自己班主任的形象了,跟着大家一起欢呼。

　　小朋友亦然,他在座椅上铺了一张从小书包里变出来的旧报纸,直接站了上去给宿主加油,争取让自己的脑袋超过看台,能被宿主一眼看见。

　　今天体育馆里的人太多,裴清沅不放心把他托付给其他同学,索性找到了班主任周芳,跟她说自己做家教辅导的小孩也想过来看比赛,请她照顾一下,周芳欣然应允。

　　和上次一样,熙熙攘攘的人群里,裴清沅依然一眼就看见了他。

　　这次他不只是露出一抹笑意,还伸出手朝他挥了挥。

　　季桐立刻笑成了一朵花,眼睛眯成弯弯的弧线,努力地踮起脚招手回应。周芳怕小朋友不小心掉下来,连忙张开手臂,虚虚地环在他周围。

　　他身后的看台上,看到裴清沅朝这里挥手的其他学生,直接激动得喊破了音。

　　……这些人是不是疯了?

　　孙庭皓脑袋里只剩下这一个念头。

　　被无数目光注视着的二中队员们也向更衣室方向走来,诚德这边下意识屏住了呼吸,等待着赛前的这次近距离交锋。

　　但什么也没有发生。

　　没有垃圾话环节,也没有高高在上的睥睨眼神,二中的队员们只是安静地同他们擦肩而过,目光直视前方,里面写满了火热又专注的战意。

　　反观自己这边在受到影响后神情各异的队员,李博宇的心里闪过一个模糊的念头。

　　这似乎是一场没有悬念的比赛。

　　开场三分钟后,二中这边就来势汹汹地砍下了四个篮板球,所有队员的气势都锐不可当,将诚德一方逼得几近茫然失措,防守队员烦躁地扯起球衣抹掉自己额头的汗水,投手则压根找不到进攻的机会,只能重重地踏过光洁的地板。

场上唯一冷静些的队长李博宇知道,他的预感成真了。

他同样知道,在这场比赛结束后,队友们会将失败的责任归咎于对方显而易见的主场优势。

但他很清楚地意识到,不仅仅是这样,还有更多他无法用语言形容的东西。

整场比赛有无数的精彩片段,基本全都由二中一方贡献,没人能按捺住自己内心的激动老老实实坐着,全场都站起来喝彩欢呼。

周芳平时对篮球丝毫不感兴趣,也从来不看比赛,但现在她发自内心地觉得好看,看着场中这些光芒万丈的学生,不知道为什么,她明明在笑着,眼角却有一点湿润。

一旁的季桐细心地观察到了她的情绪,轻轻扯了扯她的衣摆,递给她一张纸巾。

周芳一怔,接过来后温柔地揉了揉他的脑袋。

季桐任她揉乱自己帅气的发型,然后安静地收回视线,重新看向战况激烈的赛场。

刚才那一幕很难忘。

他想他会写进日记里。

今天这场比赛几乎是一中、二中那次对决的复刻——诚德一方开场不久便失效的战术,逐渐自乱阵脚的失衡心态,被逼至绝境时出现的脏动作……还有最后二中占绝对优势的大比分胜出。

唯一不同的,大概是今天在场的所有观众都在为二中篮球队热烈欢呼,没有任何一个人倒戈。

等到结束哨声响起时,李博宇喘着气,默然地望向那块刺眼的记分牌。

孙庭皓不甘地甩开了手上被汗浸湿的毛巾。

周围疯狂的喊声和鼓掌声持续了很久很久。

但都与诚德毫无关系。

在篮球队内部兴奋地庆祝完之后,裴清沅做的第一件事就是走向了周芳和季桐。

周芳高兴地拍拍他的肩膀,祝贺他的胜利。裴清沅沉稳地应下,他在等老师跟自己说别的话。

他很喜欢这场比赛的氛围，但也明白，区区一场循环赛，应该不至于让学校老师允许学生们少上一节课来加油助阵。

周芳看着眼前的学生在胜利面前不仅不骄不躁，反而在思考些什么的表情，忍不住想，他跟那个会给自己递纸巾的小朋友一样，都有一颗敏感的心。

"前几天，校领导接到了一个大学教授打来的电话。"在周围久久不散的热情里，周芳简短地对裴清沅说明了缘由，"学校知道你被诚德取消推荐保送的事了，也怪我，你数学那么好，我应该问问你有没有参加过奥赛的。"

裴清沅摇摇头："没关系，是我自己没有说。"

叶岚庭将他得到的保送资格视为一种他在裴家获得的馈赠，理应归还，所以在身世曝光后就通知学校拿掉了他的名字。

在那段时间里，裴清沅陷在煎熬的迷惘中，有时候甚至会控制不住地顺着那些话往下想，他此刻拥有的一切真的都是偷来的吗？

所以转学之后，他对曾经的经历一句也没有提起过。

季桐抬头看他，像是看穿了他的回忆，伸手扯扯他的裤腿。

裴清沅旋即回过神来，反射般牵住小朋友的手。

漫天喧嚣里，老师的声音清晰地传入他的耳朵。

"对于已经发生的事，老师们可能做不了什么了。"周芳微笑地看着他，"但至少今天，我们都在这个体育馆里支持你。"

任何一个真心为学生着想的老师，都无法认同诚德的领导在取消裴清沅推荐资格时事不关己的冷漠态度。

当这群曾经的校友来到二中客场比赛的时候，老师们希望裴清沅能感受到一种无声的支持和力量。

这是二中与诚德相比截然不同的地方。

裴清沅垂下眼眸，声音沉沉地说："谢谢。"

"你现在的学籍在二中，萧教授说二中仍然可以推荐你保送，随时都可以报名单过去。"周芳征求他的意见，"你想要这个资格吗？"

裴清沅犹豫起来，很快听见季桐的声音在心里响起："软软，我查了一下，市里的规定允许保送生自愿参加高考，也可以在获得资格后，选择放弃办理保送手续。"

他的系统应该不知道他在挣扎些什么，但说的这句话，却意外地为裴清沅找到了问题的答案。

心结在这一刻陡然解开。

"我想要。"他说得简短有力。那明明是他靠自己的努力得到的资格。

周芳对这个答案并不意外,她点点头,正想说这对二中而言也是一种荣耀的时候,又听见裴清沅继续说道:"但我依然会参加高考。"

"欸?"周芳错愕地看着他,"不用高考的,你只要通过保送生考试就可以了……"

"我想和其他人一样等待明年六月的到来。"

裴清沅直视她的目光,答得坦率。

他不想放弃本该属于自己的资格,也不想因此失去自由选择未来去向的权利。

大概是在二中这些陌生的同学大声呼唤他名字的那一刻,他忽然有了某种奇异的归属感,不想与那些刚刚熟悉起来的声音就此告别。

而且,他的系统好像也很喜欢待在校园里的日子。

穿着球服的小朋友没有参与大人们的对话,只是低着头露出一点笑意。

周芳很快反应过来,露出欣喜的笑容:"如果你愿意的话,这样也很好。"

"那二中这届学生里,就能既出一个奥赛保送生,又出一个高分考生了,领导该高兴坏了。"她语气轻快地开了个玩笑,神情却很认真,"老师相信你,你一定能做到的。"

"无论你想去哪里,你都做得到。"

在这道充满信赖的声音之外,裴清沅还听见了一个稚嫩的声音。

"我也相信。"小朋友一边附和,一边颇为郑重地点点头。

周芳忍不住笑了出来。

这场比赛大获全胜后,时间已临近傍晚,篮球队按惯例可以提前放学回家休息了,徐教练特意当着诚德中学队伍的面宣布了这个消息,直接导致那群队员的脸色又黑了几分。

同学们陆续退场,兴奋地讨论着今天这场异常精彩的比赛,脸上洋溢着相似的骄傲。

在一片尚未退去的欢欣里,季桐等待着去换衣服的裴清沅,同时有一个问题想要问他。

他现在长期开着环境监测功能，尤其是在对手搞不好会乱来的篮球赛上。程序会自动识别周围出现的人，并反馈特殊数据给他。

在这场比赛上，季桐发现了一个意料之外的观众，全程都待在角落里看比赛，直到刚才跟随人流一起默默离场。

裴清沅换好衣服，背着包出来的时候，听到了季桐若有所思的提问："软软，你会原谅一个曾经深深伤害过你的人吗？"

"不会。"他说得很快。

季桐有些好奇宿主的果断："为什么？"

"也许有一天会放下。"裴清沅认真地回答着系统的问题，"但在深刻的伤害面前，不可能有真正的原谅。"

"有道理。"季桐不假思索地吹起彩虹屁，"宿主有很健康的原谅观呢。"简直跟每天早上五点起床的习惯一样健康。

闻言，裴清沅像是笑了笑，清澈的眼眸凝视着季桐，反问道："是她来看比赛了吗？"

季桐笑容僵住，不禁怀疑宿主是不是会读心。

"啊，什么她？我就是随便问问……"他支支吾吾起来，视线乱飘，最终慌忙地摸摸自己的肚子，转移话题，"软软，我觉得我好像饿了。"

裴清沅便没有再问。

他拉开背包拉链，拿出一包小零食，拆开后递给总是嘴馋的小朋友，然后重新牵起季桐的手，将步伐放得很缓。

"好，我们回家。"

第08章

●霸道季总●

"两份爆浆奶黄牛角包，一份椰丝牛奶小方糕，一共……"

收银台前，裴清沅接过顾客递来的托盘，手脚麻利地将松软芬芳的面包用小袋子装好，然后为顾客结账，再将边角掖得很整齐的手提纸袋递给对方。

"欢迎下次光临。"

他的动作很快，来结账的两个女孩子连偷偷拍照的时间都没有，她们下意识地对视一眼，又忍不住笑起来。

"走啦，早跟你说提前打开相机——"

"喀喀，我又没想干吗，快，趁热尝尝牛角包，好吃的话我们晚点再来买。"

"哼，你才不是来买面包的……"

裴清沅假装没有听见这些窃窃私语的声音，目送两位笑声清脆的客人推门离开。

透过洁净的玻璃窗，能看见店老板何世文和糕点师傅正在后厨一起忙碌着。

另一个营业员在整理货架，所以裴清沅独自守在收银台前，等待着下一位客人选好面包后向他走来。

与此同时，他的心里正回荡着季桐一本正经的提问。

"……最后一个问题，指导遗传算法搜索方向的规则是什么？"

"概率化的寻优方法。"裴清沅很快回答道，"不需要确定的规则。"

他话音刚落，瞬间听见季桐陡然欢乐起来的声音："课堂小测验全对，下课！"

裴清沅这才放松下来，不过季桐似乎比他更盼着下课，长长地松了一口气。

宿主一心二用边工作边学习的充实一天又过去了一大半，不得不说，这份面包店的兼职很适合人在机械劳动时顺便思考，钱包、知识双丰收。

虽然是季桐把这些知识教给裴清沅并进行检验的，但他授课时经常不带脑子，犹如一个没有感情的播音机器，直接让数据来判断宿主的回答正确与否。

因为这些拗口又复杂的名词听起来真的让人头大。

毕竟他只是一个伪装成人工智能的笨蛋人类，以前做人的时候天天都在努力学习，现在不需要动脑就能迅速拥有大量数据，那他当然选择抛弃知识，多吃点芝士。

发现季桐的声音彻底消失，手腕上表盘的彩光也渐渐暗下来之后、裴清沅很熟练地把视线转向了店门口，等待着风铃声响起。

随着牛角包风潮过去，最近星月面包店里已经没有那么多人排队了，喜欢追逐风潮的人们早已被下一个热点吸去了注意力。

不过整体上，店里每天的营业额还是比过去要提升不少，很多住在附近的客人慕名来买爆浆奶黄牛角包时，也会顺手挑些其他面包，尝过以后发现口味都不错，渐渐地便成了常客。

对此，店老板何世文乐见其成，他早就担心大家吃腻牛角包，已经研发了许多新品。而且这样一来，每天也不至于忙得连发呆摸鱼的时间都没有了。

比他更高兴的则是季桐。

那张照片的影响力慢慢减小，他终于不会再被走进店里的客人兴奋地叫小吃货了。

门口悬挂的风铃叮当作响，玻璃门被小小推开了一道缝，探出一张圆圆的笑脸。

"我放学啦！"

何世文在后厨听到动静，连忙擦擦手走出来，打招呼道："今天放学也很准时啊，不过现在的幼儿园这么辛苦吗？连周末都有培训班……"

季桐任由何世文捏捏自己的脸蛋，严肃地点点头，老气横秋地道："对呀，上课很辛苦的，但是我不能不上。"

裴清沅伸手接过季桐肩上毫无重量的星球造型小书包，听到他这样说，忍俊不禁地排队捏了捏他的脸蛋。

说得很好。

就是该换个主语。

今天季桐没有穿幼儿园制服,也没有穿背带裤,而是换了一身全新的造型。

蓝白相间的卫衣套装,胸前和袖子的部分被巧妙地设计成了恐龙的样子。左边袖子是恐龙脑袋,绣着可爱的眼睛和牙齿,背上还有尖尖的毛绒刺,蓝色线条延伸到身前,卫衣正下方白色的大口袋刚好成了恐龙的肚子,最后在衣服右边伸出一条短短的尾巴。

如此具有童趣的衣服并不是季桐能想出来的,必须归功于真正的小学生。

方昊上次开会时还嫌弃他的迷你西装幼稚,结果隔了两天就给他发了好多童装图片,语气冷酷地说这些比较好看。

系统0587号:"到底是谁更幼稚?!"

系统0499号:"呵,难道你不想在手臂上长出一只恐龙吗?"

……无法拒绝。

不仅季桐无法拒绝,其他成年人也无法拒绝。

何世文看着他的新衣服,忍不住动手揪了揪恐龙尾巴,面露惊奇道:"这衣服真好玩。"

季桐敏锐地听出了一丝"如果它有成人款,我也想偷偷穿上试一试"的跃跃欲试。

于是他笑眯眯地转头问宿主:"哥哥喜欢吗?"

裴清沉敏锐地听出了一丝"如果宿主喜欢的话,回家变件大的给你穿"的跃跃欲试。

他顺手解开自己的工作围裙,沉着应对道:"你穿很可爱。"

"何叔叔,我下班了。"裴清沉把何世文特意给季桐准备的新品糕点装进小书包里,一只手提着圆滚滚的星球小书包,另一只手牵着胸口长出了一只恐龙的弟弟,跟店里的人道别。

"今天去菜场买菜,想试一试自己做饭。"

这是十八岁生日那天他主动承诺季桐的。

现在他们两个人生活,周末他可以做饭,一起在家吃。

何世文依依不舍地目送一大一小带着星球恐龙远去,挥手道:"厨房里注意安全啊，要是控制不住场面了就给我打电话，你头几次做饭，千万记住别开大火！"

"知道了，谢谢何叔叔。"

街道上涌动的黄昏是烂漫的橙红色。

季桐抬头看了一会儿夕阳，片刻后转头告诉他："软软，我想吃西红柿炒鸡蛋。"

身边矮矮的灌木丛沐浴在夕阳里，一派苍翠。

于是他又补充道："再加一道炒青菜，营养全面。"

裴清沅："……"

他的系统真的很人性化，能如此自然地将对菜式的想法和周围的风景融为一体，丝毫没有怕他做不好菜的担忧痕迹，一点都不会伤到厨房新手的自尊心。

裴清沅默默地拿出手机，搜索菜谱。

再加个红烧肉好了。

应该不会很难吧?

在一路极高的回头率里，裴清沅淡定地领着季桐走进菜场，继续接受着周围人不断投来的慈爱目光。

"哎哟，好可爱的小娃娃，这么懂事，帮大人来买菜啊？"

卖鸡蛋的老奶奶看着眼前模样乖巧的兄弟俩，忍不住多添了一个鸡蛋给他们。

季桐便很有礼貌地挥手跟老奶奶道谢，袖子上的恐龙脑袋高高昂起，逗得老人家笑个不停。

买猪肉的时候，摊主大叔顺口问他要做什么菜，季桐立刻踮起脚抢答："哥哥想做红烧肉，他第一次做菜！"

"哦哦，红烧肉啊！"大叔和蔼地道，"喜欢肥一点的还是瘦一点的？给你挑块上好的五花……"

在季桐亮闪闪的目光里，他越发热心，详细地把怎么做红烧肉跟裴清沅叮嘱了一遍，连配料要哪些、什么时候放都讲得清清楚楚。

裴清沅听完之后，顿时感觉自己已经会了。

季桐也有同样的感觉："做菜好像不难嘛。"

两个人迈着节奏相似的步伐，信心十足地走向蔬菜摊。

买西红柿，摊主送了裴清沅一把葱；买青菜，摊主又送了他一把葱；买姜、蒜……

"不要再对别人笑。"裴清沅难得语气凝重地在心里提醒季桐。

他不想看见葱了。

袋子里的小葱都快比青菜多了。

季桐很听话，立即收敛了自己不小心散发的魅力，忍住笑意，哼着小调望向旁边的店铺，不过看着看着，他的目光突然定住。

裴清沅顺着他的视线看过去……

十分钟后，季桐背着星球书包，提着一袋鸡蛋率先走出了菜场，身后的裴清沅一只手拎着肉、菜，另一只手拎着一袋沉甸甸的雪糕。

季桐的卫衣口袋里则装满了最新口味的果冻和泡泡糖，把胸前恐龙的白色肚子撑得鼓鼓囊囊的。

他发誓自己这次没有笑。

是宿主自愿的！

回家的路上，后座的季桐揪着宿主的衣角，心满意足地看向天边越来越像西红柿炒鸡蛋的落日余晖，期待着今天的晚餐。

宿主学其他事都那么聪明，做菜一定也难不倒他。

其实裴清沅也是这么想的。

宽敞的厨房里，他系着新买的围裙，将五花肉洗净后焯水，再切成小块，顺便把其他的菜和配料也洗了，这些步骤都很简单，没有任何难度。

他站在水池前认真地洗菜，身边的空地上摆着两把小方凳，一把上坐着兴致勃勃围观的季桐，另一把上窝着懒洋洋围观的花花。今天的花花不太一样，身上穿了一条十分精美华丽的孔雀裙子，为它雪白的皮毛增添了非同一般的绚丽色彩。

所有准备工作完毕后，就该正式烧五花肉了。

在不影响宿主发挥的安全距离之外，季桐站起来，踩在了小凳子上，眼巴巴地盯着逐渐冒出热气的铁锅，花花也站了起来，好奇地摇晃起尾巴。

裴清沅本来是胸有成竹的，接下来的步骤早就印在了他脑海里。

不过在身边两位家庭成员的注视下，不知道为什么，他突然有一点紧张。

一点点而已。

油已烧热，该下锅了。

裴清沅深呼吸，镇定地拿起装肉的碗，将切得整整齐齐的五花肉倒了进去，残留的水渍哗啦撞进油里。

然后，厨房里霎时响起了宛如烟花爆竹燃放的噼里啪啦声。

季桐惊恐地瞪大了眼睛，花花害怕地缩回了脑袋，一统一猫对视一眼，争先恐后地逃出了厨房，小方凳上只剩下一条孤零零的孔雀裙子。

这不是数据和知识可以处理的问题。

这个声音实在太可怕了！！

裴清沅自己都没忍住，往后退了一大步，避开爆起的油星。他扭头看着慌忙四散的家庭成员，心里不禁升起一个难以启齿的念头。

……他能不能也先出去躲半分钟？

不过这个念头仅仅在裴清沅脑海里停留了两秒钟，就迅速消散了。

隔着厨房的玻璃门，他看见季桐拿起了放在桌上的手机，一脸慌张地伸出手指快速杵着屏幕，似乎在拨号，旁边的花花受惊之余，也直起了身子一起望着手机屏幕，一副焦急等待的样子。

不会是在给何世文打电话求助吧？

这只是油遇到水的自然反应而已。

短暂的慌乱后，裴清沅已经意识到了问题出在哪里，他应该把肉完全沥干水分再放入油锅的，或者先把火调小，敏捷地丢下肉就跑开，等油星爆完了再凑过去。

但至少截至目前，锅里的肉尚算正常。

他还没有彻底失败。

裴清沅迅速做好防护措施后，转头朝门外道："没事了，不用找何叔叔。"

在一片噼里啪啦的噪声里，季桐模模糊糊听见了宿主的声音，他拨号的动作顿住了，抬头望过去。

片刻后，季桐的手指不由自主地上移，手机完全挡住了自己的脸，他将摄像头移动到合适的位置，然后"咔嚓"一声，定格了这充满纪念价值的一幕。

画面中央的少年一只手举着锅盖，像盾牌似的挡在面前，另一只手提着锅铲，手忙脚乱地转过头看向他，完全没有往日的高冷风范。

这样的宿主看起来真好玩。

他的日记里又将增添一张无比精彩的新照片。

油爆声渐渐小了下去，裴清沅放松了戒备，尝试再次接近滋滋作响的油锅，握着锅铲翻炒起因为太久没翻面而微微焦黄的五花肉。

很顺利，没有再出什么问题。

裴清沅回忆着印在脑海里的菜谱，感觉一切重新回到了掌控之中。

唯独门外的季桐和花花看起来有点怪怪的。

不知道为什么，季桐放下手机后笑得很开心，花花更是躺平了傻乎乎地打起滚，圆滚滚的爱心屁股啪嗒撂在地上。

……大概是闻到五花肉的香味了吧。

裴清沅不确定地这样想。

在接下来的时间里，季桐和花花学聪明了，支使裴清沅在焖肉时抽空把两把小方凳拿到了门外，一统一猫隔着绝对安全的玻璃门，继续围观他做菜。

迈过了油爆这道坎之后，裴清沅显得得心应手了很多，尤其是他牢牢记住了何世文的那句叮嘱。

只要不开大火，锅里的菜就都有救，不至于在眨眼间焦到无法挽回的地步。

慢慢被夜色浸没的屋子里，很快充满了各种各样的香味。

电饭煲里飘出米饭清醇的香气，被转移到砂锅里的红烧肉咕噜噜地冒着酱红色泡泡，铁锅里红糯的西红柿被金黄的蛋液柔软地包裹起来。

馋得肚子咕咕叫的季桐，拖着小凳子走到客厅墙壁上的开关前，踩上去踮起脚开灯，闲得没事干的花花扭着孔雀裙子，一步一步地跟在他身后。

他"啪"地按下开关，橙黄色温暖的灯光霎时在屋子里亮起。

季桐实在太矮了，裴清沅顾不上帮他的时候，小凳子就成了他的居家必备利器。

要是依然不够高，他还可以把花花举起来，用猫爪子做事。

拥有一只能听懂人话的不掉毛的猫咪，真是幸福啊。

宿主当时毫不犹豫地选了这个奖励，简直太有先见之明了。

晚餐时间，花花翘起尾巴在餐桌边巡逻溜达，裴清沅则在桌上摆好了碗筷和热气腾腾的菜。

三道菜的卖相都很好，红烧肉色泽亮红、气味浓郁，西红柿炒蛋红黄交织，炒青菜绿得刚刚好。

季桐坐在儿童椅上，端起碗口跟自己的脸差不多大的碗，用饱满的情绪下了第一筷。

虽然他没有如愿以偿变成一个长腿的大碗，但他的确拥有一个对三岁小孩来说非同寻常的大碗。

宿主给他买的。

坐在对面的裴清沅还没动筷，目光有些紧张地注视着一号家庭成员的反应。

红烧肉有一点点咸，西红柿炒蛋有一点点甜，炒青菜有一点点淡。

但是无伤大雅，对比季桐之前搜出来的人类第一次下厨房的惨状，这一点点调味失误，根本称不上是什么问题。

季桐迅速露出了一个满含肯定的笑容。

"好好吃。"他用实际行动证明着自己的赞美，"宿主真厉害。"

看他吃得这么高兴，裴清沅总算放下心来。

结果他才尝了一块红烧肉，眉头顿时紧蹙起来。

"会不会太——"

"咸"字还没说出口，裴清沅就看到季桐对他举了举自己的大碗，热情洋溢地道："很下饭哦。"

花花跳上空椅子，欢快地"喵"了一声，像在赞同小主人的话。

他忽然觉得没有那么咸了。

不过他还是主动起身给季桐倒了一杯水。

在宿主无微不至的照顾里，季桐深受感动，当即想找人炫耀一番。

现在他有了两个同在系统界上班的人类朋友，但大家身处的世界有壁，平时除了开会也见不到面，只能在无聊的时候通过内网拉群聊天。

季桐立刻把这顿晚餐的照片发到了群里。

系统 0587 号："宿主给我做的第一顿晚餐，色香味俱全。"

系统 0587 号："啊，我的宿主真是全能天才！"

方昊那里很快也传来了一幅图像。

和现代家庭里的餐桌与菜肴截然不同，画面里是一角接近于仙侠剧造型的黑色衣袍，腰间佩着一柄暗金色的长剑，十分夺目。

系统 0499 号："宿主给我炼制的第五把剑鞘。"

系统 0499 号："第五种金色。"

他们俩斗了好一会儿嘴，傅音音的消息才姗姗来迟。

系统 0214 号："宿主叫我姐姐。"

傅音音没有发图，但这句话一出，季桐和方昊都沉默了。

奇异的攀比风气。

轻飘飘的碾压。

裴清沅注意到季桐突然停下了筷子，仿佛双眼发直地思考起了什么问题。

"怎么了？"他问。

"没什么。"季桐叹了口气，胡扯道，"就是看着这些菜，忽然有一种宿主长大了的感觉，这是人类常说的母爱吗？"

其实他是在想，有朝一日，能不能听到宿主管自己叫一声哥哥呢？

似乎有点难。

但做统总要有个梦想。

而且他在成为系统前，其实还没过十八岁生日，如果把做统的日子也算上，可能确实比宿主要大几个月，当得起这一声哥哥。

裴清沅："……"

他淡定地往季桐的大碗里夹了一块红烧肉，熟练地装作什么也没有听见。

他的系统总是这样热衷于探索学习人类的感情。

饭后，裴清沅在厨房里洗碗，好奇地听着客厅里不时传来的桌椅挪动声。

季桐说明天是周一，又要开始为期一周充实忙碌的学习生活，所以今天晚上就不看书了，由他来安排有助于身心放松的娱乐活动。

他很想猜一下，但在系统神秘莫测的脑回路面前，实在找不到猜谜的切入点。

所以裴清沉动作利索地收拾好了厨房，擦干手上的水渍出来，一眼便看见宽敞的阳台上亮起了一闪一闪的星星灯。

深邃夜空下，阳台的栏杆上缠绕着季桐不知道从哪儿变出来的小星星装饰彩带，照亮了整片空间。阳台正中央摆着一张小圆桌，桌上摊着一张颜色花里胡哨的纸，旁边端端正正地摆了四把小方凳。

其中三把方凳已经有主了，分别坐着季桐、花花和一块无比熟悉的手表。

"软软，来下飞行棋吗？"见他从厨房出来，季桐笑眯眯地向他招手，"三缺一哦。"

裴清沉呆立在原地沉默片刻，顺从地向阳台走去。

幸好他没去猜。

这显然不是正常人类能猜中的东西。

这项娱乐活动非常有季桐的风格，新颖中带着一丝无厘头，有趣里弥漫着几分幼稚，但又让人无法拒绝这个提议。

因为裴清沉长这么大，真的没跟同龄人一起下过飞行棋。

更别说和一只猫以及一位能一人分饰两角的人工智能下了。

娱乐活动开始前，裴清沉唯一的坚持是审视了一圈周围的居民楼，看看会不会有人不小心发现这一幕奇景。

好在楼房间距很宽，又有环境监测功能加持，季桐保证，他们一家绝对不会被特殊事件调查局发现并集体抓走。

裴清沉放心地接过骰子，开启战局。

……说起来，应该不存在这种组织吧？

这天结束时，《宿主驯化日志》里多了满满当当好几页新内容。

"10月21日，天气晴，吃得很好。

"除去平时的早餐，今天是宿主第一次尝试做菜，并留下了这张必将载入史册的珍贵的举锅盖照片。

"宿主拒绝了谁输谁就要喊对方哥哥的提议，因为他觉得这场飞行棋比赛有失公平，本质是三打一。

"小美明明是独立的个体，我只是帮他掷骰子而已！而且花花明明更听宿主的话，我让它不许打我的飞机，它装听不懂。

"这是一场公平的2vs2！

"然而再公平的决斗也敌不过宿主是个欧皇[①]，连续四次掷到六，四架飞机一起出动，太过分了。"

"唉，算了，下次再找个机会骗宿主叫哥哥。"

每天的五个小时人形时间用尽前，季桐洗漱完毕，穿着睡衣爬上了次卧温暖的小床，准备很有仪式感地在被窝里消失，无缝衔接意识空间里那张玩偶大床。

站在次卧门口的裴清沅为他关了灯，互道晚安后关上门，放轻脚步走向自己的房间。

很奇怪，他又想打喷嚏了。

明天是不是该多添一件衣服了？

夜晚，一切都寂静下来。

日出如期而至。

十月下旬，秋景越发萧瑟，天气渐冷。

天天泡在卷子和课本里的学生们，已经开始期盼寒假的到来了。

再过几天，包括裴清沅在内的一批学生就要去诚德私立高中参加文化交流活动，其他没能入选的同学羡慕了一阵之后，很快便投入气氛越发紧张的学习中去了。

第二次月考在即，大家都在努力学习。将在十一月初举办的运动会也在这几天开始报名，这差不多是高三学生们一起参与的最后一个集体活动了。

裴清沅作为班长，负责收集整理大家的报名意向，他本以为最近格外用功学习的三班学生应该不会想参加，结果大家很是热情，按照自己往年参加的经验，把不算太辛苦的百米跑、跳远之类的项目都报满了。

他本来不想知道原因的，但是季桐非常积极主动地告诉他："是因为宿主在篮球赛上的表现很有感染力，大家都想像宿主一样德智体美全面发展，所以这又是宿主的功劳！"

裴清沅：……不想说话。

他给自己报了两个项目，4×100米接力跑和4×200米接力跑。接力

[①] 网络用语，指运气非常好的人。

跑容易因为自己的失误拖全队后腿,参赛者心理压力比较大,所以暂时没报满。

目前还剩下最累的1500米长跑没人报名,裴清沅看着手头的报名表,正打算去问班主任,班上哪些同学比较擅长长跑的时候,林子海主动找了过来。

"班长,1500米有人报了吗?没有的话我去怎么样?"

裴清沅意外地抬起头,打量了一下学习委员明显很少运动的身材,冷静地劝说道:"你以前跑过吗?很累的,不要勉强自己。"

听到他这样说,林子海本来还有些犹豫的语气瞬间坚定了起来。

"不,班长,我要去!"林子海瞥见了他手头的报名表,羞愧道,"你都报了两个没人去的项目了,大家都是班干部,我不能逃避责任。三班是一个集体,我们不仅是一起上课的同学,更应该是并肩奋斗的朋友。"

"不用再考验我了,这次的1500米我一定会跑好的,不给三班丢人!"林子海下定决心道,"帮我报名吧,谢谢班长!"

裴清沅深吸一口气,握紧了手头的笔。

面对这位脑补倾向最为严重,还带动了班上同学一起脑补的学习委员,他已经忍无可忍了。

就在裴清沅想要澄清自己从来没有那些用心良苦的想法时,突然听见了季桐激动的声音。

"软软,任务面板闪绿光了!"他惊讶地道,"第二项主线任务有进度了,拥有一群可靠且优秀的好朋友,这个任务步入正轨了!"

裴清沅听完,忍不住闭了闭眼睛。

这是一个好消息。

但似乎又不是那么好。

……这个任务系统到底有着怎样深奥又神秘的判定规则?

林子海看出了他的欲言又止,兴冲冲地道:"班长,你想说什么?"

"没什么。"裴清沅理智地把话憋了回去,缓慢又沉重地在报名表上写下林子海的名字,"谢谢你的踊跃报名,加油。"

在班长沉甸甸的话语里,林子海听出了一种由衷的赞许。

班长终于认可他了!

林子海的心里蓦地涌上一丝感动,铿锵有力地道:"班长放心,我一定不会辜负你的期望的!"

拿着手中这张很快就被填满的运动会报名表，裴清沅表情复杂地走向教师办公室，准备交给班主任。

他还在心里消化要和林子海成为好朋友这件事。

真是令人猝不及防。

周芳接过他递来的报名表，惊喜地道："这么快就报满了？"

办公室里的其他老师跟着瞄了一眼，感叹道："周老师，你们三班同学积极性很高啊。我们班那群人催都催不动，一个个推三阻四的……"

周芳笑呵呵地谦虚道："是我们班长带动得好。"

"对了，"她看向裴清沅，"学校里已经把推荐保送的名单报到江源大学了，这是咱们学校最近几年第一次保送奥赛生，校领导都很高兴。"

听她提到这件事，旁边其他老师的羡慕之情溢于言表。

周芳认真叮嘱着眼前的学生："我打听了一下，江源大学的保送生考试在年底，应该是十二月左右。到时候我会提醒你去参加的，别忘了啊。当然，高考也要好好准备。"

立刻有人调侃她："周老师，真想跟你换个班，你们班现在也太好了。"

周芳便笑道："不换不换，我才舍不得呢。"

听着办公室里响起的欢声笑语，裴清沅点头应声，表情毫无异样。

他已经开始学会接受走到哪儿都被表扬这件事了。

过去在裴家的时候，叶岚庭总觉得他获得的一切成绩都是理所应当的，甚至还不够好，所以很少夸他，导致他渐渐变得很不适应这些话。

而现在，他的系统总能找到奇奇怪怪的小细节对他大加赞美——从放多了盐的红烧肉到战况激烈的飞行棋——逐渐令裴清沅对这些溢美之词脱敏。

二中这些日渐改变的老师和学生则不用说了，连不常见面的萧建平也是。

之前在季桐给他上课的时候，裴清沅偶尔会遇到一些季桐无法解答的人类视角的发散性问题，他索性拿去问萧建平，顺便为萧建平打电话告知二中保送一事的热心和善意道谢。

在这些十分基础的人工智能领域的问题面前，萧建平终于相信他是个彻彻底底的门外汉，不具备研发出小美的能力，目前正在零基础学习这些知识。

裴清沅原以为这能让两人之间关于小美的误会就此结束，却没想到萧建平竟然更加看重他了。

因为他本来学习能力就强，悟性高，再加上系统这个金手指，他吸收知识的速度要比平常人快很多，萧建平亲眼见证他拿来提问的问题一路升级，惊讶于他一日千里的进步速度，反而坚定了要把他收入门下的决心。

为此，萧建平已经准备明年不带研究生了，要专心给本科生上课，还动不动就打电话骚扰招生办老师，让他们赶紧把考试提前办了，或者不考试也行，他觉得裴清沅这个名额是板上钉钉的事，完全可以现在就来大学旁听，不能浪费这宝贵的时间了，他热烈欢迎。

听到电话那一端越发热情的声音，裴清沅握着手机的手指慢慢顿住。

季桐看着宿主渐渐僵硬的表情，简直笑得想打嗝。

萧教授还不知道宿主把江源大学当成了备胎的事呢。

不知道他得知这件事的时候会是什么样的反应。

这就是音音姐每天都在围观的修罗火葬场吗？

突然有点羡慕她。

"软软，你是不是想离开这座城市，去外面看一看？"

等裴清沅打完电话后，季桐问他。

裴清沅从小在这座城市长大，虽然这里气候、经济、文化都非常优越，江源大学也是全国顶尖的名校，尤其人工智能专业的排名是全国第一，可以说在国内求学没有比这里更好的选择了。

但他毕竟在这里经历了一段陡然转弯的人生，有很多也许这辈子都不愿意再见面的故人，季桐猜他可能是因为这个，才在江源大学和其他城市的学校之间纠结。

裴清沅回过神来，点点头，很快又摇了摇头。

他起初的确想借着上大学的机会逃离这里，权当人生前十七年的经历从未发生过。

但后来，他又在这里看见了许多种不同的温暖，也遇到了彻底改变自己命运的季桐。

所以他暂时不知道自己的未来会去往哪里。

"没关系，我们还有很长的时间可以慢慢做决定。"表盘上豆绿色的季桐，眼睛亮晶晶地看着他，"宿主那么厉害，想去哪里都可以做到的。"

又是无孔不入的彩虹屁。

裴清沅失笑着拭去手表上沾染的飞尘。

"嗯，以后会决定的。"

如果人总待在同一个地方，大多会慢慢觉得厌倦和腻味，想去新的地方看一看。

不知道人工智能会不会这样。

虽然裴清沅还不知道自己想去哪里，但他很确定，如果到了决定未来的那一天，季桐已经厌倦这个城市了，那他一定会选择离开。

当自己找不到答案的时候，看一看身边最亲近的这个小机器人，也许就会有答案。

"今天晚上去看训练吗？"

"去！好几天没去了，装成小美的时候，听到大家都在想我。"

"想吃什么？"

"我想想，最近吃得太好了，应该吃点清淡的中和一下，嗯……冰淇淋火锅怎么样？"

……果然很清淡。

"好。"裴清沅面不改色，"我去通知付成泽。"

原本很能吸引异性的篮球队队长付成泽，在裴清沅出现后逐渐失去了魅力。

不过前一阵他的人气凭借着和小朋友季桐一起吃东西的照片迅速回升，而且范围不再局限于高中女生，甚至逐渐招来大量成熟姐姐的青睐，付成泽为此甚至快乐得长高了一厘米，都一米八六了。

这直接导致付成泽每天喜气洋洋，视季桐为福星，殷勤主动地提高他的夜宵标准。

对此，裴清沅只能评价为：天作之合。

傍晚时分，踏着纷飞秋叶，他从学校角落走向体育馆。

季桐开始准备他备受赞誉的恐龙卫衣，准备让篮球队的这群大男孩羡慕得流口水。

之前他有段时间没用三岁半形态出现在篮球队，是因为怕还在执着于私生子问题的叶岚庭又找上门来。

不过现在连十分在意小美的萧教授都被搞定了，区区一个爱钻牛角尖还不听道理的叶岚庭，怎么能继续阻挡他的夜宵大计？

而且他很记仇的，叶岚庭霸道地剥夺宿主保送资格的仇还没报呢。

所以季桐已经偷偷地给叶岚庭准备好了一个惊喜。

裴清沉觉得自己似乎又听见了季桐哼起旋律奇异的小调。

不知道谁又要倒霉了。

他的心里生出一丝淡淡的同情。

今年市级高中联赛的循环赛已经结束，二中的积分名列第一，是前所未有的好成绩。

现在只剩下半决赛和决赛，这两天就会举行。

他们当然会是冠军。

他在体育馆门口停下脚步，修长的手指按在门上，沉稳地推开，霎时传出篮球撞击地面的声音。

另一边，在循环赛中惨遭大比分失利的诚德高中篮球队就没有这么好过了。

诚德一直是传统篮球强队，那天在二中却被打得完全抬不起头来，豪华大巴驶回占地面积极其广阔的诚德时，载着一车谁也不想说话的低气压。

更糟糕的是，那场比赛似乎只是一个开始，在接下来的数场比赛里，诚德球队的发挥时好时坏，积分一路落后，最后居然连半决赛都没有进。

队长李博宇很快被学校老师叫去谈心，其他队员见状更是愤愤不平，将责任归咎到了二中那场比赛中极其夸张的主场气势上。

要不是二中丝毫不懂礼貌，喊来那么多人为自己学校的球员助阵，他们不至于打成那样，后边也不会一路失利。

这一连串与往年相比十分耻辱的失败，几乎让整个篮球队都感觉在学校里抬不起头来。

抱着书的学生们从眼前走过，可孙庭皓总觉得他们落在自己身上的目光里带着一丝微妙的轻蔑。

他别开脸，低低地咒骂一声，旁边的向锦阳便好声好气地安慰他。

"不气了，都过去了。"他顺口道，"周末出来玩吗？散散心，我刚有了辆新车。"

孙庭皓选择性地忽视了后半句话，愤愤道："那家伙真是阴魂不散，以前在诚德看他就烦，现在被赶出去了还这么能给人找事……"

向锦阳很快妥帖地收敛起了那丝被粗暴忽略的尴尬，附和道："是啊，他一直就是这样让人讨厌。"

他表情关切地陪孙庭皓聊了一会儿，才目送他起身离开去篮球队加紧练习。

原来裴清沅在二中过得很不错。

他握紧了拳头，眼神阴郁，然而身边人来人往，于是他又很快舒展了表情，笑着同旁边路过的相熟同学主动打招呼。

有些人礼貌回应，而有些人，往往只敷衍地瞥过来一眼，权当看见了。

向锦阳很清楚，这群公子哥里几乎没人真正看得起他。

他们知道他是管家的儿子，远房亲戚的名头说着好听，实际就是裴家独生子的跟班，过去是裴清沅的，现在是裴言的。

没人把他放在眼里，谁也不觉得他能对自己造成什么威胁，许多话会防备着其他人，却不会吝啬于讲给一只蚂蚁听，所以他反而知道很多事。

很多足以让他拥有力量的事。

放学时，开着豪车来接他和裴言的司机早早地候在了校门外。

向锦阳和面露疲惫的裴言一起上车，闲聊着今天发生的一切琐事。

"你知道江源大学的萧教授吗？"向锦阳语气平常地道，"他是人工智能方面的顶尖专家，很有名的，诚德以前邀请他来举办过讲座。"

裴言对此一无所知，脑海里甚至还在努力思考今天没能做出来的那道题，但他仓促地点点头："嗯，听说过。"

"我有个哥们儿本来想报他的研究生，结果打听到他明年可能不招了，说是没空。"向锦阳一副闲聊的口吻，"你猜是为什么？"

"我……不知道。"

裴言其实很想问，这个教授跟他有什么关系呢？

但他没有说，只是茫然地摇摇头，依然在想着那道题。

"你肯定猜不到。"向锦阳忽然叹了口气，"老实说，我都不敢相信，还以为是重名了。"

听到这里，裴言的心里蓦地有了某种荒诞的预感，他怔怔地听下去。

"萧教授的儿子跟咱们差不多大，是一中篮球队的，他去看儿子比赛那天，遇到了一个在人工智能这块儿特别有天赋的高中生……"

262

向锦阳说得很慢，唯独最后那个名字，语速极快地一语带过，似乎不想令他太在意。

可裴言听得清清楚楚。

裴清沅。

那道解不开的难题突然从他脑海里消失了。

他的大脑一片空白。

向锦阳揽上他的肩膀，宽慰道："别多想，说不定真是重名。

"而且，就算他真有那么厉害，也没关系，你才是裴叔叔和叶阿姨的孩子，谁也取代不了你。"

向锦阳的安慰恰到好处，他注视着裴言逐渐失去血色的面孔，心里泛起一阵难以言喻的快感。

出身真的能决定一切吗？

他不觉得。

戴着白手套的司机打开后座车门，伸手挡在车门顶旁，弯腰等候他们下车。

气氛异样的对话戛然中止，两个年龄相仿的少年先后俯身下车。

向锦阳是先下来的那一个。

他微笑着，帮裴言拿上书包，脚步轻快地向裴家大宅走去。

夜晚的灯光翩然亮起。

听到儿子低着头说自己想接触 AI 领域知识的时候，叶岚庭压根没有试着看清他脸上的表情，挥挥手就答应了，承诺会帮他找老师辅导。

与互联网相关的这些领域飞速发展是大势所趋，现在连小学里都有编程社团，她反倒嫌裴言开始得晚了。

而且这种小事，和丈夫那个被藏匿得很好的私生子相比，根本算不了什么。

叶岚庭已经很久没有睡过一个好觉了。

她想不通丈夫是怎样做到背着自己弄出这些事来的，更想不通自己苦苦追查了这些天居然会一无所获。

这不可能。

裴清沅那个带着嘲讽的冷淡眼神时常浮现在叶岚庭的噩梦里。

她憎恨这种失控的感觉。

又是一个寂静的夜晚,裴明鸿照例留在公司,裴言听话地待在房间里看书,保姆们小心地各司其职,谁也不敢触怒这个面色阴沉的女主人。

她独自坐在没有旁人的花园里,剥离了平时优雅高贵的笑容,面无表情地注视着今晚格外暗淡的月亮,想着接下来还能怎么办。

直到手机铃声突兀地响起,打断了她的思绪。

叶岚庭微微侧眸,面露不耐烦地望向茶几上的手机。

屏幕上显示是"未知号码"。

不是认识的人,也没有显示具体的手机号,只有这不同寻常的四个字。

叶岚庭有些错愕,原本不想理会。

可月亮不见了,夜空里的阴云缓缓飘浮,遮住了最后一抹皎洁。

耳边的铃声却不肯停息。

片刻后,她鬼使神差地伸手接起。

在轻缓的电流声中,叶岚庭听见了一个陌生男人的声音。

"叶女士,适可而止。"

那是一道极其冷峻的声音,有着令人难以忽视的倨傲,又自然到仿佛本该如此。

叶岚庭怔住,她张了张嘴,出口的话语下意识地便带上了一丝谨慎。

"您是……"

听到她这样问,男人像是笑了,低沉的笑声转瞬即逝,很快淹没在毫无感情的电流声中,涌起丝丝寒意。

"你一直在调查我的儿子。"他似乎饶有兴致,温声道,"怎么样,对结果满意吗?"

在这充满了危险意味的话语面前,叶岚庭的手指蓦地收紧,一种恍惚的情绪震颤着她的神经。

你一直在调查我的儿子……

她略显迟钝地拆解着这几个字,尝试拼凑出它背后的含义。

是那个孩子吗?

"抱歉,我不明白您在说什么。"

叶岚庭竭尽全力维持着语气的镇定,尽管内心已经掀起了惊涛骇浪。

那不是她丈夫的私生子吗?

她明明从那个孩子的眉眼里看出了丈夫的样子……

"是吗？"电话里的那个男人有些遗憾地低笑一声，"你换了三个私家侦探，可惜他们都无功而返，不过我最欣赏第一个，你知道是为什么吗？"

叶岚庭听到这里，面露错愕，她不敢回答这个问题，只能尽量让自己的呼吸显得不那么急促。

"因为我的儿子说很喜欢他戴的那顶鸭舌帽。"男人的声音里带上一丝宠溺，很快又变为彻骨的冷意，"而且，他知道什么时候该收手退出。"

叶岚庭渐渐僵住。

第一个私家侦探给她找来了小男孩吃面包的照片，但始终没能找到任何可供提取身份信息的生物检材，总觉得这桩看似寻常的抓外遇案子里带着一丝古怪，所以他主动向叶岚庭提出不干了，当时她还大发雷霆。

直到这一刻叶岚庭才知道，原来她一直以来的隐秘调查，全都被别人看在眼里。

她心知不可能再狡辩下去，踌躇片刻后，柔声道："对不起，我想这是一场误会，我一定是找错人了……"

她的话还没有说完，电话那端又隐约传来了一道孩子的声音。

"爸爸，你还没打完电话吗？"稚嫩的童音里带着撒娇的意味，"我要去看哥哥打篮球，训练快开始了。"

叶岚庭立刻意识到了这个孩子是谁，也猜到了这个孩子口中的哥哥是谁，她屏住呼吸听着。

然后她听见男人的声音变得微微遥远了一些，他用截然不同的柔和语气应道："好。"

"我希望你离他们远一点。"再面对她时，男人的话语里带上些不耐烦，"听清楚了吗？他们。"

不只是这个来历神秘的孩子，还包括他身边的裴清沅。

叶岚庭想要试着反驳，那明明是曾经与她朝夕相伴十多年的孩子，一个不知身份的外人有什么资格来要求她远离？

而男人的下一句话却让她彻底打消了这些念头。

"你和裴明鸿很相似，都喜欢做危险的事。"这道冷冽的声音里带上了近乎怜悯的叹息，"质押股权套现后再投资，市值越发漂亮，可杠杆越做越大……不觉得像在走钢丝吗？"

"不过刚好,我喜欢看别人玩这样的游戏。"男人温文尔雅地笑起来,"祝你们好运。"

这通电话到这里戛然而止。

叶岚庭的动作停滞了几秒,随即难以置信地点开手机通话页面,想要找出这个号码,却发现这条来电记录消失无踪,好像一切都只是她的一个幻觉。

裴明鸿刚刚投资了几家公司,可想要借质押融资套现,继续扩大集团规模这件事根本没有外传,甚至连绝大多数股东也不知道,因为裴明鸿还在犹豫,没有正式做出决定,只是对她提起过。

他找了几个信得过的人正在商量具体的操作方案,试图在外表上包装得天衣无缝,把风险降到最低的同时,博取最大化的利益。

这个来历不明的男人又是怎么知道这个消息的?

他最后的笑声里带着不言自明的威胁。

叶岚庭在惊慌失措之余,第一反应就是要打电话通知裴明鸿,这件事有可能会被人作为把柄,但在拨出号码之前,她又生生地缩回了手指。

如果裴明鸿追问起这个人是谁,为什么会注意到他们,她该怎么回答?

因为她不相信任何人的解释,一意孤行地去调查那个所谓的私生子,然后惹到了一对根本查不到任何身份信息的父子吗?

他们究竟是什么来历?

脑海里思绪翻涌,叶岚庭颓然地将身体抵在了椅背上。

她不能说,也不能在丈夫面前表现出半分异样。

否则她极力维护的这个家将会更快地分崩离析。

那个男人现在只是口头威胁,如果她不再去打扰那个小孩和裴清沅,是不是就什么都不会发生了?

她只能这样安慰自己。

在一种几近虚脱般的感受里,叶岚庭神情茫然地从手机里翻出了那张曾让她耿耿于怀的照片。

画面中央的孩子依然全情投入地吃着手中的牛角面包,有一张很纯粹的笑脸。

这一次,她再也无法从那陌生的、稚气的眉眼里找出丈夫的痕迹。

她看出了一种遥远的睥睨,令人遍体生寒。

怪不得她怎么查都查不到这个孩子的资料,连她每次找上门去的时候都恰好见不到这个孩子的面，而刚回到亲生母亲身边的裴清沉又独自搬离了那个家。

一切看起来像是巧合与偶然，可背后却是另一个人不动声色的保护。

裴清沉是怎么接触到那样的家庭的？

在愈演愈烈的焦灼与恐惧中，手机被重重摔到地上，发出沉闷的声响。

叶岚庭不能接受这个事实。

她才是那个从云端跌到泥里的假儿子需要仰望的对象。

而不是反过来。

"哐当"一声，体育馆的大门被推开，穿着一身恐龙卫衣的季桐背着星球书包走进来，顿时吸引了无数道热情的目光。

"桐桐来啦！"

"这卫衣好可爱啊，有没有大人能穿的？"

"桐桐，冰淇淋火锅一会儿就到！"

季桐今天脸上的笑容格外灿烂，挥手一一跟大家打招呼。

当霸总的感觉真好，简直让人神清气爽。

裴清沉回眸看季桐。他注意到傍晚时季桐从他脑海里消失，过了好一会儿才以人类形态出现。

也许是在定期维护数据，裴清沉这样想，所以他没有问。

在徐教练慈爱的目光里，季桐走到自己的专座前坐下，怀里抱着那个为他新买的大黄鸭。旁边的椅子上则放着毛茸茸的小黄鸭，还有没有灵魂的手表小美。

场面十分温馨宁静，跟季桐意识里激烈的群聊形成了鲜明的对比。

"季总上传了一个录音文件。"

季总："啊啊啊啊啊啊我好帅！！好帅！！！"

昊哥："……你能不能稳重一点？"

音音："确实很帅哦，姐姐都快心动了。"

本来他们用的都是默认的系统编号，但在今天之后，季桐不再满足于那一串平平淡淡的数字，他觉得自己应该被称为季总。

方昊当然不甘示弱，立刻跟着改了名字，只有傅音音维持着成年人的端庄与朴实。

自从季桐给自己随口编了一个"请裴清沅当家教老师的富裕家庭的小孩"的身份开始,他就一直想试一试一边演小孩一边演爹妈的双簧。

他仔细分析了宿主目前的处境后,决定让叶岚庭成为第一位欣赏这场表演的幸运观众。

他起初想扮演一位小说里最常见的典型霸总,不过相关经验不足,想到专精言情火葬场世界的傅音音应该见过很多这类男主,所以决定向她求助。

傅音音对此很感兴趣,非常热情地提供了许多建议。

因为系统们其实经常很闲,毕竟大家的宿主不是每时每刻都陷在紧张刺激的剧情里,也是有很多用不上系统的日常时刻的。

音音:"小孩已经三岁了,自身又有规模庞大的企业,那我觉得霸总的年龄在二十九岁左右比较合适,多一岁太老,少一岁不够味。"

音音:"对外冷酷对内温柔的总裁男主最受欢迎,容易营造出苏感[①],不过我们那里最近开始流行手戴佛珠、清心寡欲、不沾荤腥的禁欲系了……算了,这种不太适合你。"

季桐听得十分认真,唰唰地做着笔记,感觉深受启发,方昊看他们俩讨论得热火朝天,也不甘寂寞地插进来。

昊哥:"那么费劲干吗?反正是威胁反派,就一个字——狂!"

音音:"……一上来太狂了容易被当成精神有问题。"

音音:"不过确实需要狂,我的建议是狂得内敛,狂得深邃,狂得收放自如。"

群策群力之下,季宴行的形象逐渐变得立体丰富起来。

没错,这个虚构的角色还有了名字。

由傅音音友情提供,据说是从"火葬场"世界中各个男主姓名的高频词里选出来的。

季宴行,男,二十九岁,手眼通天的霸道总裁,背景神秘,气场强大,待人冷漠,唯一在乎的就是自己的儿子季桐。

妻子身份不明,可能生下季桐就跑了,回头等你的成长值攒到能开放互通权限的时候,我可以友情出演。(傅音音注)

[①] 指自然流露出的具有吸引力的特质。

常穿一件剪裁得体的黑西装,黑衬衫也行,反正黑色就是最帅的。(季桐注)

一般情况下都是冷冷的,用笑容来展现狂妄,对外人语气越温和就意味着越危险,这个我熟,跟我学。(方昊注)

……

在如此详细的人物设定前,季桐简直产生了一种自己真的有个爹的错觉。

当然,抛开这些外在条件,为了确保叶岚庭会相信自己的鬼话,季桐特意去调查了裴明鸿公司的一些信息。

他的调查和叶岚庭流于表面的调查不一样,只要那些资料以数据形态存在着,就能被他找到,所以他轻而易举地窥探到了裴明鸿的秘密。

当季桐发现裴明鸿为了利益敢这样铤而走险的时候,也着实吃了一惊。

如果现在宿主已经有了足够的资本,完全有可能借此机会扳倒他。

不过没关系,有季总在。

刚刚扮演完霸总的季桐忍不住露出了自信且狂妄的微笑。

休息间隙,裴清沅看见小朋友又抱着小黄鸭玩偶傻笑起来,终于忍不住内心的好奇,走了过来。

"你在笑什么?"

季桐轻咳一声,收敛表情,想了想,觉得应该告诉宿主这个好消息。

"软软,叶岚庭在短时间里,应该不敢再来烦你了。"他仰着脑袋邀功道,"这两个家庭,你都暂时摆脱了。"

这个原委解释起来比较复杂,他有那通电话的全程录音,时间不长,索性直接在脑海里放给了裴清沅听。

"对了,我还制造了一些证据。"

季桐想起来了什么,连忙打开自己的星球书包,往外掏照片。

这是季宴行的影像资料。

豪宅里,面孔英俊的男人坐在窗前的宽大皮椅上,日光晕染,将黑色袖口上的精致袖扣映照得格外鲜明。

另一张照片里,他的袖扣被怀里矮矮的小朋友抓在手里,原本冷漠的脸上浮现出一丝微笑。

这是季桐虚构出来的季宴行的外貌,参考了各种知名人类帅哥的特征,让他帅得特别耀眼。

至少比小学生方昊帅一百倍。

等成长值攒够了,这就是未来他的形象。

怀抱着对未来自己的期待,季桐凭空生成了好多张季总父子相处的照片,其中有一两张豪宅照片里出现了裴清沅,作为家教老师身份的证明。

不过重点还是年轻霸总和三岁幼崽。

谁能想到爹和儿子都是他自己。

季桐喜滋滋地欣赏着这些照片,眼中饱含憧憬与深情。

裴清沅听完那通录音后,本处在震撼的状态里,这会儿看到季桐抱着照片一脸珍惜的样子,不易察觉地皱了皱眉。

"这个男人是谁?"他问。

裴清沅起初以为那个电话里的男声是季桐伪装出来的,毕竟他亲耳听过季桐使用慈祥老奶奶声线,这是系统的能力之一,但再听下去,他发现那个男人说话的风格和语气与季桐截然不同。

而且,季桐看着照片的时候,似乎很喜欢这个男人。

季桐本来想说这是他自己一人分饰两角,不过想了想,好像有一点尴尬。

他要维护自己在宿主心中纯真、不谙世事的人工智能形象。

"我找同事帮忙弄的。"季桐尝试糊弄过去,"是虚构出来的角色,不重要啦。"

他说着不重要,裴清沅却注意到每张虚构照片的中央都是这个男人,对方永远处在镜头的焦点位置。

裴清沅沉默了一会儿,低声道:"你很喜欢他的样子吗?"

季桐不假思索地点点头。

这可是最完美形态的他!

得到答案后,裴清沅再一次认真地看向这些照片,不可否认,与青涩稚嫩的高中生不同,这个形象成熟而耀眼,有着浑然一体的冷峻与贵气,唯有在面对季桐的时候,目光是柔软的。

而照片之外的现实里,他看见近在咫尺的季桐收拢了这些照片,动作小心地把它们放回书包里,仔细拉上拉链,透出显而易见的珍惜。

于是他轻声应道:"我知道了。"

第09章

♥ 好久不见 ♥

季桐呆了呆。

他觉得宿主的这句"我知道了"听起来有点意味深长，搞得他心里莫名地有点毛毛的。

季桐沉思了一会儿，回忆着刚才裴清沉的表现。

听录音听得很认真，看照片也看得很认真……

宿主是不是特别认可他的审美？

季桐恍然大悟地放下了心里那丝疑惑。

肯定是。

没有人能抵挡季总的魅力。

这很合理。

付成泽给他买的冰淇淋火锅很快到了，又是熟悉的大饱眼福加口福时间。

季桐把自己装有珍贵照片的星球书包放到一边，愉快地吃起了火锅。

为篮球少年们喝彩，把不小心从小鸭子身上滑下来的手表小美扶好，跟兴奋的付成泽合照供他发到好友圈里吸引漂亮姐姐们点赞，以及在脑海里随手修图发给系统朋友们欣赏。

这是季桐越来越丰富多彩的夜晚生活。

"季总发来了一张图片。"

季总："我和一个小朋友。"

季总："@音音喜欢哪个？"

经他一番修图后，照片里满头大汗笑容阳光的付成泽身边，是一身黑衣、表情冷峻的季宴行，成熟男人的气场原地秒杀稚嫩少年。

就是季宴行面前的冰淇淋火锅显得有些格格不入。

音音："哈哈哈哈，你在干吗啊？"

音音："我选季总！"

昊哥："……怎么会有你这样的幼稚鬼？！"

又被小学生攻击的季桐当即生成了一张年幼版方昊和霸总季宴行的虚拟合影发过去，作为反击。

季总："小昊，这才是我们之间真正的年龄差距，你要接受现实。"

昊哥："胡说！你以前肯定不长那样！"

昊哥："而且我也不长这样！"

说话间，小学生很诚实地发来了一张不是虚拟合成的真实照片，画面里的男孩十岁出头，板寸发型，皮肤偏黑，戴一副厚厚的眼镜，五官很精神。

音音："……我以后不能直视你的成年人造型了，你现在撤回还来得及。"

昊哥："干吗撤回，我明明很帅！"

昊哥："我知道音音姐现在的样子。小季，你的照片呢？"

突如其来的爆照，果然很有小学生风范。

季桐看着照片上虎头虎脑的小学生，正想报以嘲笑，但想了想，这两位系统同事是现在"唯二"知道他身份的朋友了，大家以后也许还要相处很久呢。

对待好不容易交到的朋友应该真诚一点。

所以他犹豫了一秒钟，生成照片发了过去。

季总："我比你帅多了。"

季总："我觉得我跟季总之间的距离只差一件黑衬衫而已。"

照片里的他看起来和裴清沉差不多大，倚在阳光灿烂的窗前，光线模糊了周围的一切景致，只有少年单薄的身形显得格外清晰，五官依稀能看出三岁半版季桐的影子，正笑得眉眼弯弯，伸手朝镜头比了个耶。

昊哥："原来你小时候真的长这样啊，下次开会见面的时候我要多搓搓你的头。"

音音："哇，小时候可爱，长大了也很帅呢。你皮肤好白，怎么保养的？"

音音："这么白确实应该穿黑衬衫，反差色。"

季桐被说得有点不好意思，但语气执着地保持着属于霸总的狂妄。

季总："天生丽质，不爱出门。"

季总:"小昊,你是不是天天放了学就去小区里玩泥巴,所以才这么黑?"
昊哥:"你才玩泥巴,幼稚鬼!!!"

在季桐他们欢乐的打嘴仗环节里,裴清沅每次回过头,都能看见自家系统的脸上洋溢着一种不同寻常的傻笑。

于是他手上的动作跟着莫名其妙加重了一点。

被他屡次抢走球的队员表情逐渐恐慌。

"今天我怎么这么废?……是我太废了,还是他太凶了?"

而等裴清沅接收到季桐的脑内传音后,整个篮球队都陷入了同样的恐慌。

"软软,第二次月考之后是不是该开家长会了?"

"嗯。"

"那你准备让谁来给你开家长会?"季桐发出一个别有用心的提问。

宿主肯定不会让罗秀云来,裴家其他人更不可能,唯一有可能的是爷爷裴怀山,但实际上也不太合适。

而且开家长会这种小事,怎么能麻烦老人呢?

不如让藏在幕后的保护者来。

"不知道。"裴清沅道,"也许我自己去。"

"那怎么行?"季桐义正词严地建议道,"让我爸爸给周老师打个电话,沟通一下你的学习情况怎么样?这样可以让老师知道是有人在给你撑腰的。"

虽然季宴行暂时不能以真人的形象出现,但打个电话还是没有问题的。

他要让全世界都感受到季总的魅力。

裴清沅:"……"

季桐提到那个人的时候语气格外熟稔亲昵。

"不用。"

他低声回绝,动作敏捷地避开队员的防守,球风越发凌厉。

季桐进献谗言失败,遗憾了一秒钟,很快又为宿主的精彩发挥鼓起掌来。

"哥哥加油!"

裴清沅假动作绕后扣篮。

"哥哥好厉害!"

队友们绝望地抬头看着那个自己触不到的篮球。

"哥哥最棒啦！"

篮球被狠狠地扣进篮筐，弹落地面，发出巨大的声响。

训练结束后，个别队员索性倒在球场上，整个人瘫成了一个"大"字。

"怎么感觉今天训练比上场比赛还累……"

"清沅受什么刺激了，还是我晚上吃太多，导致刚才跑不动了？"

"我知道了，清沅肯定在为后面的省级比赛未雨绸缪，提升大家的训练强度！"

在队友们的窃窃私语里，裴清沅面无表情地结束了训练。

换衣服，帮季桐拎书包，载着他骑车回家。

享受着宿主常规一条龙服务的季桐丝毫没有察觉到异样。

柔和的晚风里，他揪着裴清沅的衣角，情不自禁地感叹道："我好喜欢今天，这就是人类常说的幸福吗？"

扮演帅气酷炫的霸总帮宿主出了气，和朋友们交换属于真实世界的照片，有了深入灵魂的交流，还吃到了美味的冰淇淋火锅。

真是完美的一天。

他的话音落下，周围的风速竟像是加快了。

少年飞扬的衣角被风灌得鼓鼓的，淡色的唇唇角微微抿起。

对了，今天的宿主看起来特别有激情的样子。

季桐有些好奇，当即决定去被他冷落了一段时间的宿主情绪区里偷窥一下。

他分出一些数据，悄悄溜进了那扇常年紧闭的黑色大门。

依然是熟悉的风景，近处是繁花盛开的花园，远处有一座还未竣工的大型游乐园。

他最近太忙了，一会儿当小美，一会儿当小孩，都没空把拥有超级过山车的游乐园建完，后面他要加快施工速度，赶在宿主开通意识空间权限前完工，到时候邀请宿主来剪彩。

季桐满意地打量着四周的风景，终于发现了一个特别的地方。

那只总在花丛中流连的白色蝴蝶，有了新的栖息处。

它停在一株小小的幼苗的叶子上，轻轻地扇动着翅膀。

季桐对自己亲手栽下的一百种花了如指掌，很确定眼前这株植物不是他种的。

所以，它是从宿主心里长出来的。

季桐便蹲了下来，好奇地伸出荧光闪烁的数据手指，小心翼翼地碰了碰嫩绿的叶片。

有一种奇妙的暖意沿着数据流进它的身体。

初生的叶片很柔软，不够坚韧，却恰好能承载一只蝴蝶的重量。

季桐看了蝴蝶多久，它就停在叶子上多久，洁白的蝶翼像梦一般轻盈美丽。

而且，季桐敏锐地观察到，这株植物正在以肉眼可见的速度生长起来。

"软软。"他看着看着，下意识出声道。

骑车的少年放慢速度，回眸看他："怎么了？"

季桐想了想，露出一个与此刻的外表极不相符的沉稳笑容："没什么，就是想叫你一声。"

裴清沉便收回视线："嗯。"

这株正在蓬勃生长的植物是不是意味着宿主要长大了呢？

他又产生了一种看着孩子长大成人的复杂心情。

以后是不是不应该叫宿主软软了？

作为一名威严英俊的父亲，他觉得自己应该管宿主叫小裴。

这一夜，季桐在属于老父亲的伤感中度过。

十月底的这段日子格外忙碌，在宿主备战高考和自学人工智能知识之余，市级篮球联赛的决赛也结束了，二中真的拿下了冠军。校领导相当高兴，为了庆祝这难得的好成绩，还给队员们发了奖金。

比赛场地回荡着人们热烈的欢呼声，在付成泽的坚持下，裴清沉作为球队代表接过了奖杯。无数大大小小的镜头对准了他，身旁的队友都在尽情欢笑，只有他的表情始终是平静的。

唯独他的目光落到观众席上的某个角落时，才带有一丝温度。

季桐在周芳的照看下，兴奋地向场地中央万众瞩目的二中队员们招手。

这群半大少年里，看来看去，还是宿主最有气质。

不愧是季总带出来的宿主。

再往后便是省级联赛了，距离比赛开始还早，大家可以暂时放松一段时间。

但裴清沅没有时间休息了，因为之前定下的诚德高中交流周要开始了。

翌日，在学校特别选择的豪华大巴上，带队老师周芳仔细地叮嘱着学生们注意事项。

"去到对方学校之后，希望大家有礼貌，展现出我们二中学生的风采。每个人都拿到我们写给诚德的接待细则了吧？一旦遇到什么问题，及时跟老师沟通……"

这次二中选出的学生以高二年级为主，高一和高三少一些，都是成绩在年级名列前茅或者有突出特长的学生。

三班一共有两个学生入选，分别是裴清沅和林子海，他们和其他年级的同学大都不认识，所以自然而然地坐在了一起。

林子海带着他的错题本，本来想趁路上的这段时间，再向班长请教一下错题，但今天不知道为什么，他有点不敢开口。

班长看起来还是跟平时一样没什么表情，可周围突然像是多了一种特殊的气场，让人不敢轻举妄动。

林子海在这种不明来由的气场里逐渐蒙掉，额头隐隐渗出汗水，还时不时抬头看看大巴的空调有没有开，想去调一下温度。

裴清沅注意到了他闲不下来的动作，微微偏头看他一眼。

林子海瞬间耷拉下脑袋停住了所有小动作。

……他也不想的，但他无法抵抗本能的反应。

林子海度秒如年地熬过了这段漫长的旅途，其间只能靠偷看裴清沅手腕上时不时蹦出来的机器人小美缓解压力。

小美那么聪明，他以后能不能直接问小美错题啊？

大巴总算抵达目的地了，在诚德高中门口停下。

依次走下来的学生们看着眼前宏伟的校园，无不目露惊叹之情。

石拱门、雕花栏杆、喷泉与园林、停在校门内接送学生的班车……这简直不像一所学校的门口，更像是电视剧里那种豪华庄园的入口。

诚德私高的领导与老师已经在校门口等待了，今天到访的不只是二中学生，还有全省范围内受邀前来的几所高中的学生。

此时门口还停着另外两辆大巴，周芳认出了他们校服上绣的校名校徽，都是省里排名很靠前的重点高中。

这会儿诚德老师正忙着与他们寒暄，他们与对方的带队老师显然早就有过交集，见二中的车到了，只是打了个招呼，请他们稍等。

一行人便站在稍远的地方等待，周芳尽管心有不满，但碍于对方的语气挺礼貌，也不好说些什么。

直到裴清沅的声音在她耳边响起："周老师，我们可以先坐班车去宿舍休息。"裴清沅提醒她，"上午的活动一会儿就开始，时间很紧张，最好尽快适应环境。"

他以前在诚德参加过许多次这样的活动，对流程烂熟于心。

只不过那时候他在东道主那一方。

周芳顿时反应过来，诚德学校很大，从校门到宿舍区之间是由班车接送的，现在门口只停了一辆班车，怎么看都装不下三个学校的到访学生。

她可不想等诚德的老师接待完了另外两个学校，班车开走了，自己这边还得再继续等下去。

于是她也露出礼貌的微笑，询问诚德的老师能不能先送自己学校的学生们去宿舍区。

对面的老师闻言愣了愣，自然无法拒绝。

两分钟后，其他学校交流团的学生们望着缓缓开走的班车，眼神里流露出羡慕。

为什么他们的老师和对面的老师能有这么多话聊啊？他们也想坐车进去休息。

在一种奇异的目送气氛里，二中的学生们从缓缓行驶的班车里向外张望，新奇地看着诚德校园里的风景。

"那边是教学楼吗？外观好漂亮啊。"

"我之前听人说这里的几座食堂都是免费的。"

班车上有一名随行老师，每当他想出声给这群没见过世面的二中学生好好介绍一下诚德优越的校园环境时，总能被一道冷淡的声音堵回去。

"是办公楼。"

"不免费，很贵。"

……

虽然他说的都是事实，语气里也没有附加任何情绪，但仿佛天然带有一种微妙的讽意，能消解一切高高在上的倨傲。

于是大家边听边看，好像也没有那么羡慕这里的环境了，初见时的震撼感渐渐消退。

裴清沅一路都抬起手腕，让黑色手表的表盘正对着窗外。

小美形态的季桐好奇地注视着这片宿主曾经学习、生活过很久的校园。

只有他能听见那道语气截然不同的声音。

"你想去看孔雀吗？"

季桐毫不犹豫地道："想！"

没想到宿主还记得他很久之前随口说过的玩笑话。

上次搜索诚德资料的时候，他看见了别人拍的孔雀照片，就说了想看孔雀。

"我们什么时候去看孔雀？"季桐迫不及待地提问。

"二十分钟后。"裴清沅回答他。

在小美不停闪烁的酷炫彩光里，班车到达了宿舍区。

大家带着行李下了车，随行的老师被裴清沅平淡的语气噎了一路，这会儿完全没脾气了，老老实实地把二中学生们引向提前预留好的宿舍楼。

诚德的宿舍区占地面积相当广阔，和一般学校寥寥几栋且内部密度极大的宿舍楼不同，这里更接近公寓与小型别墅群的混合，有相对普通的双人宿舍单间、几室一厅的公寓套间，也有条件更豪华的小型独立别墅。

之前二中领导要求为学生们提供单人独立宿舍，所以这次大家被安排在公寓套间，两到三人一个屋子，共享客厅、阳台等公用区域，每人都有单独的房间。

这样的住宿条件对住惯了普通学校宿舍的二中学生来说，当然是夸张的，不过看着队伍里裴清沅面无波澜的样子，那种艳羡之情又悄悄收了回去。

要像裴同学一样淡定。

"选六号楼的东侧套间。"站在周芳身旁的裴清沅低声道，"景观好，能看见学校里的人工湖。"

周芳当然笑呵呵地照做："钱老师，这几栋楼都可以挑是吗？那我们想选……"

人家张口就挑了最好的位置。

随行老师姓钱，是个刚来不久的年轻老师，并不认识裴清沅，此刻已经陷入了深深的自我怀疑。

怎么这群其他学校来的老师、学生比他还熟悉这里？

钱老师郁闷了一会儿，打起精神道："大家远道而来辛苦了，可以先回宿舍休息一下，如果有什么需要，宿舍区里有超市、烘焙坊和咖啡厅，具体位置可以看路标的指引，有任何问题都可以联系我。

"一小时后等所有受邀学校都到齐了，会有班车来接各位去学校礼堂参加欢迎仪式，会有人为学生们分配班级，大家彼此熟悉一下，再之后就是午餐，当然，如果大家想步行参观一下学校也是可以的……"

按诚德以往的惯例，交流周一般是三天，但这次出于各种特殊原因，延长到了五天，从周一到周五，结束后，外校学生还能回去过个周末，休息一下。

周芳对这次接待很满意，笑着跟钱老师握手道谢，目送神色略显恍惚的对方跟着班车离开。

没了外人在场，学生们就显得放松多了，笑闹着上了楼。

这会儿是上课时间，整个学校都很安静，偌大的宿舍区里鲜少能见到其他学生，偶尔有学生经过，也都脚步匆匆。

诚德的有钱体现在方方面面，学生公寓外面是花园式的环境，绿化很好，内部的装修格调典雅，各种设施也很完善，基本是拎包入住的程度。

二中的学生们住进了六号楼的第五层，他们住下后，这层大约还剩下一半的空房间。

按性别、年级和班级分房后，裴清沅和林子海以及高三年级的另一个知名学霸沈奕铭住进了一个套间。

裴清沅将行李箱放进属于自己的那个房间后，找到周芳说了一声，便独自出门了。

沈奕铭刚走进房间放下行李，脚步顿了顿，重新打开门，正在犹豫要不要跟两位舍友打个招呼时，却看到了裴清沅径自离去的背影。

他愣了愣，茫然地看向已经开始从书包里往外掏本子和笔的林子海："林子海，你们班长去干吗了？"

他是七班的学习委员，跟林子海打过几次交道。

"可能去找认识的人吧。"林子海随口道，"班长转过来之前就在这里上学。"

虽然林子海曾经的好朋友也在诚德，但自从他为表决心把手机上交给班主任后，每周住校的他就跟校园以外的世界脱节了，和裴言没了联系。

"啊？怪不得他这么熟悉这里，感觉什么都知道。"

听他这样说，沈奕铭才一脸恍然大悟。

他都好奇一路了。

沈奕铭高二时就经常是年级最高分，相当刻苦勤奋，基本到了两耳不闻窗外事的程度，升入高三后，大家本以为最高分依旧会是他，结果才第一次月考，就杀出来了一个空降的裴清沅。

那次出成绩后，沈奕铭还偷偷去突然备受关注的三班旁边溜达了一圈，想看看是谁超过了自己。

不过，当他发现新晋年级学霸裴清沅即使在课间也在安静看书的时候，立刻回去加紧复习了，之后也没关注篮球赛之类的消息，心里只有学习，连这次交流活动都是老师苦口婆心劝他来的，说在学习之余拓宽一下视野，也是一件好事。

有来有往地尬聊了两句，眼看着沈奕铭要回房间，林子海连忙叫住他。

"大佬，等等！能不能帮我看下这道题啊？"

林子海拿着错题本在裴清沅的神秘气场下憋了一路，想问却不敢问，快憋死了，这会儿好不容易逮到另一个比他强的学霸，当然不能错过请教的机会。

"好，我看看。"沈奕铭接过来，看了一会儿题目和林子海写的解题步骤，迅速得出了结论，"第三步的推导有问题，你换个公式，答案就对了。"

"对对，这个我发现了。"林子海解释道，"我是想问有没有更简便的解法啊？因为上次我问班长题的时候，他提到过这类题有多种解法，但那时候我还没做，就没细问，想着自己做一遍再问……"

沈奕铭闻言，又仔细看了看，随即皱起眉头："不可能有，这是唯一的解法。"

林子海一怔，挠了挠头，不确定地道："可是班长说有的……"

沈奕铭笃定道："他肯定搞错条件了。"

见学霸如此坚持，林子海也没有再说什么，点了点头："好的好的，谢谢大佬！"

不过，沈奕铭从他的表情里看出了隐约的迟疑，主动地道："你不信的话，等晚上休息时，我们三个可以一起讨论这道题，现在我先回房间放东西。"

看到沈奕铭自信地离开的背影，林子海突然产生了一种奇妙的既视感。

上一个在班长面前这么自信的人是谁来着？

哦，好像就是他自己。

……往事不堪回首。

林子海痛苦地晃了晃脑袋，试图把那些历历在目的尴尬回忆晃出去。

算了，不看题了，还是看看风景吧。

当裴清沉走到孔雀栖息地附近时，时间刚好过去了二十分钟。

诚德校园内的人工湖附近有一个小型动物园，里面养了不少动物，狮子、老虎之类的猛兽当然没有，但有孔雀、天鹅、火烈鸟这些观赏性很强的动物品种。它们很受学生们欢迎，也非常适合在到访的外校人员面前展现学校的豪气。

季桐已经眼尖地看到那些耀眼的翠蓝色脖颈，兴奋地道："软软，我看到孔雀了！"

有好几只蓝孔雀立在木桩上，长长的绿色尾羽拖曳到地面，看得小美红光连连，又悄悄开启了拍照加录像模式。

无论是当人还是当系统，这都是季桐第一次亲眼见到孔雀。

真的很好看。

"我想跟它们合影！"

这么有纪念意义的一刻，自然要拍照。

相较之下，裴清沉倒很平静，因为他以前在诚德看过很多次孔雀了。

对于季桐的要求，他想了想，提议道："我把手表放过去，然后给你们拍照?"

季桐现在不方便变成小孩,所以裴清沅理所当然地以为他是想用手表形态合影。

虽然听起来有点怪,但放在他的系统身上,又显得很正常。

"不不不。"表盘上的季桐摇起了头,"那怎么能算合影呢?"

"软软,你的臂力应该很好吧?"季桐露出一个质朴的微笑。

裴清沅不解其意,诚实地点了点头。

"那你等我一下!"话音刚落,小美又失去了灵魂,变回了一块平平无奇的电子手表。

裴清沅一时间有些茫然,他环视着四周,只能听见远处隐约传来陌生人的说话声。刚刚响起下课铃声,现在是课间操时间了,原本宁静的校园渐渐热闹起来。

孔雀们懒洋洋地栖息在木桩上,任秋风吹拂自己合拢的尾羽,一些孔雀的尾羽还脱落了,要等来年春天再长出新的羽毛。

裴清沅安静地等待着,直到他听见一阵极轻的脚步声,踩过萧瑟的落叶,由远及近。

他看见一旁茂密的灌木丛里,钻出了一只动作轻盈的白色猫咪,猫咪大摇大摆地走到了孔雀旁,快乐地晃动着自己的尾巴。

这个模样和姿态简直像极了花花。

要不是这只猫咪头顶多了一些黑色的毛,裴清沅还以为是看见了花花。

而下一秒,他就看到这只猫咪骄傲地转过了身,露出自己的后背。

它的后背上有一颗由黑色猫毛构成的爱心,除了头顶和这里,其他全都是柔顺的雪白。

见状,裴清沅已有了某种预感,他在心里不确定地问季桐:"是你吗?"

猫咪立刻抬起前爪,朝他摇了摇,还"喵"了两声。

"喵喵"两声传到裴清沅耳朵里,就成了季桐欢快的声音:"是我!"

裴清沅陷入沉默。

……其实也不能算很意外。

季桐不能变人,但变成动物还是可以的,而他最熟悉的动物,当属花花。

这完全是一个正常版的花花,没了举世罕见的红色猫毛,换成了更正常的黑色猫毛，连爱心的位置都从屁股移到了后背上。

猫咪挥着爪子，小声道："喵喵喵喵喵喵。"不许告诉花花。

不能让花花知道有人偷偷模仿它的样子，还做了改良。

红色爱心太奇幻了，变猫咪也是要讲基本法的。

裴清沅很快接受了这个事实，沉着应道："好。"

于是猫咪季桐凑在孔雀旁边，一边让宿主给它们拍照，一边"喵喵喵喵"地讲述着他刚才去干什么了。

校园里到处都有监控，凭空出现一只猫会很奇怪，所以季桐接入这里的监控数据后，瞬间找出了一条最短路径，变成猫咪后从某处围墙的隐蔽小口子里钻进来，一路大摇大摆地奔向了动物园，然后光明正大地出现在宿主面前。

这样即使后面有人疑惑这只猫咪的来历，也找不出问题。

而且说不定他就不用窝在手表里，而是能用猫猫形态陪宿主度过这一周了。

流浪猫咪依偎在人群中最帅气的那个人身旁不肯离去，多么合情合理的事。

谁能狠心赶走一只身上有爱心的猫咪呢？

见过了猫咪下飞行棋的裴清沅对于猫咪想跟孔雀合影这件事接受度良好，很认真地给他拍着照。

猫咪季桐在孔雀群里流连着，那些原本在发呆的蓝色雄孔雀纷纷转头看向这只与自己模样完全不同的陌生来客，滴溜溜地转着眼珠。

"它们怎么不开屏？"

季桐有点遗憾。

搜索结果告诉他每年春天才是孔雀的求偶季，雄孔雀们通常会在那时候争先恐后地开屏，好令自己在同类里脱颖而出，吸引配偶的注意力。

与此同时，两个穿着诚德校服的学生交谈着走进动物园。

"你确定掉在这儿了吗，会不会已经被什么动物叼走了啊？"

"没事，随便来找找看，找不到就算了，回头再买新的，我早上不应该摘下来放在口袋里的……"

两个男生趁休息时间，跑过来在找什么东西，余光扫到了正在给孔雀拍照的裴清沅。

他们站在有一些距离的地方，又是侧面，没能看清楚裴清沅的脸，但第一时间注意到了他身上的外校校服。

"是今天来交流的那批学生吧？"

"是吧。不过这是哪个学校啊，之前好像没见来过。"

见那个外校生一直站在孔雀附近，仿佛在耐心地等待着什么，两人对视一眼后，声音无意识地变大了一些。

"现在是秋天，孔雀不会开屏的。"

"还不如拍拍火烈鸟呢，这里的品种特殊，一般动物园里见不到。"

他们的语气很平和，像是在互相聊天，又像是在说给没见识的旁人听。

裴清沅听见了，但没有任何反应，只是安静地看着在孔雀旁边走来走去的季桐。

季桐不喜欢那种语气，正好照片也拍够了，索性回到宿主身边。

"软软，我有自动清洁模式，不会带来地上的尘土的。"他一边"喵喵"地解释着，一边越过木栅栏，动作敏捷地跳进裴清沅的怀里。

裴清沅领会了他的意图，稳稳地接住了他。

猫咪在人类少年的怀里愉快地伸了个懒腰，以一个舒服的姿势窝好。

当猫好像也很舒服。

不远处的两个男生看见了这一幕，面面相觑。

"哪儿来的猫？以前在这里没见过啊。"

"这花色还挺漂亮的，不像流浪猫……"

然而下一刻，他们愈加惊奇了。

外校生抱着猫正要转身离开，他怀里的白色猫咪伸出软软的爪子朝孔雀们挥了挥，还"喵"了几声，像是在道别。

结果这群昂首挺胸的蓝孔雀，刹那间全都开了屏。

陡然打开的尾羽由金翠线纹交织而成，其间绽开的斑斓的圆形斑点，像粒粒宝石镶嵌在金绿画布上，如梦如幻。

在所有人震惊的目光里，这些争奇斗艳的孔雀纷纷跳下木桩，探头探脑地看向那个即将离开的人类……怀里的猫咪。

季猫猫："！！！"

裴清沅："？"

雄孔雀们会在求偶的季节里向雌性开屏……

几分钟前才查过的资料顿时浮现在季桐脑海里。

先不管雌雄，光是这个物种——猫咪和孔雀，是不是跨得有点离谱了？

白色猫咪不知所措地瞪大了眼睛，旁边围观的两个诚德男生也瞪大了眼睛。

"我是不是出现幻觉了——欸，你掐我干吗？！"

"我也试试看是不是幻觉……"

唯有抱着猫的裴清沉微微皱起了眉。

他当然知道雄孔雀主要在春季开屏，以前他在这里上学时，偶然听说过的几次例外，都是因为秋冬季节里气温异常回暖，让孔雀误以为春天来了。

可今天并不热。

疑惑片刻后，他想起季桐跳进他怀里前"喵"的那几声。

落在他耳朵里就是"今天看不到你们开屏，好可惜"。

……是孔雀也听懂了吗？

比起孔雀向猫求偶，还是这个解释更正常一点。

"它们能听懂你说话吗？"他问季桐。

季桐反应过来，试探性地伸出自己的爪子，不太确定地"喵"了两声："喵喵！（谢谢！）"

孔雀们立马抖了抖自己华丽的尾羽，翠蓝色的脑袋轻轻晃动，似乎在回应他的道谢。

见状，一人一猫不约而同地松了口气。

原来只是其他动物能听懂猫说话而已。

很正常嘛，没什么大不了的。

猫咪季桐愉快地晃了晃耳朵，认真地再次道谢："喵喵喵……（谢谢，这是我第一次看见孔雀开屏，很漂亮，下次见啦！）"

在很有韵律感的猫叫声里，镶满碧蓝斑纹的金翠色海浪便随之摇曳起来，场面盛大而华美。

直到裴清沉抱着猫咪离开，它们才收起难得在秋日里绽放的尾羽，重新恢复无所事事的发呆姿态。

另外两个不知道发生了什么的男生已经彻底看傻了。

"为什么这只猫看起来能指挥这群孔雀的样子,这是不是不太科学……"

"好了别想了,我们肯定是在做梦。"

"那我能打你一拳不?"

裴清沆与他们擦肩而过的时候,听见季桐充满期待的喵喵声。

"下次再遇到讨厌的人,我是不是可以鼓动小鸟在他们肩膀上投掷黄白相间的固液混合物?"

裴清沆愣了一下才明白季桐在说什么。

他没有回答,只是眼里有一闪而过的笑意,抱着猫咪的手臂小心地寻找着合适的力度。

他不常抱花花,所以现在还需要摸索抱猫的技巧。

猫咪的身体柔软温暖,遍布全身的白色猫毛散发着顺滑优雅的光泽,背上纯黑的爱心极为醒目。

"软软,我的猫咪造型帅吗?"季桐伸出爪子特意拨了拨自己头顶酷炫的黑毛。

黑色就是最帅的颜色。

"……嗯。"裴清沆面不改色地附和着自己的系统。

可爱大概也是一种帅。

等他抱着这只模样特别的猫咪回到宿舍的时候,立刻引起了小范围的轰动。

"班长,这是哪来的猫啊?好可爱!"

"它身上有个爱心欸,这是天生的毛色吗?第一次见到这种……"

带队老师周芳闻讯而来,望着窝在裴清沆怀里显得极为乖巧的猫咪,惊叹之余,仔细分析道:"它看起来这么干净漂亮,又很亲近人,应该不是流浪猫,是谁家养的猫咪走丢了吧?"

裴清沆早已跟猫猫提前串通好:"应该是,我是在学校里突然遇到它的,然后它就一直跟着我了。"

"那得跟钱老师说一声,可能是哪个学生的猫。我看他们这边好像允许宿舍里养宠物。"周芳小心地摸了摸猫咪的脑袋,略显不舍地道,"一会儿等他找过来再说吧,我们先帮着照顾一下。"

宿舍区里陆续有其他学校的交流生到来,气氛渐渐热闹起来,到处都有学生们交谈的声音。

唯有二中的学生们无心社交，大多一脸傻笑地看爱心猫猫吃东西。

猫咪季桐迅速获得了三岁半形态的待遇，收获大量人类主动投喂的食物，不过他毕竟不是真的猫，没有做好吃猫粮的心理准备，只是很挑剔地选了一点水果吃。

裴清沅、林子海和沈奕铭三人的套间已成为观光胜地。秋天的上午，在暖洋洋的日光的照耀下，白色猫咪悠闲地窝在客厅阳台的茶几上，任日光轻拂自己漂亮的毛发，面前摆着人类精心准备的果盘。

这层楼另一半的空房间住进了一中的学生，就是之前和裴清沅所在的篮球队打比赛的一中。

虽然两所学校的名字听起来都很厉害，但一中更加名副其实，的确是市里最好的公立高中，二中却排不到第二。

一中的学生看着隔壁二中的人老是在一个房间里进进出出，都很好奇，忍不住跑去围观，然后立刻被那颗不同凡响的爱心震慑住了。

"天啊，他们学校有猫！！我们这边怎么没人带？"

"不是带的，好像是他们学校有人在诚德的校园里捡到的。"

"我能不能跟着二中的同学们混，好可爱啊爱心猫猫……"

一片人头攒动里，站在最后方跑来凑热闹的萧新晨跟着感慨道："这爱心好酷。"

他看着其他二中学生都在排队跟猫咪自拍，也蠢蠢欲动起来，往最前面钻。

凭着跟裴清沅打过比赛的缘分，他露出一个直爽的笑容，自我介绍道："同学你好，我叫萧新晨，一中篮球队的，上次比赛你赢过我们，记得吗？108：62，你们108，我们62！"

正在用小勺子喂猫咪吃西瓜的裴清沅闻言默然。

他记得，而且记得萧建平赛后跑来找自己并被同事拉走之后，被萧新晨问是不是认错人了。

总而言之，不愧是萧教授的儿子。

他礼貌地回应了对方的自我介绍，然后言简意赅地道："拍吧。"

季桐也记得这个脑回路清奇的大男孩，鉴于他和萧教授的关系，很给面子地睁大了自己湛蓝的眼睛，让猫猫更上照，同时友好地伸出爪子跟萧新晨握了握手。

享受到特殊待遇的萧新晨受宠若惊，相当郑重地跟猫咪握手，自拍完了回房间的时候，还对裴清沅热情地道："我住你隔壁隔壁的507号房，打游戏开黑缺人的话叫我啊，我想来蹭猫猫！"

裴清沅："……"

很有个人特色的一位同学。

跟他同宿舍的林子海和沈奕铭看完猫猫之后，似乎都去房间里看书了。

季桐倒很喜欢萧新晨，目送他离开后，好奇地问宿主："萧新晨来了，萧教授会跟着来吗？"

往年的交流周上，诚德都会请一些顶尖大学的知名教授、学者来办论坛和讲座，据说萧教授以前也来过。

裴清沅摇摇头："不知道，应该不会吧。"

之前萧教授为了他的事跟诚德这边的领导有过不愉快，所以裴清沅觉得今年诚德不太可能邀请他，尽管萧建平是人工智能领域屈指可数的顶尖大牛。

季桐稍微遗憾了一下，本来他还想看一看经典的大佬给主角撑腰的情节。

不过没关系，还有无所不能的猫咪在。

西瓜很好吃，阳光也很舒服，初次当猫的季桐突然有点羡慕花花了，他眯起眼睛，快乐地用头顶帅气的黑毛蹭蹭宿主的手心。

裴清沅愣了愣，指尖微顿，然后很快舒展开，用温暖的掌心轻轻揉了揉猫咪软乎乎的脑袋。

约定好集体去学校礼堂的时间到了，早上见过的钱老师跟着班车过来，看到这只爱心猫猫的时候，也吃了一惊。

"这个特征太醒目了，我没在学校里见过，估计不是学生们养的，目前没听到有学生反馈宠物丢了，可能是从学校外面跑进来的。"

钱老师努力回忆了一番后，提议道："要不这样吧，我先送到校外的宠物店里寄养着，晚点再去查查监控，看是从哪边跑进来的，这猫一看就养得很用心，应该不难找到主人。"

当他张开手臂，想把猫咪接过来的时候，却看见猫咪往后退了退，完全钻进了裴清沅的怀里不肯出来，只剩一双蓝汪汪的大眼睛，略显委屈地注视着在场的所有人。

在这道可怜兮兮的目光里,周芳第一个投降:"它看起来很不想离开裴同学……"

其他学校的同学也跟着劝道:"钱老师,先放我们这里吧,如果你看到了寻猫启事,我们再把它还给它的主人。"

钱老师很是犹豫:"但你们要上课,那时候它怎么办呢?总不能把它独自放在宿舍或者教室的角落里吧,它肯定要乱跑的……"

没想到猫咪竟然像能听懂他说话一样,很乖巧地"喵"了两声,宝石般的眼眸亮晶晶地看着他,仿佛在说自己不会那样的。

钱老师仅仅坚持了两秒钟,就顺从地放弃了抵抗。

"好吧,你们先带去礼堂,等会儿放到最后一排那里,我在旁边看着它,看看它乖不乖。"

学生们霎时欢呼起来,一口一个"谢谢钱老师",钱老师被他们叫得有些不好意思起来。莫名地跟这群外校学生拉近了关系,他脸上原本颇有距离感的礼节性笑容也显得亲切了一些。

"好了,咱们赶紧出发吧。"

前往学校礼堂的班车有三辆,其中最热闹的就属载有二中学生的这辆,这点工夫里谁也没再想着课本和学习了,都在围观这只从天而降的神秘猫猫。

"它有名字吗?是不是该给它临时起个名字?"

"叫爱心?心心?"

"让捡到它的同学起名吧!"

大家七嘴八舌地讨论着,处于焦点位置的白色猫咪也"喵"了起来:"喵喵喵!"

裴清沅听懂了他的意思,替他出声道:"叫蘑菇?"

季桐立刻开心地蹭蹭他的下巴。

大家看到猫咪的反应,当即毫不犹豫地投了赞同票。

"它好像很喜欢这个名字。"

"毛色是黑加白,叫蘑菇很合适。"

"蘑菇,你除了水果还喜欢吃什么呀?"

"喵喵喵喵喵喵!"

小龙虾和火锅!

唯一能听懂猫叫的裴清沆默默看向窗外。

这句话不适合翻译。

到达礼堂后,按照钱老师的提议,裴清沆将猫咪季桐放在了礼堂最后一排的座位上,由钱老师照看。钱老师这次的任务本来就是负责满足这批外校学生的日常需求,不参与教学活动,所以这倒没有超出他的职责范围。

他有些诧异,这只猫看起来真的很乖,被裴清沆放下后就一动不动地窝在椅子里,安静地看着前方,让他原本紧张兮兮的防御姿态没了用武之地。

不过猫欲静而风不止,总有学生回头看猫,还偷偷跟它招手做鬼脸,直到欢迎仪式正式开始,大家才收了心,依依不舍地看向主席台。

坐在最前方的诚德校领导,望着下面这批到访的学生,心里比钱老师更惊讶。

以前每次交流周的时候,在见识过了诚德豪华的校园环境和独特的气质之后,到了欢迎环节,这些外校学生基本都会显得很拘谨,与旁边从容淡定的诚德学生代表形成鲜明的对比。

可是今天,绝大部分学生看起来都很放松的样子,脸上还带着笑,这反而弄得旁边的诚德学生面露茫然,搞不清楚这是为什么。

今年唯一的不同就是有学生带了只猫进来,但这只猫没吵也没闹,跟不存在一样,不至于有这么大影响吧?

在满心困惑里,学校领导开始了例行的讲话,从诚德光辉的校史,到听起来就很厉害的各种教学设施,再到今年交流周上的活动安排,自然流露出深厚的底蕴与傲气。

"我们临时将交流周延长了两天,是因为经过讨论,学校希望今年能为学生们提供更开阔的视野,所以我们决定举办一场为期三天半的大型系列讲座,涉及的学科包括哲学、历史、艺术、社会等,也包括化学材料、环境生态、人工智能、天体物理等时下最前沿的学科,希望能为有志于这些领域的同学带来最新的知识和动态……"

介绍到这里的时候,校领导的气终于顺了一点,因为台下的学生们总算一脸钦羡地鼓起了掌。

"这次大型系列讲座,学校邀请了国内外一些顶尖高校的教授学者前来,譬如国内文史类综合排名第一的庆平大学的历史系教授白舒桥,相信有不少同学看过《白老师讲历史》这档节目……又如江源大学人工智能学院的齐绍老师,他是这一领域冉冉升起的新星,去年刚被评选为国家杰出青年人才……"

裴清沅对诚德的这次豪华阵容并不意外,全程都很平静,专心地听心里的季桐说话。

"都是很有名的专家教授,诚德真厉害啊。

"软软,我的猫毛被吹乱了,这阵风好大!"

"钱老师主动去关窗户了。"季桐的声音听起来很愉悦,"他完全没心思听领导讲话,哈哈哈哈。"

裴清沅不动声色地回头,隐隐能看到白色猫咪端庄地坐在椅子上,偶尔礼节性地拍拍旁边钱老师的手背,以示表扬。

而听到江源大学人工智能学院齐绍老师这串介绍的时候,台下的萧新晨在一众学生里,鼓掌鼓得最为起劲。

身边相熟的同学不解地看他:"你这么激动干吗?你爸又不叫这个名字……"

"你不懂。"萧新晨挑眉,发出了意味深长的笑声,"嘿嘿。"

他心痒难耐地熬到欢迎仪式结束,趁着学生们聊天的空当,找了个角落给萧建平打电话。

电话一接通,他就小声道:"爸,怎么样,还是按照原计划进行吧?"

萧建平的声音传过来:"放心,刚跟齐老师聊完讲座的事。"

萧建平这会儿就坐在齐绍的办公室里,跟他讨论讲座议题,这位由他一手带出来的青年教师笑着摇摇头,安静地听他跟儿子通话。

前几天萧建平找到他帮忙的时候,齐绍惊得半晌没说出话来。

明明是他的老师,还是资深教授,却说想在他去一所高中做讲座的时候给他当助手。

年纪轻轻的齐绍深吸了一口气,从未听过如此特殊的要求。

"萧老师,我能不能问一下,为什么?"他纳闷道,"本来我就挺奇怪的,他们为什么不请您,反倒来找我,这不合理啊,是您之前拒绝了吗?"

"说来话长。"萧建平语气淡定,"简单来说,我想借这个机会跟我儿子以及另一个我很看好的学生多相处几天，还能给我妻子多拍点照片回去看，去交流的学生那么多，那边学校负责拍照的老师能拍到新晨的机会少。"

"而且，这次讲座的想法还是很好的，我有不少老朋友都会去，算得上是一次交叉学科的大聚会，说不定能碰撞出很多新想法，到时候我介绍你和他们认识。"

齐绍顿时收回了所有想说的话，肃容道："好的萧老师，没问题萧老师，都听您的！"

得到老爸肯定的答复，萧新晨高兴得快蹦起来了，热情地道："太好了，爸，我爱您！"

萧建平很诚实："……其实也不能说是完全为了你。"

"没关系，我知道您心里还装了另一位同学。"萧新晨比他更诚实，"但是知道这一切来龙去脉的局外人只有我！上帝视角真是爽爆了，爸，我感觉我现在就像一个扫地僧，准备迎接一场大战，您明白这种感觉吗？！"

"明白，扫地僧。"萧建平早就习惯了儿子跳脱的脑回路，沉稳地道，"明天见。"

萧新晨兴高采烈地同他告别："明天见，扫地僧之父！"

欢迎仪式结束后，裴清沅第一时间找到钱老师，把季桐接了回来。

已经完全被征服的钱老师颇感不舍地目送这只名叫蘑菇的猫咪离开，不再担心它会乱跑，也不再提起要把它送到校外的宠物店里寄养的事，而是细心叮嘱道："要是你们忙着上课没空照顾蘑菇，可以找我帮忙啊。"

"好，谢谢钱老师！"

裴清沅动作熟练地抱好猫，随着人流走出礼堂。

到了午饭时间，大家纷纷交谈着向餐厅走去，每个学生都收到了诚德发下来的饭卡，每张有五百元的储值，可以在学校内的所有店铺自由使用。

人群里的裴清沅感受到了一股异常热情的目光。

他有些茫然地回头，就看见萧新晨正笑眯眯地朝他怀里的猫咪季桐做鬼脸，远程逗猫，直到被看不下去的同学强行拖走。

而季桐居然很配合地冲他"喵"了几声，做了一个鬼脸，把频频回头不愿离开的萧新晨逗得一脸傻笑。

裴清沅十分敏锐："你好像对他很感兴趣。"

他注意到季桐对待其他想来撸猫的同学,都是一脸冷艳傲娇,连面对为猫咪鞍前马后的钱老师,也只是伸出爪子慵懒地拍拍他的手背,相当符合一只高贵又帅气的蓝眼白猫应有的气质。

唯独在面对萧新晨的时候,季桐表现得格外活泼亲切。

仅次于在他面前的状态。

闻言,白色猫咪立刻直起身子,用肉乎乎的爪子蹭了蹭宿主的肩膀。

"因为我觉得萧教授人很好,对宿主也很好。"季桐突然产生了一种奇妙的危机意识,斩钉截铁地道,"……也许这就是人类常说的爱屋及乌吧!"

刚才他的环境监测功能注意到了鬼鬼祟祟跑出去打电话的萧新晨,对这个算得上半个熟人的高中生,季桐很好奇,稍微采集了一下环境声,就知道了萧家父子的中二秘密。

这可是友军,当然要表现得和蔼可亲一点。

而且现在扫地僧大军里又添一员,作为一名光荣的"扫地统",季桐决定尊重传统,暂时保守这个秘密,等明天讲座活动开始了再给宿主一个惊喜。

在猫爪子的拨弄下,裴清沉接受了这个答案,带着他往人气相对较低的一间中式餐厅里走去。

"我去餐厅打包,回宿舍吃。"

这里有好几间餐厅,风格各不相同,有异域风情的菜品更受学生们欢迎,今天到访的外校生们平时在自家学校里吃的都是中餐,这会儿看到这么多花样,肯定是直奔新奇的地方去,反正是诚德发的饭卡,贵一点也不心疼。

不过在这里上过两年学的裴清沉觉得这家中餐厅的口味更好,所以决定先让季桐尝一尝这家。

他看猫咪吃了一上午水果,猜到他现在肯定想吃正餐。

宿舍里有独立房间,只要把门锁好,季桐就可以变成人类形态出来吃饭了。

"喵!"好!

前往餐厅的路上,猫咪蘑菇幸福地晃动起尾巴,引得身旁路过的学生们纷纷侧目。

"你们看见了吗?这猫长得好特别,真可爱。"

294

"那个外校生有点眼熟啊，啊，那不是裴——"

裴清沅对这些议论声恍若未闻，认真地听着季桐在他心里报菜名。

"我想吃油焖大虾、糖醋排骨、菠萝咕噜肉……"

本来不饿的裴清沅听着这个充满憧憬和向往的声音，莫名其妙地跟着饿了。

这些菜听起来好像都不是很难的样子，等周末回家后，他可以试着做一做。

第一次做饭就尝试了红烧肉并且不算太失败的裴清沅如是想到。

一小时后，刚吃完饭的林子海和沈奕铭结伴回到了宿舍，准备午休一会儿。

结果一推开门，他们就闻到了屋里弥漫的菜香。

"哇，这味道好香，班长居然偷偷打包回来吃。"林子海吸了吸鼻子，"这是糖醋排骨吧？怎么感觉比中午吃的西餐更香呢？我又想吃饭了。"

他旁边的沈奕铭没有说话，表情看起来有些低落。

林子海努力尝试着活跃气氛："我们晚上换个餐厅，去吃中餐怎么样？一会儿问问班长他点了什么，哪些好吃。"

沈奕铭这才点点头："嗯。"

听到室友们回来的声音后，裴清沅的房间里传出了一些小小的动静，片刻后，房门打开。

裴清沅拎着收拾好的空餐盒走出来，准备丢到楼层尽头的垃圾箱里，他开门的瞬间，蘑菇也跟在他身后走了出来。

比起上午的轻盈，猫咪蘑菇这会儿的脚步显得沉重了许多，它慢吞吞地溜达到阳台，试图跳上茶几晒太阳，惨遭失败，还是裴清沅好心地把它抱上去的。

林子海则很是震惊地看着他手里的打包盒："两个、四个、六个……班长，他们一盒给的分量这么小吗？"

"……"裴清沅无法解释，只能选择逃避，"我去丢垃圾。"

感受到那神秘的冷峻气场再度降临，林子海瞬间闭嘴，觉得自己好蠢。

六个餐盒又怎么样？他干吗说出来啊？！

虽然班长的外形和这个食量真的很不相称，大大地超出了他对运动系学神的想象……

完了,班长身上的冷气越来越足,以后会不会不帮他看错题了?

想到这个可怕的后果,林子海强迫自己露出微笑:"哈哈,我中午也吃了好多呢,这里的餐厅味道挺好的。"

躺在阳台茶几上露出肚皮滚来滚去的蘑菇,发出看热闹的"喵喵"声,被迫背锅的裴清沅沉默地走向门外。

不过在经过沈奕铭身边的时候,他的脚步顿了顿:"没事吧?"

裴清沅虽然跟沈奕铭只打过几个照面,但也看出他现在情绪不佳。

林子海收了声,正在纠结要怎么说的时候,看见沈奕铭摇了摇头,低声说:"没事。"

于是他跟着附和道:"班长,你快去丢垃圾吧,回来该午休啦,下午还要上课呢。"

裴清沅收回视线,没有再多问。

上午在礼堂里,来访的所有学生都被打散,只按照年级分入了诚德高中现有的班级,可以在这五天时间里和对应班级的同学一起上课,并自由选择是否参与校方举办的各类活动,比如论坛讲座、辩论赛、社团活动等等。

裴清沅被分到了高三一班,其他来自各个学校的四名外校生和他一起,一共五人插进了高三一班,这之中他唯一认识的就是沈奕铭。

为了避免带猫上课引起争议,裴清沅和季桐商量好,他分出一些数据在宿舍里,假装睡着了一动不动的猫咪,这会儿先暂时使用手表小美形态。如果上课期间季桐觉得无聊了,也可以回到蘑菇身上到处去溜达。

短暂的午休时间结束后,在去教室的路上,季桐好奇地问道:"软软,你以前在哪个班?一班会有你的熟人吗?"

"六班。"裴清沅道,"没有,不算太熟。"

那个讨人厌的管家儿子应该也在六班,宿主说没有熟人,估计和这个班的绝大部分人都没什么交集,不至于掀起太大的风波。

庆幸之余,季桐还想问些什么,但想了想,又憋回去了。

宿主大概也不知道裴言在哪个班。

在欢迎仪式上那些诚德的学生代表中,他并没有看到裴言的身影,当时他还松了一口气。

希望等下在高三一班里不会遇到裴言。

如今裴家和罗家两边都暂时消停了，裴清沅有了崭新的人生，裴言亦然。所以季桐其实不太想让宿主和这个与他调换了命运的人再见面，大家年纪都不大，见到彼此时心里难免失衡，不如就当作对方不存在。

裴清沅不知道自己的系统在想些什么，只是在走进高三一班的教室时，环视了一圈这些或陌生或眼熟的面孔后，他看见表盘上悄悄闪起了代表喜悦的红光。

"为什么开心？"

"因为今天天气很好哦。"

"嗯。"裴清沅坐下后望向窗外，看见秋日里飘浮的流云和金灿灿的悬铃木叶子，重复道，"天气很好。"

外校交流生的到来在诚德引发了不小的议论声，不过诚德的学生基本都比较克制，还有人主动跟穿着省内重点高中校服的几名学生交谈起来，气氛尚算融洽。

由二中拟定的接待细则可是老师跟他们反复强调过的。

不能当众对这群外校生表现出不礼貌的举动。

二中在市里的排名实在一般，再加上裴清沅的特殊身份，所以看向他和沈奕铭的目光难免多一些，性格比较内向的沈奕铭有些拘谨，低头看着课本，不太敢看其他学生。

季桐没有在这班学生里看到任何熟脸，没有向锦阳，没有裴言，也没有上次输得很惨的篮球队里的人。

他满意地启动了监测功能，准备好好地观察分析一下，看看这群陌生人里会不会有人对宿主造成威胁。

全部排查一遍后，季桐重点标记了一男一女。

男生穿着诚德高中的秋季校服，浅灰色的西装，戴一副眼镜，五官俊朗，看起来文质彬彬，很有书卷气。

女生很漂亮，身材高挑，皮肤白皙，长长的黑发拢在身后，气质淡雅，再标准不过的白富美形象。

这是整个班里除了宿主以外颜值最高的两个人。

季桐默默地给他们拍照建立了跟踪档案。

绝对不是因为他是颜值控,众所周知,长相在小说里是很重要的区分配角和路人的标准。

先问问这位男同学好了。

"软软,你认识坐在第一组倒数第二排的那个男生吗?"

裴清沉循声看过去,耐心地回答他:"他叫庄闻白,是学生会会长,不熟。"

居然是之前季桐问宿主有没有担任过学校职务时,随口猜的学生会会长。

表盘上的季桐顿时瞪大了眼睛。

颜值判断法果然很有用。

庄闻白正在看书,似乎察觉到了裴清沉投过来的视线,他抬起头,目光相交的瞬间,这个看起来温和斯文的男生露出了淡淡的微笑。

"好久不见。"

> 独家番外
> 仿生系统会梦到电子烧烤吗？

季桐和一大片火光一起醒来。

整个世界被无边热浪包围，他像被塞在烤箱里反复加热，甚至能嗅到隐隐约约的焦糊味。

"烫烫烫——烫死我了！家里着火了吗？！"

稚气的童音脱口而出的同时，另一道分外熟悉的清澈声音在耳畔响起，带着微微的困惑。

"这是哪里？我在做梦吗？"

季桐瞬间瞪大了眼睛，转头看向身侧。

是一身睡衣的宿主！

模样俊秀的少年穿着昨晚入睡时的衣服，这会儿头发睡得还有点乱，正一脸错愕地扫视着周围的景象。

四周全是石壁，仿佛置身于黑黢黢的地下溶洞里，看不到天空，不远处有大片赤色火焰翻涌，像是能焚尽一切。他们应该是位于火焰的边缘位置，但依然感觉热得惊人……一看就不是家里的卧室。

除非他们家莫名其妙地移动到了火山口。

裴清沅的视线转了一圈后，也看向身边那个正在疯狂揉眼睛的可爱小朋友，小朋友脑袋上翘着乱糟糟的呆毛。

是一副没睡醒模样的系统。

"季桐？"裴清沅面露惊讶，又觉得有点好笑，自言自语道，"我竟然梦到你了。"

人在梦里，偶尔也是会意识到自己在做梦的。

可话音刚落下，满脸呆滞的小朋友反应过来，突然哭丧着脸向他道歉："对不起宿主！都是我的错，才害你做了这个梦……其实它不是梦，是真实存在的，不对，也算是梦吧……"

裴清沅听得一头雾水，但从他的话里察觉到了一件事。

"我们在同一个梦里？"

片刻后，被热出一身汗的一大一小，跑到离火焰最远的位置，窃窃私语。

裴清沅听懂了季桐啰里啰唆的解释，总结道："所以，我们都梦到了另一本小说中的世界？"

"对，宿主真聪明！"季桐小鸡啄米似的点着头，"不用担心，系统已经在努力维修了，等梦结束就好了，醒来后我们还是在家里的卧室。"

这是他之前拿废话数据轰炸主脑的后遗症——一次来势汹汹、毫无预警的数据紊乱。

他和宿主的意识相连，因此一起被卷进了梦里。

裴清沅轻轻颔首，并不慌张，反而有些好奇："这是什么世界？"

闻言，刚放松下来一点的小朋友表情一僵，目光不停闪烁，似乎是不太好意思回答："这是、是……"

"是你啊。"

火焰四处流窜的天地间，突然冒出来一道冷酷磁性的男声，声音里带着三分讥讽、四分漫不经心。

"呵，好蠢的睡衣。"

两人齐齐转头望过去。

穿着恐龙印花睡衣的小朋友，立马瞪了一眼那道飘浮在两人身前的金色虚影。

然后，季桐咬了咬牙，一鼓作气地对身边的宿主道："这是玄幻背景的龙傲天世界，这里的男主是个龙傲天，他的系统也是个龙傲天！"

意外地带着性格沉静内敛的宿主来到这种风格的世界，总觉得好羞耻。

幸好宿主不知道这个成熟声音的主人方昊，其实是个虎头虎脑的人类小学生。

不然就更羞耻了。

裴清沅在他不加停顿的飞速解释里沉默了一会儿，委婉道："嗯，听出来了。"

方昊刚刚也收到了突发数据紊乱的紧急通知，对他们的出现并不意外，这会儿正以虚影的模样飘来飘去，好奇地打量着季桐的宿主裴清沆。

季桐给初次见面的两人做了介绍，顺便问他："这是你的剑灵形态吗？怎么不用人类的样子？"

方昊的黑衣大帅哥造型，连他也羡慕不已。

"我的宿主都快不成人形了，我怎么能继续保持那副样子。"方昊理所当然道，"多没义气。"

季桐不禁对他比了个大拇指："你对宿主真好。"

同时也不忘夸自己："——当然，我也对宿主很好！"

裴清沆的脸上闪过一丝笑意，伸手揉了揉小朋友翘得乱七八糟的头发。

同时，在梦中造访异世界的他深感新奇，主动问那道像是有多动症的金色虚影："你的宿主怎么了？为什么快不成人形了？"

虚影幽幽地叹了口气："因为他的极品灵骨被抽走了，人还被囚在熔岩炼狱里受罪，全靠意志力坚持着，我数据库里的励志语录都快翻烂了，唉。"

前方那片赤红带金的浓烈火焰深处，是能模模糊糊看到一个凄惨倔强的身影。

季桐之前听他说起过这段最近正在持续的剧情，当即打了个"热战"，由衷道："好可怕，你的宿主真坚强。"

裴清沆从来没看过这类小说，不熟悉这些常见情节，但也从方昊的话里意识到了这里恐怕就是熔岩炼狱。

他惊诧之余，想到了什么，欲言又止道："那空气里的这股焦煳味……"

季桐被他提醒到了，霎时面露惊恐："你的宿主被烤焦了吗？！"

这也太凶残了！简直少儿不宜！！

绕着两人打转的金色虚影有一瞬间的停滞，没好气道："有我在，怎么可能会让宿主烤焦！

"他有护体功法的，那是火焰本身的味道！"

季桐和裴清沆不约而同地松了一口气。

"那就好。"季桐说着，忍不住皱起了脸，"不对，也不好，这个火真臭啊，你的宿主好惨，本来就在受罪，还得一直闻着这种味道。"

方昊倒没有想过这个问题，被他一说，突然有些愧疚："那怎么办？我不能改变火焰的味道，而且宿主现在快要突破了，感官还特别敏锐……"

季桐认真地替他考虑起来："要不用其他的味道盖一盖？"

方昊顺着想下去:"我去找点熏香什么的?"

裴清沉提出疑问:"这两种味道混合后,闻起来会不会更奇怪?"

热火朝天的讨论声中,蓦地冒出一道细微但清晰的声响。

咕咕。

方昊惊讶:"这是什么声音?你们听见了吗?"

裴清沉不太确定:"好像听到了。"

季桐则目光飘忽地垂下脑袋,不好意思地摸了摸自己的肚子。

就算是在梦里,热爱人类美食的系统依然会觉得饿。

毕竟,昨天晚上没有吃夜宵……

在这座高温火炼的熔岩炼狱,肚子开始咕咕叫的季桐忽然灵光一现。

"小昊,我们能离开这里吗?外面是什么?"

"能啊,这里环境不好,你们去外面等系统维修结束就行,我送你们出去。"

金色虚影立刻飘了起来:"外面是一片山脉和森林,风景不错,还有很多野生动物。"

听罢,季桐当即拽着宿主的衣角往外走:"那我们出去一趟,等下你再接我们回来。"

"行。"方昊应完声又怔住,"啊?还回来?"

"当然啦!"

在仿佛能毁天灭地的烈焰深处,一道颀长瘦削的身影正在苦苦支撑,意识在清明与泯灭间徘徊,已记不清到底过去多少时间,耳畔只有系统念经般的声音。

不知是在哪一刻,那份陪伴悄然离开,周遭只余下熊熊的焚烧之声,少年的神色越发痛苦,恒久不灭的烈火一点点侵蚀着他濒临枯竭的意志。

直到一股十分霸道的浓烈气味涌入他的鼻腔,几乎覆盖了难闻的焦煳味火焰。

少年神情一动,寻回了些许神志,恍惚间还听到两个陌生的声音在不远处响起——

与另一道熟悉的声音交织在一起。

这是他的系统方昊,此时满是兴奋:"宿主!刚才忘了跟你说,这是我的两个朋友，他们的手艺好好啊！"

这是一个从没听过的稚童声音，雀跃无比："那当然，我的宿主多聪明，再加上我的配方，那简直是双剑合璧——等等，你撒一圈调料再翻面！"

话语声中，还夹杂着忙碌的动作，透过漫漫火焰，能瞥见三道晃动的身影。

方昊又说："撒好了撒好了，宿主，你闻见了吗？是不是很香！"

稚童接话道："肯定闻见啦，我都闻不到火焰的臭味了，你的宿主被困了那么久，一定也饿了，快加油突破啊！"

最后那个陌生的男声则认真地说："加油，早点出来吃烧烤。"

身陷在焚天烈焰中的少年，煎熬痛色中渐渐浮现出真切的迷茫。

这两个朋友是谁？他们在做什么？吃烧烤？

一个又一个疑问冒出来，伴着咕咕两声，几乎盖过了遍布四肢百骸的痛苦，就在这一刹那，少年寻到机会，眼底凛然一震，光芒大盛。

熬过了地狱般的折磨，突破在即！

他迫不及待地要挣脱这方烈火囚笼，涅槃重生。

因为外面传来的味道……

真的好香啊！！！

图书在版编目（CIP）数据

漂亮泡桐 / 温泉笨蛋著. — 北京：国际文化出版公司, 2024.6
　　ISBN 978-7-5125-1614-4

　　Ⅰ. ①漂… Ⅱ. ①温… Ⅲ. ①长篇小说－中国－当代 Ⅳ. ①I247.5

中国国家版本馆CIP数据核字(2023)第248882号

漂亮泡桐

作　　者	温泉笨蛋
责任编辑	张　茜
责任校对	曹　岩
出版发行	国际文化出版公司
经　　销	国文润华文化传媒（北京）有限责任公司
印　　刷	河北鹏润印刷有限公司
开　　本	880毫米×1230毫米　　32开 9.75印张　　　　　　　310千字
版　　次	2024年6月第1版 2024年6月第1次印刷
书　　号	ISBN 978-7-5125-1614-4
定　　价	49.80元

国际文化出版公司
北京市朝阳区东土城路乙9号　　邮编：100013
总编室：（010）64270995　　传真：（010）64270995
销售热线：（010）64271187
传　真：（010）64271187-800
E-mail：icpc@95777.sina.net